Über dieses Buch »Ein Brauch der barbarischen Bevölkerung dieses öden, von den Errungenschaften der Zivilisation nur im negativen berührten Gebietes hieß den ältesten, am nächsten stehenden männlichen Angehörigen für die Dauer eines Jahres in die Kleider des Verstorbenen schlüpfen. Dieses Los hatte ich gezogen.« Der Ich-Erzähler Hans kommt mit diesem Auftrag in das Dorf Zick und gerät in ein Netz von merkwürdigen Umständen, Menschen und Beziehungen, das gerade wegen der ständigen Erklärungen der Dorfbewohner immer unergründlicher wird.

Klaus Hoffer erzählt eine rätselhafte Geschichte, die von den Bieresch, den Meierhofleuten, im Osten Österreichs handelt. Hans lernt ihr von metaphysischen, rituellen und gesellschaftskritischen Vorstellungen geprägtes Verhalten kennen. Durch lange Gespräche, die ihn in die Geschichte und Gegenwart der Bieresch einführen, wird er selbst ein Teil ihrer Welt.

Hans fügt sich in seine neue Rolle und in seinen Postbotendienst, aber eine Auflösung dieser vielschichtig angelegten Fabel gibt es nicht. Das Bild, das sich jeder Leser macht, rundet sich nie: »Wir leben nicht, wir erklären das Leben«, meint ein Bieresch.

Der Autor Klaus Hoffer wurde 1942 in Graz geboren. Er studierte deutsche und englische Literatur und promovierte über Franz Kafka. Heute lebt er in Graz als Lehrer. Zahlreiche Veröffentlichungen in literarischen Zeitschriften wie »manuskripte« und »Akzente«.

Klaus Hoffer wurde für den ersten Teil des Romans »Bei den Bieresch« mit dem Rauriser Literaturpreis 1979 ausgezeichnet, für den zweiten Teil erhielt er den Alfred-Döblin-Preis 1980. 1986 erhält er das Elias Canetti-Stipendium.

Klaus Hoffer

Bei den Bieresch

Halbwegs
Der große Potlatsch

Roman

Fischer Taschenbuch Verlag

Lektorat: Thomas Beckermann

Veröffentlicht im Fischer Taschenbuch Verlag GmbH,
Frankfurt am Main, Juni 1986
Lizenzausgabe mit freundlicher Genehmigung
des S. Fischer Verlags GmbH, Frankfurt am Main

Erster Teil: *Halbwegs*

Originalausgabe: Fischer Taschenbuch Verlag, Frankfurt am Main
Collection S. Fischer Band 6

Zweiter Teil: *Der große Potlatsch*

Originalausgabe: Fischer Taschenbuch Verlag, Frankfurt am Main
Collection S. Fischer Bd. 29

Für diese Zusammenstellung:

Umschlaggestaltung:
Druck und Bindung: Clausen & Bosse, Leck
Printed in Germany
1280-ISBN-3-596-25450-7

Erster Teil

HALBWEGS

»Die Hände des Fleißigen ruhen. Nichts regt sich, die Luft ist glatt wie ein Spiegel. Möglich, daß woanders gerade ein Verbrechen geschieht, so namenlos, so kraftlos ist alles. ›Wie heiße ich?‹ lautet da deine Frage. Und die Antwort ist dieses Summen, dieses Rauschen. Es ist das Gerausche, das von den Haaren der Welt herrührt, die sich in ihrem riesigen Bett auf die andere Seite dreht.«

Aus den Schriften der Bieresch

Zick

Den Sommer verbrachte ich in einer der unwegsamen Provinzen im Osten des Reiches bei einer älteren, nun alleinstehenden Verwandten. – Die Tage in diesem flachen, wie niedergebrannten Landstrich schienen kurz, flüchtig, kaum erinnerlich zu Beginn der trocken-kalten Nächte, in denen die Haut der Sterbenden wie Töpferglasur zerspringt.

Die täglichen Verrichtungen, die ich nach kurzer Zeit schon wie träumend besorgte, beschäftigten meine Aufmerksamkeit nicht, nur die rechte Hand, während die linke, häufig fest zur Faust geschlossen, wie ein Stein im Sack meiner Uniformhose ruhte. Es war die Hose meines Onkels, des Bruders meines Vaters und meiner neuen Quartiergeberin, der kurz zuvor als Postbeamter im Dienst einem Gehirnschlag erlegen war.

Ein Brauch der barbarischen Bevölkerung dieses öden, von den Errungenschaften der Zivilisation nur im negativen berührten Gebietes hieß den ältesten, am nächsten stehenden männlichen Angehörigen für die Dauer eines Jahres in die Kleider des Verstorbenen schlüpfen. Dieses Los hatte ich gezogen. Onkel und Tante waren unverheiratet und kinderlos geblieben; ich war das drittgeborene von vier Kindern, aber das einzige aus meiner Mutter zweiter Ehe. Mein Vater war noch vor meiner Geburt im Krieg gefallen.

So sollte ich nun in dem viel zu weiten, um Brust und Beine flatternden Gewand, das um den Bauch von einer Schnur zusammengehalten wurde, wie man sie für das Zusammenbinden von Postsäcken verwendet, das plötzlich verlöschte Leben des Onkels weiterführen, sei es, weil der Erfinder dieser menschenunwürdigen Einrichtung damit versprochen hatte, die feindlichen Geister zu bannen, sei es, daß er selbst geglaubt hatte, die Seelen der Verstorbenen würden eher Ruhe finden, wenn sie dann und wann in der ersten, schweren Zeit nach dem Tod ihre alte Umgebung heimsuchten und alles Rechtens vorfanden.

Während dieses ersten Jahres nach dem Tod war es den Hinterbliebenen bei Körperstrafe untersagt, Türen und Fenster ihrer Wohnstätten zu verschließen. – Diese Einrichtung, so wurde mir erklärt, ergäbe sich folgerichtig aus dem vorhin genannten Brauchtum, durch sie sollte die unbehinderte Einkehr der heimatlos gewordenen Seele gewährleistet werden: Das Haus sollte offenstehen, ein Bett für den Verstorbenen frisch bezogen sein, ein Teller mit einem einfachen Reisgericht, mit Früchten je nach Jahreszeit und einem Stück kalten Gebratenen sollte in der Speisekammer warten. – In Wahrheit aber war diese Bestimmung die verkümmerte Frucht eines einst wohl fortschrittlich zu nennenden Gesetzes, das konsequent auf eine gewaltlose Umverteilung des Eigentums abgezielt hatte, indem es die Hinterlassenschaft der Verstorbenen auf Jahresfrist zu einer freistehenden Sache erklärte.

Jedermann durfte sich ihrer so lange in angeborener Freiheit bemächtigen und jedermann durfte sie – unter Schonung der Substanz – als seine Sache betrachten, wobei er ihre Fruchtnießung ohne alle sonstigen Einschränkungen auskosten konnte.

Unter der Patronanz des schönen Scheins eines sinnlosen Brauchtums machte sich also die verarmte Bevölkerung rücksichtslos die ursprüngliche Absicht des Gesetzes wechselseitig zunutze, indem sie sich an der spärlichen Verlassenschaft der Verstorbenen bereicherte, bis ein Todesfall in der eigenen Familie alle Frucht- und Nutznießungsrechte gegenstandslos machte.

Erstes Kapitel

ANKUNFT

DREI HÄUSER STANDEN LEER, ALS ICH IN ZICK ankam, die Familie in einem vierten stattete sich gerade mit dem Nötigsten aus, in einem fünften und sechsten fehlten noch Tische und Stühle, der wichtigste Hausrat. Auf den Fußböden warteten Matratzen auf Bettgestelle und -einsätze.

Meine Ankunft in Zick war der Auftakt zur Plünderung, denn bis zum Eintreffen des »Stellvertreters« oder »Verwalters«, wie man den Erbfolger in einfältiger Ironie auch nannte, war das Haus des Verstorbenen eine verbotene Sache, und erst in der Nacht, die seiner Einsetzung folgte, durfte mit den Raubzügen begonnen werden.

Am Bahnhof, der von außen wie aus den Überbleibseln einer Barackensiedlung und scheinbar nur zu dem Zweck, mich aussteigen zu lassen, zusammen- und aufgefahren zu sein schien, erwarteten mich außer der Tante, die, mir zur Begrüßung, neben sich auf dem Gleiskörper eine Scheibtruhe abgestellt hatte, die Oberhäupter und Gefolge der sechs betroffenen Familien, vielleicht, um die Stärke des zukünftigen Gegners zu prüfen, vielleicht, um ihn einzuschüchtern. Der Tante, die etwas abseits alleine dastand, rannen die Tränen über das Gesicht, als sie mich, den kleinen, schwarzen, nur von einer Schnur zusammengehaltenen Pappendeckelkoffer in der Hand, auf dem Trittbrett des noch fahrenden Zuges entdeckte. Ich sprang ab, winkte ihr zu und eilte hin zu ihr, als auch schon der Zugführer das grüne Signal hob und so das Zeichen zur Weiterfahrt gab.

Den Koffer legte ich in die Scheibtruhe, deren Griffe fein ausgeführt waren und in zwei menschliche Hände aus Holz ausliefen, darüber den schwarzen Regenschirm mit dem schön verzierten Horngriff. Ich umarmte die Tante, wir küßten einander auf beide Wangen, ich wurde bekannt gemacht, nannte dem offenbar Ältesten, der mich als erster begrüßte, meinen Namen – er wandte sich kurz von mir ab, der Scheibtruhe zu und sah sich mein Reisegepäck an, den Schirm, der obenauf lag, darunter den Koffer, drehte sich wieder zu mir um und sagte unter einer knappen Verbeugung, die eine kleine Unordnung in sein reiches, gescheiteltes und nach hinten gekämmtes Haar brachte: »Es ist mir eine Ehre, Sie kennenzulernen, Herr Verwalter!« Danach trat er mit einem weiten Schritt in die Reihe der Versammelten zurück, um dem Nächstältesten Platz zu machen. Auch dieser grüßte mich, die Hände an den Falten seines glockig geschnittenen Uniformrockes, den Kopf leicht gesenkt. Noch viermal wiederholte sich diese Prozedur, bis ich schließlich allen »Göds« – so nannte man die Verwalter, die nach Ablauf ihrer Karenzzeit bei ihren Familien blieben – vorgestellt war. Unter ihnen fielen mir besonders zwei auf, die ein gutes Stück jünger sein mußten als ich, aber alle, die Älteren wie die Jungen, legten eine gleichbleibende, ernste Höflichkeit an den Tag, die sie und ihr Verhalten streng von dem der Restfamilien schied.

Nach einer kurzen Pause, in der wir nur dastanden und uns schweigend anschauten, während sich die übrigen Familienmitglieder durch ein sinnloses Hinundherschießen der Hände und ein unbegreifliches Schnappen der Münder Luft machten, empfahl sich der älteste Göd mit einer Verbeugung und nach ihm die anderen, und der Zug der Familien verschwand im Schatten des Bahnhofsausganges, der von einem schweren Milchglasvordach überwölbt war.

Ich nahm die Scheibtruhe, in die die Tante wegen der Nachmittagshitze ihren dünnen, durchsichtigen Regenschutz gelegt hatte, an beiden Griffen auf, und diese legten sich leicht in meine Hände, so daß es schnell zwischen den Tischen und Stühlen quer durch den Bahnhofwartesaal ging, der zu einer geräumigen Ausschank umgebaut war. Bekannte meiner Tante, die uns da und dort kaum merklich zunickten, drängten sich um die Tische, und in einer kleinen Loge, die vom übrigen Raum durch eine Kleiderablage getrennt war, erkannte ich welche, die mir noch von meinem ersten Besuch als kleiner Bub her erinnerlich waren: einen jungen, bärenstarken Burschen in einem sackfarbenen Wolleibchen und mit einem borstigen Schnauzbart, der, die Ärmel bis über die Ellbogen aufgestrickt und die Ellbogen auf den Tisch gestemmt, mit der rechten Hand, als wollte er eine Erinnerung wegwischen, immer wieder über sein Gesicht fuhr, während ihm ein zweiter, an den ich mich noch erinnerte, weil er immer wieder die Augen schloß und unter den geschlossenen Liddeckeln rollte, als wollte er einen Schrecken verjagen, eine Geschichte erzählte, die immer wieder im Lachen eines dritten, mir unbekannten, dicken Mannes, der schwarz gekleidet war und das Aussehen eines Meßdieners hatte, unterging. – Ich wollte stehenbleiben, um ihnen zuzuschauen und vielleicht den Blick eines der Bekannten aufzufangen und zu erwidern, aber die Tante zerrte heftig an meinem Rockärmel und zog mich weg, wobei sie ärgerlich mit gedämpfter Stimme sagte: »Schau nicht dahin!«

Sie bahnte uns den Weg zwischen den Stühlen der Wirtshausbesucher hindurch, die unsere Anwesenheit kaum zur Kenntnis nahmen, sondern nur nachdenklich auf ihren Stühlen nach vorne wippten oder, wenn nötig, diese ein Stück tiefer unter ihre Tische rückten, wenn ihnen die Tante, fast zärtlich, die Hand auf die Schulter legte.

Wir traten ins Freie. Die Schwingtüre des Bahnhofs schlug hinter uns zu. Die helle, breite Straße, die vom Bahnhof wegführte, hatte tiefe Schlaglöcher, in denen sich nach dem letzten starken Regen eine braune, ölige, stechend riechende Flüssigkeit gesammelt hatte. Die Tante ging rechts von mir, immer ein bis zwei Schritte vorne weg und drehte sich manchmal, während sie mit mir sprach, zu mir um.

»Dein Onkel war eine außergewöhnliche Persönlichkeit, es wird deshalb nicht leicht für dich sein, seine Stelle zu übernehmen und ihn zu ersetzen. Das aber wird von dir erwartet, nicht von mir – mir kannst du ihn nie ersetzen! –, aber von den andern. Man erwartet ja nicht viel: ein wenig Einfühlungsgabe, Hausverstand, Gruppengeist. Machst du mit, so wird's dir gutgehn, sagt man bei uns. Das Leben soll weitergehen, man haßt alle Abwechslungen, jede Abwechslung bringt mehr vom selben. Wir brauchen keine Veränderungen, wir haben keine Zeit dafür: Sein Leben braucht man, bis man das Winzigste begreift. Das mag dir seltsam erscheinen – du kommst aus der Stadt! – Hier gilt der Städter nichts. Er läßt sich täuschen. Du bist nicht anders. Hast du nicht vorhin geglaubt, ich würde weinen? – Weine ich etwa?« fragte meine Tante und drehte mir mit einem Ruck ihr lachendes, irgendwie verdorben wirkendes Gesicht zu, in dem ihre zwei dunklen Augen frech aufleuchteten. Dann aber wurde sie wieder ruhig und sprach in einem rhythmischen, vom Takt ihrer schnellen, sicheren Schritte unterstrichenen Tonfall weiter: »Siehst du, du bist noch ein Kind. Du läßt dich irren. Nein, widersprich nicht. Ich habe dich geprüft. – Nimm zum Beispiel den zweiten Göd. Du hast gesehen, daß das Lid seines linken Auges schräg über das Aug herunterhängt, das macht nichts, es ist ein Schielauge, und ein Schielauge sieht nichts. Aber ich weiß, daß du auf nichts anderes geachtet hast, während er mit dir sprach. Das tun alle, damit rechnet er. Paß auf, wohin du trittst!« sagte meine Tante. Die Straße neigte sich leicht, und ich hatte alle meine Aufmerksamkeit auf die Scheibtruhe gerichtet, nur damit ich mit dem kleinen Holzrad den Schlaglöchern auswich, während ich selbst mit meinem linken Fuß beinahe in ein knietiefes Loch geraten wäre. »Er rechnet damit, daß man sein linkes Auge fixiert, aber er sieht mit dem rechten. Wir, die ihn schon lange kennen, machen einen Bogen um ihn und kommen von links, wenn wir ihn anreden. So bleibt uns ein kleiner Vorsprung. Er ist eine Wildkatze!«

Wir gingen ein Stück schweigend nebeneinander her. Die Tante nahm einmal kurz den Regenschirm aus der Scheibtruhe, um ihn auf seine Biegsamkeit zu prüfen. »Den müssen wir gut verstecken!« sagte sie und legte ihn zurück in die Truhe, nahm ihn aber gleich wieder heraus. Ich verstand nicht, was sie meinte, fragte sie aber nicht, sondern schob die Truhe vorsichtig die stark abschüssige Straße hinunter, während meine Tante frei vor mir ausschritt und ganz in Gedanken verloren schien. – Nur hier und da stocherte sie mit der Schirmspitze unter den Grasnarben und hob die Wurzelbüschel ein wenig in die Höhe. Ich mußte den Karren fest zurückhalten, damit er mir nicht die Straße hinunter davonlief, und manchmal, wenn es mir gar zu schnell wurde, stellte ich mir vor, daß die Holzhände an den Truhengriffen meine Arme oberhalb der Ellbogen umfaßten und festhielten, damit ich nicht hinfiel.

»Als erstes müssen wir dir etwas zum Anziehen herrichten. Das geht hier nicht!« sagte sie und hob dabei mit der Spitze ihres Schirmes die Schöße meines stark gemusterten Rockes hoch. – »Und was du für einen Hut aufhast!« lachte sie spöttisch. Es war ein breitkrempiger Sonnenhut, den ich auf Anordnung meines Arztes zu tragen hatte, weil ich hitzeanfällig war und auf Grund großer Blutarmut in der Sonne leicht das Bewußtsein verlor. »Gib ihn mir her!« sagte die Tante. Aber als ich mich nach vorne beugte, um die Scheibtruhe kurz abzustellen, zog sie ihn mir selbst vom Kopf und stülpte ihn sich über. Mit ein paar Griffen drückte sie an drei Stellen die Krempe hinunter und gab ihm damit ein Aussehen, als wäre er von jeher ihr angemessen worden. Das Material, vorher steif, gab jetzt nach, und bei jedem ihrer weit ausholenden Schritte wippte die Krempe mit. Ich war sehr erstaunt darüber, wie sie sich Dinge gefügig zu machen verstand, und wie zur Antwort darauf, drehte sie sich wieder lachend um und sagte in ihrem hochmütig-spöttischen Tonfall: »Du mußt noch viel lernen!« – Auch ich wollte lachen, denn langsam, glaubte ich, ging mir ein Licht über sie auf, und auch wollte ich lernen, aber meine Hände schwitzten noch immer um den Truhengriffen, und wie zur Abwehr, als wollte ich einem Schlag ausweichen, drehte ich mein Gesicht halb zur Seite.

Die Tante ging jetzt etwas schneller. Sie schwieg, schleuderte bei jedem ihrer Schritte den Schirm weit hinaus und stützte sich beim Aufsetzen schwer darauf. Manchmal drehte sie den Kopf kurz zur Seite, als wollte sie mir in ihrem scharfen Befehlston etwas zurufen, aber als hätte sie es sich anders überlegt, schaute sie dann wieder geradeaus und machte noch größere Schritte, so daß sich der Abstand von mir zu ihr bis auf etliche Meter vergrößerte. Ich lenkte die Scheibtruhe hinterher und bemühte mich, ihr Tempo zu halten, aber die vielen Schlaglöcher, denen ich geschickt ausweichen mußte, damit ich nicht hängenblieb, machten das unmöglich.

Die Sonne stand im Westen. Wenn ich aufschaute oder die Tante ein wenig die Krempe ihres Hutes hob, schien sie uns direkt ins Gesicht. – Vielleicht wollte sie mich mit ihrer Hartnäckigkeit zu Worten reizen, aber ich sagte nichts, und als sie – wohl deswegen – noch weiter ausschritt, strengte ich mich nur doppelt an und schob meine Fuhre gefährlich am Rand der Gruben und Löcher entlang, vor deren Tiefe ich mich nun nicht mehr fürchtete, deren Tücke ich andererseits nicht unterschätzte, weil der Boden in ihnen lehmig und weich war. Ich gaffte hinter ihr her, das Holzrad vorne quietschte im Takt zu ihren Schritten. Wenn ich vom Boden aufsah, sah ich ein Stück vor mir ihre langen Röcke unter den beinahe städterhaft eleganten Bewegungen hin- und herschwingen. Meinen Hut hatte sie in den Nacken geschoben, so daß er ihren Haarknoten völlig verdeckte. Ihre schöngeformten Beine bogen sich beim Aufsetzen wie Ruten, aber plötzlich knickte sie rechts ein und beugte sich hinunter, um ihren Knöchel zu reiben. Den Kopf nahe den Kniekehlen am Rocksaum, sah sie mich von unten herauf an und fragte seufzend und schmeichelnd: »Ich bin so müde, kannst du mich nicht ein Stück fahren?« Ich nickte nur, verlangsamte meinen Gang, bis ich bei ihr war und sie sich, als könnte sie sich vor Anstrengung nicht mehr gerade halten, rückwärts in die Scheibtruhe sinken ließ.

»Ich habe Vertrauen zu dir!« sagte sie nach einer Pause wieder in ihrem alten Ton, nachdem sie sich in der Scheibtruhe zurechtgesetzt hatte. – »Vorhin dachte ich, du wolltest schon jetzt verzweifeln. Es hätte mich nicht gewundert: Ihr Städter fallt ja schon um, wenn euch ein Windhauch anbläst. Ihr seid zerfahren, unschlüssig, wehleidig. – Hast du nicht bemerkt, wie sich selbst die Kinder über dich lustig machen, weil du nicht weißt, wohin du deine Hände tun sollst? – Allein vom Zuschauen wird man ganz irr! – ›Sieh ihn dir an!‹ sagte ich mir, ›er ist am Ende!‹ – Jetzt, wo alles erst anfängt!« fügte die Tante hinzu und drehte sich dabei in ihrer Scheibtruhe zu mir um, daß ich kaum das Gleichgewicht halten konnte und jetzt wirklich in eines der Schlaglöcher abrutschte, das bis zum Rand voll Wasser war. »Aber langsam fange ich an zu glauben, daß du dich anstrengen wirst. Bieg da vorne nach links ab und gib acht, es wird steil!« – Sie hielt den Schirm in ihrer linken Hand, der Koffer lag quer in ihrem Schoß, die Handtasche zuoberst. Zu ihren Worten stieß sie den Schirm fest auf den Boden, der wie niedergestampft war und an manchen Stellen Risse hatte, weil dem kurzen Regen eine lange Trokkenperiode vorangegangen war. »Du hast einen Vorteil«, sagte die Tante jetzt, »und wenn du klug bist, wirst du ihn nützen: Man hält dich für dumm. Sag nichts, ich weiß es. – Dein karierter Rock, dieser verrückte Hut, das Reisegepäck, der Regenschirm – man staunt ja nur, daß du dir nicht eine Draisine gemietet hast! Hast du nicht bemerkt, wie unverschämt sich der erste Göd über dein Gepäck hergemacht hat? – Bevor der Zug ankam, waren wir alle in der Bahnhofswirtschaft. Ein Abschiedstrunk, das ist bei uns so Brauch. Und weißt du, wovon wir gesprochen haben? Von dir. Das ist nicht üblich (man spricht nicht vom Winter, wenn er ans Fenster klopft), aber eines war sonnenklar: Dein lächerlicher Auftritt! – Und wirklich: Der eine Fuß am Trittbrett, der andere in der Luft, in der einen Hand ein Köfferchen, die andere am Türgriff. Der Städter besucht die Verwandten am Land übers Wochenende. Ich könnte heulen. Bei der nächsten Abzweigung geht es nach rechts.«

Die ganze Zeit sprach die Tante, ohne sich auch nur ein einziges Mal zu mir umzudrehen. Ihre Beine hingen lang über den Rand der Scheibtruhe, die Schuhabsätze schlugen abwechselnd gegen die vordere Wand. Nur einmal wandte sie sich, während sie sprach, halb zur Seite, um eine Zeitlang in ihrer Handtasche herumzukramen. Schließlich holte sie eine kleine, quadratische Photographie aus einem Briefumschlag und hielt sie, das Bild mir zugewendet, in die Höhe. »Erkennst du das?« fragte sie, plötzlich ganz versöhnlich. Es war ein Gruppenphoto, aber obwohl ich mich beim Schieben ganz zwischen den Griffen nach vorne beugte, konnte ich niemanden unterscheiden. »Das ist dein Onkel, neben ihm steht der erste Göd«, sagte sie und wies mit dem Zeigefinger auf eine freistehende Figur, während der Schirm auf dem Truhenrand gefährlich hin und her rollte. »Das hier bin ich, das ist der zweite Göd, und das hier«, dabei wies sie auf etwas, das der Onkel in seiner Armbeuge hielt, »weißt du, wer das ist? Das ist der sechste Göd. Ich habe ihn selbst gestillt!« Sie griff nach ihren Brüsten und drückte die Hände dagegen. Ein Jahr lang war meine Tante nach einer Fehlgeburt Dorfamme gewesen. »Und das da – schau her!« sagte sie und holte noch eine Photographie aus einem anderen Umschlag, den sie in der rechten Hand hielt. Auf ihr konnte ich wegen der Dunkelheit und der Entfernung gar nichts erkennen, außer einem weißen Flecken in der Bildmitte. »Das ist das Haus deines Vaters. Erinnerst du dich? Ich werde es dir zeigen, wenn wir im Dorf sind.« – »Wie weit ist es denn noch ins Dorf?« fragte ich. Die Landschaft vor mir streckte sich endlos bis zum Horizont, und im Umdrehen erschien mir auch der steile Bergrücken, den wir heruntergekommen sein mußten, eher wie eine langgestreckte Wolkenbank, die als dunstiger Streifen Himmel und Erde trennte. »Noch zwei Stunden«, sagte die Tante. »Wenn du willst, können wir ruhig ein wenig rasten.« – Sie sagte das aber so abweisend und so sehr mit ihrer Handtasche beschäftigt, aus der sie nun hintereinander immer neue, dicke Briefumschläge voll mit Photographien zog, daß ich nicht wagte, die Scheibtruhe abzustellen, sondern diese stumpfsinnig zwischen zwei, wie es schien immer gleichen, schwachen Bäumchen hindurchschob, einem traurigen Sonnenuntergang entgegen.

»Schneller, schneller!« sagte die Tante plötzlich heftig, aber noch immer über Photographien gebeugt, welche sie, das Gesicht dicht über der schwarzglänzenden Oberfläche, schräg zur tieferstehenden Sonne hielt, um mehr von ihrem Schein einzufangen. »Ich sehe schon fast nichts mehr, hast du nicht eine Taschenlampe?« Aber ohne meine Antwort abzuwarten, sagte sie: »Am besten, du hältst dich von nun an an das Bachbett, da kannst du den Weg nicht verfehlen.« Wir waren mit unserem Fuhrwerk bis ans Ufer eines ausgetrockneten Flüßchens gekommen, an das ich mich noch lebhaft erinnerte, weil ich in ihm während meines ersten Aufenthaltes in Zick oft gebadet hatte. Einmal, während eines Badeausflugs, die Männer waren mit ihren Wagen in den Bach gefahren und wuschen sie dort, die Frauen saßen, die seidenen Unterröcke über die Knie hinauf aufgerollt, am Ufer, hatten zwei Burschen wie verrückt auf einem überlangen Balken, den sie sich von einer vom Hochwasser abgeschwemmten Brücke geholt und quer über einen der großen Wackersteine gelegt hatten, geschaukelt. Auf einmal hatte der Balken wie von selbst angefangen, im Kreis zu gehen, und hatte sich, unbemerkt von den Burschen, die nur auf das Aufschlagen und Hochschnellen achteten, so weit auf die eine Seite verschoben, daß schließlich einer der beiden, der leichtere, ein magerer Halbwüchsiger mit einer vorne wie in einem Spitz zulaufenden Hühnerbrust und einem riesigen Buckel, so schwer gegen den Stein schlug, daß ihm das Fleisch in einem Lappen von Fuß und Zehen gerissen wurde und weißlich schimmernde Gelenke unter dem sich langsam wieder aufsammelnden Blut sichtbar wurden. – Jetzt standen in den Vertiefungen des Bachbetts zwischen den bleichen Steinen hier und da kleine dunkle Lacken, die von den starken Regengüssen der letzten Tage übriggeblieben waren. Aber überall dort, wo der Lehmboden ganz der Sonnenbestrahlung ausgesetzt gewesen war, hatten sich schon wieder knöcheltiefe Risse und Sprünge gebildet.

Mitten durch das ausgetrocknete Bachbett schob ich die Scheibtruhe, und die sinnlosen Stege über uns warfen in regelmäßigen Abständen breite Schatten in das tiefe Bett, neben dem nun rechts und links die sandige Uferböschung senkrecht aufstieg. Flache Rinnen im Boden gaben zu erkennen, daß es auch von schwereren Fuhrwerken als unserem benützt wurde.

»Hier haben wir früher oft gebadet!« sagte die Tante, plötzlich mit starker Bewegung. Dann verstummte sie wieder und legte endgültig einen großen Packen Photographien in die Handtasche, die offen vor ihr auf dem Handkoffer lag. »Du erinnerst dich an Oslip«, sagte sie dann – eher also wollte sie etwas feststellen als fragen. Sie war wieder ganz ruhig und schaute geradeaus. Ich wußte, daß sie mit Oslip jenen Burschen meinte, an den ich gerade gedacht hatte, und so wartete ich schweigend, was sie mir erzählen wollte. »Wir waren oft zusammen hier, du, Oslip, dein Vetter, und ich. Oslip hatte einen riesigen Bukkel. Und so eine Nase!« sagte sie übertrieben und zeichnete mit dem Zeigefinger ihrer linken Hand einen großen Bogen in die Luft. Dann legte sie den Finger still auf den Truhenrand und hielt sich damit fest. »Er war mein Geliebter. – Drei Tage nachdem du damals weg warst, waren wir zusammen hier, dort unten, am Wehr, wo der Mühlgang abzweigt. Dreh dich nicht um, wenn ich mit dir spreche – wie oft muß man dir das noch sagen!« sagte sie scharf, sprach dann aber gleich wieder versöhnlich weiter. »In einer der beiden Schleusen war ein Loch, so groß wie eine Durchreiche. Ihr seid da immer durchgetaucht. Das Wasser war schon damals nicht mehr zu regulieren. Einmal hat sich in diesem Loch ein Brückenpfeiler verkeilt, und einer von euch Buben blieb mit dem Kopf stecken, als er durchtauchen wollte. Zuerst hat sich niemand darum gekümmert, wie denn, es war ja doch immer das gleiche einfältige Spiel: durchtauchen, sich ein Stück bachabwärts treiben lassen und weiter unten im Ufergebüsch heraussteigen, so, daß keiner einen sehen konnte und alle glauben sollten, ihr wärt ertrunken. Oslip tauchte als nächster und fand ihn. – Egal. Du warst damals gerade nach Hause gefahren, und ich nahm Oslip mit zum Baden«, erzählte die Tante. Sie war jetzt wie außer sich und rutschte in der Scheibtruhe hin und her. »Die Burschen spielten eine Weile, plötzlich hatte einer die Idee, sie könnten einen Balken von einer der abgeschwemmten Brücken holen und eine Schaukel bauen.« Sie machte eine kunstvolle Pause, in der sie sich lauernd zu mir umdrehte, wie um mich auf meine Reaktion zu prüfen. Ich schaute nicht zu ihr hin, sondern schloß meine Augen. Weniger, daß sie mich wieder in meinen Erinnerungen ertappt hatte, als ihr Versuch, diese zu zerstören und die Geschichte des Badeunfalls zu einer Erinnerung an die Erzählung jemandes anderen zu machen, machte mich halb ohnmächtig vor Zorn. Hinter den geschlossenen Lidern wurde mir übel, und ich umklammerte die Truhenhände so fest, daß ich gleichzeitig die beiden Daumen von den Holzgriffen abbrach. Im Geist zählte ich meine Schritte, damit dieses Gefühl wieder verging, aber durch den Schleier hindurch drangen ihre Worte unbarmherzig scharf an meine Ohren. »Oslip holte den Balken«, fuhr die Tante fort und drehte sich wieder nach vorn, »er setzte sich an das eine Ende, der andere ihm gegenüber. Die beiden schaukelten so verrückt, daß wir alle von unseren Plätzen aufstanden und hingingen, um ihnen zuzuschauen. Daß er auch mich unter den Zuschauern fand, hat ihn erst recht aufgestachelt. – Wenn der Balken aufsetzte, stieß sich Oslip jedesmal nur mit dem rechten Fuß ab, so daß sich die Schaukel immer wilder im Kreis drehte und wie rasend hoch und nieder ging. – Was treibst du denn!« schrie die Tante. Ich war von ihrer Erzählung wie in Trance, das Gelände um mich hob und senkte sich wie in starkem Seegang, und die Scheibtruhe schlingerte dazwischen hin und her. »Mir ist schlecht«, flüsterte ich, aber sie hörte mir erst gar nicht zu, sondern, ganz in ihre Erinnerungen eingefangen, verstärkte sie noch die Schwankungen der Truhe, indem sie sich wie ein Kind mit beiden Händen am Rand festhielt und von der einen Seite zur anderen wiegte. »Du magst Oslip nicht, deshalb bist du so verrückt!« sagte sie schlau. »Du magst nur deine Freunde, die Herren Verwalter. Glaubst du, ich hätte nicht bemerkt, wie es dich im Wartesaal zu ihrem Tisch hingezogen hat? Renne ruhig in dein Unglück, ich werde dich nicht aufhalten!« Sie lehnte sich ganz in ihre Scheibtruhe zurück und starrte, die Arme unter dem Kopf verschränkt, unbestimmt in die Höhe. Die Stille war unerträglich, und ich zuckte zusammen, als irgendwo weiter vorne ein Gegenstand – ein Frosch? – klatschend aufs Wasser schlug. »Ich werde dir den Rest sparen«, sagte die Tante. »Wir trafen uns von damals an jeden Tag oben im Haus deines Vaters. – Dein Onkel hat nichts davon bemerkt. Niemand hat etwas bemerkt, hörst du!« sagte sie triumphierend.

Ich richtete mich auf, als hätte mich jemand geschlagen und als wären die Schläge jetzt ausgezählt. Und während ich mich noch zwischen den Truhengriffen streckte, um dieses Gefühl der Seenot zu vertreiben, war es mir, als streckte sich außerhalb von mir und um mich das ganze Gelände, als träte alles Wasser durch Spalten und Risse zurück in das Erdreich, als wölbten sich die Ufer über uns, um einzubrechen und einem vorzeitlichen Ungeheuer Platz zu machen, das alle Krusten von sich warf und vor uns den schmalen Hohlweg auf das Dorf zuwatschelte. – »Oslip ist tot!« sagte die Tante. »Es ist alles vorbei. Du kannst es allen erzählen.«

Zweites Kapitel

IM BALLSAAL

WIR HATTEN DIE SCHEIBTRUHE AM BACHRAND abgestellt und stehenlassen. Die Tante schritt selbstsicher und hoch aufgerichtet vor mir aus, die Schirmspitze in der Höhe ihrer Hüften gegen das Dorf gerichtet. Dann und wann stieß sie damit gegen die am Straßenrand abgestellten Abfallkübel, die unter ihren Schlägen metallen und, je nach der Höhe ihres Anschlagpunktes, dumpf oder hell dröhnten.

Wir folgten einem engen Weg, der am Bach entlang in das Dorf hinaufführte. Eine schmale Böschung – auf ihr warteten die teils offenen, teils geschlossenen Kübel – trennte unseren Weg von der geschotterten Straße, die in der Dämmerung wie ein milchiger, weicher Stoffstreifen wirkte, der auf einer Wiese zum Trocknen aufgelegt war. – »Weißwäsche«, sagte ich zu mir, aber so leise, daß es die Tante, die immer wieder mit dem Schirm gegen die Kübel schlug und dazu unverständlich mit sich redete, unmöglich hören konnte. *»Die Weißnäherinnen in den Regengüssen«*, sagte ich halblaut, und: »Frischgewaschene Häuserzeilen.« – »Tulpenbeete mit Hollandmädchen«, sagte ich und achtete dabei darauf, ob die Tante mit dem Schirm auf die Kübel schlug oder ob sie ihre Schläge weiter unten am Bauch der Kübel anbrachte. – Weiter vorne beobachtete ich in einer offenen Garage ein paar Männer in dunklen Overalls, die, seltsam gebogene Schraubenschlüssel und Spritzpistolen in den Händen, an einem aufgebockten, scheinwerfer- und radlosen Autowrack hantierten. Das Licht in der Garage war gelb und grell, und die Männer darin sahen aus wie

Grubenarbeiter in einer alten Photographie. – Die Schläge, die die Tante gegen die untere Hälfte der Kübel führte, begleitete ich mit tiefen, dunklen, langgezogenen Vokalen, während ich mir die höheren Laute für meine Worte suchte, sobald sie den Schirm hob, um ihn auf die Deckel oder gegen den oberen Rand sausen zu lassen.

»Er hat Augenkatarrh«, sagte ich und versuchte mit meinen Worten den Rhythmus ihrer Schläge zu erraten. Manchmal fuhren zwei Streiche auf einen Kübel nieder, und oft gelang es mir nicht vorauszusagen, welche Partie eines Kübels als nächste getroffen würde. So irrte ich mich, als ich »Abnormitäten in Antimonbergwerken« flüsterte, und je komplizierter das wurde, was ich sagte, desto seltener stimmten Schlag und Tonhöhe des Wortes überein. Ich sagte: »Das Karzinom des Grammophonproduzenten« und erreichte nur eine Übereinstimmung. »Samstags und sonntags«, sagte ich, und alle Töne paßten haargenau. »Nein, immer nur samstags«, verbesserte ich und machte einen Schritt über eine Pfütze hinweg, »sonntags geschlossen!« sagte ich und schwenkte meinen kleinen, schwarzen Koffer, »sonnabends nie!« – »Kentauren hinter Kamelkarawanen«, sagte ich, aber nichts stimmte. »Badewannen!« – und wieder waren alle Haupttöne richtig. »Du bist so wetterwendisch«, sagte ich. »Zur Wintersonnenwende sind die Berge wieder ganz weiß!« – »Weiß Gott!« sagte ich heftig, als auch die Halbtöne stimmten.

»Was redest du denn da?« fragte die Tante und drehte sich zu mir herum. Ihre dunklen Augen schimmerten rötlich, weil der Schein der ersten Straßenlampen in sie fiel, und ihre Haare hatten in der künstlichen Beleuchtung einen beinahe rötlichen Schimmer. Sie war ein Albino. Ich wollte sie in dieser Maskerade nicht ernst nehmen und sagte nichts, auch als sie die Frage wiederholte und vor Ungeduld auf den Kübel neben sich einschlug. – »Wir sind jetzt da!« sagte sie dann abschließend, so als wäre mit dieser Feststellung alles andere nebensächlich geworden. Sie hob den Schirm und wies mit der Spitze auf ein niedriges, quadratisch angelegtes Gebäude, das den Charakter einer Dorfschule hatte.

Das Haus bildete die Mitte eines vor uns sich weitenden Platzes, von dem die Häuserreihen zu beiden Seiten ins Dunkel zurückwichen. Seine Vorderfront war unbeleuchtet, und über dem Eingang, zu dem eine zu schmal ausgefallene Treppe hinaufführte, ragten von zwei geschwungenen Armen Lampen. Weiter hinten, an der linken Seite des Hauses, brannte in mehreren Fenstern Licht, und durch die geschlossenen Fensterläden und Türen tönte Musik wie von einem Jahrmarkt. Mit ihr vermischte sich das entfernte Grölen von Betrunkenen und das Plätschern des nahen Baches, der hier aus einem Kanalrohr kam und unter einer kleinen Brücke durchfloß. Wir standen eine Weile stumm vor dem Haus und horchten den Geräuschen nach, ich, die rechte Hand auf dem Brükkengeländer, die Tante, in der einen den Schirm und über dem abgewinkelten anderen Arm die Pelerine, die sie schützend gegen die Brust drückte. Ich blickte zum stumpfwinkeligen Giebel des Hauses hinauf, als plötzlich das Licht über dem Tor anging und ich in einer breiten Girlande unterhalb des Giebels das Wort »Ballsaal« lesen konnte. Das dreimal wiederholte ›a‹ des Wortes hatte die auffällige Form einer nach oben zulaufenden Leiter mit zwei Querbalken. – Auch die Tante stand still, wie gerührt von diesem Wunder. Dann schritt sie mit einer schnellen Wendung auf die Treppe zu und verstaute den Schirm mit einer hastigen, kaum merklichen Bewegung in der dunklen Öffnung, die unterhalb der Treppe vom Baumeister frei gelassen worden war.

Erst als ich auf die erste Stufe der Freitreppe trat, erkannte ich, daß es sich bei den Lampenarmen wirklich um Menschenarme aus pechschwarzem Schmiedeeisen handelte. Es waren Arme, die aus einem mächtigen Oberkörper wuchsen. Dieser war reliefartig in das Mauerwerk eingeschnitten. Die Hände umschlossen kugelförmige Lampenschirme und richteten diese so gegen den Oberkörper, daß das Licht geradewegs auf die Haustüre fiel. Sie war breit und lief in einem stumpfen Bogen nach oben zu. In der Höhe, knapp über den Schultern und einem sehr kurzen Hals, war an Stelle des Kopfes ein Sonnenrad in den Verputz gemeißelt worden. – Als ich, um das Bild aus größerer Entfernung besser zu erfassen, ein paar Schritte zurücktrat, löste es sich auf, und ich mußte wieder näher herangehen, um die kunstvolle Ausführung des Reliefs und die Details auf mich wirken zu lassen. Nur in einer bestimmten Entfernung, so als wäre das Ganze das Werk eines Kurzsichtigen, gewann man den richtigen Eindruck. War man zu nah, verschwamm das Bild, und es war, als würde man von einer unbestimmbaren Kraft zur Türe hin gezogen, war man zu weit weg, so löste es sich wieder auf. In der rechten Hand hielt ich dabei die beiden Holzdaumen am Grund meines Hosensackes, die ich von den Scheibtruhengriffen abgebrochen und heimlich eingesteckt hatte. – Diese Scheibtruhendaumen in meiner Hand und die Lampenarme über mir an der Hausmauer, die Übereinstimmung dieser beiden Erscheinungen, ihre Zusammengehörigkeit und Zusammenhanglosigkeit, das alles erschien mir plötzlich wie ein Witz mit einer hinterhältigen Pointe, die gegen mich gerichtet war, die ich aber nicht verstand. Ich ballte die Faust in meiner Hose und trat rasch hinter meiner Tante durch die Haustüre in einen schmalen, hell erleuchteten Gang, in dem uns der erste Göd mit den Worten: »Ihr habt euch aber Zeit gelassen!« empfing.

»Er macht ja nicht weiter«, sagte meine Tante, verärgert, daß sie sich meinetwegen rechtfertigen mußte. »Da, schau nur, was er jetzt wieder tut!« sagte sie und deutete mit dem Finger zurück auf mich, der ich in eine kleine Nische getreten war und einen hellen Fleck an der nachgedunkelten Wand anstarrte. Früher war er wohl von einem Spiegel verdeckt gewesen, in dem die Ballgäste ihre Garderoben überprüft hatten. »Er ist und bleibt ein Träumer!« sagte die Tante zornig, nahm mir den Koffer aus der Hand und stellte ihn in die Nische.

Der Gang, durch den wir gingen, machte einen großen Bogen, und alle paar Meter waren mächtige

Türstöcke in die Wand eingelassen, deren Öffnungen teilweise von allerlei Gerät verstellt, teilweise zugemauert waren. Es handelte sich, wie ich bald herausfand, um Zugänge zu einer kleinen Bühne, die früher Theatervorstellungen und Ballettvorführungen gedient hatte.

Die niedrigste Türe am Ende des Ganges stand offen, und durch sie betraten wir gebückt den Ballsaal, den das Licht einiger auf den Tischen verteilter Kerzen nur ungenügend ausleuchtete. Die Tische, einfache Holzbretter auf Böcken, wie man sie im Sommer in Gastgärten aufstellt, standen entlang an der linken Wand, und an ihnen entdeckte ich, in Gruppen beisammensitzend, die Familien der sechs Göds. Weiter hinten, an der Rückwand des Saales und von den anderen abgesondert, erblickte ich die drei Burschen aus der Bahnhofschenke. Sie sahen aus, als hätten sie ihre Plätze dort nie verlassen: Wieder erzählte der eine seine Geschichten, und der Bursche mit dem Schnauzbart, der mich an einen Freund in meiner Heimatstadt erinnerte, fuhr wieder und wieder mit der Hand über sein Gesicht, während der Meßdiener – halb von den beiden anderen abgewendet – in den Raum stierte, wobei sein Oberkörper häufig von seinem Lachen erschüttert wurde.

Zerdahel

Am untersten Tisch, links von den Burschen, machte ich einen älteren Bauern aus, der seinen Trachtenhut mit einer kurzen grünen Feder ganz in den Nacken zurückgeschoben hatte und auf sein Bierglas starrte, das in einer großen Lacke vor ihm auf dem Tisch stand. Er mußte schwer betrunken sein, denn um ihn herum stand eine Gruppe von sechs- bis zehnjährigen Kindern, die mit ihren Händen ungestraft tief in seine Rocktaschen fuhren und allerlei Gegenstände daraus hervorzogen und in ihre Taschen steckten. Nur manchmal löste der Betrunkene seine Starre und schlug mit der geballten Faust auf die Tischplatte. Dazu fluchte er, drückte einen Zigarettenstummel im Aschenbecher vor sich aus oder hob vorsichtig eines der Weingläser auf, um es, wie nach Plan, an einer anderen Stelle niederzustellen.

Für einen Augenblick waren Gespräche und Musik verstummt, als wir, geführt vom ersten Göd, den Saal betraten. Man hörte nur kurz das tiefe Brummen, das von einem breiten, altmodischen Musikschrank an der rechten Wand herrührte, es ging aber bald wieder in dem eintönigen Geleier der Männer- und Frauenstimmen unter. Neben dem Musikschrank auf dem Boden standen mehrere Kisten mit Bier- und Rotweinflaschen, von denen etwa die Hälfte geleert war. Die Göds mußten einen anderen, viel kürzeren Weg vom Bahnhof hierher genommen haben und lange vor uns eingetroffen sein, denn es war viel getrunken worden.

Die leeren Flaschen bildeten entlang der Wand eine Reihe, sie waren nach Form und Größe in Gruppen geordnet. Eine Flasche bildete den beweglichen Mittelpunkt eines Spiels, das ein paar Kinder spielten, die auf dem Boden kauerten. Auch sie mußten zu trinken bekommen haben, denn einige torkelten benommen herum und drehten sich, die Arme seitlich weggestreckt, wie toll im Kreis, bis sie schwindlig wurden oder vor Müdigkeit umfielen, wobei sie häufig schwer mit Stirn oder Hinterkopf gegen Tischkanten oder harte Stuhllehnen schlugen.

Die Erwachsenen schienen sich um den Zustand der Kinder und ihre Spiele nicht zu kümmern. Nur wenn sie sich von den umhertaumelnden Körpern in ihren Gesprächen gestört fühlten, holten sie mitten im Reden mit der Hand aus und verteilten wahllos Ohrfeigen, ohne zwischen Schuldigen und Opfern zu unterscheiden.

Ich stand eine Weile da und bestaunte dieses Treiben. – Da ich nach den vorangegangenen Ermahnungen meiner Tante nicht wagte, mich an den Tisch zu den drei Burschen zu setzen, ging ich, einerseits um doch in ihrer Nähe zu sein, andererseits weil mich das Spiel der Kinder lockte, die sich um den nun wie bewußtlos dasitzenden Greis drängten, dessen Arme schlaff an beiden Seiten herunterhingen und dem die Stirne auf die Tischplatte gesunken war, zu dessen Tisch und setzte mich ihm gegenüber an die Ecke. An diesem Tisch saß sonst niemand, dafür aber war der Nebentisch überbesetzt. Der dritte und der fünfte Göd mit ihren Familien drängten sich darum.

Während ich das Spiel der Kinder beobachtete, rückte ich mit meinem Stuhl näher an den Nebentisch heran, um die Familien der beiden Göds unauffällig bei ihrem Gespräch zu belauschen. Diese aber durchschauten meine Absicht, rückten mit den Köpfen enger zusammen und begannen zu tuscheln. – Bald darauf war man sich, wie es schien, einig: Der fünfte Göd stand feierlich auf und ging mit weichen Schritten zum Musikschrank hin, auf den er sich, so als wollte er eine Ansprache halten, mit einer Hand aufstützte. Er räusperte sich, wie um Aufmerksamkeit zu erlangen, beugte sich dann aber nur hinunter, öffnete die Schranktüren und legte eine Schallplatte auf, deren Rand – wohl infolge zu starker Sonneneinwirkung – hoch aufgewölbt war. Dementsprechend war auch die Musik: Das an- und abschwellende Rauschen übertönte manchmal das Spiel der Instrumente, hauptsächlich Dudelsäcke und Schlaginstrumente, die immer und immer wieder die gleichen eintönigen Themen schottischer Militärmusik abwandelten. Dazu tanzte die Abspielnadel auf der gewölbten Plattenoberfläche und verschwand manchmal völlig, wie ein kleines Boot, in den Wellentälern. Dem Göd schien diese Musik zu gefallen – zuerst drehte er im Takt zu dem Auf und Ab der Nadel an den Knöpfen des Grammophons, indem er das Rauschen der Platte verstärkte, wenn die Nadel ein Wellental hinuntersauste, und die Lautstärke verminderte, wenn sie den Wellenberg hinauffuhr. – Dann winkte er den dritten Göd, der um ein Stück kleiner war als er selbst, zu sich, stützte sich auf ihn, indem er seinen Arm um dessen Schultern legte, und machte einen Krüppel nach, wobei er ein steifes rechtes Bein im Takt zur Musik nachschleppte und immer wieder mit dem gesunden Bein einknickte. Der dritte Göd wiederum, der seinen Arm zur Stütze um die Hüften des anderen gelegt hatte, griff ab und zu mit seiner freien Hand übertrieben nach der Brusttasche unter seinem Rockaufschlag, holte ein großes, schmutziges Taschentuch hervor und wischte dem Krüppel damit über die Stirn.

Während dieser Vorstellung wandte sich der fünfte Göd unter dem Gelächter und den Herausforderungen der Herumsitzenden häufig auffällig an mich, deutete mir, indem er eine einladende Bewegung mit seinem Kopf machte oder mir hämisch – durch nachdrückliches Schließen und Wiederöffnen der Augen – zublinzelte.

Erstes, längeres Gespräch

»Schauen Sie nicht dahin!« sagte plötzlich, ohne aufzublicken, der Betrunkene, an dessen Tisch ich mich gesetzt hatte. »Wenn Sie nicht hinsehen, hört er vielleicht wieder auf.« – »Warum macht er das denn?« fragte ich, verwirrt und vor Aufregung rasch einatmend. – »Es ist mein Neffe, ›kleiner Diebstahl‹, – hier haben alle sprechende Namen!« fügte er zur Erklärung hinzu und überging meine Frage mit einer Handbewegung. »›Kleiner Diebstahl‹ ist dritter Göd. Ich heiße Zerdahel, ›der Stotterer‹: ich habe früher einmal gestottert. Der Name ist trotzdem irreführend. Egal. – Es sind Vulgonamen, keine Familiennamen. Wenn ein Bieresch seinen ersten Hausbesuch macht (bei seiner Weihe zum Göd), bekommt er von den anderen Göds seinen Namen. – Was Sie hier sehen«, sagte er und machte mit seinem Arm eine weit ausladende Bewegung, »das nennen wir übrigens: ›einen Hausbesuch machen‹. ›Kleiner Diebstahl‹ erhielt seinen Namen, als er zum ersten Mal mit den anderen zu Rák ging. – Rák bedeutet ›Krebs‹, der Name ist ungarisch, er kommt aus dem Slawischen, bei den Bieresch bedeutet er auch ›das andere Urteil‹. – Das muß ich Ihnen erklären. Sie haben vielleicht schon einmal von den Histrionen erzählen hören. Es ist eine in dieser Gegend noch immer mächtige Sekte, deren Gründungszeit in die dritte und vierte Generation fällt. Die Histrionen vertreten die Ansicht, daß jede Untat zwei Schuldige habe, den Täter *und* das Opfer. Ihre Ansicht begründen sie mit der Geschichte von Kain und Abel. ›Das Opfer‹, heißt es bei ihnen, ›schreitet zur Tat, der Täter zur Schlachtbank.‹ Abel, so heißt es, habe Kain gerufen (denn in den Schriften steht: *so ruhet die Sünde vor der Tür und nach dir hat sie Verlangen*), und Kain habe nur das Urteil vollstreckt, das Abel über sich selbst verhängt habe. Jede Untat, behaupten die Histrionen, ist nur eine Sühne für vergangenes Unrecht, und da sie offenbar wird, wiegt sie leichter als ihre Ursache, die im verborgenen bleibt. ›Wie schwer‹, fragen die Histrionen, ›muß Abel gesündigt haben, daß seine Tat nur durch einen Mord gesühnt werden konnte!‹ – Und auf Grund dieser Auslegung wird bei uns (nach – für den Uneingeweihten undurchschaubaren – Berechnungen) einmal im Jahr das Opfer eines Verbrechens, symbolisch für alle, zum Tode verurteilt, während der Täter freigeht. – Rák, sagte ich, bedeutet: ›das andere Urteil‹. Von ihm sagt man, es sei krebsgängig, denn in jedem

Urteil, heißt es, wie Sie jetzt vielleicht besser verstehen werden, in den histrionischen Gesetzen, ›ist ein zweites Urteil enthalten‹. Dieses Urteil hebt das erste teilweise oder zur Gänze auf.«

Die Legende von den Namen

Der Betrunkene neigte sein Bierglas und fuhr mit dem dicken Zeigefinger seiner rechten Hand hinein, um etwas daraus zu entfernen. Dann nahm er einen kleinen, blechernen Löffel und rührte im Glas um, bis sich an der Oberfläche etwas Schaum gebildet hatte.

»›Kleiner Diebstahl‹«, setzte er seine Erzählung fort, »brachte von seinem ersten Besuch bei Rák nur einen alten, fast blinden Spiegel mit: daher der Name. – Diese vier«, unterbrach er sich und wandte sich ungeduldig um, um auf die Kindergruppe zu zeigen, die rechts von ihm stand, »gehören zur Familie von ›kleiner Diebstahl‹. – Verschwindet! – Die anderen«, es waren insgesamt fünf, »gehören zur Sippe von Naghy-Vág, das ist zu deutsch ›das Einhorn‹. Rák ist vierter Göd, Naghy-Vág zweiter. Sein Name kommt daher, daß er schielt und daß sein Schielauge praktisch nichts sieht. – Den fünften Göd nennen wir ›Stitz‹, ›das Milchgesicht‹. ›Stitze‹ heißen bei uns bestimmte Milchkrüge, die keine Henkel haben, und Stitz hat, wie Sie bemerkt haben, keine Ohren. Der sechste Göd heißt Lumiere oder ›die Birne‹ – es ist eine Verballhornung. Mit dem Familiennamen heißt Lumiere Limier (das ist französisch), Rák kann Französich und taufte ihn wegen seines großen Kopfes auf Lumiere um.

– Soweit die aufsteigende Linie. Untereinander, in absteigender Linie, nennen sich – und das ist eine Katastrophe, deren ganzes Ausmaß man auf den ersten Blick gar nicht überschauen kann – die Göds anders. Ausgenommen davon ist der erste Göd, er wird immer und von allen mit ›Erster Göd‹ angeredet. ›Kleiner Diebstahl‹ redet das Einhorn – wegen seiner Augenstellung und wegen seines Vogelkopfes – mit ›gekreuzter Schnabel‹ an. Rák nennt Naghy-Vág wegen seines Buckels (den übrigens alle seine Kinder geerbt haben) immer nur ›ein Rucksack voll‹, während er zu ›kleiner Diebstahl‹ der ›Spiegel‹ sagt – weshalb, versteht sich von selbst. Stitz nennt das Einhorn wegen dessen Augenfarbe ›Berlinerblau‹. Kleiner Diebstahl heißt bei ihm wegen des Spiegel-Abenteuers ›Katzensilber-auf-dem-Weg-von-ihm‹ und Rák, weil er einen kleinen Sprachfehler hat (er kann kein ›sch‹ aussprechen), ›fließendes Wasser‹. Lumiere, der ein glänzender Schachspieler ist, nennt das Einhorn wegen der hervorstehenden Augen (den ›Türmen‹) und ihrer Stellung ›die große Rochade‹, kleiner Diebstahl nennt er wegen einer alten Geschichte (in der Ihre Tante übrigens die Hauptrolle spielte) ›das Damenopfer‹. Rák heißt bei ihm ›der Fluß ohne Wiederkehr‹ (denn das im Urteil verborgene ›andere Urteil‹, heißt es, ›verschlinge‹ die Untat, während das Urteil selbst sie nur rächt). – Weil Lumiere gegen Stitz die einzige Schachpartie seines Lebens verlor, als dieser das aussichtslos scheinende Spiel nach einem Springeropfer doch noch für sich entschied, nennt er ihn ›das trojanische Pferd‹.«

Der Betrunkene machte eine Pause, nahm einen großen Schluck aus seinem Bierglas, wischte mit der Hand über sein Gesicht und fuhr fort:

»Das ist aber noch nicht alles. – Bei all diesen Namen handelt es sich nämlich um traditionelle Bezeichnungen, die von Generation zu Generation überliefert werden. So hat sich zum Beispiel eine alte Überlieferung erhalten, nach der der erste Göd mit ›Zupan‹, das ist kroatisch und bedeutet ›oberster Richter‹, oder ›Ispan‹, was auf Ungarisch dasselbe bedeutet, angeredet wird. – Gewisse Namen kommen von Zeit zu Zeit aus der Mode (mein Großvater, einer der letzten Eingeweihten, der noch alle Genealogien auswendig wußte, wurde mit ›Schatten am Fenster‹ angeredet, ein sehr schöner Name, den im Augenblick niemand trägt), aber warten Sie ab, nach ein, zwei Generationen erinnert sich plötzlich einer von uns an einen scheinbar längst vergessenen Namen und führt ihn wieder ein. Dann fangen auch die anderen an, sich zu erinnern, und plötzlich tauchen wieder all die alten Namen auf, an die niemand mehr gedacht hat, die aber niemals ganz vergessen werden. Natürlich kommt es da auch vor, daß dann oder wann der eine oder andere, nur um sich wichtig oder lustig zu machen, behauptet, er erinnere sich genau an einen Großonkel seiner Mutter, der den Namen ›der Giebelaltar‹ getragen habe, eine Verballhornung des Städtenamens Gibraltar, das von den spanischen Arabern eigentlich ›Deschebel-Taher‹ genannt wurde. Und da sich niemand bereit findet, die Unrichtigkeit dieser Behauptung nachzuweisen, sondern da alle bereit sind, alles zu glauben, bürgern sich im Lauf der Zeit viele falsche Namen ein, die in Wirklichkeit keinerlei Tradition haben, obwohl sich auch das nicht mit Sicherheit behaupten läßt, da das Erinnerungsvermögen jedes einzelnen von uns praktisch ohne Grenzen ist und sein Licht oft auch in die dunkelsten Stuben fällt.«

Der Betrunkene hielt inne und fuhr, nachdem er sich eine Zigarette angezündet hatte, fort:

»Wie auch immer, – in der Regel sind die Namen, die jeder von uns erhält, original, und es gibt in dieser Gegend heute noch ein Spiel, dessen Sinn es ist, alle Namen einer Gemeinde von Bieresch so zu kombinieren, daß durch ihre Aneinanderreihung eine einzige, geschlossene, folgerichtige Geschichte entsteht. Gelingt dieses Spiel, so verspricht eine alte Prophezeiung, würden wir erlöst, aufgelöst, und ein jeder könnte (das wäre die Erlösung!) seinen Weg gehen. – Dazu wird es freilich nie kommen!«

Indem er, wie um nicht geblendet zu werden, die Hand schützend über die Augen legte, blickte mich der Betrunkene zum ersten Mal an. Jetzt sah ich, daß er ganz helle, wasserblaue Augen hatte und eine lange, schön gebogene Nase, von deren Flügeln sich zwei scharfe, tief eingegrabene Bögen bis über die Winkel des wie durch eine Unachtsamkeit zu klein geratenen Mundes hinunterzogen. Dafür waren seine Ohren unverhältnismäßig groß und standen wie Flügel von seinem Hinterkopf ab.

»In Zeiten der Erholung von Dürreperioden oder Überschwemmungskatastrophen kommt es oft vor, daß alle Namen – scheinbar wie durch Fügung – zusammenzupassen versprechen, und jeder neu hinzukommende Name ist wie das Stück eines Zusammensetzspiels, nach dem man lange gesucht zu haben meint. Setzt man es dann aber wirklich zusammen, so stimmt es zwar im großen wunderbar, aber am Ende bleiben dann doch zwei oder drei Teile übrig, mit denen man ganz und gar nichts anzufangen weiß. Wäre es ein Spiel –«, der Betrunkene machte schweigend eine obszöne Handbewegung, indem er seinen Daumen zwischen Zeige- und Mittelfinger nahm, »man würde sie ungesehen in der Hose verschwinden lassen! – Aber es ist kein Spiel! Und keiner, der einmal damit begonnen hat, steht jetzt vom Spieltisch auf und geht ins Wirtshaus. Im Gegenteil: Ist die Hoffnungslosigkeit am größten, drückt man sich noch tiefer in seinen Stuhl.«

»Nach Ansicht verschiedener Gelehrter, und ich leugne nicht, daß ich mich nach all meinen Erfahrungen sehr stark zu ihr hingezogen fühle«, sagte der Betrunkene, indem er sich in seinen Stuhl zurücklehnte, die Hände von sich weggestreckt verschränkte und zur Decke schaute, »ist es gänzlich ausgeschlossen, daß ein einzelner die Lösung zu dieser Aufgabe findet, auch wenn es eine Lösung gibt – immer und zu jeder Zeit, darin sind wir uns alle einig! – Nach dieser Auslegung wird die Lösung an den langen Winterabenden im Kreis der Familie, beim Korbflechten, Messerschleifen oder Buttern gefunden. Man sitzt zusammen, einer fängt an, der zweite fährt fort, man setzt zusammen, fügt einen Teil an den andern, und plötzlich weiß man, wissen es alle: Es ist vollbracht.

Man erhebt sich, streckt sich, geht aufeinander zu, beglückwünscht sich, umarmt sich und setzt sich wieder hin, um sich an die Aufzeichnung zu machen, denn auch sie gehört zum Spiel. Aber es gelingt nicht. Man glaubt es nicht, probiert es noch einmal, fängt ganz von vorne an. Umsonst. Es ist vorbei. – ›Angesichts des Nichts, sag: Es war nichts‹, heißt eines unserer alten Sprichworte, und so ist es auch. – Man gibt auf, redet von etwas anderem, aber man schaut einander nicht mehr in die Augen. Man weiß, man hat das Kainszeichen auf der Stirn, sichtbar selbst für den Blinden. – Nur ein Unbelehrbarer, man nennt ihn ›Anochi‹, und das bedeutet ›ich‹, widmet von da an sein Leben gänzlich der Rekonstruktion der Geschichte. Aber auch ihm gelingt sie nicht, und seine Forschungen sind wie ungeschickte Hände, die in das Knäuel, das sie entwirren sollen, unentwirrbare Knoten knüpfen.«

Kreisel, der dich dreht

»Es gibt aus der vierten Generation eine Aufzeichnung«, sagte der Betrunkene und nahm einen Bierdeckel auf, mit dem er, wie im Takt zu einer für mich nicht hörbaren Musik, auf die Tischplatte schlug, »es ist die Geschichte des Anochi Gikatilla. Ich möchte sie Ihnen erzählen. Sie ist kurz und trägt den Titel: ›Kreisel, der dich dreht‹. – ›Der Anochi Gikatilla‹, so heißt es in der Legende, *›trieb sich immer dort herum, wo Kinder spielten. Und sah er einen Jungen, der einen Kreisel hatte, so lauerte er schon. Kaum war der Kreisel in Dre-*

hung, verfolgte ihn der Anochi, um ihn zu fangen. Daß die Kinder lärmten und ihn von ihrem Spielzeug abzuhalten suchten, kümmerte ihn nicht, hatte er den Kreisel, solange er sich noch drehte, gefangen, war er glücklich, aber nur einen Augenblick, dann warf er ihn zu Boden und ging fort. Er glaubte nämlich, die Erkenntnis jeder Kleinigkeit, also zum Beispiel eines sich drehenden Kreisels, genüge zur Erkenntnis des Allgemeinen. Darum beschäftigte er sich nicht mit den großen Problemen, das schien ihm unökonomisch. War die kleinste Kleinigkeit wirklich erkannt, dann war alles erkannt, deshalb beschäftigte er sich nur mit dem sich drehenden Kreisel. Und immer wenn die Vorbereitungen zum Drehen des Kreisels gemacht wurden, hatte er Hoffnung, nun werde es gelingen, und drehte sich der Kreisel, wurde ihm im atemlosen Laufen nach ihm die Hoffnung zur Gewißtheit, hielt er aber dann das dumme Holzstück in der Hand, wurde ihm übel, und das Geschrei der Kinder, das er bisher nicht gehört hatte, jagte ihn fort, er taumelte wie ein Kreisel unter einer ungeschickten Peitsche.‹ – Das ist die Geschichte«, sagte der Betrunkene, »es ist die Wahrheit.«

Er unterbrach seine Rede, um aufzustehen und sich von einer der Kisten eine weitere Flasche Bier zu holen. Dann setzte er sich, indem er seinen Hut zurückschob, wieder an den Tisch und fuhr fort:

»Die Legende stammt aus dem vierzehnten Jahrhundert, und es heißt, die Überlieferung habe den Bericht nicht verändert. Manche behaupten sogar überzeugend, daß es sich bei ihr um ein authentisches Zeugnis handle, also um eine jener Kombinationen, denen es gelungen sei, die vollständige, unveränderte, unverfälschte Geschichte der Bieresch-Gemeinde, abgefaßt ausschließlich mit den Namen der Mitglieder der Gemeinde zu einem bestimmten Zeitpunkt, festzuhalten. Nach Ansicht anderer – besagter Histrionen, die die Vorstellung haben, *daß jeder Mensch aus zwei Menschen besteht und daß der eigentliche der andere ist, der im Himmel wohnt* (und ihrer Ansicht nach steht nur diesem das Recht zu, einen Namen zu tragen) – ist der Bericht nicht authentisch, da der Anochi Gikatilla namentlich genannt sei. Tatsächlich muß dieser Umstand jeden Kenner der Bücher aufhorchen lassen. – Ich persönlich halte ihn allerdings nicht für so schwerwiegend, da sich dieser Anochi für alle Zeiten unsterblichen Ruhm erworben hat und die Namensnennung als einzigartige Würdigung dieser überragenden Persönlichkeit angesehen werden darf.«

»Wie auch immer, – die Tatsache ist, daß man sich zur Zeit der Abfassung der Legende vom Kreisel über die Authentizität des Zeugnisses nicht im klaren war. Es ist damit relativ und hat keinerlei Lösungswert. Dennoch hat es in den Studien aller späteren Generationen eine unvergleichliche Bedeutung als Erkenntnisquelle für jeden Anochi gewonnen, und das, wie Sie sofort begreifen werden, in mehrfacher Hinsicht. – Einerseits nämlich dient die Legende zur ausdrücklichen Warnung des Anochi davor, sich in den Forschungen zu verlieren (wird doch hier einer unserer unbestechlichsten Denker zum Gespött selbst von Kindern), andererseits muntert sie ihn auf, unermüdlich weiterzuforschen, denn, sicherlich zu Recht, sehen viele gerade in dem scheinbar alle Hoffnungen vernichtenden Satz: ›Er taumelte wie ein Kreisel unter einer ungeschickt geschlagenen Peitsche‹ den bildhaften Ausdruck für beginnende Erkenntnis. Zum dritten warnt die Legende mit ihrem Inhalt gleichsam vor ihrer Lektüre (ihr Erzählfluß bewegt sich dahin wie ein ungeschickt geschlagener Kreisel), eine Warnung freilich, die man erst versteht, wenn man sie in den Wind geschlagen hat, und schließlich sehen in ihr alle, ohne Ausnahme, den ersten, entscheidenden Schritt auf dem Weg zur Erkenntnis, denn sie besagt, daß man ihn sich verstellt, indem man erkennt, weil die Früchte des Baumes der Erkenntnis ungenießbar sind, wogegen der Schatten, den er verbreitet, die Verheißungen der Früchte einlöst, wenn man sich in ihm ausstreckt.«

Nach diesen Worten erhob sich der Betrunkene mit einer Entschuldigung und entfernte sich für einen Augenblick. Ich benützt diese Unterbrechung und trat an das halb geöffnete Fenster in meinem Rücken. Hinter mir plärrte der Plattenspieler lauter in die plötzlich eintretende Stille. Die drei Burschen am Nebentisch hielten in ihrem Gespräch inne, um mir nachzuschauen, und auch die Göds mit ihren Familien schienen ihre Unterhaltung für einen Augenblick unterbrochen zu haben. Sie griffen nachdenklich nach ihren Bierdeckeln oder spielten mit den Sockeln ihrer Weingläser. Die Frau des vierten Göds, eine große, knochige Person mit dunkler Haut und einem in die Breite gezogenen Gesicht, erzeugte einen hohen, langgezogenen, traurigen Ton, indem sie mit ihrem Zeigefinger am oberen Glasrand entlangfuhr. Ich starrte hinaus in das Dunkel der Ortschaft und holte tief Luft, weil ich vom Alkoholdunst, vom

Rauch und von den Erzählungen des Betrunkenen ganz benommen war.

Der Betrunkene kam schwankend an den Tisch zurück, eine neue Flasche Bier, die er wie zum Gruß hochhob und zwischen den Fingern pendeln ließ, in der Hand. Er bemerkte, daß ich ihn beobachtete, und zwinkerte mir zu. Wir setzten uns wieder, und indem er sich umständlich eine neue Zigarette anzündete, setzte er seine Erzählung fort:

»Nach seinem Ausscheiden wird der erste Göd zwischen neun verschiedenen Namen zu wählen haben. Vier davon wurden ihm in absteigender Linie zugeteilt, die anderen fünf hat er in aufsteigender Linie erhalten, denn wenn man sich auch vorher auf einen gemeinsamen Namen geeinigt hat, so bleiben doch die, deren Namensvorschläge von den anderen Göds nicht angenommen wurden, insgeheim immer bei ihren Bezeichnungen. Eine Starrhalsigkeit unserer Rasse!« fügte Zerdahel an. »Die Namen des ersten Göds lauten: ›Fisch-der-nicht-schwimmen-kann‹, ›scharf-und-flink‹ (so haben wir übrigen ihn gerufen), ›heimkehrendes Wasser‹, ›tritt zurück‹, ›die kleine Leuchte‹ (so nennen die Bieresch den Mond), ›Gefunden-und-nicht-verloren‹, ›die ausgleichende Ungerechtigkeit‹, ›kopfüber‹ und ›kaum angefangen‹. – Manche dieser Namen mögen Ihnen umständlich erscheinen, sie sind es aber nicht, denn es handelt sich bei ihnen fast durchwegs um Übersetzungen aus dem Argot, wo sie nicht mehr als drei oder höchstens vier Silben haben. – Sie werden deshalb den ersten Göd (er ist nur noch kurze Zeit Göd, dann ist sein Jahr um) später gelegentlich vielleicht den ›Schakal‹ nennen hören. Damit hat es folgende Bewandtnis: Der Name, auf den man sich nach dem ersten Hausbesuch des Göds geeinigt hatte, lautete ›chad kal‹, seine Übersetzung ›scharf und flink‹. Durch Verballhornung ist aus ›chad kal‹ der ›Schakal‹ entstanden, und es ist damit geschehen, was mir und meinem Namen widerfuhr. Man kennt zwar noch das ursprüngliche Wort, aber – sei es aus Ungeduld oder aus Unverständnis für die Tradition – es wird nicht allein seiner Bedeutung entsprechend ins Deutsche übertragen, man deutscht es zu allem Überfluß auch noch seinem Klang nach ein: ›Zerdahel‹ ist offensichtlich unaussprechbar geworden, man hat, wie weiß keiner, ›Stöttera‹ (wie ›Gibraltar‹ ein Ortsname) daraus gemacht, das Wort hält sich für ein, zwei Generationen, aber schon heute würde es mancher widerspruchslos hinnehmen, wenn einer meiner Neffen plötzlich behauptete, der Bruder seiner Stiefmutter habe tatsächlich ›der Stotterer‹ geheißen.«

Die Unschärfe der Worte

»Wir kennen diesen Vorgang aus den alten Berichten. Es kommt einem vor, als hätte er nur den Zweck, den Sinn eines Wortes – bildlich gesprochen – aus dessen Behältnis auszuleeren, das Gefäß umzumodeln, um einen neuen Sinn hineinzugießen. Die Bieresch nennen das ›neuen Wein in alte Schläuche füllen‹ und lachen darüber, obwohl in den Schriften gerade davor ausdrücklich gewarnt wird. Freilich hilft dabei auch unsere unglückliche Sprache mit, weil sie keine reinen Bedeutungen kennt, sondern nur Bilder und damit zur Deutung verleitet. – Darüber hinaus«, sagte der Betrunkene und wischte mit seinem Rockärmel die Asche weg, die von seiner Zigarette auf den Tisch gefallen war, »das viele Festland hier! Es ist eine Krankheit. Man hält in all dieser Tageshitze und Nachtkälte die Sinnlosigkeit nicht aus – ein Geduldspiel, in dem *wir* uns noch von klein auf geübt haben. – Die Buchstaben sind Zeichen, und jedes Zeichen trägt seinen alten Sinn in sich. *Manchmal,* heißt es, *schließt sich der Tropfen schon um ein zwei Laute, die Wörter mit sich führen – genaue erregende Gebärde, die Lippen und Zunge miterleben während der Artikulation, ein Skelett im Treibsand des Vokabelsinnes, das mich plötzlich erinnert.* – Wir verbrachten noch Stunden damit, der Tonfolge, dem Wechsel der Laute und dem Weg der Zunge nachzuhören und sie auf uns wirken zu lassen. *Ein Wort ausschmatzen*, heißt bei uns eine alte Redewendung. – Aber heute: Man glaubt nicht mehr, man hört nicht mehr zu, man hält nichts mehr aus. Man spielt sich auf mit Erfindungen neuer Namen, neuer Bedeutungen – und wir«, dabei fuhr seine Faust krachend auf das Holzbrett nieder, daß es ein Stück in die Höhe sprang und die Gläser hochschnellten, »wir können ganz von vorne anfangen!«

Die falsche Lehre

Ich wußte nicht, was der Betrunkene mit diesen Lügen bezweckte – denn daß es Lügen waren, wußte ich genau –, und wollte aufstehen. Als ich die Hand aber auf die Tischplatte stützte, griff er schnell nach ihr, umfaßte mein Handgelenk und sagte: »Gehen Sie noch nicht!« Langsam verschwand der heimtückische Ausdruck aus seinem Blick. Ich lehnte mich wieder in den harten, unbequemen Stuhl zurück, und der Betrunkene nahm seine Erzählung von neuem auf:

»Es ist Zeit, daß jemand eine falsche Lehre begründet!« sagte er. Er hob sein Bierglas, um mir zuzutrinken, und zwinkerte. – »Es ist verbürgt, daß es zu jeder Zeit die sechs Erleuchteten gibt, deren Licht so stark und gleichmäßig ist, daß man es nicht sieht. Hören Sie, was eine alte Weissagung verheißt:

Ja, ein schlafender Saufbold
auf einer Bank im Park,
und ein Großwildjäger,
tief im Dickicht, im Urwald,
. . . .
und ein chinesischer Zahnarzt,
. . . .
und die englische Königin –
Sie alle wirken zusammen,
sie alle wirken zusammen
in einem großen System. –

Fein, nett und angenehm!
So viele verschiedene Leute
in ein und demselben System!

Die Hymne ist nicht vollständig, wie Sie vielleicht bemerkt haben. Es ist der 53. Calypso (eine Verballhornung des jüdischen Wortes ›Klippoth‹), er wird Bokonon (›Jochanaan!‹) zugeschrieben. ›Klippoth‹, das sind zu deutsch ›die Schalen‹, sie haben, wie es heißt, die Macht über die versprühten und abgesunkenen Seelenfunken der ersten Menschen.«

»Unter den Anochis aller Zeiten hat es unzählige Streitigkeiten um die Unvollständigkeit des Textes gegeben, und es sind ebenso viele erfolglose Versuche unternommen worden, ihn zu vervollständigen. Eine Auffassung, die sich hartnäckig gehalten hat und in Abständen immer wieder aufgegriffen wird, geht dahin, daß es sich bei den zwei fehlenden Gliedern um zwei sogenannte ›falsche Propheten‹ handeln müsse, deren Nennung, um der Wahrheit des Restes willen absichtlich vermieden worden sei. Nach Ansicht der Histrionen (besagter Sekte) dürfe jeder sich selbst und seinen anderen Teil, den, der im Himmel wohnt, in die freigelassenen Textstellen eintragen.«

»Aber auch durch dieses Lager geht eine Spaltung: Die einen meinen, in die erste leere Textstelle müsse man sein irdisches Ich einsetzen und in die zweite sein überirdisches, denn das Niedrige habe dem Hohen vorauszugehen, um es anzukündigen, während die anderen gerade die gegenteilige Meinung vertreten. Sie behaupten, das irdische Ich beziehe seine Existenz aus dem überirdischen, und dieses habe daher unter allen Umständen zuerst genannt zu werden. Sie bezeichnen das irdische Ich als ›Schechina‹, das bedeutet ›die Verkleinerung des Mondes‹, denn ursprünglich, heißt es, habe der Mond die gleiche Leuchtkraft gehabt wie die Sonne, dann aber sei er von Gott verkleinert worden. – Diese zweite Partei, der ich mich irgendwie zugehörig fühle, ist der Meinung, das irdische Ich verschwinde gänzlich im Glanz des überirdischen, es könne daher (es sei denn im Zustand der Opposition, in dem es schattenhaft erratbar sei) überhaupt nicht genannt werden. – Sie werden das besser verstehen, wenn Sie bedenken, daß für die Histrionen das Verhältnis von irdischem und überirdischem Ich dem Verhältnis von Mond und Sonne völlig gleicht. Im Zustand der Opposition, heißt es deshalb, vollführe das himmlische Ich Handlungen, die denen des irdischen völlig entgegengesetzt seien: Während das irdische Ich in vollständiger Enthaltsamkeit lebe, treibe das himmlische Ich ausschweifend Unzucht (oder umgekehrt). Dieser Zustand entspricht der Mondesfinsternis, und die Handlungen des himmlischen Ich heben die des irdischen zur Gänze auf (und umgekehrt). – ›Und umgekehrt‹ ist übrigens ein bei uns sehr gebräuchlicher Name. – In völliger Übereinstimmung hingegen befinden sich irdisches und überirdisches Ich, wenn sich die beiden am nächsten sind (übertragen auf die Gestirne bedeutet dies: im Falle einer ringförmigen Sonnenfinsternis). Dann wiegen auch alle Taten doppelt, denn sie werden doppelt getan, und dennoch ist ihr Gewicht ein Nichts und weniger als nichts, denn scheint dann zwar der Mond fast so hell wie die Sonne, so doch auf der von der Erde abgewendeten Seite, so daß uns hier alles verdunkelt erscheint und die Gassen und Plätze von

Tieren und Menschen leergefegt sind, die in die dunkelsten Winkel flüchten.«

»Sind nun die Leerstellen des Textes durch zwei falsche Propheten zu ergänzen, oder hat man die beiden eigenen Namen hineinzudenken, es bleibt sich alles gleich: Denn setzen Sie Ihre Namen an die leergebliebenen Stellen, so würden Sie sich als falschen Propheten entlarven (*denn der wahre Erleuchtete weiß nichts von seiner Erleuchtung,* heißt es). Zudem verhält sich das irdische Ich zum überirdischen wie der falsche Prophet zum wahrhaft Erleuchteten (oder wie der Mond zur Sonne), und was, außer Lügen, könnte der falsche Prophet über den wahrhaft Erleuchteten aussagen. – Sie können also wählen!« sagte der Betrunkene und fuhr gleich darauf wieder fort:

» ›Greif hinein, da hast du's – aber was?‹ heißt ein altes Sprichwort bei uns. ›Nur selten gibt ein Erleuchteter sich zu erkennen – es ist der Mond!‹ heißt ein anderes. Wir wissen nichts von den Erleuchteten. Wir wissen nicht, wer sie sind und wo sie sind, aber wir wissen: Sie sind, es gibt sie. – ›Licht-das-aus-dem-Schatten-tritt‹ lautet die Übersetzung eines alten Namens, und sie bedeutet: Ein Erleuchteter gibt sich zu erkennen. Aber eine andere Übersetzung dieses Namens lautet: ›totale Sonnenfinsternis‹, und das wiederum bedeutet: Gibt sich ein Erleuchteter zu erkennen, verdeckt er das Licht, und alles, was wir von einem solchen Erleuchteten zu erwarten haben, ist – eine falsche Lehre. ›Tu alles zweimal!‹ ist der Kernsatz aller falschen Lehren. ›Wenn du lügst, lüge ein zweites Mal. Man wird dir glauben‹, heißt ein Satz,

›Wenn du deinen Bruder schlägst, schlage ihn wieder, er wird es dir danken‹, ein anderer. Und in Zeiten wie unserer, in denen es nichts zu erwarten gibt, erlöst uns der Satz: ›Tu alles zweimal!‹ – Wenn ich gerade vorhin meinen Namen gewählt habe, um Ihnen anschaulich zu machen, was bei uns heute vorgeht, so nicht umsonst. Zerdahel ist ein Name, der aus dem Argot stammt, die Übersetzung ›der Stotterer‹ ist nicht übel, wenn man bedenkt, was Zerdahel wirklich bedeutet: ›Tut alles zweimal.‹ Tut alles zweimal.«

Noch eine Legende

Ich hatte vor diesen Reden Angst und wollte weg. Der Betrunkene hielt aber das Ende meines Rockärmels mit beiden Händen fest und zog mich wieder in meinen Stuhl. Dazu zischte er mich in einer Weise an, wie ich es noch nie in meinem Leben gehört hatte. »Der Sohn des Anochi Gikatilla war zeit seines Lebens lahm«, zischte er zwischen den gespitzten Lippen hervor, »und einmal, als er von seinen Besuchern wieder gebeten wurde, eine Geschichte über seinen unsterblichen Vater zu erzählen, sagte er: *Mein Vater sagte immer: Es hat keinen Sinn, Geschichten zu erzählen, wenn sie nichts verändern. Dennoch werde ich euch, wie es mir die Gastfreundschaft gebietet, eine Geschichte erzählen. – Mein Vater war ein sehr gläubiger Mensch, und immer, wenn er sich versenkte, geriet er darüber so in Verzückung, daß er im Gebet, ohne daß er es selbst merkte, tanzte und hüpfte.* Und während der Sohn des großen Anochi das erzählte, geriet er so außer sich, daß er, der Lahme, die

Decken, in die er eingehüllt war, wegwarf, aus seinem Stuhl aufstand und zu tanzen und hüpfen begann. Alle glaubten an ein Wunder, und manche zweifelten an ihrem Verstand. Aber als der Lahme seine Erzählung beendet hatte, stand er da und bat seine Gäste mit freundlichen Gesten, nun zu gehen. – Er hatte seine Sprache verloren. Hören Sie: Weil er nicht fest genug glaubte, hat er seine Sprache verloren!« – Ich riß mich vom Betrunkenen, der bei den letzten Worten meinen Oberarm mit beiden Händen umfaßt hatte und immer wieder fest zusammendrückte, los und sagte, halbtot vor Aufregung: »Lassen Sie mich los, Sie sind ja verrückt!«

Drittes Kapitel

DE SELBY

DIE TANTE HATTE MIR AUFGETRAGEN, DIE SCHEIBtruhe, die wir am Bachrand, oberhalb eines der kleinen, grasüberwachsenen Stege abgestellt hatten, zu nehmen, um am folgenden Morgen bachabwärts, in der Gemischtwarenhandlung, die gleichzeitig als öffentliche Fernsprechstelle diente, die Post abzuholen und auszutragen. – De Selby, der Meßdiener vom Vortag, der in der Bahnhofswirtschaft so herzlich gelacht hatte, stand, als ob er auf mich gewartet hätte, in einiger Entfernung vom Haus und beobachtete mich, als ich heraustrat. Er hatte noch immer den schwarzen, leichten Mantel an, und als ich kopfnickend den mir schon bekannten, aus dem Dorf herausführenden Weg einschlug, trat er freundlich an mich heran, stellte sich vor und bat mich, sich mir anschließen zu dürfen. Ich lud ihn ein, er bedankte sich, und nach Austausch einiger weiterer Höflichkeiten hinsichtlich des Gesprächsanfanges – keiner von uns beiden wollte scheinbar der erste sein, und bald drohte diese Umständlichkeit selbst die harmlosesten Anläufe zu ersticken – setzte er mir, plötzlich entschlossener, seine Theorie des Einwegsystems auseinander, deren Quintessenz in einer Beobachtung bestand, die auch ich häufig gemacht hatte, nämlich der, daß alle Wege letztlich nur in einer Richtung begehbar waren.

Das Einwegsystem

Als ›Hinwege‹ bezeichnete De Selby in der Folge jene Wege, die zwischen den Orten A und B von A nach

B führend angelegt waren (oder umgekehrt). Man erkenne sie daran, daß sie spielend zu gehen seien, selbst beim ersten Mal. Auf einem Hinweg, führte De Selby weiter aus, vergehe die Zeit wie im Fluge, Rück- oder Irrwege hingegen führten durch Gegenden, die rasch wechselten und wie zusammengesetzt erschienen. Auf Hinwegen sei man zu Hause, betonte er. Der Weg, der uns soeben dorfauswärts führte, sei ein Rückweg. Das könne ich schon daran erkennen, daß die uns umgebende Landschaft sich im Vorwärtsgehen von uns entferne, plötzlich aber hinter uns liegen werde, so daß das namenlose Gefühl, unser Orientierungssystem werde in Kürze zusammenbrechen, seine volle Berechtigung habe. – Zur Bekräftigung seiner Theorie berichtete De Selby von zwei Vorfällen, die sich vor langer Zeit in dieser Gegend zugetragen hätten. Im einen Fall habe ein Bieresch, der im Gespräch mit seinem Nachbarn von der Dunkelheit überrascht worden sei, versucht, sein nur durch eine Wiese von seinem Nachbarn getrenntes Haus querfeldein, auf einer Abkürzung zu erreichen. Er sei aber nie zu Hause angekommen, sondern von seiner Frau erst nach stundenlangem Suchen im Dorfgasthaus bewußtlos betrunken aufgefunden worden. Trotz guten Zuredens von allen Seiten sei er nicht dazu zu bewegen gewesen, nach Hause zurückzukehren. – »Der andere Fall ist nicht weniger tragisch«, sagte De Selby. »Es handelt sich auch bei ihm um eine Sage. Ich weiß sie, wegen ihrer Bedeutung für meine Theorie, auswendig. Sie trägt den Titel ›die alltägliche Verwirrung‹ und erhebt schon damit Anspruch auf

Allgemeingültigkeit. Sie lehrt, daß man keine Abkürzungen gehen soll, denn schon das fußbreite Abweichen vom rechten Hinweg kann direkt ins Unglück führen.« – Oft begleiteten kleine, ausgetretene Pfade einen Hinweg, erklärte De Selby, sie liefen irreführenderweise sinnlos lange neben diesen her, man gehe auf ihnen scheinbar leichter und freier. Aber ohne daß das bloße Auge die haarfeinen Abweichungen bemerken könne, führten diese Pfade von den Hinwegen weg, unmittelbar ins Verderben. Gedankenverloren aufblickend, fände man sich plötzlich in einer völlig fremden Umgebung wieder. »Irrwege also«, sagte De Selby. »Ein Wechsel, rasch und rücksichtslos wie ein Zungenschlag, findet statt!« – Nun bereue man auf einmal. Man sehe sich um, horche, bleibe stehen. Alles sei plötzlich wie verrückt: Wegsteigungen erweckten den Eindruck von Neigungen, ein in der Ferne scheinbar breit ausladendes Tal erweise sich im Näherkommen als unpassierbarer Felsspalt. »Gebirge lösen sich in nichts auf. Der Boden gibt unter dem Wanderer nach wie ein morscher Ufersteg«, erklärte De Selby, der Mesner. »Ihm wird schwindlig; er taumelt; er sucht Halt an einem Geländer. – Er hat die ›Seekrankheit auf festem Lande‹, wie wir es nennen.«

Er machte eine Pause. »Rückwege sind Fußangeln«, sagte er dann. »Die Sage erzählt, daß der Wanderer, im Bewußtsein seiner Verwirrung, sofort versucht habe, den Irrweg in der Gegenrichtung zurückzulegen, aber sosehr er suchte, er fand den Pfad nicht. Vor den Augen des Wanderers, erzählt die Sage, habe sich ein Nebelstreif in die Luft aufgehoben und aufgelöst.« Wieder schwieg De Selby bedeutungsvoll.

»Rückwege – und das gebe ich trotz aller Vorbehalte zu«, fuhr er fort, »Rückwege haben dennoch ihre Vorteile. Sie verleiten auch mich immer wieder zu ihrer Benützung. Aber ich gebe der Versuchung nur dann nach, wenn ich mich in Gesellschaft befinde. – Da kann man sich gegenseitig helfen, indem man Geschichten erzählt. Freilich strengt das doppelt an, und man kommt deswegen auf ihnen – im Gegensatz zu den Hinwegen, auf denen man scharf und flink wie in einem Bach dahineilt – nur stolpernd und schwerfällig voran. Dafür verbraucht man auf ihnen praktisch keine Zeit«, rief er. »Man geht sie gleichsam *quer* zum Zeitstrom, nicht *mit* dem Zeitstrom wie einen Hinweg. – Denken Sie bloß an gestern!« sagte er emphatisch und warf dazu beide Arme in die Luft. »Wir, die in der Bahnhofswirtschaft zurückgeblieben waren, beschlossen, die Strecke ins Dorf auf dem Weg über den ›Krug zum grünen Kranz‹ zurückzulegen, weil wir Ihnen noch unbedingt zuvorkommen wollten. – Sie hatten (eine Rücksichtnahme Ihrer Frau Tante, das muß man sagen!) auf Ihrem Weg wahrscheinlich das Gefühl zu fliegen. Wir wagten das Abenteuer des Rückwegs – eigentlich hätten Sie uns singen hören müssen, als wir an Ihnen vorbeizogen«, fügte De Selby ein. »Wir riskierten, und obwohl wir erst eine halbe Stunde nach Ihnen aufbrachen und im ›grünen Kranz‹ noch einmal Station machten, waren wir lange vor Ihnen im Ballsaal. – Da haben wir uns inzwischen an Ihrem Rotwein schadlos gehalten«, sagte er lachend.

»Ich habe Sie vorhin beobachtet, als Sie aus dem Haus traten. Sie haben es vielleicht gemerkt. Sie haben sich umgeschaut, dann haben Sie Ihr Ziel ins Auge gefaßt. – Ich habe gewußt, woran Sie dachten«, rief er.

»So wie Sie das gemacht haben, so entschlossen, so mutig, so macht es nur einer, der sich wirklich in allem auskennt. Zuerst wollte ich eigentlich mit mir selbst eine Wette abschließen, dann ließ ich's aber bleiben, denn es war ganz klar, daß Sie sich für den Rückweg entscheiden würden. Sie taten es freilich nicht bewußt, aber ist nicht gerade der, der die Angst in sich hat, der erste, der sie unbewußt peinlichst vermeidet, die große Gefahr? – Das Ziel vor Augen, die Schlucht dazwischen wird wohl nicht zu breit sein, ein Sprung – und man ist drüben. So ist's richtig!« sagte er und schnalzte laut mit den Fingern. »Ich bin da anders: Ich denke zuerst an meine Bequemlichkeit und Gesundheit. Und ich greife auch nach der Hand, die mir ein Hinweg hinstreckt. Da geh' ich geradeaus, und wenn's noch so weit ist, und ich rede auch geradeheraus. Sie dagegen sind immer fürs Unbequeme. – Wenn Ihnen einer die Hand hinstreckt, dann verschränken Sie Ihre am Rücken und drehen sich weg. Recht haben Sie! Wer weiß denn wirklich, zu wem eine Hand gehört! Besser ein gefährlicher Rückweg, denken Sie, als die verkehrsreiche Hauptstraße. – Bestimmt wird Ihnen auch Inga zusagen. Also: Auf zu Inga!« – De Selby war ganz außer Atem. Durcheinander vom Reden, gestikulierte er noch mit den Armen, als er schon zu sprechen aufgehört hatte, und erschöpft ließ er sich ins Gras fallen, als wir an jener Stelle angekommen waren, wo ich am Vorabend die Scheibtruhe stehengelassen hatte.

Ich fand das Fuhrwerk nicht mehr dort, wo ich es erwartete. – Jemand hatte es um- und die Böschung hinabgestoßen. Es lag, die Truhenvertiefung nach oben, die Beine in die Höhe gereckt, wie abgestochen im Bachbett. Ich stürzte die Böschung hinunter. Die Holzhände waren von den Truhengriffen gebrochen und lagen neben dem Fahrzeug im trockenen, aufgesprungenen Lehm. – Als ob diese Hände etwas mit dem zu tun gehabt hätten, was De Selby gerade gesagt hatte, erschrak ich bei ihrem Anblick über die geringe Meinung, die die Bewohner dieses Landstriches von fremdem Eigentum hatten. Ich ergriff hingestreckte Hände zwar nicht leicht, aber ich hackte sie auch nicht ab. – Klarer als sonst, so war es mir angesichts der vielen kunstvollen Verzierungen noch am Nebensächlichsten erschienen, war man sich hier der Gemeinsamkeit der Anstrengungen aller, die in einem Werkstück zusammenliefen, bewußt, aber nirgendwo war es mir bisher vorgekommen, daß man diese Arbeit mit so viel Gleichgültigkeit und Verachtung behandelte wie hier. Das Werk eines mühevollen und zeitraubenden Spiels war im Handumdrehen zunichte gemacht worden. Ein Kind hatte zerstören dürfen, was von allen gestiftet worden war, und es hatte auf seine Zerstörung noch stolz sein dürfen, denn es war – zum Hohn gegen alles! – nach seiner Tat die steile Uferböschung hinuntergestiegen und hatte in eine Ritze des Truhenbodens, wie einen Gleichenbaum, das seltsame, in Speichen auseinanderstrebende und zu einem Rad verwachsende Ende eines Haselnußzweiges versenkt, ein ›monyorókérek‹, das bedeutet: ›kreisrundes Haselgebüsch‹ oder ›Die Wilde Jagd‹ und wird hier zu bestimmten Anlässen an Stelle einer anderen Trophäe im Hutband getragen.

Während ich das Truhenrad freilegte und das Fahrzeug unter Anstrengungen über die Böschung hinaufschob, spähte De Selby zu mir herunter, die Handflächen, wie zum Sprung bereit, seitlich neben sich im Gras. »Sie machen Ihre Sache gut«, sagte er. »Wenn ich Ihre Tante wäre – und wer weiß, vielleicht bin ich's!« fügte er lachend hinzu, »ich würde Sie gar nicht mehr weglassen.« Er stand auf und schüttelte seine Hose aus, an der ein paar vertrocknete Grashalme hängengeblieben waren. – »Ich habe Ihnen noch gar nicht erklärt, wer Inga ist!«

Inga zählt

» ›Ihr müßt immer alles erklären!‹ würde er jetzt wohl sagen. Erklären, erklären. Inga hat recht: Wir leben nicht, wir erklären das Leben. Und die meisten sind's damit auch schon zufrieden. Inga nicht. Inga heißt der Gemischtwarenhändler, bei dem Ihr Onkel immer die Post abholte. Das tun jetzt Sie. – Ich habe Ihren Onkel gut gekannt. Wir sind so manchen Hinweg miteinander gegangen – und vor allem so manchen Rückweg!« sagte er wieder lachend. – »Rede ich Ihnen zuviel?« fragte er, wohl weil ich kurz aufschaute, während ich mich vergeblich bemühte, das Truhenrad, das aus seiner Halterung gerutscht war, wieder an Ort und Stelle einzuhängen. – Aber wie meine Tante hatte De Selby die Angewohnheit, nicht lange auf eine Antwort zu warten, wenn er eine Frage gestellt hatte. Und dennoch: Hatte der Messner meine Gedanken gehört? Hatte ich denn aufgeschaut, bevor er mir seine Frage gestellt hatte? – » ›Inga pendelt zwischen gestern und morgen – und umgekehrt, daher der Name‹, sagt Zerdahel. Weiß Gott, was er damit sagen will. Er redet immer in Phrasen«, sagte De Selby. – » ›Ihr Histrionen‹, sagt Inga immer, ›Ihr seid wie die Seiltänzer. Ihr müßt immer alles erklären. Ihr spannt Euch mit Worten die Seile, damit Euch die Welt nicht davonfliegt!‹ sagt er. So redet er. – Natürlich erklären wir. Unsere ganze Geschichte ist nichts anderes als eine Folge und Wiederholung von falschen Erklärungen. ›Ein Knoten, der sich knüpft, wenn man ihn löst‹, sagt man. – ›Das ist das Seltsame‹, sagt der Wanderer in der Sage, von der ich Ihnen vorhin erzählt habe. Er bleibt im Gehen plötzlich stehen und sagt: ›Es wundert mich, weil mir scheint, daß sich alles wiederholt und mich dennoch überraschend trifft!‹ – Er ist ein Bieresch. Wir sagen: ›Es trifft mich wie ein Schlag, der einem anderen gegolten hat. Was hat er denn getan?‹ Wir handeln, aber, wie es scheint, ohne den großen Zusammenhang. Und Umgekehrt spannt diesen Bogen, er tut nichts zweimal, ohne es beim zweiten Mal anders zu tun. – ›Die Wiederholung«, sagt er, ›ist entweder eine Dummheit oder ein Kunststück.‹ Für uns, die wir an die Wiederholung glauben, weil wir in ihr die Erlösung suchen, ist das anders. Für einen Bieresch gibt es darum auch keine größere Schmach, als von einem andern gefragt zu werden: ›Wiederholst du dich jetzt?‹ – Natürlich wiederhole ich etwas, und ich will's wieder tun. Aber daß ich da etwas sozusagen in meinem Rücken tue, ohne es selbst zu bemerken, das ist das Schändliche. – Der Fluß der Geschichte, unserer Geschichte, hat unauslöschlich Rinnen, Wannen und Mäander in unser Hirn gegraben. Es sind ausgefahrene Wasserwege, in denen die Boote unserer Gedanken geräuschlos flußabwärts gleiten, wenn Sie ein solches Bild erlauben. Man beladet sein Boot, verstaut und vertäut die Fracht, setzt die Segel – aber immer ist es schließlich ein anderer, der als erster hineinspringt, losmacht und abstößt.« – Er unterbrach sich, sah mich lachend an, wie ich, hilflos über meine Scheibtruhe gebeugt, dastand, und sagte: » Mir scheint, du wiederholst dich jetzt!« – Dann wurde er gleich wieder ernst und setzte fort: »Wir sind bescheiden. Unser Klima läßt eine Bepflanzung im kleinen Rahmen zu. Hier wachsen Salat, Bohnen, Gewürze und ein wenig Wein. Im Süden gibt's sogar Bambus. – Die Winter sind mild, die Sommer allerdings von einer auch für uns dröhnenden Hitze. Da kann es passieren, daß in einer einzigen Nacht die hochschießende Frucht verkohlt. Solche Nächte sind zwar selten, aber es gibt sie. Und man erzählt, daß es vorgekommen sein soll, daß ein Bieresch morgens vor seine Haustür trat und daß allein durch das Gewicht seines Schrittes die ganze Pracht in sich zusammenfiel. ›Dünger fürs nächste Jahr!‹, sagt man bei uns, wenn einmal etwas ganz schiefgeht. – Wir erwarten nichts Großes, wie auch«, sagte De Selby.

Ich hatte das Truhenrad endlich wieder in seiner Halterung angebracht und nahm das Fuhrwerk auf. »Wir wollen nichts Großes«, wiederholte De Selby. »Wir schauen allerdings auch nicht neidvoll und verächtlich aus unserer Höhe herab auf die zurückgebliebene Idylle unserer Vorfahren. – Wir sind unsere eigenen Vorfahren!« sagte er, und als wolle er einen Witz machen fügte er hinzu: »Nur welche, das ist die Frage! – Wir stecken in einer Sackgasse der Zeit. Die Geschichte, die ich Ihnen vorhin erzählte, ist die Geschichte der Bieresch. Der Seitenpfad, den der Wanderer benützt, ist ein Rückweg. Er führt nirgendwohin. Und da stehen wir nun seit Jahrhunderten. – Bildlich gesprochen, stecken wir in der Vorzukunft fest: Unsere Gegenwart – das ist die Vergangenheit unseres Volkes – ›die große Vergangenheit unseres großen Volkes‹, würde Zerdahel ausbessern. Wie auch immer: Das Gefühl, daß ein nicht gutzumachender Fehler gemacht wurde, begleitet uns, während wir auf der Stelle treten. – Wir essen, wir trinken, wir reden miteinander. Wir tun, was jeder tun würde, der gerade einen großen Schrecken hinter sich hat. Welcher Schrecken, und wann ist er uns widerfahren?« sagte De Selby und duckte sich übertrieben. »Vor tausend Jahren? Gestern? Vor einer Minute? – Was habe ich gerade gesagt? Habe ich mich wiederholt?« De Selby sah sich für sein Spiel ängstlich um. Dann fuhr er wieder ruhig fort: »Sicher. Aber inwiefern? – Irgendwann in unserer Entwicklung hat es einen großen Schritt gegeben. Einen Schritt zur Seite? Vom sicheren Hinweg auf einen der unzähligen Irr- und Rückwege, die sich jedem von uns schmeichelnd anbieten? – Geschah alles, als ich geboren wurde? Geschieht es mir jetzt? Suchen wir etwas, das andre in einem anderen Leben verloren haben? – Ein Rückweg ist wie ein Kirchgang, den eine Frau mit ihrem einladenden Körper verstellt. Eine Versuchung, könnte man fälschlich sagen. Schon eher ein falsch gesetztes Satzzeichen, das einen ganzen Sinn zerstört. Ein sinnlos dahingeschmatztes Wort, das die Umstehenden auffahren läßt. – ›Er geht seinen Weg‹, heißt es in der Legende, ›und auf einmal – peng! Es ist ihm, als ob plötzlich ein allgemeines, nicht wieder endendes Furzen anhöbe, unter das sich das Schreien und Jammern von Kindern mischt.‹ – Es ist ekelhaft, – als ob man sich auf einen halb aufgeblasenen Luftballon setzte. Ein leichter, kaum spürbarer Wahnsinnswind, der durch die Schleusen und Kammern unserer Hirne fährt und aus ihnen heraus. ›Die Lüfte küssen sich‹, sagen bei uns die Leute. – *›Irland ist ein schönes Land«,* sagte De Selby plötzlich sinnlos, *» ›aber die Luft ist zu stark dort!‹ «*

»Sei es, wie's sei«, fuhr er schmatzend fort. Dann berührte er leicht meinen Arm und sagte halblaut, warnend: »Inga wird verrückt, wenn man so redet. – ›Nichts ist, wie's ist‹, sagt er und fängt wieder damit an: ›Es gibt keine Wiederholungen!‹ – Das einzige, was sich für ihn wiederhole, sei unsere Dummheit, sagt er. Aber selbst wir seien seit dem letzten Mal dümmer geworden. So redet Inga. Er läßt nichts anderes gelten. Dabei wiederholt sich doch alles. Können Sie Französisch?« fragte er mich. Ich schüttelte den Kopf. »›Tout le nouveau c'est plus du connu‹, sagt man in Frankreich – ›Alles Neue ist mehr vom alten.‹ Limier ist Franzose. Inga ist ungarisch und bedeutet ›das Pendel‹. Er pendelt zwischen gestern und morgen. *Tik-tak, tik-tak, drei und vier* ist, rufen ihm die Kinder nach, wenn er auf der Straße daherpendelt. – Darf ich? Ich bin schon etwas müde!« De Selby teilte mit einer leichten Bewegung seine Mantelschöße und ließ sich wie eine Feder in meine Scheibtruhe sinken. Ich wehrte ab. – Er entschuldigte sich mit einer Verbeugung und gesellte sich wieder an meine Seite. »Scheibtruhenfahren bringt Glück«, sagte er zur Erklärung.

»Inga also glaubt nicht an Wiederholungen. Inga zählt. Er zählt, wenn er ißt, wenn er geht, wenn er spricht. Aber zu zählen heißt doch, sich wiederholen und hoffen, daß sich alles eines Tages wiederholt, oder? – ›Ingas Zunge‹, sagt Zerdahel«, sagte De Selby und wartete auf mich, weil er im Reden seine Schritte beschleunigt hatte und fast schon außer Hörweite war. *»Seine Zunge,* sagt Zerdahel, *warnt ihn vor jeder Zahl. Jede Zahl, ehe sie sich von ihm aussprechen läßt, schaut sich zuerst gleichsam nach allen Seiten um, die Ziffernkombinationen zerbrechen ihm förmlich, er sieht ihr Inneres, sie rascheln wie Blätter in einem Wald!* – ›Aber was zählt Inga denn? werden Sie fragen‹, sagt Zerdahel. – Fragen Sie nicht«, sagte De Selby. Er redete jetzt ganz vertraulich und ernst. Alles war wie verrückt. »Manchmal meint man, er zähle seine Schritte, und man verspottet ihn leicht, indem man sagt: ›Er geht so komisch, weil er sich dauernd verzählt!‹ Aber fragen Sie Zerdahel! Er behauptet: ›Inga zählt *nicht*!‹ – ›Was dann?‹ fragt man. – ›Inga beziffert‹, erhält man zur Antwort. – ›Und das bedeutet?‹ – ›Was es besagt!‹ – Das also. Also ist es der so-und-sovielte Tisch im Leben des Inga Benyúl, der so-und-soviel-tausendste Mensch, der so-und-so-viel-millionste Bissen Brot. Das wäre einfach und schön. Aber es ist nicht so. Denn wenn Inga glaubt, daß keiner ihn hört, dann zählt er frei und laut heraus. Und wenn Sie ihm dabei zuhören, bemerken Sie gleich: Er zählt anders als Sie. Oft zählt er ruckartig, indem er ein paar tausend Zahlen überspringt, manchmal von vorne nach hinten, dann wieder verdoppelt er eine Summe oder multipliziert eine Zahl mit sich selbst. – Vielleicht, sagt man, sind es die Dinge, die er zählt, oder es sind die Namen der Dinge: das, was er sieht, oder das, was er denkt? Oder er numeriert bloß laut, was er im stillen denkt, und addiert es mit dem, was er sagt. Oder er zählt das, was er sieht, *und* das, was er denkt. – Manchmal schließt er die Augen unterm Zählen, und dann zählt er regelmäßig, wie atmend, weiter, Zahl für Zahl. Dann hat man das Gefühl: Jetzt findet er Ruhe!« De Selby blieb stehen und strich ein Blatt, das an seinem Mantel hängengeblieben war, mit der Hand weg. »Es ist, als ob er seine Notdurft verrichtete«, setzte er fort. »Jede neue Zahl, die er ausscheidet, scheint der neue Gedanke zu sein, den er denkt und den er zu zählen hat. Vielleicht betet er? Vielleicht denkt er seine Zahlen so, wie wir Musik machen? Sie entwickeln sich in ihm, steigen in ihm hoch, und wenn er sie erkannt hat, stülpt er eine andere Zahl darüber. – ›Und dann bildet sich also‹, werden Sie jetzt denken«, sagte De Selby, » ›aus der vergangenen Zahl der neue Gedanke, und dieser bekommt eine neue Ziffer, – dann numeriert er also die Zahlen, und die eine Zahl ist Anlaß und Vorwand für die folgende Ziffer, und so weiter?‹ – Denken Sie. – Weit gefehlt! Inga ist anders.«

De Selby machte eine kleine Pause. Er war müde. Es war deutlich zu sehen, daß ihn das viele Reden erschöpfte. Er schwitzte stark. Die Haare hingen ihm in die Stirn, die Koteletten klebten an seinen Wangen. – »Ingas Zahlen sind *seine* Seile zwischen den Gedanken, könnte man mit ihm sagen«, sagte De Selby. Er fuhr sich schwach mit der Hand über das Gesicht, während er ging. Es war, als ob die Worte in ihm fluchten. – »Aber man weiß es ja nicht. Man weiß nur: Er will nicht, daß man weiß, daß er zählt. Und er verbirgt es nicht schlecht. Aber manchmal, da muß es aus ihm heraus. Dann fährt er, während er dir gegenüber am Wirtshaustisch sitzt, plötzlich mit der Hand an den Mund, und unter der Hand zischt dir wütend eine Zahl entgegen. – ›Er zählt mit einer Gier‹, sagt einer meiner Freunde, ›als ob er die Zahlen, die er ausspuckt, am liebsten wieder verschlingen würde!‹ Es klingt unanständig. Es zischt, als ob sich jemand in deinen Rücken schneuzte. Und wirklich versucht Inga, es zu vertuschen, indem er sich gleich darauf laut in sein Taschentuch schneuzt. – Und wie sieht es Zerdahel? *Er sucht etwas, das er in einem anderen Leben verloren hat,* sagt er. Eine Phrase, natürlich. Aber vielleicht hat er recht. Nur – wer glaubt denn schon an ein anderes Leben?« sagte De Selby und sah mich aufmerksam von der Seite an. »Sie etwa? – Das andere Leben, das andere Ufer: Das sind Zerdahels Märchen für Kinder. Wir wiederholen uns, unser Leben verglüht in den Klippoth. ›Ein Jahr nachdem man gestorben ist, ist man spätestens tot‹, sagen die Bieresch. Alles andere bleibt beim alten. Sie und mich«, sagte De Selby, »Zerdahel oder Inga – uns gibt es gar nicht. Wir sind, was die Schriften den ›übelriechenden Ausfluß‹ nennen, die ›faulen Zähne im großen, ewigen Gebiß der Bieresch‹, das sich an der Welt wundgebissen hat. – Es ist die alte Geschichte: Gestern starb mein älterer Bruder Oslip, heute Ihr Onkel. Ich werde in Kürze ›die Tür zum Gebirge‹ heißen, Sie vielleicht ›Redet-nach-innen‹ oder ›die falsche Erklärung‹ oder ›Geht durch zwei Fenster‹. Und solange wir nicht gewußt haben, wer wir sind, waren wir am glücklichsten. Der kurze Traum der Jugend ist verträumt, und das ausladendste Tal ist die Mauer, an der man sich in der Dunkelheit die Stirne wundschlägt. Es gibt keine ›Tür zum Gebirge‹! Ich sollte eher ›Lacht-ohne-Sinn‹ heißen«, sagte er traurig.

Ablaken

De Selby nahm sich wieder zusammen und fuhr mit fester Stimme fort: »Kennen Sie das: Oft, wenn ich irgend etwas sage, irgendeinen Satz, meinen Namen, ein Wort – dann ist es mir, als ob nicht ich spräche. Die Kinder spielen das. Wir nennen es ›ablaken‹.« – Er war wieder traurig geworden, mich aber hatte diese Bemerkung, die er scheinbar arglos und ohne Absicht hingeworfen hatte, wie ein Schlag getroffen: Wir hatten dieses Spiel, von dem ich geglaubt hatte, *ich* hätte es erfunden, als Kinder gespielt. Wir hatten damit das Nachahmen fremder Stimmen gemeint. – Wenn man allein war, sprach man mit der Stimme eines anderen zu sich selbst und antwortete darauf mit wieder einer anderen Stimme. Meine kleine Schwester hatte dieses Spiel von allen, die es durch mich kannten, am besten beherrscht. Sie spielte es oft stundenlang. Wir anderen beobachteten sie dabei aus irgendeinem Versteck, sprangen plötzlich hervor und packten sie. Zwei hielten sie fest, und sie mußte dann so lange vor uns ablaken, bis wir es vor Lust, Angst und noch einmal Lust nicht mehr aushielten, aufsprangen und wie außer uns davonrannten. – »Nicht *ich* spreche«, sagte De Selby, der mit mir einen Augenblick lang stehengeblieben war, »ein anderer *in* mir zieht eine Durchreiche zu meinem Mund auf und sagt, was ich sage. Er nimmt meine Stimme, spricht ein paar Worte und macht die Durchreiche wieder zu. Und bevor ich noch etwas sagen kann, weil ich ausbessern möchte, was da gerade mit meiner Stimme gesagt worden ist, geht ein anderes Fenster, ein anderes ›ablak‹ in mir auf, und eine andere Stimme sagt einen Satz. Und so weiter. Es ist so schmutzig! Als ob ich in mir lauter Fenster hätte, die abwechselnd aufgerissen und zugeschlagen würden, und zwischen jedem Öffnen und Schließen schreit mir einer ein Schimpfwort zu. – Verstehen Sie das?« De Selby schrie beinahe vor Schmerz. »Es ist so viel Dreck in der Welt«, schluchzte er. »Manchmal glaube ich, ich kann nicht mehr.« Er war stehengeblieben, hatte die Arme gehoben und hoffnungslos wieder sinken lassen. Ich schwieg betroffen. Was erwartete er denn von mir?

Wir gingen dann eine Weile schweigend nebeneinander her. Das Gras war hier dicht und struppig wie Barthaar. Nach jedem Schritt richtete es sich gleich wieder auf. Es verbarg eine andere Welt – die Welt der Käfer, Spinnen und Schnecken.

De Selby hatte seine Schuhe ausgezogen und die Hosenbeine ein Stück aufgestrickt. Er ging barfuß neben mir. Seine unbehaarten, weißen Beine glänzten in der Sonne, als hätte er sie mit einer Speckschwarte eingerieben. Er sah aus wie ein alter Mann. Manchmal fuhr er mit seiner rechten Hand, in der er seine Schuhe hielt, zu den Augen und wischte die Tränen ab. So unvermittelt, wie er anfangs zu reden begonnen hatte, hatte er wieder aufgehört. Ich fühlte mich elend. Es war, als hätte er mit seinem letzten Satz die ganze Welt ausgestrichen und als müßte das auch für mich gelten. Durfte man das? War es denn wirklich so schwer? – Er ging jetzt wieder ein Stück vor mir. Ich hörte ihn dann und wann seufzen. Die Seufzer klangen wie falsch gesetzte Satzzeichen – ›als ob ein anderer die Stimme aus ihm nähme und mit ihr seufzte‹. Manchmal spreizte er beim Gehen wie ein Kind die Zehen weit auseinander und strich damit wie durch einen Schopf über das Gras. – Jetzt hätte gern ich ihm eine Geschichte erzählt. Aber was für eine? Eine aus meiner Heimat? Eine Komödie des städtischen Lebens?

Vor Jahren war ich zum erstenmal hier in Zick gewesen. Als Zehnjähriger hatte ich mich in eine dunkelhaarige Zwölfjährige aus dem Dorf verliebt. – Ihr Vater, ein alter, fast schon tauber Mann, hatte den »Krug zum grünen Kranze« gepachtet und in einem damals noch rohen Zubau das Dorfkino untergebracht. Im Hintern* des langgestreckten Bauernhofes hatte er eine Tischlerwerkstatt eingerichtet, und in der Luft lag immer der warme, trockene Geruch von Sägespänen und gelagertem Holz und kitzelte einen in der Nase. Der alte Mann mochte mich gut leiden. Wenn er mit jemandem sprach, verwendete er immer die Mehrzahl. »De Buim gehn net ind Schui«, sagte er zu mir und klopfte mir leicht auf die Schulter. »Und de Dirn wuin net owoschn«, sagte er freundlich zu seiner Tochter. Es war eine weiche, wohltönende Sprache. Es waren Ferien. – An den Vormittagen war ich manchmal mit dem Mädchen im dunklen, leeren Kinosaal auf den harten Holzklappstühlen gesessen. Der Saal war kühl und roch angenehm nach dem Öl, mit dem der dunkle Bretterboden eingelassen war. Durch den Spalt der angelehnten Saaltüre fiel ein Lichtstreifen, der weiß bis zu den weißen Socken meiner Freundin hinleuchtete. Und sie war mit ihrem Fuß in diesen Strahl hineingeglitten, wie um sich zu wärmen. Ich saß ganz still daneben und wartete. – Es war eine feine Geschichte. Sie ließ sich bestimmt gut erzählen.

* So nennen die Bieresch den rückwärtigen Teil ihrer Höfe, in denen, im Anschluß an die Schlafräume oft Erdställe und Vorratskammern untergebracht sind.

Viertes Kapitel

UND UMGEKEHRT

»Gehen wir etwas essen«, sagte de Selby, als wolle er unter das alles einen Schlußstrich ziehen. Und, als wäre es nicht ein Widerspruch, sondern eine Erklärung, fügte er hinzu: »Inga wartet sicher schon.« – Ein paar Stufen führten neben dem Eingang zur Gemischtwarenhandlung, einem breitgezogenen Korbbogentor, in ein enges, langgestrecktes Lokal, über dem in verblassender Schrift »Gaststätte London« zu lesen war. In der Mitte der Schenke stand ein ungewöhnlich kleiner Billardtisch, daneben ein hochgewachsener Mann um die fünfundvierzig. Er hatte rotblondes, gewelltes Haar, das er in der Mitte gescheitelt trug. Das Licht, das von oben aus einer altmodischen Ziehlampe mit weißem Emailschirm darauffiel, umgab seinen Kopf mit einer Aura. Zwischen Daumen und Zeigefinger des Mannes schwang lose ein Billardstock hin und her. De Selby wandte sich um und wies mit einer Kopfbewegung auf den Mann. Das also war Inga. – Er hatte ein interessantes Gesicht mit eng beieinanderstehenden Augen, einem derben, breitgezogenen Mund, dessen lang heruntergezogene Oberlippe von einem spanischen Schnurrbart mit aufgezwirbelten Enden geschmückt war. Ein großer Adamsapfel hing wie in einem Sack an seinem langen Hals. Inga war unglaublich dünn, und dieser Eindruck wurde noch von dem niedrigen Billardtisch mit den zu Löwenpranken auslaufenden Badewannenfüßen verstärkt. Seine alte, dunkle Hose mit weit auseinanderstehenden Nadelstreifen war oben mit einem breiten Bund eingefaßt, über den die langen, zu

Schwalbenschwänzen zusammenlaufenden Enden des Gilets schlaff herabhingen. Wenn er sich im Spiel weit nach vorn über den Tisch beugte, streiften diese Spitzen unhörbar über die grüntapezierten Bande des Tisches. Niemand außer uns dreien war in der Schenke, nur den Wirt hörte man hinter den italienischen Schnurgardinen, wahrscheinlich in der Küche, mit Töpfen und Bestecken hantieren. De Selby fragte mich, was ich wollte, und rief dem Wirt laut unsere Bestellung zu.

Als ich hinter ihm hervortrat, ließ Und Umgekehrt seinen Stock ein paarmal hintereinander auf dem Boden aufprallen, wie es Billardspieler tun, wenn ein Stoß besonders gut gelungen ist. De Selby nickte zur Begrüßung, ich grüßte laut, dann setzten wir uns an einen Tisch in einer der Logen, die mit billiger Lederimitation austapeziert waren. An der Wand waren in gleichmäßigen Abständen Lampen mit roten Plastikschirmen angebracht, und ihr Licht ließ die kupfernen Tischplatten unnatürlich, wie Glut in einem künstlichen Kamin aufleuchten. Der durchhängende Draht über der Bar bildete zwei Girlandenbögen, an denen abwechselnd rot angestrichene Glühbirnen und Attrappen von Paprikaschoten hingen. Die Perlen des Vorhangs schlugen leise aneinander, als der Wirt in einem Plüschschlafrock mit einem groben, orangenen Blumenmuster hinter die Bar trat. In einem Tongefäß brachte er die Krautsuppe, die De Selby bestellt hatte. Vor mich auf den Tisch stellte er ein henkelloses Porzellanschälchen mit türkischem Kaffee, daneben ein Glas mit Pfefferonischnaps, den mir De Selby empfohlen hatte. Ich nippte am Glas. Der Schnaps brannte höllisch. Und Umgekehrt setzte inzwischen sein Spiel am Billardtisch fort. Vor jedem Stoß schien er sich Richtung, Stoßstärke und Effet genau zu überlegen. Er neigte den Kopf dabei leicht zur Seite, als ob er sich selbst bei seinem Spiel beobachtete. Den Queue nahm er dazu zwischen die Beine, und mit einem blauen Kreidewürfel, den er aus der Seitentasche seiner Anzugsweste holte, rieb er die Lederkuppe des Stockes ein. Dann setzte er sich mit einer Gesäßhälfte auf den Rand des Tisches, zog den Stock wie einen Geigenbogen hinter seinem Rücken durch und versetzte der weißen Kugel aus dieser unbequemen Stellung einen gut gezielten, leichten Stoß. Die Kugel lief mit einem Drall beinahe parallel zur Bande, touchierte in der Ecke, wechselte die Richtung und kehrte langsam zu den beiden anderen Kugeln zurück. Dann wieder hielt er den Stock beinahe senkrecht zur Spielfläche und führte seinen Stoß so, daß die weiße Kugel, nachdem sie die rote berührt hatte, von selbst zurück zur schwarzen lief und mit einem Klicken, das sanft wie ein Kuß klang, dagegenstieß. Die Stöße schienen äußerst kompliziert, waren sie aber einmal ausgeführt und sah man die Kugeln davonjagen, so hätte man vor Staunen in die Hände klatschen mögen, so klarsichtig war ihre Anlage.

Denkkonsequenz

»Das ist der dreiundneunzigste Stoß dieser Serie«, sagte Und Umgekehrt und rieb die Kuppe seines

Queues wieder mit blauer Kreide ein. Er wandte sich an De Selby und fragte: »Willst du nicht mitspielen?« – »Nein danke, heute nicht«, sagte De Selby und stieß mich unter dem Tisch mit dem Knie, »Er zählt«, flüsterte er. – »Schade«, sagte Und Umgekehrt und setzte zum nächsten Stoß an. Den Oberkörper in einer Verrenkung über dem Tisch und mit einem Seitenblick zu mir, fügte er hinzu: »De Selby ist ein Gefühlsspieler.« Und Umgekehrt traf diesmal schlecht, die rote Kugel hüpfte über die Bande aus der Spielfläche und huschte wie ein kleines Tier unter einen der Kupfertische im hinteren Teil des Lokals. »Eine Folge des Abriebs«, erklärte er, ohne daß ich gleich begriff. Er richtete sich auf und zauberte aus seiner Hosentasche eine neue rote Kugel, die er in seiner Rechten wog und dann zu den anderen auf den Tisch legte. »De Selby ertastet den Weg der Kugeln wie ein Blinder. Rechnen kann er nicht. Drei Kombinationen sind schon das Höchste für ihn«, sagte Und Umgekehrt. Der Name De Selby klang aus seinem Mund, als hätte er ›derselbe‹ gesagt. »Ich komme auf dreißig, eine relativ hohe Zahl, selbst für einen Planspieler, und trotzdem nichts. – Kommen Sie einmal her«, sagte er und winkte mich zu sich. Ich stand auf. Und Umgekehrt wies auf die Kugeln. »Schauen Sie sich an, wie wir hier verteilt sind. Der Stoß ist durchschnittlich komplex, er erfordert neun Kalkulationen, das sind: Stoßrichtung, Stoßstärke, Stärke des Aufpralls, Ablenkung eins und Weg der getroffenen Kugel, Geschwindigkeitsreduktion an den Banden, d. h. Reibungswiderstand, Aufprall und Ablenkung zwei,

Effet-Übertragung und Ausrollweg, nicht gerechnet, wie Sie gerade beobachten konnten, der Abrieb an der Kugeloberfläche, Lufttemperatur und -feuchtigkeitsgehalt, die sich auf die Bespannung und damit auf die Laufgeschwindigkeit der Kugeln auswirken. – Das Einmaleins des Billardspiels, werden Sie sagen. Richtig. Und doch: Die Stellung dieser drei Kugeln«, sagte Und Umgekehrt und schneuzte sich, »läßt für einen durchschnittlichen Spieler etwa fünfundzwanzig Stoßrichtungen zu. Würde er zudem über eine ungewöhnlich starke Stoßkraft verfügen, so würde sich diese Zahl verdoppeln oder verdreifachen, obwohl gewisse Laufpartien, besonders im Auslauf, dekkungsgleich ausfallen müßten.« Und Umgekehrt unterbrach diesen Vortrag und ging an die Bar. Aus einem Glasbehälter schüttete er nach Augenmaß Zukker in eine kleine Schale mit Kaffee, rührte umständlich um und trank die Schale auf einen Schluck aus. »Diesen Stock, übrigens«, sagte er und hob seinen Queue hoch, »habe ich mir eigens aus Paris kommen lassen. Er ist in der Mitte ausgehöhlt, in den Hohlraum wurde ein Stab aus Platin-Iridium versenkt, damit ich witterungsunabhängig bin.« Er warf mir mit einer schnellen Bewegung seinen Stock zu, damit ich ihn mir genauer ansehen konnte. In das dicke untere Ende war reliefartig der Körper einer schwangeren Frau mit riesigen vorquellenden Brüsten geschnitzt. Sie hielt mit beiden Händen den dicken Leib umfaßt. »Mein Beitrag zur Vermehrung der Bieresch«, sagte Und Umgekehrt lachend. Er nahm mir den Stock wieder aus der Hand und deutete damit auf die Kugeln. »Von besagten fünfundzwanzig Möglichkeiten fallen nun für einen guten Spieler von vornherein zwanzig bis zweiundzwanzig weg, weil sie seine Berechnungen für den weiteren Spielverlauf unnötig komplizieren oder aber ungünstige Ausgangspositionen für die nachfolgenden Stöße herstellen würden. Bleiben also drei mögliche Stöße, die eine vorerst nicht absehbare Anzahl von weiteren Stoßoperationen gewährleisten. – Ist aber der ein guter Spieler, der bei jedem Stoß zwischen drei Varianten wählen kann? Kubieren Sie einmal diese Zahl! – Sie stehen schon bei der Berechnung des dritten Stoßes vor nicht weniger als siebenhundertneunundzwanzig Positionen. Da wird's dann unübersichtlich. Fragen Sie De Selby!« – Und Umgekehrt sprach den Namen so aus, als hätte er ›denselben‹ gesagt. Dieser saß mit zurückgelehntem Kopf und geschlossenen Augen da, als ob er schliefe. »Es bleibt also tatsächlich nichts anderes übrig«, sagte Und Umgekehrt und ließ mit der rechten Hand die weiße Kugel losschnellen, daß sie einmal um den Tisch lief, bevor sie sacht zuerst an die rote, dann an die weiße Kugel mit dem schwarzen Punkt, der wie ein Schmutzfleck aussah, anstieß. »Schon beim ersten Stoß heißt es, die Möglichkeiten auf ihr Minimum zu reduzieren. Das Minimum ist eins. Drei in eins knüpfen, das ist, wie der Jude sagt, pilpul, das ist schwer und leicht zugleich.« Ich warf verstohlen einen Seitenblick zu De Selby, dessen Kopf nun seitlich an der Kunststoffpolsterung herabgeglitten war. »Für einen solchen Gewaltakt, und es ist ein Gewaltakt, denn dahinter steht letztlich nichts als die Hypothese

– meine Gewißheit, daß es mit entsprechenden Kenntnissen von Geometrie und Dynamik möglich sein müßte, daß es tatsächlich möglich sein müßte, jeden Stoß so zu führen, daß die Kugeln genau an der Stelle wieder ausrollen, von der ich sie ausgeschickt habe –, für einen solchen physikalisch-mathematischen Gewaltakt nun«, und jetzt zischte mir wirklich – es klang, als ob er Zwiebeln in siedendes Fett würfe, gleichsam unter dem Satz hervor, eine Zahl entgegen. Einhundertvierundachtzigtausendundeinundvierzig! Dann fuhr er gleich wieder fort: »braucht man zuallererst einen kühlen, berechnenden Kopf, dann Denkkonsequenz und schließlich ein in die Zukunft sich entwirrendes Erinnerungsvermögen. – Der Gefühlsspieler«, betonte Und Umgekehrt und schneuzte sich, ganz wie De Selby es vorausgesagt hatte, »hat nichts von alledem. Er organisiert seine Gedanken nicht, sondern verläßt sich auf die Kraft seiner Eingebung. Er hofft, daß sein Gehirn sich erinnert und rülpst, sagen wir dazu. Dadurch fehlt es ihm immer an Präzision. Und dennoch geht von diesen Stößen, die alle etwas Ungefähres, Dahergeträumtes haben, ein unglaublicher Zauber aus. – Und wie macht es der Planspieler? – Ich zwinge meinen Verstand in diese Kugeln oder, anders herum, ich zwinge diese Kugeln in meinen Verstand. Ich werde selbst zur Kugel, sobald ich das Feld sehe, das sich majestätisch vor mir ausbreitet, bis hin zum Horizont. Hier also muß ich drüber, sage ich mir. Ich bin bereit. Stock, stoß zu! Nun laufe ich, erst langsam, dann schneller werdend. Und während ich laufe, entrollt sich das Spielfeld vor mir, Meter für Meter. Es geht wie in Zeitlupe, die Sinne schwinden. Ich kreuze erstmals eine vergangene Bahn – eine Denkspur hat ihren Lauf ins Spielfeld gegraben, die zukünftigen Bahnen entwerfen sich vor mir auf dem Tuch. Ich husche unter ihnen durch wie unter Brücken. Klar liegen die Anlagen des zwölften, zwanzigsten, dreißigsten Stoßes vor meinen Augen. Aber da, auf einmal: ein Krachen – es ist, als ob die Kugeln in zwei Hälften zerbrächen, die Gehirnohnmacht. Stillstand. Vorstellungsvermögen und Erinnerungskraft gehorchen nicht mehr dem Willen. Warum?« – »Weil du dich auf den Rückweg machst!« rief De Selby. Er richtete sich in seiner Stellung halb auf, zog seine Beine zu sich auf die Bank, um sich schließlich mit abgewinkelten Knien darauf niederzulegen. Ich sah ihn an. Hatte er alles mitgehört? Er lag mit offenen Augen da und blickte zur Decke. – »Das ist De Selbys Trost«, sagte Und Umgekehrt, und als ob meine Erwartungen erfüllt werden sollten, klang es wieder so, als hätte er ›desselben‹ gesagt. Ich sah wieder zu ihm hinüber, aber er rührte sich nicht. »Der Trost des Gefühlsspielers ist, daß selbst die schärfsten Berechnungen an diesem Punkt unscharf werden und versagen. Aber warum?« De Selbys Erklärung schien ihm nicht der Rede wert. »Ich gehe doch immer gleich vor«, fuhr er fort. »Ich kontrahiere pro Stoß die drei optimalen Möglichkeiten. Damit stemme ich mich behelfsmäßig gegen die von hinten heranrollende Zahlenflut der Kombinationsmöglichkeiten. Ich wende den Pendeleffekt an: Wie ein Verbinder stürze ich von den äußersten Vorposten der Zahlenreihen zurück zu den aus ihnen gezogenen Wurzeln. Von der zweiten Zahlenreihe zum zweiten Knoten, vor zur dritten Reihe, zurück zum zweiten Knoten, vom siebenten Knoten zur neunundzwanzigsten Reihe. ›Der Hund kehrt zum Erbrochenen zurück‹, sagt man, also kehre ich zurück. Und da passiert es: Ein Rädchen bricht, die Feder springt in die Ruhelage, etwas in meinem Inneren winselt und legt sich nieder. Gehirnohnmacht. Rückweg. – Ist der Abstand zwischen der Zahl meiner Knoten und den tatsächlichen Möglichkeiten zu groß geworden? Bricht das Zahlensystem auseinander? – Ich sehe sein Inneres. Neunundzwanzig ist eine Primzahl, und Primzahlen sind schwierig – vielleicht ist es das?«

Der Abgrund der Fläche

»Gleichviel«, fuhr Und Umgekehrt fort. »Der Versuch, die wuchernde Zahlenentwicklung zu stoppen, bewirkt, daß mein Projektionsvermögen kollabiert. Und da stehe ich dann vor dem grünen Abgrund dieses Tisches, und das Netz der Bahnen der Kugeln auf der Fläche, das gerade noch übersichtlich war wie ein Netz von Schnittmustern, das jeder Schneiderlehrling spielend liest, beginnt sich gleichsam durchhängend aufzulösen. Die Kugeln bewegen sich nun nicht mehr nur auf der Ebene, sie sausen durch die Tiefe meines Vorstellungsraums. Ein Echo läuft ihnen nach, ein Pfeifton dringt aus meinem rechten Ohr, ich stehe am Schnittpunkt der Dimensionen. Ein Rückkoppelungseffekt also. *An dieser Stelle muß ich abbre-*

chen und die Augen schließen. Ich schaue auf. Die Kugeln liegen da, als wäre nichts geschehen: tote Augen, mit denen die Grünfläche mir zuzwinkert.« Und Umgekehrt sprach in höchster Erregung. Dazu drehte und preßte er seinen Billardstock zwischen den Händen, als wollte er ihn auswinden. »Könnte mein Gehirn«, sagte er gepreßt, im Tonfall eines Stoßgebetes, »könnte mein Gehirn noch diesen einen Sprung leisten – ich würde die Kugeln für immer aus der Hand legen oder ein neues Spiel erfinden. – Und mein Hirn feilt an einem neuen Stock!« sagte er und machte dazu die gemeine Geste, die ich schon von Zerdahel kannte. »Es brütet an ihm, der alles können wird, was ich brauche. Ist es der Pfeifton in meinem Ohr? – Was wird wohl der Vogel Umgekehrt sagen, wenn er sein Ei sieht?« sagte er dann lachend, und es war, als wäre mit diesen Worten die ganze Spannung aus seinem Kopf in den Boden gefahren. Leichtfüßig schritt er zur Wand und lehnte seinen Queue beinahe zärtlich dagegen. Er schlug den Kreidestaub aus seinen Händen und Kleidern. Er nahm seinen Regenmantel von einem der Garderobehaken und warf ihn sich über die Schulter. »Zu neuen Ufern, Hans!« rief er. Er meinte mich.

Abschied

Ich sah auf meine Uhr. Es war punkt acht. Ein neuer Tag hatte angefangen. Leichter Nieselregen fiel vom Himmel. Und Umgekehrt zog einen großen Schlüsselbund aus seiner Rocktasche und sperrte die Geschäftstüre auf. Ich wartete mit meiner Scheibtruhe draußen, während er mit ein paar geübten Handgriffen Kisten mit Gemüse und Salat, der schon etwas verwelkt war, vor dem Geschäft aufbaute. »Schau dir das an!« rief er und zeigte zum Himmel. »Ein Prachtregen! Das gibt frisches Gemüse. Inga, der Regenmacher!« – Über seinen Anzug zog er einen grünen Arbeitsmantel mit dem Abzeichen einer Einkaufskette. Auf den Kopf setzte er sich eine tellergroße, verstaubte Baskenmütze. »Da, fang!« sagte er zu mir und warf mir eine blaue Kappe, die Dienstkappe der Postbeamten, zu. Es war die Kappe meines Onkels. Das Schweißband war speckig, das Posthorn vorne zerbrochen. Ein Toter hatte darin gewohnt. Ich roch daran und entfernte ein langes, schwarzes Haar. Rochen so die Toten? – Als ich fünfzehn war, war meine Großmutter gestorben, und unter der Aufsicht eines Familienmitgliedes hatte ich ihre Lippen küssen müssen. Wie hatte das geschmeckt? Ich hatte immer geglaubt, daß die Hinterbliebenen von ihren Toten essen müßten. Das Fleisch der Toten: Es roch und schmeckte wie rohes Hühnerfleisch. Einmal hatte ich meinen Urin gekostet. ›Das Gehirn rülpst‹, sagen die Bieresch. Sie haben für alles eine Erklärung. Ich war des toten Mannes blasser Schatten. »Der Onkel ist tot!« hatte meine ältere Schwester gerufen, als sie ins Eßzimmer stürzte. Alle wußten, was gemeint war. Die Mutter wurde blaß und ließ den Löffel voll Suppe auf das Tischtuch sinken. Um die Augen meines Bruders bildeten sich weiße Ringe, die langsam größer wurden, bis schließlich alles Blut aus seinem

Gesicht verschwand. In der Küche jaulte die kleine Schwester vor Schmerz, weil sie sich im Schreck einen Topf voll kochendem Wasser über die Hand geschüttet hatte. Sie rannte herein ins Zimmer. Ich sah ihre Hand, und unter meinen Augen runzelte sich die Rötung zu feiner, grobkörniger Brandhaut. Jetzt schrie ich. Türen wurden geschlagen, die Lade mit den Arzneifläschchen schlug scheppernd auf den Boden. Ich starrte auf den vergessenen Suppenlöffel, der aussah, als sei er an allem schuld. – Dann wurde der Koffer gepackt, und meine Mutter legte säuberlich die gefalteten Kleider hinein, die sie, Stück für Stück, auf ihren Armen hereintrug wie ein totes Kind. »Du wirst nichts davon brauchen«, sagte sie jedesmal, wenn sie etwas in den Koffer legte, so als wollte sie es vernichten. – »Ihm stehlen sie die Zukunft, mir das Leben«, hörte ich sie am Abend vor meiner Abreise hoffnungslos hinter der geschlossenen Türe jammern. Ich lag wach im Bett, von ihren Worten wie von Stromstößen geschlagen. Bei jedem Laut war es mir, als würden mit einer Schere in mir wahllos Blutgefäße, Sehnen, Nerven zerschnitten. Ich erinnerte mich an eine Stelle, die ich einmal in einem Buch gelesen hatte. *Jeder intelligenzbegabte Mann hat die Pflicht,* hatte es dort geheißen, *der Frau den Bauch aufzuschlitzen, um zu sehen, was drin ist, und wenn er ein Kind findet, dann hat sie gemogelt.* Ich stand aufrecht in der Dunkelheit, mein Kopf schlug vor Schmerzen hin und her. Ich suchte eine Kerze, von der ich etwas Wachs zupfte, um es mir in die Ohren zu stecken. Ich ging zurück ins Bett, ich machte mich klein, rollte mich zusammen, verkroch mich, lag da wie im offenen Mutterleib. – Auf der Fahrt im Autobus nach Wien, wo ich in den Zug umstieg, erbrach ich mich in den Schoß meiner Mutter. Es war eine weißliche Suppe, die Suppe vom Vortag. Der Löffel war schuld. Die Mutter saß da, merkte nichts, sondern legte nur geistesabwesend einen Arm um meine Schulter. Die Leute im Bus empörten sich, wir mußten aussteigen und hielten auf der Straße ein vorbeifahrendes Auto auf. Als wir in Wien ankamen, wollte sie nicht aussteigen. »Sie können mir meinen Buben nicht nehmen«, weinte sie immer wieder. Der Fahrer wickelte sie in eine Decke ein, brachte mich zum Bahnsteig und setzte mich in den Zug. Er blieb stehen und winkte mir so lange, bis er mich nicht mehr sehen konnte. Dann ging er wohl zur Frau im Wagen zurück, die jetzt sein Eigentum war. – Das war gestern.

Eine Legende

– Und was hält der Bieresch von der Erinnerung?
– ›Das Gehirn rülpst‹, heißt es in der Legende.
» ›Eines Tages, so wird mir berichtet‹, erzählt der Anochi«, sagt die Legende, *» ›sei ein Anochi Yglemech zu Anochi Tam (eine Verkürzung des Namens ›Strem‹, welcher bedeutet: ›Wasser, das fließt‹) gekommen und habe diesen gefragt: ›Tam, sage mir, welcher Tag ist heute?‹ – Tam habe, der Wahrheit entsprechend, geantwortet: ›Warum frägst du, Yglemech, du weißt, es ist Dienstag‹, – ›Das dachte ich auch‹, habe Yglemech erwidert, ›doch plötzlich ist mir aufgegangen – Sieh den Himmel, Tam, sieh deine*

Stirn, die Wangen, die Hände – mir ist aufgegangen: Heute ist Montag.‹ – ›Au‹, habe Tam geschrien, ›man soll nicht fluchen. Willst du dich nicht erst setzen, Yglemech, Bruder?‹ – Dieser habe beharrt und das Angebot ausgeschlagen: ›Heute ist Dienstag, heute ist Montag. Es ist zu zweit eines!‹ Erst dann, so habe er erklärt, dürfe er wieder sitzen, wenn der Boden unter ihm zu brennen aufhöre. – ›Siehst du das Feuer, Tam, emeth (das ist: ›die Wahrheit‹)?‹ Und er habe zur Offenbarung eine Handvoll Sand aufgehoben. Diese sei tatsächlich sofort in Flammen aufgegangen. – Am nächsten Tag, so wird mir erzählt‹, sagt der Anochi, ›sei Yglemech wiedergekommen und habe gesagt: ›Es ist ein Verhängnis, Tam, ich werde den nächsten Samstag nicht feiern. Sieh die Luft, hör das Summen der Sonne. Die Zeitmaschine ist auseinandergebrochen. Auch heute ist Montag!‹ Zum Beweis dafür, daß er nicht bleiben könne, habe er eine Handvoll Wasser aus dem Brunnen geschöpft. Dieses habe sich sofort in Blut verwandelt und sei auf seiner Hand zur Kruste geworden. – Ähnliches habe sich am Freitag zugetragen. ›Die Uhren stehen, Tam!‹ habe Yglemech zur Begrüßung ausgerufen. ›Glaube mir, es ist Montag. – Im Traum habe ich erfahren, daß wir verlorene Ausgestoßene sind. Es gibt Risse in unserer Luft, durch die man aus der Zeit fallen kann. Es gibt Dinge, die es nicht geben darf. Wir sind die Söhne Ischaks (das ist: ›Isaaks‹), des Spötters!‹ – Im Traum sei ihm, habe Yglemech erzählt, der Anochi Gikatilla erschienen und habe zu ihm gesagt: ›Der Winkel der Erde, in dem du lebst, ist verflucht. Er ist stumpf, aber die Flüche des spitzen Winkels liegen auf ihm. Denn der Kreis, den du ziehst, ist rund, sein Bogen aber ist eine Gerade!‹ – ›Meine Augen‹, habe Yglemech gerufen,

›kehren zum Erbrochenen zurück wie die Hunde. Wir sind die Kreisel, die sich im Drehen aufziehen. Zögen wir Kerzen, die Sonne schiene den ganzen Tag. Webten wir Leichentücher, es würde keiner mehr sterben. Die Unruhe ist auseinandergebrochen, die Zeiger zeigen nicht die Zeit, sondern den Ort. Hier ist Montag. Ein Krachen geht durch seine Ewigkeit.‹ – Daraufhin«, so erzählt die Legende, »habe Tam schließlich zum Äußersten gegriffen und habe gerufen: ›Versuche nicht vorwärts zu gehen, geh rückwärts, Yglemech, meth (das ist: ›er ist tot‹)!‹ – Und er sei tatsächlich in seinen vorigen Zustand (als leblose Erde) zurückgekehrt.« – »Das Gehirn rülpst«, sagt die Legende, »und Erinnerungen brechen sich ihre Bahn. Was war, ist, was ist, wird sein. Ach, wir Armen!«

Drittes, längeres Gespräch

»Die kleine Unschärferelation«, rief Und Umgekehrt zu mir herüber in die kleine Kammer neben dem Verkaufsraum, wo ich, an einer niedrigen Werkbank sitzend, die an diesem Tag eingelaufene Post sortierte. Es waren ausschließlich Drucksorten und Flugblätter mit der Aufschrift ›An einen Haushalt‹. – »Sie nennen es ›die kleine Unschärferelation‹ «, sagte Und Umgekehrt, »und meinen damit das Übergehen eines Ich-Zustandes in einen andern. Zum Beweis dafür führen sie unsere Schriften an, in denen es heißt: *Indem ich von mir wegsehe, rücke ich mir selbst näher.* De Selby hat solche Sensationen und vergleicht sie mit dem Wechsel von Aggregatzuständen. ›Etwas in dir wird flüssig, wenn du dich ansiehst‹, sagt er, und: ›Schau von dir weg, und schon bist du fest.‹ Ich empfinde das nicht so stark, das heißt: in mir wechselt nichts über. Ich bin und ich bleibe Inga. ›Es ist‹, beschreibt es De Selby, ›wie wenn man die Hand im Widerschein eines Feuers betrachtet: Eine Hornhaut wächst darüber zusammen wie das Dach eines Dschungels. Vögel beginnen darunter zu pfeifen!‹ Ich kann mit solchen Bildern kaum etwas anfangen. Sie tragen nichts bei, sie verwirren alles nur noch mehr. – Denn wie soll dieses Gesellschaftssystem überhaupt funktionieren, wenn sich jeder im stillen doch anders nennt als die anderen? Wie stellt sich Zerdahel das vor? – Er nennt mich ›Und Umgekehrt‹, gut, aber im Innersten bleibe ich Inga. Ich pendle zwischen gestern und morgen – und umgekehrt«, sagte er und lachte. Nichts war ihm heilig, auch nicht der eigene Name. » ›Laß uns diese einzige, kleine Unfreiheit‹, sagt Zerdahel«, fuhr Und Umgekehrt fort. » ›Laß uns doch wenigstens in der Nähe dieses kleinen Ofens dumm und glücklich sein!‹ Er glaubt, er kann mich lächerlich machen. Er verhöhnt, was wir zurecht die ›histrionische Lüge‹ nennen. Er hat keine Ehre im Leib. – Dabei akzeptieren wir in den Grundzügen das System der Bieresch, das sich um die Legende von den Namen spinnt, mehr noch – der Grundsatz der Bieresch, welcher lautet: *Eisernen Knochen, enthaltend das edelste Mark, kann man nur beikommen durch ein gemeinsames Beißen aller Zähne aller Hunde,* ist uns heilig. Er ist unser Bekenntnis, das wir den Anochis und Zerdahels aller Zeiten ins Gesicht schreien wollen. Denn schon der Name jener feinen Organisation, die sich Zerdahel da zusammengebastelt hat, verrät genug. – ›Freie Söhne der Bieresch‹, was heißt hier ›frei‹. Kein Bieresch ist frei, und ein Schuft, der mehr gibt, als er hat. Auf den Abkürzungen trifft man immer die Faulen, und Zerdahel geht eine Abkürzung. Mit seiner Behauptung, wir seien unsere eigenen Vorfahren, wir brauchten nicht uns zu erkennen, sondern könnten unsere Namensgebung ruhig den anderen überlassen, entbindet er den einzelnen von seiner Verpflichtung, sich seinen Platz im System zu suchen. ›*Er sucht nicht, er wird gefunden*‹, zitiert er, verfälscht er die Schriften. Und aufatmend geht alles diesen apokryphen Irrweg. Denken Sie nur an De Selby, wie der geplagt wird. Das verdanken wir alles Zerdahels Irrlehren! – Wir Monotomoi«, sagte Und Umgekehrt plötzlich pathetisch wie vor einer Versammlung. »Wir Monotomoi bekennen uns zu den zwei großen Grundsätzen der Bieresch, zur Rückkehr der Hunde zum Erbrochenen und zum gemeinsamen Zerbeißen des Knochens. Wie jeder vernünftige Mensch begrüßen wir den Umstand, daß es für uns keinen Fortschritt gibt, daß wir den Kreisel der Geschichte nicht drehen können, ohne selbst von ihr wiedergedreht zu werden, daß sich die Produktionsverhältnisse und die Struktur unserer kleinen Gemeinschaft im Lauf der Jahrhunderte nicht geändert haben, daß alles, was wir tun, uns nicht nur reflektiert, sondern auch reproduziert, so daß das Erscheinungsbild unseres Zusammenlebens in unseren Arbeiten zum deutlichen Schaubild wird, daß wir die Arbeit erzeugen und sie umgekehrt uns und daß sie uns Kinder zeugen wird, die sein werden, wie wir waren.

Weil wir umgeben sind von *Dingen, die uns aus immer gleichen Winkeln anstarren,* wie der Dichter sagt, weil wir in dieser unserer Verewigung in der Arbeit und in diesem Wiederauferstehen unserer Eigenschaften, Beziehungen und Beziehungsvariationen aus ihr die einzige Möglichkeit zur Erkenntnis sehen, begrüßen wir also, was der Schachspieler in jenem berühmten Bild ›das Patt der Bieresch‹ nennt. *Verstand*, lehrt uns die Fabel, *geht dem Blödesten auf!* – Wir sind nicht *das Volk, das durch Schaden dümmer wird,* wie man uns nachsagt. Und es ist die historische Gewißheit der Monotomoi, daß wir, die wir uns seit Jahrhunderten, von Schmerzen zerrissen, im Prokrustesbett der Geschichte wälzen, Erkenntnis des Fehlers als Dank für durchlittene Qualen ernten werden. – Wie anders als Herausforderung und Zuspruch sollten wir sonst wohl jene keinen Widerspruch duldende Apodeixis der Schriften verstehen, die besagt, daß die Augen seien wie die Hunde und sich vom Leben und seinen Abscheulichkeiten in mörderischem Heimweh nicht abwenden können. Aber mit Nachdruck weisen wir die histrionische Lüge zurück, die uns glauben machen will, die uns einschläfern soll, indem sie uns predigt, wir *seien* unsere eigenen Väter: Ich – ›Und Umgekehrt‹, du – ›Geht-durch-zwei-Fenster‹, – Wegelagerer der Geschichte also, die sich besitzgierig auf vorbeikommende Körperhülsen stürzen, um sich ihrer zu bemächtigen. – Ich bin kein Aschkenas wie Zerdahel, *der Gott ins Angesicht tritt* und *das Rad niedersinken läßt vor dem Kreuz!* Ich bin nicht ›Und Umgekehrt‹ – hörst du? Ich bin Inga!«

Ich hatte ihm kaum mehr zugehört. Seine Rednerpose – ich konnte mir ausmalen, wie er da draußen, ein Bein übergeschlagen, auf seinen Mehlsäcken saß und seine donnernden Worte mit Fäusteballen und Stirnrunzeln begleitete – stieß mich ab. Zerdahel haschte nicht so nach dem Effekt, auch wenn seine Reden manchmal verworrener geklungen haben mochten. – Ich wandte mich wieder meiner Arbeit zu. In dem Wust der Postwurfsendungen auf der Werkbank vor mir lag eine Ansichtskarte. Sie war handkoloriert und zeigte zottige Neandertaler, die vor der keltischen Kultstätte von Stonehenge im Süden Englands einen grotesken Tanz aufführten. Der äußere und der innere Steinring, die heute beide zerbrochen sind, waren auf dieser Ansicht noch völlig intakt. Ich drehte die Karte um, neugierig, wer hier wohl von irgendwoher Post bekam. Die Adresse war in unbeholfener Kinderschrift geschrieben und in englischer Sprache. ›An den großen Bären von Zick‹ stand da. Nichts sonst. Auch die Grußbotschaft war englisch: *Replacement part being rushed with all possible speed,* was zu deutsch etwa bedeutete: ›Ersatzteil per Eilpost unterwegs‹. Darunter waren zwei Finger, die sich zu einem V – dem Siegeszeichen? – spreizten, aufgemalt. ›Das Leben ist ein Fädchen, das rennt‹, sagt man hier, ›in immer gleichen Verschlingungen, immer gleichen Entknotungen‹ – wer dachte da noch ans Siegen? Wer war ›großer Bär‹? Der Name klang nach einem Wildwestroman. Wer mochte der Absender sein? – Viktor?

Veronika? Vilma? – Ich bekam Heimweh nach meiner früheren Welt, in der nicht alles so schwer gewesen war. Hier kam mir alles so gewollt künstlich vor. Die Menschen verhielten sich nicht wie Menschen, die ihre ganz persönlichen Wünsche und Begierden hatten. Es war, als wären diese vor Tausenden von Jahren von ihnen abgefallen. Nichts *war* einfach, alles hatte Bedeutung. – Gehörte es denn nicht zum Leben, daß man, manchmal zumindest, bloß da war, daß man lebte und übergangen wurde – als Gebrauchsgegenstand, Naturerscheinung, Satzzeichen? Durfte man nicht einmal atmen, ohne beäugt, verpackt, etikettiert zu werden? Wer war ich: ›großer Bär‹ oder ›Geht-durch-zwei-Fenster‹ oder ›Lacht-ohne-Sinn‹? Würde ich dem allem auf Dauer Widerstand leisten können? Wenn nicht – was für Hilfsmittel würde denn ich entwickeln, um mit den Problemen fertig zu werden? Zahlen? Bälle? Namen? – Alles war ungültig. – ›Ersatzteil per Eilpost unterwegs‹, dieser einfache Satz schien mehr lösen zu können als alle Spekulationen der Bieresch zusammengenommen. – »Ich habe dich etwas gefragt«, hörte ich Und Umgekehrt plötzlich ganz laut neben mir. Ich schrak auf. Er stand in der Tür. »Was machst du denn da? – Du liest fremde Post?« Er nahm mir die Karte aus der Hand. »Ach, an Urs«, sagte er leichthin und steckte sie in die Tasche seines Geschäftsmantels.

»Zerdahel also meint«, sagte Und Umgekehrt und lehnte sich an den Türstock, »daß sich die Gemeinschaft der Bieresch seit ihren Anfängen nicht verändert hat. Als Beweis führt er die große Anzahl von Schriften an, die ein bis in die Kleinigkeiten historisch getreues Bild der Biereschek zeichnen, und diese Berichte sind in der Tat so frisch, als wären sie heute geschrieben. In jedem einzelnen erkennen wir unser Leben wieder, jeder von uns könnte sie verfaßt haben, auch wenn sie tausend Jahre alt sind. Daraus zieht Zerdahel nun den Schluß, daß nicht nur die Arbeitsbedingungen, die Gebräuche und gesellschaftlichen Zustände, sondern auch die Menschen dieselben geblieben seien. Nicht nur die Anlagen und Charaktereigenschaften, sondern auch das Individuum selbst, das eine einmalige, unzweideutige, nicht mißzuverstehende Kombination dieser Eigenschaften darstellt, die sich nie wieder wiederholen wird, sieht er als sich durch die Arbeit reproduzierende Konstante. Unser Gesellschaftssystem, sagt er zurecht, ist in unserer Arbeit gefroren, und nicht nur wir haben uns unseren Produkten einverleibt, es ist ein Zweiweg-Kanal, auch unserer Produkte verleiben sich uns ein. Auch darin stimme ich ihm noch zu, und ich tue es selbst dort noch, wo er behauptet, jedes neue Individuum sei ein Wink, der uns helfen soll, uns auf eine neue, alte Weise zu verstehen, und daß folgerichtig jeder Todesfall eine überflüssig gewordene, unbenutzt gebliebene Information aus dem Spiel ziehe. Und ich glaube auch, daß es in Ordnung ist, daß unsere Kinder zu Hunderten sterben, lange bevor sie sich noch gefunden haben, obwohl das nächste Kreiskrankenhaus nicht mehr als zehn Kilometer entfernt ist. Denn es handelt sich bei unserer Gesellschaft um einen sich selbst regelnden Prozeß – ich sage Prozeß und nicht Kreislauf! –, und jedes Kind zuviel würde eine Informationsredundanz schaffen, die unserer Marterung eine weitere Marter hinzufügte. ›Nur ein totes Kind ist ein gutes Kind!‹ sagt der Zyniker, und darin hat er recht. – Aber ich glaube nicht an die Unausweichlichkeit unseres Schicksals. Würde ich das tun, müßte ich alles aufgeben. Wir haben ja selbst noch die spitzfindigsten Überlegungen im Lauf unsrer Geschichte auf die Spitze getrieben! Wenn auch nur eine einzige Generation von Bieresch sich wiederholt hätte und es ihr nicht gelungen wäre, dieses Rätsel zu lösen, ich würde es für ewig unlösbar halten! – Also sage ich zu Zerdahel: ›Wie kann dein System denn stimmen, wenn mir immer zuerst der Name Inga einfällt, sobald ich an mich selbst denke? Wie käme es denn zu De Selbys Ablakok-Sensationen?‹ – Und was antwortet Zerdahel? Zerdahel sagt: ›Es ist die kleine Unschärferelation! Mit den Namen ist es wie mit dem Relief am Eingang zum Ballsaal: Ist man zu weit entfernt, löst es sich auf, steht man zu nahe, verschluckt es einen. Aber ein Bieresch bist du, denn du siehst es, und das kann nur ein Bieresch!‹ – Ich sage: ›Du und deine Unschärferelation! Angenommen, ich wäre nun tatsächlich Und Umgekehrt, und du bist ja so stolz auf deine handgeschnitzten Beweisstücke

– wem würde es nützen? Wem sollte es gelingen, diese verfluchte Geschichte zu schreiben, wenn erst jeder dasitzt und an einen anderen denkt? Du an ›Und Umgekehrt‹, ich an Inga.‹ – Und Zerdahel sagt: ›Die gefälschten Etymologien sind schuld. Sinnruinen glotzen uns aus der Sprache an. Die kleine Unschärfe-relation: Du bist Und Umgekehrt, aber wenn du erst einmal über dich nachzudenken anfängst, wirst du unscharf, verschwimmst, wirst verschluckt, wirst Inga.‹ – ›Ich verschwimme nicht‹, sage ich. ›Daß ich unscharf werde, liegt, wenn, dann einzig und allein daran, daß mich alle Und Umgekehrt rufen, ich aber Inga bin. Ich denke sozusagen mit euch, wenn ich über mich nachdenke, wie du das ausdrückst. Die erste Antwort auf mein Nachdenken ist, wie es meiner Natur entspricht, Inga, erst dann werde ich unsicher!‹ – ›Das System ist umkehrbar‹, sagt Zerdahel. ›Denk meinetwegen zuerst an Und Umgekehrt, was glaubst du wohl, was schließlich herauskommt?‹ – Ich sage: ›Inga!‹ – Zerdahel sagt: ›Natürlich. Aber daran sind nicht wir anderen schuld, daran ist schuld, daß uns die Namen nicht in ihrer ursprünglichen Form erhalten sind, daß aus den vielen Phantasien, die um sie herum gedichtet wurden, zwei Extreme – Inga, Und Umgekehrt – sich herausgebildet haben und zu Gegensätzen versteinert sind.‹ – ›Das ist das Schlimme an dir‹, sage ich schließlich, ›daß du die Wahrheit mit der Lüge mischst und das Gewebe schließlich so undurchdringlich wird.‹ – ›Da hast du's‹, sagt Zerdahel – er muß ja immer das letzte Wort haben: ›Gerade so redet Und Umgekehrt seit dreitausend Jahren!‹

– Der Zirkel ist hergestellt. Aber wir werden nicht wiedergeboren. Ich weiß es. Nehmen wir an, es hätte tausend Generationen von Bieresch gegeben und alle wären Neuauflagen der ersten drei oder vier – auch ein Zufallsgenerator hat seine Grenzen. Zumindest ein einziges Mal in unserer langen Geschichte hätte es gelingen müssen, das Puzzle zu legen! Der Mutationssprung hätte passieren müssen. Längst hätte einer aufspringen müssen, um zu bekennen: ›Ja, ich bin wirklich ›Katzensilber-auf-dem-Weg-von-ihm‹!‹ Dann hätte sich das Puzzle selbst gelegt, und wir würden nicht mehr, Abend für Abend, auf diesen häßlichen, harten, unbequemen Gasthausstühlen herumhocken und rätseln. – Wir tun es aber, eben weil ich nicht Und Umgekehrt bin, eben weil ich Inga bin. Ich bin es.‹ – ›Das sagt Und Umgekehrt seit dreitausend Jahren‹, sagt Zerdahel.«

Pfirsichkernschnitzen

Während er sprach, schichtete und bündelte ich die Stöße der Postwurfsendungen, die ich auszufahren hatte. Von einer niedrigen, handgedrechselten Stellage nahm Und Umgekehrt ein Paket Flugblätter und legte es vor mich auf die Werkbank. Es waren Werbeblätter, mit denen er für sein Geschäft Reklame machte. Ein unsinniger Werbespruch stand darauf: ›Zum Essen die Finger, zum Einkauf zu . . .‹ Esch McForditott stand darunter. Ich fragte ihn, was dieser Name zu bedeuten hätte. Er antwortete, es sei eine Verballhornung seines Namens, mit der er Zerdahel ärgern wolle. Und Umgekehrt heiße auf ungarisch ›és megforditott‹. Ich schüttelte den Kopf. Hier wurden sinnlos Spiele gespielt, die ich nicht verstand. – Ich sah mich um. Meine Arbeit hier war für heute getan. Jetzt hieß es noch, die Bündel in die Scheibtruhe zu laden und zuzustellen. Gerade als ich aufstehen wollte, um mich zu verabschieden, fiel mein Blick auf einen Schraubstock, der am unteren Ende der Werkbank befestigt war. Seine Backen hielten einen sorgfältig polierten Pfirsichkern fest. Undeutlich waren in das Kerngehäuse die Umrisse eines Kopfes geschnitzt. Ich ging um den Tisch herum, um mir die Arbeit näher anzusehen. Verschwommen, wie aus Wasser heraus, sah mich das Gesicht meines verstorbenen Onkels an. »Es ist das Medaillon für deine Tante«, sagte Und Umgekehrt, »du kannst es ruhig herausnehmen.« Ich lockerte die Backen und zog es zwischen Daumen und Zeigefinger heraus. »Es ist dein Onkel. – Das ist so Brauch hier«, sagte er gleichgültig. »Wenn es einmal fertig ist, wird man es aufklappen können, und drinnen wird dann eine Photographie von dir sein. Gefällt es dir?« Ich schüttelte wieder den Kopf. Ich konnte nicht sprechen. – Auch er also, der großspurig mit jedem seiner Sätze betonte, wie weit er sich vom Aberglauben der Bieresch entfernt hatte, war ganz und gar darin gefangen. Und er bemerkte es noch nicht einmal! – »Ich muß das machen«, sagte er, »ich lebe davon.« Ich sah ihn an. Er wurde unruhig. »Ich weiß«, sagte er wie entschuldigend, »es ist ein Aberglaube dahinter, aber glaubst du denn, ich könnte mich mit dem bißchen Lebensmitteln da draußen über

Wasser halten? – Und wenn ich wirklich damit aufhörte, wer würde da wohl noch bei mir einkaufen? Abgesehen davon, kann ich es am besten von allen!« Er sagte das trotzig wie ein Kind. Dann machte er eine Pause. Wieder spürte ich das elende Gefühl der Unausweichlichkeit in mir aufsteigen, das mir De Selby verursacht hatte. »Und was glaubst du: Wer wird dir wohl die neuen Hände an deine Scheibtruhe schnitzen? – Wenn das deine Tante sieht!« Und Umgekehrt triumphierte. Er hatte sich wieder ganz in der Hand. – »Dann hast du wohl auch das Relief für den Eingang zum Ballsaal gemacht?« fragte ich. Ich war auf alles gefaßt. – »Aber woher«, sagte Und Umgekehrt befreit, »das ist schon hundertzwanzig Jahre alt! – Und außerdem redest du schon wie Zerdahel!« Und Umgekehrt setzte sich mir gegenüber schräg auf die Werkbank. Seine langen Beine berührten fast den Boden. »Das Pfirsichkernschnitzen«, erklärte er, »hat historisch gesehen überhaupt nichts mit den Histrionen zu tun. Es ist ein Brauch der Monotomoi. – Weißt du übrigens, wie die Vulgata anfängt?«

Die Vulgata

Er ging zur Stellage und zog unter den Stößen von Flugblättern ein zerfetztes Taschenbuch hervor. »Da, lies!« sagte er und gab es mir herüber. Es sah aus, als ob es aus einer Leihbücherei käme. Deckblätter und Rücken fehlten, auf der ersten Seite stand in großen gotischen Schnörkeln »Die Vulgata«, darunter und daneben hatten wohl die früheren Besitzer auf das vergilbte Papier ihre Namen geschrieben. Manche von ihnen schienen mehrmals auf, aber alle, bis auf den Ingas, waren wieder durchgestrichen worden. Ich blätterte die erste Seite um, das Blatt war griffig und rauh. Ich las die Überschrift. Sie lautete: »Erster Abschnitt«, darunter stand in kleineren Lettern: »Kurzer Abriß der Schöpfungsgeschichte / Die ersten sechs Tage / GOTT erschafft die Welt und den Menschen / Die Monotomoi / Der erste Tag.« – Ich begann zu lesen:

»Es war an einem Schalttag. GOTT saß an seiner Werkbank und jodelte. ER hatte es den Truthähnen abgeschaut, die um ihn durch das hohe Gras streiften. – Von allen Dingen und Tieren, die ER bisher geschaffen hatte, liebte ER die Truthähne am meisten. Über alles aber liebte GOTT, der Vater des Universums, seinen Kehlkopf. Und da ER niemanden hatte, mit dem ER hätte sprechen können, und weil selbst die Truthähne aufgeregt kollerten, wenn ER sie anredete, nahm ER seinen Kehlkopf mitsamt seinem Adamsapfel heraus und besah ihn sich unter der Lupe. Und GOTT war zufrieden. ER zerlegte den Kehlkopf und setzte ihn wieder zusammen. Den Adamsapfel aber vergaß ER neben sich auf dem Arbeitstisch. Als ER bemerkte, was ER vergessen hatte, nahm ER seinen Adamsapfel und hielt ihn gegen das Licht. Er sah aus wie ein Pfirsichkern. GOTT spuckte neben sich auf den Boden. Aus der Hosentasche holte ER ein Federmesser und machte sich an die Arbeit. Unter seinen eifrigen Fingern entstand ein Bildnis, das ihm in vielem glich ...«

Angewidert schlug ich das Buch zu und gab es Und Umgekehrt zurück. – »Siehst du«, sagte er vorwurfsvoll. »Ich habe dir gesagt, es hat nichts mit den Histrionen zu tun. Im Gegenteil: Sie haben dieses Buch jahrhundertelang verboten und verbrannt. Vor allem wegen der ersten zwei Sätze. – Dabei finde ich gerade sie so schön. Sie strahlen Ruhe und Gemütlichkeit aus: ›Gott saß an seiner Werkbank und jodelte‹ «, zitierte Und Umgekehrt. »Es klingt wie Glockenläuten. – Wenn du willst, so leih' ich es dir.« Ich sah ihn an. Er verstand. »Schade«, sagte er. »Es ist sehr interessant geschrieben und außerdem eine ausgezeichnete Einführung. – Dann wirst du dich jetzt wohl auch noch nicht entschließen können, zu uns zu kommen?« Ich wußte nicht, was er meinte. – Dann verstand ich. »Da ist eine Beitrittserklärung«, sagte Und Umgekehrt ruhig. »Ich geb' sie dir auf alle Fälle mit. Du brauchst dich ja jetzt noch nicht festzulegen. Überlege dir alles in Ruhe und entscheide dann nach deinem Dafürhalten.«

Derselbe

Das also waren die ›neuen Ufer‹, zu denen wir wollten. – Am liebsten hätte ich den Zettel, den er vor mich auf den Arbeitstisch legte, vor seinen Augen zerrissen. Ich kam mir besudelt vor, verraten, betrogen. Eine Riesenhand, der ich nicht ausweichen konnte, griff da nach meinem Kopf und drückte ihn unter Wasser. Ich rang nach Atem. Langsam, unter dem jahrhundertelangen Druck dieser Hand und der Wassermassen, stülpten sich gleichsam aus meinem Hals Kiemen und spitzten sich zu einem Schrei. Er klang wie das Quieken einer Ratte. Ich mußte mit jemandem reden. Sofort. Draußen, vor der Tür, wartete De Selby vielleicht seit Stunden im Regen. Ich würde ihm alles erzählen. Wie hilflos waren wir bisher der feinen Maschinerie dieses Zynismus ausgeliefert gewesen. Aber das sollte sich ändern. Ich stand auf. – Und Umgekehrt griff sanft nach meinem Arm und drückte mich zurück in den Stuhl. Er fing wieder zu reden an und band mich so mit neuen Geheimnissen:

»Eines mußt du noch wissen«, sagte er, als er sah, daß ich mich ohne Widerstand fügte. »Uns Monotomoi ist im Lauf der Geschichte sehr viel Unrecht geschehen. So wurde und wird uns von verschiedenen Seiten, vor allem aber von Zerdahel vorgeworfen, wir seien die eigentlichen Urheber der Güteraufteilung gewesen. Dieser Vorwurf, so leicht er mit logischen Mitteln zu entkräften wäre, da unser Konzept der konstanten Eigenschaften, die sich zu unverwechselbaren Persönlichkeitsklumpen kristallisieren, mit Vorstellungen, die sich mit den Begriffen von Eigentum und Besitz verbinden, unverträglich ist, während umgekehrt Zerdahels apokryphe Idee von der Wiedergeburt der Bieresch sehr wohl mit dem Besitzanspruch der raubgierigen Göds vereinbar wäre, wie du gleich sehen wirst, dieser Vorwurf nun hat sich in den Gehirnen der Bieresch, sofern sie eines haben, als unausrottbares Vorurteil gegen uns eingenistet. Dabei ist er zweifellos nur auf den Umstand zurückzuführen, daß es unsere Bewegung seit unvordenklichen Zeiten gibt, daß es immer, ohne eine einzige Unterbrechung Monotomoi gegeben hat, die tatenlos zusehen mußten, wie Häuser geräumt, Besitztum vernichtet, Unteilbares aufgeteilt, Heiliges beschmutzt wurde. Wir sind der um sein Erbteil betrogene Esau dieser Geschichte. Ausgestattet mit dem Erstgeburtsrecht, haben wir zusehen müssen, wie Generationen heimtückischer Brüder uns Haus, Hof und Habe unter den Augen davontrugen und den väterlichen Segen verspielten. *Deine Hand ist rauh, aber deine Stimme klingt hoch wie die deines Bruders,* beginnt die erste Strophe eines unserer schwermütigen Volkslieder. So wird man verwechselt. Wie auch nicht! – Isaak selbst wurde ums Haar auf dem Altar von Abrahams Dummheit geopfert! Was glaubst du wohl, was er zu seinem Vater gesagt hat, als er davon erfuhr? Er sagte: *›Vater, wenn du mich als Brandopfer dargebracht hast, so nimm die von mir übriggebliebene Asche und bringe sie meiner Mutter Sarah und sage zu ihr: Dies ist der Geruch von Isaak!‹* Isaak, das ist ›der Spötter‹ «, sagte Und Umgekehrt. – »Ohne Unterlaß hat man uns seit Jahrhunderten verfolgt, verhöhnt und getreten. Frech darf sich Zerdahel zum menschenunwürdigen Grundsatz der Wiedergeburt bekennen, dieser Apologie des menschlichen Elends – wir ernten den Schimpf. – Aus diesem Grund und aus keinem anderen habe ich für unsere nächste Versammlung das gesamte Beweismaterial zusammengetragen und geordnet. Jetzt wird das Pendel einmal in die andere Richtung ausschlagen, das verspreche ich dir! Ich hab lange an der Formulierung all der Gedanken, Vorstellungen, Erkenntnisse gefeilt, die im Lauf der Jahrhunderte unsere Denkweise geprägt haben. Ich kann jetzt Punkt für Punkt jeden einzelnen Vorwurf widerlegen, der jemals gegen unsere Bewegung erhoben wurde. Und das hier ist mein Zeuge!« Und Umgekehrt legte die Schwurhand auf die Vulgata. »Auch De Selby wird mir auf seine Weise behilflich sein«, sagte er heiser. Jetzt hatte ich es ganz deutlich gehört: Unmißverständlich hatte Und Umgekehrt anstatt des richtigen Namens ›derselbe‹ gesagt. Es hatte zwar gepreßt und verunstaltet geklungen, aber es war unverkennbar gewesen. War es das Symptom einer Krankheit, daß er zwanghaft zählen, zwanghaft Namen deklinieren mußte? Und Umgekehrt zog wieder sein Taschentuch hervor und schneuzte sich. Irgendwo im Inneren des Hauses schrillte ein Pfeiftopf, gleich darauf setzte, etwas tiefer, die Dorfsirene ein. Es war zwölf Uhr. Jetzt mußte der Mittagszug, mit dem ich gestern gekommen war, im Bahnhof einfahren. Ich lauschte. Der Regen rauschte in Bächen über das Fenster. Irgendwo, weit weg, jaulte ein Hund. Dann hörte man draußen Schritte, ein Gegenstand polterte dumpf auf den Boden, jemand putzte sich am Schuhabstreifer die Schuhe ab. Die Eingangsglocke schlug kurz an, die Tür ging auf, die Regengeräusche verstärkten sich. Es klang, wie wenn ein gelangweiltes Publikum lustlos in die Hände klatscht. Dann stand, völlig durchnäßt, De Selby im Türrahmen. Tränen rannen ihm über die Wange. »Was ist denn geschehen?« fragte Und Umgekehrt. »Sie haben meinen Hund umgebracht«, sagte De Selby, geschüttelt vom Weinen. »Sie haben ihn mit der Bahn überfahren, die Schweine!«

Fünftes Kapitel

BEIM WASENMEISTER

DER WEG ZUM WASENMEISTER, DER DE SELBYS Hund begraben sollte, war lang und beschwerlich, obwohl die Straße immer gleichmäßig bergab führte und die Scheibtruhe, wie losgelöst von mir, vor mir herrollte. Doch kannte ich nun schon die Tücken dieser Straßen, es war ja alles wie gestern – und so war es mir ein leichtes, den Schlaglöchern auszuweichen, die wegen des gerade gefallenen Regens bis zum Rand hin mit Wasser gefüllt waren. – Ich hatte mich erbötig gemacht, De Selbys Hund, eine zwergenhafte Mischung aus Schäferhund und Bernhardiner, in die Scheibtruhe zu laden und in ihr mitzuführen, wenn man über ihn eine Decke warf, auf die ich dann die auszutragende Post legen konnte. Was nicht in der Truhe Platz gefunden hätte, hätte ich leicht in einem kleinen Rucksack unterbringen können, den mein Onkel immer verwendet hatte, wenn besonders viel Post angefallen war. De Selby lehnte mein Anerbieten allerdings ab und nahm die Hundeleiche, die er neben den Schuhabstreifer vor die Tür zu Ingas Laden geworfen hatte, auf, obwohl sie gänzlich blutverschmiert war. Das Rückgrat des Tieres war beim Unfall gebrochen. Sein Körper hing wie ein schwerer Sack zwischen den Armen des Mesners durch.

Alle Feuchtigkeit war aus der Welt geleckt. Es war heiß, und die Luft war von einem sonderbaren Summen erfüllt, dessen Ursprung man nicht bestimmen konnte. Es klang manchmal so nahe, daß man sich unwillkürlich umdrehte, und weil man nichts sah, glaubte man, das Geräusch käme aus einem selber.

– Die Hände des Fleißigen ruhen, erzählt die Legende. Nichts regt sich, die Luft ist glatt wie ein Spiegel. Möglich, daß woanders gerade ein Verbrechen geschieht, so namenlos, so kraftlos ist alles. ›Wie heiße ich?‹ lautet da deine Frage. Und die Antwort ist dieses Summen, dieses Rauschen. Es ist das Gerausche, das von den Haaren der Welt herrührt, die sich in ihrem riesigen Bett auf die andere Seite dreht. –

Ich wollte nicht zu reden anfangen, und De Selby schwieg. Nur die Scheibtruhe grub sich, leise knirschend, ihren Weg durch Schotter und grobkörnigen Sand. So dösten wir, mehr schlafend als wach, zwischen den weißen Häusern der Bieresch dahin, die, auch nur mit sich und den eigenen Angelegenheiten beschäftigt, unter häufig verkrüppelten Obstbäumen verstreut lagen. Die Stirnseiten glänzten abweisend, die hölzernen Eingangstüren waren verschlossen. Die Blockbauspeicher sahen wie fremdländische Grabmäler aus. Der Abstand zwischen vereinzelten, größeren Gehöften und ihren seitab liegenden Wirtschaftsgebäuden war unökonomisch und ermüdend groß, und unser Schotterweg führte zwischen ihnen durch, als gehörte er nicht dazu. – Manchmal zeigte uns eines der Häuser seinen Hintern, als läge es mit den anderen im Streit. Überall kollerten leise die Truthähne, die Gott geweihten Tiere der Monotomoi. Es war eine verwunschene Welt, aber zur Hälfte gehörte wohl auch ich schon dazu.

Das erste Haus, vor dem wir hielten, war eine kleine, weißgetünchte Hütte, die, die Türe sperrangelweit offen, wie man es sonst nur bei Zigeunerbehausungen sah, aus einem einzigen, kleinen Raum zu bestehen schien. – Vor ihr, in der Sonne, wartete ein halb angezogener Mann in weiter, blauer Schlosserhose, die vorne offenstand, und ließ, sonst unbewegt, von Zeit zu Zeit die Hosenträger gegen den nackten Oberkörper schnalzen. Er rauchte eine Zigarre, die er in Abständen weitausholend zum Mund führte, als wollte er diesen abwischen.

Das Haus stand nahe der Straße auf einem niedrigen Hügel, in den unser Weg wie ein Graben eingeschnitten war. Neben dem Haus lagen Bretter zu einem Stoß übereinandergeschichtet. Ein leichtes, hochrädriges Motorrad lehnte daran. – Der Mann, in dem ich im Näherkommen den zweiten Göd wiedererkannte, stützte seine Linke gegen das Haus und beobachtete uns auf unserem Weg, wobei er manchmal den Kopf nachlässig zur Seite drehte, um jemanden im Haus über die Vorgänge heraußen auf dem laufenden zu halten. Aus einem kleinen Kofferradio, das er eingesteckt hatte, kamen gequetscht die Klänge von Volkstanzmusik. Die Töne waren leicht und schnell wie Worte aus einem flüchtig hingeworfenen Satz, den niemand ernst nimmt. – Da der Göd heute keine Mütze aufhatte, wirkte er stark verändert. Sein Kopf war zur Glatze geschoren, die Augen lagen tief, und ihr stark schielender Blick glitt gleichmäßig träge über die Gegenstände, ohne scheinbar ein einziges Mal an etwas Bestimmtem hängenzubleiben. Dies und sein übriger Aufzug – die kleine, nach vorne gestülpte Stupsnase, die offene Hose und dazu der steile Höcker – hatten etwas unverhohlen Gewalttätiges.

Ich stellte mein Fuhrwerk seitlich am Weg ab und nahm die für diese Hausnummer bestimmten Flugblätter heraus, um sie dem Göd zu bringen. Er beachtete die ihm hingestreckte Hand mit der Post nicht, sondern drehte mit seiner Rechten in der Hose am Radio, um es leiser zu stellen. Es krachte ein paarmal, weil er den Sender verloren hatte, dann ertönte ein gleichmäßiges Brummen, das er mit einem festen Schlag auf das Gerät zum Schweigen brachte. Ich stand links von ihm, wie es die Tante empfohlen hatte, und wie beim Lesen, als ob er die Landschaft Zeile für Zeile nach mir absuchte, ohne mich zu finden, vielleicht weil ich zu nahe stand, bewegten sich seine Augen hin und her. Dann aber wandte er sich doch mir zu, sah mich kurz an und an mir vorbei und sagte: »Werfen Sie diesen Mist doch weg!« – Eine Stimme kam aus dem Hausinnern. »Laß ihn in Ruhe!« rief eine Frau. Sie stand gleich darauf in der Tür und bat mich in einem Ton, als wollte sie sich für die Beleidigung des Göds entschuldigen, um die Reklamesendungen. Ich kannte auch sie schon: Es war die Frau des vierten Göds, die am Vorabend unter den anderen am Nebentisch gesessen war und mit ihrem Zeigefinger am Weinglasrand die traurige Musik erzeugt hatte. – Die Ärmel ihrer Bluse waren aufgestrickt, die Arme dick und fleischig. Blasse Härchen standen senkrecht von ihnen ab. Ich gab ihr die Post, und mit einer abschließenden Bewegung, so als hätte ich nun genug gesehen, ließ sie ihre Blusenärmel herunter und machte den obersten Knopf, der offenstand, wieder zu. Sie wirkte kräftig und verschüchtert zugleich, ihre Schultern waren wie bei jemandem alten nach vorne vorgefallen, ihre Schritte waren bestimmt wie die eines Trinkers, wirkten aber trotzdem zögernd und unsicher. Sie ging zurück in ihr Haus, gefolgt vom zweiten Göd, dessen Bewegungen im Gegensatz zu den ihren heimtückisch schnell und abgezirkelt waren. ›Chad – kal‹, ›scharf und flink‹, hatte Zerdahel gesagt, würde der erste Göd in Zukunft vielleicht heißen. Der Name paßte eher zu diesem Mann, der sich jetzt, bevor er hinter der Frau im Halbdunkel des Hauses verschwand, noch einmal umdrehte und absichtlich gedehnt, um zu verletzen, zu De Selby sagte: »Ein Hundewetter ist das heute, nicht?« – Er unterstrich seinen Spott noch mit einer herausfordernden Kopfbewegung und ließ zur Begleitung die Musik aus seinem Taschenradio besonders laut aufspielen. – »Sie waren es! Sie haben ihn umgebracht!« schrie der Mesner außer sich. »Sie sind ein Mörder, jawohl!« Und als wäre er der öffentliche Ankläger persönlich, hob er die Hundeleiche auf seinen Armen in die Höhe, um sie herumzuzeigen. – Dämmerte ihm langsam? – Gerade daß er so schrie, war ein Beweis dafür, daß er nichts begriff. Lächerlich war sein Pathos in diesem Augenblick, da der andere ohnehin offen alles zugegeben hatte, und ihn jetzt noch einmal der eigenen Lächerlichkeit preisgab, indem er, bloß mit Achseln und Höcker zuckend, wortlos ins Haus zurückkehrte.

Ich blieb unschlüssig stehen: Drinnen redete Ráks

Frau, flüsternd vor Aufregung, auf den zweiten Göd ein, heraußen schluchzte De Selby, der sein Gesicht im Fell des Hundes begraben hatte, haltlos. Es war zugleich abstoßend und mitleiderregend. – Dann steigerte sich das Flüstern der Frau zum Jammern. – »Mein Gott«, rief sie, »sie werden uns Unglück bringen!« Der Göd fuhr sie grob an, – einen Moment lang war Stille, dann ging es wieder los, indem die Stimme in einer Art Tonleiter des Jammers immer höher hinaufkletterte, bis sie sich überschlug: »Ich hab' dir gesagt, du sollst sie in Ruhe lassen«, rief sie, als wäre nun alles aus und geschehen. Ein Schlag, klatschend wie eine Ohrfeige und irgendwie befreiend, war die Folge. Aber wie jemand, der weiß, daß er recht hat und dieses Recht sich nicht mehr nehmen läßt, fing sie, sich steigernd, wieder an, bis ihre Stimme, hoch oben, nervenaufreibend schepperte und klirrte. Der Göd äffte sie drohend nach, aber obwohl das, was er sagte, für mich unverständlich war, spürte ich die große Angst vor einem kurz bevorstehenden oder gerade geschehenen, nicht wiedergutzumachenden Fehler heraus. Teller klapperten – ›also wurde Geschirr abgewaschen‹, dachte ich, zähneknirschend und einverstanden gleichzeitig. – »Hör auf! Hör auf!« schrie die Gödl, jetzt in höchster Not. – »Nicht werd' ich!« trotzte der Göd zornig. Und als wollte er mit seinen Worten, die er einzeln stoßweise betonte, so daß es klang, als treibe er die Frau mit ihnen vor sich her durch das Zimmer, das Schicksal vernichten, schlug er mit der Faust auf die Tischplatte. Gläser schlugen aneinander, irgend etwas – das Radio? – ein

Besen fiel zu Boden. Sein Stiel ragte zur Hälfte aus der offenen Türe. Wasser zischte über eine heiße Herdplatte, daß es kein Ende zu nehmen schien. »Laß mich los!« kreischte die Frau, und die Luft pfiff aus ihr heraus, als hätte sie sie viel zu lange an sich gehalten. Dann wimmerte sie, und der Göd lachte sie unverschämt in dieses Wimmern hinein aus, das langsam in ein schweres, schnelles Atmen, dann in ein Schmatzen überging.

Ich stand da, ohnmächtig, Zeuge dieser jahrtausendalten Untat. Mordlust wurde in mir wach: Das waren Briefträgergeheimnisse, mit denen ich nichts zu tun haben mochte. – Wo war De Selby. Ich sah mich um. Er fing meinen Blick auf und verstand sofort. – Der Hund hüpfte in seinen Armen auf und ab wie etwas Heißes, das er loswerden wollte, für das es aber in dieser Welt keinen geeigneten Platz gab. Ich ging auf ihn los: Er war schuld.

Und da war wieder, wie auferstanden, der zweite Göd in der Türe. Jetzt hatte er nur noch eine schmutzigweiße Unterhose an, die sich lächerlich über seinem steif wegstehenden Glied spannte. – Irgend etwas in mir, eine Feder, ein Staubkorn, eine Schuppe löste sich leicht und flog davon, als ich ihn so dastehen sah. – Und der Göd hielt sein Glied fest über der Hose umfaßt, als wollte er seine Erektion nicht verlieren. Er brüllte uns an, wir sollten verschwinden.

– Ein Stück deines Selbstes wird aus dir gerissen, sagen die Schriften der Bieresch, weil du zuviel bekommen hast, weil du zuviel genommen hast. Genäht wirst du nicht, – aber schau! da wartet die Schere. Leg dich nieder, leg dich aufs Bett. Ich halte dich fest, – schließ deine Augen. Er hält dich fest, – schließ deinen Mund. Ein Grab wird geschaufelt in deinen Körper, der Sarg, der darinnen ist, muß jetzt heraus! –

Ich rannte den Hügel hinunter zu De Selby, ein lachendes, hüpfendes Etwas, ein seitwärts wegspringender Ball. Eine Bewegung ohne Sinn. Es war, als wäre eine Frage, von der ich selbst noch nichts wußte, plötzlich von ihrer Antwort verschluckt worden.

Freundschaft

Und De Selby verstand mich. – Er streckte mir unter dem Hund hervor schweigend die Hand entgegen, die ich dankend annahm. »Alles vergessen?« fragte ich. »Alles vergeben«, gab er zur Antwort.

Ich nahm meine Scheibtruhe wieder auf, und fort ging's. – »Du und dein Hund!« sagte ich. Gerade hatte ich ihn noch umbringen wollen, und schon ging er wieder mit seinen kleinen, unbeugsamen, schnellen Schritten neben mir her.

Immer steiler abwärts führte der Weg, immer größere Sprünge machte mein Fahrzeug, und in einer Art kindischen Glücks stampfte ich neben dem Mesner die Senke hinunter. – Eine solche Grube gab es doch gar nicht! – Alte Biereschek saßen, das Kinn auf die Hände und diese auf knollenförmige Stockenden gestützt, mit fliegenden Haaren auf den schmalen Bänken vor ihren Hütten, die sich wie Schiffskiele in den blauen Himmel darüber bohrten. »Reisewetter«, sagte De Selby. – Gerade hatte ich ihn noch umbringen wollen.

So bildete sich zwischen mir und dem Mesner eine seltsame Freundschaft, die darin bestand, daß der eine redete, während der andere schwieg. – Mit jedem Wort, das ich sprach, schien sich diese Freundschaft tiefer in mich einzugraben, und jedes Schweigen, das ihm folgte, schien die Gräben noch zu verfestigen. Ich hob mit der Schaufel in mir die Erde aus, und er trat mit seinen Füßen den Boden darunter fest. – Ein Einverständnis war zwischen uns wie zwischen Gruß und Dank. Und dieses Gefühl schien sich allmählich der gesamten Umgebung mitzuteilen:

Vor einem der Häuser hatte ein alter Mann ein Tischchen aufgestellt. Eine grüne Plastikwaschschüssel stand darauf. An einem Nagel, unter Augenhöhe, hing an der Hauswand ein alter, zerbrochener Spiegel. Breitbeinig stand der Mann vor ihm, mit nacktem Oberkörper und schräg, weit nach vorne gebeugt, damit er sich noch sehen konnte. Die Hosenträger hingen seitlich lose herunter und schwankten bei seinen kräftigen Bewegungen hin und her, wenn er mit kurzen Schritten einen besseren Stand suchte oder zu demselben Zweck die Beine weit auseinanderspreizte. – Er war so sehr in seine Beschäftigung vertieft, daß ich, ohne zu grüßen, weil ich ihn bei seiner Arbeit nicht stören wollte, die für ihn bestimmte Post auf die schmale Bank neben das Handtuch und die Seifenschale legte. Es gelang mir, ohne von ihm bemerkt zu werden, und stolz, als wäre mir damit ein kleines

Meisterwerk geglückt, ging ich zu De Selby zurück.

Ein leichter Wind kam auf, vermischt mit dem unbändigen Zirpen der versteckten Grillen. Ich hatte das Gefühl, als wären allen Dingen mit einem Male Haare gewachsen, durch die ich mit meinen Fingern fahren wollte, und während ich ging, schien es mir, als ob sich die Erde nun ganz dem Wechsel meiner Schritte anpaßte, indem sie sich mir entgegenhob, wenn ich auftrat, und unter mir wegtauchte, wenn ich den Fuß hob.

Ende der Freundschaft

Je weiter wir aus dem Dorf hinauskamen, desto größer wurden die Entfernungen zwischen Hütten und Straße, aber je größer sie wurden, desto leichter waren sie zu überwinden. – Bei einer der letzten Häusergruppen – De Selby führte gerade seine Theorie des Einwegsystems weiter aus und behauptete, daß sich dieses gut auf unsere Fähigkeit zur Erkenntnis übertragen lasse – entdeckte ich Zerdahel, der sich vor einem Schuppen an einer Stehleiter zu schaffen machte, indem er mit einem schweren Hammer Holzkeile in die Sprossenzapfen trieb. – *»Bewußt erleben ist wie Erinnerung«,* sagte der Mesner, als ich die Post aus der Truhe nahm. »Zwei Neigungen streiten in mir bei jedem Erlebnis. Einmal möchte ich mich ihm einfach hingeben wie einem Hinweg, sorglos und leicht, zum anderen drehe ich mich nach jedem Schritt um und betrachte den zurückgelegten Weg. Dadurch verfilzt sich alles in mir. Aus den zurückgelegten Bahnen möchte ich die Zukunft rekonstruieren. Unser Lebensweg hat sich schon einmal gekreuzt, damals, als sich Oslip halb erschlug. – Erinnerst du dich?« Ich sah ihn fragend von unten herauf an. »Ist auch egal«, sagte er, »wichtig ist nur, daß wir einander nie wieder hätten begegnen dürfen, weil wir und unsere Leben aneinandergeknüpft sind. Ich lebe, und du gibst mir die Ohrfeige dafür, so ist es. – Die einzig wirklich brauchbare und auch auf Dauer nützliche Form der Erkenntnis wäre eine konstruktive Desintegrationsanalyse, wie es Und Umgekehrt nennt – das Gegenstück zu seiner Billardspieltechnik, das heißt, die Fähigkeit, unsere Lebensbahnen so zu berechnen, daß sie sich nicht mehr kreuzen, sobald eine erstmalige Überschneidung Unglück gebracht hat. – Das meint er auch immer, wenn er sagt, daß er in Gedanken schon an einer neuen, nie dagewesenen Art von Billardstock schnitzt. – Ich erklär es dir später.«

Ich war von seinen Worten betroffen. Dunkel erinnerte ich mich wieder an das Erlebnis am Wehr, bei dem sich Oslip so schwer verletzt hatte. Ich war neben meiner Tante gestanden und hatte in meiner Aufregung nach ihrer Hand gegriffen, als ich bemerkte, wie sich der auf dem Stein liegende Balken im Schaukeln langsam zur Seite bewegte und das Unglück unvermeidbar wurde. Da hatte sich eine andere Hand in die meine gelegt, und als ich hinsah, war es die Hand eines kleinen, dicken Buben gewesen, der unverwandt dem Schauspiel zusah. Ich hatte ihn angesehen und hatte seine Hand gedrückt. Ohne seinen

Blick vom Geschehen abzuwenden, hatte er diesen Druck erwidert. Es war also der Mesner gewesen. – Ohne zu sprechen, hatten wir damals eine Art Bündnis geschlossen, und darauf spielte er jetzt wohl an. – Wenn ich von Zerdahel zurück war, würde ich ihn fragen, ob er damals auch zuerst jene Vorahnung des Unglücks und dann das Gefühl vollständiger Befreiung gehabt hatte, das man immer dann empfindet, wenn eine Strafe, die für einen selbst bestimmt ist, einen Fremden trifft, der gerade im Weg steht.

Zerdahel hatte uns längst entdeckt, aber er tat nichts dergleichen, sondern machte sich weiter mit allerlei Werkzeugen an seiner Leiter zu schaffen. Erst als ich bei ihm war, sah er auf und sagte zu mir: »Du machst es jetzt schon ganz gut!« Dabei richtete er sich auf und suchte etwas in seiner Tasche. »Wart', du bekommst noch was!« sagte er und zog eine kleine, sechseckige Münze aus seiner Hose. Er gab sie mir. Es war eine unserer Münzen. Ihr Rand war zugefeilt, in die Mitte war ein Loch gestanzt. Sie war wertlos, aber trotzdem gefiel sie mir.

Ich war unentschieden. Irgend etwas an dem, was De Selby gerade gesagt hatte, hielt mich zurück. Ich wollte dieses unangenehme Gefühl loswerden, und so blieb ich noch stehen. »Woher haben Sie denn die Münze?« fragte ich Zerdahel. »Ach, die sind von Lumiere«, sagte er. »Wir spielen Dame damit. Die einen haben ein Loch, die anderen nicht.« – »Aha!« sagte ich. Es entstand eine kleine Pause, weil Zerdahel nichts sagte und ich mich nicht rührte. Zerdahel sah mich neugierig und abwartend von der Seite an.

»Müssen Sie denn nicht weiter?« fragte er schließlich, aber immer noch hatte ich dieses unangenehme Gefühl. So konnte ich unmöglich zu De Selby zurückgehen. »Was machen Sie denn da?« fragte ich, ohne auf seine Frage einzugehen. »Die Sprossen sind locker geworden«, sagte Zerdahel trocken. »Aha!« sagte ich wieder, idiotisch. »Holen Sie ihn doch wenigstens her«, sagte Zerdahel plötzlich ungeduldig, »das tut man doch nicht: plaudern und andere auf einen warten lassen!« Und dann rief er gleich selbst nach De Selby und forderte ihn auf, zu uns zu kommen. – Der Mesner schüttelte den Kopf und blieb unten am Weg stehen, den Hund wie festgewachsen auf seinen Armen. »Jetzt ist er beleidigt«, sagte Zerdahel, »kein Wunder!« – »Ich hab' ihm doch nichts getan!« sagte ich. – »Ach so?« sagte Zerdahel spöttisch, »Sie vertreten sich hier wohl bloß die Füße?« – »Mir geht manchmal einfach seine Weinerlichkeit auf die Nerven«, log ich. – »Sie müssen selbst wissen, was Sie tun«, erwiderte Zerdahel jetzt scharf und wandte sich wieder seiner Arbeit zu. Ich wußte nicht, was ich nun tun sollte, hatte jetzt aber noch weniger Lust, mit dem Mesner allein zu sein, als vorher. So rief ich halbherzig: »Komm her, De Selby, sei doch nicht so!«

Aber De Selby blieb weiterhin neben der Scheibtruhe stehen und rührte sich nicht vom Fleck. – »Wissen Sie eigentlich, was aus Oslip geworden ist?« fragte ich Zerdahel, mehr, um das unangenehme Schweigen zu unterbrechen als aus wirklichem Interesse. »Ach, lassen Sie mich doch mit Ihren albernen Fragen in Ruhe!« gab Zerdahel zurück. De Selby stand noch immer unten am Weg und schaute vorwurfsvoll, wie mir schien, zu uns herauf. »Geh schon voraus!« rief ich ihm zu, »ich komme gleich nach!« Wieder sah mich Zerdahel von der Seite her an. »Wie Sie lügen können!« sagte er kopfschüttelnd, und Ähnliches mochte wohl auch der Mesner empfinden, denn er schrie jetzt, wütend vor Schmerz: »Mit uns beiden ist es aus, das sage ich dir!« Dann gab er sich einen Ruck und ging los.

Ich stand da. Irgendwie war ich jetzt ganz allein. De Selby ging auf der Straße davon, Zerdahel hämmerte wie verrückt an seiner Leiter. »Laß mir nur die Kinder in Ruhe!« hatte mich die Tante am Abend davor, als wir uns nebeneinander in das riesige, mit Schnitzwerk verzierte, helle Ehebett legten, gewarnt. Der Satz ging mir durch den Kopf, immer wieder von vorn, immer wieder von neuem. – Ich ging langsam zurück zur Scheibtruhe, ein Gedanke, das spürte ich, fing an, sich in meinem Kopf zu bilden, aber ich wußte noch nicht, was er von mir wollte.

»Laß mir nur die Kinder in Ruhe!« – Ich hatte die Tante nicht nach der Bedeutung dieses Befehls gefragt, und sie schien damit zufrieden gewesen. Irgendwie hatte er mit dem zu tun, wie sich De Selby gerade verhielt.

Im Bett der Tante

Die Arme unter dem Kopf verschränkt, waren wir nebeneinander in den Ehebetten gelegen. Keiner hatte gesprochen, dann hatte sie einen Arm unter dem Kopf hervorgezogen, hatte mich mit weicher Stimme eingeladen, zu ihr ins Bett zu kommen. – Ich war umständlich zu ihr hinübergekrochen, lag beklommen unter der schweren Decke, die kaum wärmte. Und sie hatte dann bloß ihren Arm um meine Brust geschlungen und war gleich, ein wenig schnaufend, eingeschlafen.

Der Staub im Schlafzimmer, das wer weiß wie lange nicht mehr gelüftet worden war, hatte mir die Nase verlegt. Der Mond stand hell und tief in dem eigens offengelassenen Fenster. Eine schneidend kalte Luft, die die Haut zum Zerreißen anspannte, strömte unablässig von draußen in den Raum. Die ungewohnte Nähe zu einer Frau, die ich doch kaum kannte und wegen ihrer herrischen Art nicht mochte, ließ mich nicht einschlafen. – Ich dachte an den Abend davor. Ich dachte wieder an jenes Buch, das ich einmal, wie im Zorn über meine Mutter, in einer einzigen Nacht ausgelesen hatte. »Es ist nicht wahr!« sagte ich laut. Die Tante in meinem Rücken rührte sich. Wie konnte sie denn nur schlafen? Hatte sie kein bißchen Angst? – Ich dachte an Zerdahel und fragte mich, ob seine Betrunkenheit Verstellung gewesen war. An manchen Stellen hatte ich den Eindruck gehabt, daß er log. – Ich stellte mir sein Gesicht vor, fing bei der langen, gebogenen Nase an, beim kleinen, geschürzten Mund. Er hatte ein hornartig vorgestülptes Muttermal, das wie ein kleiner, runder Knopf zwischen seinen Augenbrauen angenäht schien. War das das Gesicht eines Lügners? Ich wußte nicht. – So lag ich wach, während die Tante hinter mir leise schnarchte und im Traum manchmal wie ein Hund schnüffelte. – Wann würden die Göds kommen? Wie spät war es wohl? Eins? Drei? Eine kleine Glocke, wie über dem Ohr angebracht, gab Antwort. Es war halb zwei. Nichts rührte sich. Also würden sie nicht kommen. Ich triumphierte. – Kurz nach halb vier, es war schon wieder taghell, schlief ich mit offenen Augen ein.

– In der Früh hatten dann aber sechs Stühle, ein runder Tisch, eine Kommode und mein Regenschirm gefehlt, den die Tante unter dem Stiegenaufgang versteckt hatte. Der Inhalt der Kommode – hauptsächlich Photos, aber auch eine alte, brüchige Lederumhängtasche und die verrostete Wehrmachtspistole meines Onkels – war auf den Boden ausgeleert worden. Die Küchenwaage war verschwunden, ebenso der Oberteil einer weißlackierten Kredenz und ein großer, geflickter Einsiedetopf. Sie mußten zweimal hier gewesen sein – und ich hatte nichts gehört!

Besonders der Tisch ging uns ab. An ihn hatte mich die Tante gestern abend noch zu ihren letzten Instruktionen gerufen, kurz nachdem alle Gäste fortgegangen waren und wir den Ballsaal wieder in Ordnung gebracht hatten. – Von nun an, stellte die Tante am Morgen fest, als wir unser Frühstück stehend am breiten Fensterbrett in der kahlen Küche einnahmen, würden wir uns mit dem Provisorium aus Brettern und Holzböcken behelfen müssen, das gestern im Saal für die Göds aufgestellt worden war.

»Komm her zu mir, Hans«, hatte die Tante zur Einleitung am Vorabend gesagt und einen Stuhl so hingerückt, daß ich ihr gegenübersaß und wir mit den Knien beinahe aneinanderstießen. »Ich muß dir jetzt etwas sagen, das sehr wichtig ist.« – Ihre Stimme war tief und rauh, und irgend etwas an ihrem Verhalten sagte mir, daß das, was jetzt kommen würde, etwas sehr Unangenehmes war. Offenbar erriet sie wieder meine Gedanken, denn sie fügte hastig hinzu: »Du brauchst keine Angst zu haben, für dich ist es nicht weiter schlimm!« – »Ja, Tante«, sagte ich. – »Zerdahel«, begann sie, »hat dir heute vieles erzählt, das für dich noch sehr, sehr notwendig sein wird, aber, wie du dir denken kannst, längst nicht alles. Bei den Namen kennt er sich tatsächlich gut aus, da hält er eine Ordnung wie sonst keiner, aber wahrscheinlich hat er kein Wort über die Monotomoi verloren, darüber wird dir morgen Und Umgekehrt erzählen, und sicher weißt du noch nichts von den Spiegeln. Dafür ist Jel Idézö da, und ein wenig muß auch ich dir darüber berichten.« Ich nickte stumm, verwirrt, daß die Tante über den Inhalt von Zerdahels Rede so genau Bescheid wußte und daß sie so offen zugab, wovon ich bis dahin noch keine Ahnung gehabt hatte: daß ich hier offenbar vom einen zum nächsten wie ein Kind weitergereicht werden sollte, das eine Lektion nach der andern erhielt, bis es schließlich brauchbar geworden war. »Siehst du«, fing die Tante wieder an, »vieles von dem, was du heute vom Juden gehört hast, und auch von dem, was ich dir nun zu sagen habe, wird dir beim ersten Mal verworren und unklar erscheinen, denn du hast noch, wie man bei uns sagt, ›ein schlafendes Auge‹. Aber bald wirst du dich besser auskennen, und dann wirst du auch aufhören, uns so schrecklich zu hassen. – Du hassest uns, Hans!« sagte die Tante vorwurfsvoll. Ich schüttelte den Kopf, aber es war wahr. Mehr als einmal war an diesem Abend Haß, ungewohnt und ekelhaft wie Brechreiz, in mir hochgestiegen. – »Schau, Hans«, sagte die Tante bekümmert, »du mußt versuchen, auch uns zu verstehen. Was sollen wir denn nur machen? Auf uns liegt der Fluch seit dem allerersten Tag! Jede Zeile, jedes einzelne Wort in unseren Schriften verflucht den Bieresch. – Heimweh gibt es nur zuhause, sagen wir, weil wir nicht fort können von hier, weil wir auf ewig ins Labyrinth unserer unglücklichen Biereschgeschichte eingesperrt sind. Wir haben Heimweh nach uns selber, weil keiner sein kann, wie er ist, jeder bloß die Eigenschaft seiner Umgebung spiegelt. – Man hat unsre Gesellschaft mit Bienenwaben verglichen, und es ist etwas Wahres daran. ›Nimm eine einzige heraus‹, sagt Zerdahel oft, ›und du zerstörst den ganzen kunstvollen Bau!‹ – Wenn sich draußen bei Euch einer fragt, wer er ist, so bekommt er die Antwort, die ihm gebührt, auch wenn sie nicht unbedingt schmeichelhaft für ihn ist. Ihr habt mehr Spielraum. Hier ist es anders – wir wohnen enger beisammen, historisch gesprochen. Die Wand, die dich nach außen hin abgrenzt, das ist die Wand deines Nachbarn. Reißt sie ein, so stehst du noch lang nicht im Freien, sondern im Raum nebenan. – Es gibt in den Schriften einen Text dazu. Er heißt: ›Wer Fragen stellt‹, beziehungsweise: ›Blick in den Spiegel‹. – ›*Die Veränderung*‹, beginnt er, ›*worin bestand sie? Es ist schwer zu sagen. Etwas geriet ins Rutschen. Da saß ich, warm und hell, ganz bei meiner Pfeife und der warmen hellen Mauer, als plötzlich irgendwo irgend etwas, etwas Kleines, etwas Winziges in Rutschen geriet. Sch-sch-scht – HALT! Ich hoffe, das ist klar genug.*‹ – Es hat keinen Sinn, daß ich dir jetzt den ganzen Text aufsage. Er läuft jedenfalls darauf hinaus, daß bestimmte Fragen nie gestellt werden dürfen, weil durch sie der gesamte Bestand gefährdet würde. Dabei hängt es freilich nicht von den Fragen ab, sondern vom Frager. Und Umgekehrt, zum Beispiel, darf immer und alles fragen. Seine Fragen sind prinzipiell harmlos. Ein anderer wiederum darf nicht eine einzige Frage stellen, weil seine Fragen so gewalttätig sind, daß sie ihre Antworten im vorhinein schon vernichten. Es ist ein empfindliches Gleichgewicht, das wir hier aufrechterhalten, und schon deshalb muß ich dich bitten, zu uns nicht ungerecht zu sein. Ein einziges deiner tollen, vorschnellen Worte kann uns alle ins Unglück stürzen – dich mit, denn du gehörst jetzt nun einmal ein Jahr lang dazu. Du bist einer von uns, wirst es immer bleiben. Jeder sieht ein, daß du im Augenblick noch nichts anderes wollen kannst als fort von hier. Aber genauso geht es ja mir, jede Minute! Genauso geht es Zerdahel und De Selby. Und doch bleiben wir alle da. – Vielleicht kannst du das noch nicht verstehen, aber es wird dir auch nicht viel anders ergehen. Denn eines begreift man schnell, und auch du hast es längst begriffen, selbst wenn du noch nichts davon weißt: Es gibt keine Hoffnung. Der Himmel über uns Bieresch ist zugezogen. – Aber es gibt einen Trost: Das Leben, das wir hier führen, ist menschenwürdiger als jedes andere denkbare Leben. – Du bist jetzt schon ein gutes Stück mehr Mensch als noch vor sechs Stunden. Du bist nicht mehr so hart und unerbittlich!« Die Tante beugte sich aus ihrem Sessel vor und legte mir die beiden Hände auf die Schultern. Sie sah mir fest in die Augen und sagte: »Wir sitzen in der Geschichte fest. Es gibt kein Vor und Zurück. Es gibt keinen Fortschritt, es gibt keinen Rückschritt. Uns kann niemand helfen. So steht es geschrieben, und so stimmt es auch. – *Das Geheimnis eurer Arbeit,* heißt es in einem Text, *liegt darin, daß sie euch unschuldig spiegelt, dessen ihr schuldig seid!* Das ist ein wichtiger Satz, selbst wenn er uns beiden nur schwer verständlich scheint. Er beinhaltet im Grunde schon das, was die Birne ›das Patt der Biereschek‹ nennt. – Was meint er damit? – Ich erklär' es dir gleich«, sagte die Tante. »Hör dir zuerst den Text fertig an. Es heißt weiter: *So erzeugt sie euch, die ihr sie verrichtet habt. – Von Haus aus gutmütig, wird sie böse, weil sie zu ihrer Natur werden läßt, was ihr als eure Natur ausgebt und doch nur euer Versäumnis ist!* – Es klingt vielleicht kompliziert, ist aber die Wahrheit. Mit anderen Worten, vereinfacht, aber nicht verfälscht, heißt das: Was du tust und wie du es tust, was wir alle tun und wie wir es tun, das wird unseren Arbeiten anverwandelt, das geht in sie über. Es ist wie das Gefühl, das man hat, wenn einem einer die Hand gibt und man spürt, daß man dadurch ein andrer geworden ist. – Und die Birne, was sagt sie? Die Birne sagt, daß der Händedruck gegenseitig sei. Du hast sicherlich schon bemerkt, wie unendlich viel Arbeit bei uns in den kleinsten und oft unscheinbarsten Dingen steckt – denk an die Griffe deiner Scheibtruhe, schau dir morgen Und Umgekehrts Billardstock genauer an! Daran merkt man, daß das, was die Schriften behaupten, zutrifft. Wir stecken uns selbst in die Dinge, wir sind ein Teil unserer Arbeit. Und wenn es auch manchmal so scheint, als ob wir mit dem, was unsere Vorfahren machten, ganz und gar achtlos umgingen, so ist doch gerade das Gegenteil wahr. Achte einmal bei deinen Botengängen genau darauf, wie selbstvergessen die Bieresch oft dasitzen, einen Hobel, einen Schraubenschlüssel in ihren Händen, und wie sie daraufstarren. Sie hören die Dinge reden. ›Er hört die Stimme des Vaters‹, nennen wir es. Und plötzlich springt der, der soeben noch in sich versunken dasaß, auf, wirft das Ding fort und rennt davon. ›Der Vater ist böse‹, sagen wir dann. – ›Die Ursache dafür, daß es für uns keinen Fortschritt gibt‹, sagt die Birne, ›liegt darin, daß wir im Anschauen der Dinge selbst zu den Dingen werden und durch sie hindurch zu ihren Erzeugern!‹ Das Leben lehrt uns Schritt für Schritt zu unseren Vätern zu werden, und die nach uns kommen, werden sein, wie wir waren. – Es ist der Augenblick der Verschwisterung der Menschen. – Es ist unser Glück. – Frag mich noch nichts, frag nachher!« unterbrach sich die Tante, als ich meinen Stuhl ein wenig rückte, um bequemer zu sitzen.

»Es ist sehr schwer, da zu begreifen, daß es überhaupt Unglück geben kann«, fuhr sie fort. »Aber es gibt Unglück in Mengen. – Weil in unserem Kopf alles so nahe beisammenliegt, weil uns nichts näherliegt, als alles miteinander in Verbindung zu bringen, weil das Gefühl der Verbrüderung den blasphemischen Wunsch nach unzerteilbarer Harmonie erweckt! – ›Die Arbeit also ist dir ein Spiegel‹, heißt es im gleichen Text weiter unten, ›drum sollst du zweimal den Spiegel zerbrechen: einmal für sein verdrehtes Bild, ein andermal für seine Blässe!‹ – Ein Widerspruch? Mitnichten. Aber man hat es so ausgelegt. Minim und Malchim haben es getan (das sind ›die Abtrünnigen‹ und die ›Denunzianten der Schrift‹). Die ersten verkündeten aufgrund dieser Zeilen, die Erlösung liege längst hinter uns, der Untergang sei unausweichlich, jeder Blick auf die böse Welt führe weiter ins Böse, sie legten das Hauptgewicht auf den ersten der beiden Teile. Die zweiten schlossen aufs Gegenteil: Alles müsse zerschlagen werden, glaubten sie, bevor auch nur die winzigste Kleinigkeit besser gemacht werden könne. – Aber nichts wird je besser, nichts wird je schlechter, – was war, ist, was ist, wird sein. Die Geschichte ist eine alles ausgleichende Ungerechtigkeit, ›das Patt der Bieresch‹. – ›Bleibt beim alten‹ ist ein Name, der bis uns sehr gebräuchlich ist. Oslip hätte so heißen sollen. Mein Oslip!« – Ich horchte auf. Die Erwähnung dieses Namens verhieß mir nichts Gutes, und tatsächlich wand sich gleich darauf meine Tante wie unter Krämpfen auf ihrem Stuhl. »Das Schwierige für alle war immer und ist noch«, sagte sie und unterbrach sich: »Schau nicht so! – Das Schwierige ist, die Dinge zu sehen und zu lassen, wie sie sind. Wie soll man ein Bild vom Leben gewinnen, wenn man immer gleich mit den Händen hineinfährt? – Spannungen, die zwischen allem bestehen, ertragen ist eine eigene Kunst. Und wir Bieresch haben es in ihr doch weiter gebracht als die andern. ›Dein Blick ist sein Magnet. Er zieht an, was in Reichweite liegt‹, sagen wir, und weil wir diese Gefahr erkannt haben, haben wir gelernt, die beiden Pole zusammenzubiegen. – Unsere Schuld ist anderer Art: ›Backt Brot aus dem Korn meiner Worte‹, empfehlen die Schriften ironisch. – Unsere Schuld, die Schuld von Leuten wie Zerdahel, war es und ist es, Heiliges mit Unreinem zu mischen.« Die Tante sprach jetzt verworren und unklar. Sie wiegte beim Sprechen den Kopf hin und her, und es hatte den Anschein, als ob eine unkontrollierbare innere Kraft diese Bewegung verursachte, eine schwere, große Metallkugel, die losgelassen in ihrem Hirn hin und her rollte. »Stell dir nur vor: In Zagersdorf, das früher einmal ›tükörszabó‹ (das ist ›der Spiegelschneider‹) geheißen hat, und in Trausdorf – es heißt in Wirklichkeit Trugsdorf«, rief die Tante, »man hat einen Mantel der Lüge über den Namen gebreitet! – haben die Bieresch riesige Spiegelerzeugungsbetriebe aufgebaut. Abscheulich ist das, gemein!« Die Tante spuckte die Worte gleichsam aus, und Speichel flog mit ihnen mit. Sie redete mit einem Eifer, als geschähe dies Unrecht jetzt, zwischen uns. »Wir haben verbotene Experimente angestellt. Wir haben Spiegel erzeugt, die die lästerlichsten Kunststücke vollbrachten, die du dir vorstellen kannst. Wir haben Mittel gefunden, Spiegel zu machen, die niemals verblassen, die nicht seitenverkehrt, sondern seitengerecht reflektierten. Es gab Spiegel, die zwinkerten, wenn man hineinsah. Spiegel, die tagsüber schwarz blieben und nachts die leuchtendsten Farbbilder malten! – Biereschek-Spiegel! – Spiegel, die ihr Bild vollständig durchließen und erst auf der Rückseite zeigten. Wir haben die reinen Texte zu schmutzigem Geld gemacht. Und warum? – Weil wir Trost für die blutige Stirn suchten, die wir uns an den Mauern der Texte wundschlugen. – ›Die Texte sind Irrgärten‹, sagte Gikatilla, ›ein flacher, schimmernder Strom zu Anfang, mit ruhigem Wasser, ruhigem Gang. Aber gib acht! Verirre dich nie im schwankenden Rohr ihrer Satzzeichen! Gib acht auf den Fallstrick des Beistrichs! Endlose Gänge führen von Punkt zu Punkt. Dünnes Eis ist jeder Gedankenstrich, *und durch seinen Spiegel siehst du in Dunkelheit!*‹ – Wörter sind Spiegel, und ein verspiegelter Raum ist der Satz. – Wollten wir die Welt wirklich erfassen, müßte der Kopf so groß sein wie sie! – Und wie groß ist er, – es ist ein Witz!« Die Tante hatte sich erhoben und war zu ihren Worten wütend, wie eingeschlossen, auf und ab gerannt. Langsam begann sie sich wieder zu beruhigen. »Und Umgekehrt hat schon recht!« sagte sie dann. »Gehn wir schlafen.«

Jel Idézö

Die Erinnerung an den vergangenen Abend war stark und klar wie ein Tagtraum, während ich versuchte,

De Selby einzuholen, der mir zum Wasenmeister vorausgeeilt war. Ich bewegte mich in ihr nach Belieben. Es war, als wäre eine andere Art Fenster in mir aufgezogen worden, ein Fenster, durch das ich nicht nur alles sehen, sondern nach Wunsch zu mir heranziehen konnte, um die Dinge näher zu betrachten.

In der Ferne vor mir tauchte, während ich träumte, ein kleiner, schwarzer, schwankender Punkt auf, aber ich konnte nicht entscheiden, ob es wirklich der Mesner war. Es war mir wegen der Aufenthalte bei den Häusern der Bieresch, die immer wieder die Zeit verbrauchten, die ich auf der Wegstrecke dazwischen gutgemacht hatte, unmöglich, ihn einzuholen. Ich rief auch den Namen des Mesners, so oft und so laut ich konnte, aber der Wind verschlug meine Rufe wohl, denn selbst in den Häusern, in denen man meine Stimme hören mußte, rührte sich niemand. Schließlich tat ich den dunklen Flecken als Täuschung der Sinne ab. – Als ich endlich bei Jel Idézös Haus, das etwas abseits vom Dorf in einer kleinen Mulde lag, anlangte, sah ich seinen, De Selbys, Kopf in der Senke vor mir verschwinden. Also war er es doch gewesen, und sicher hatte er auch mein Schreien gehört, war aber trotzig wie ein beleidigtes Kind weitergegangen, wie um mich zu bestrafen.

Jel Idézö war zugleich Wasenmeister* und Totengräber der Bieresch von Zick. Seine armselige, feuchte Bude entsprach ganz den Erwartungen und Vorurtei-

* So nennen die Bieresch den Abdecker.

len, die der Durchschnitt für seinen Berufsstand hegt. Es war eine kleine, aus roh bearbeiteten Brettern gezimmerte Hütte, die von außen oberflächlich mit Lehm beworfen worden war. – In der wegen des Platzmangels ins Freie hinaus zu öffnenden Türe stand die Frau des Wasenmeisters, die De Selby schon ins Haus gebeten hatte. Knapp hinter ihr im Schatten stand der Wasenmeister selbst. Sie war schon klein, er noch um einen Kopf kleiner als sie und, im Gegensatz zu ihr, ganz und gar hinfällig. Eine rötliche Einschußnarbe verlief schräg über seine Stirn und endete an der Nasenwurzel. – »Kommen Sie herein, kommen Sie herein!« sagte er und griff mit seinen beiden Händen nach meiner Rechten, die er nicht losließ, bis er mich in sein Wohn- und Schlafzimmer geführt hatte, wo schon De Selby an einem aus der Wand klappbaren Eßtischchen saß. Der Totengräber hatte lange, dünne, aber sehr kräftige Arme, die wie Prothesen wirkten. Im Zimmer hing ein schwerer, süßlicher Geruch von Räucherstäbchen, deren Herstellung zu Jel Idézös *Hobbys* zählte. Auf dem Tisch lag De Selbys Beweisstück, der tote Hund. – Schon nach wenigen Augenblicken bekam ich kaum noch Luft und sah mich nach einem Fenster um, das man hätte aufmachen können. Aber die einzige Öffnung, die es gab, war ein kleines, fast quadratisches Viereck, in das ein feststehender, verglaster Rahmen eingelassen war. Das Glas war dick und geriffelt, es sollte nur das Licht von außen hereinlassen, das Hinausschauen aber verhindern. Auch in Und Umgekehrts Laden waren mir diese winzigen Fensteröffnungen aufgefallen. Sie sollten wohl das Träumen unmöglich machen, zu dem die Blicke ins Freie wie eine Sucht anregten. – Ich saß, die Hände zwischen den Beinen, auf einem unbequemen, hockerartigen Holzstuhl und sah mich weiter im Raum um, dessen vier Wände von der niedrigen Decke bis zum Fußboden von Photographien bedeckt waren, die der Wasenmeister mit einer Stecknadel befestigt hatte. Jede war wie ein Fenster in eine traurige Umgebung und eine traurige Vergangenheit. – »Wir haben schon von Ihrem Malheur gehört«, unterbrach Jel Idézö meine Gedanken, und ich bemerkte gleich, wie geschickt er mit einem einzigen Satz die beiden Verhandlungsparteien von vornherein festlegte. Er sprach dann schnell weiter, sich oft verhaspelnd und überschlagend und wie unter Zeitdruck. Dazu griff er in einem fort nach den Gegenständen, die auf dem Tisch standen. – Wir hatten kaum Platz in dem kleinen Raum, und so setzte sich die Frau des Wasenmeisters auf einen niedrigen Küchenhocker in den schmalen Gang, der neben dem Zimmer zur Haustüre führte. »Wir haben es etwas eng hier«, sagte Jel Idézö, »aber es geht schon, es geht schon!«

Viertes, längeres Gespräch

Während wir miteinander sprachen, und während der ganzen Zeit sprach fast ausschließlich der Totengräber, De Selby sagte überhaupt nichts, und ich unterbrach ihn nur hin und wieder mit Zwischenfragen, fuhr er mit seinen kurzen, klauenartigen Fingern, deren Bewegungen, vielleicht wegen der glatten

Haut, sanft und sicher wirkten, dann und wann in das Fell des Hundes und kraulte es. Und jedesmal, wenn der Mesner diese gedankenverlorenen Bewegungen sah, standen ihm die Tränen in den Augen. Als es der Wasenmeister zum ersten Mal bemerkte, sagte er schnell, wie um nicht ein gutes Geschäft zu verlieren: »Wir besorgen Ihnen gern einen anderen, Herr! Wenn Sie wollen.« – De Selby schüttelte darauf nur den Kopf und legte auch eine Hand auf das Tier, um es zu streicheln. Während des ganzen folgenden Gesprächs blieb diese Hand, unbeweglich wie etwas Totes, auf derselben Stelle liegen. – »Ich werde ihn noch heute begraben«, sagte der Wasenmeister dann zur Einleitung, »Sonnenuntergang ist eine gute Zeit.«

Danach wandte er sich ausschließlich mir zu, auch wenn er mich nicht direkt ansprach, und während der folgenden zweieinhalb Stunden ließ er mich keine Sekunde lang aus den Augen. Nach den Erklärungen meiner Tante kam das zwar nicht mehr überraschend für mich, er war eben ein Lehrer, der seine Aufgabe besonders gewissenhaft machte, aber es reizte nur um so mehr meinen Widerstand gegen alles, was er sagte.

Der Wasenmeister holte weit aus und erzählte zuerst, daß man in dieser Gegend für tote Haustiere früher einmal eigene Holzgerüste errichtet hätte, die wie die Hochsitze der Jäger aussahen. Dagegen habe man Menschenleichen sitzend oder stehend in der Erde begraben, in eigens für diesen Zweck gebauten, unterirdischen Lehmnischen, die mit einem kaminartig zulaufenden, nach oben hin offenen Seelenloch ausgestattet gewesen seien. Es störte mich, daß er in De Selbys Gegenwart so ungeniert von vergangenen Begräbnisritualen berichtete und keinerlei Rücksicht auf das Schicksal des Mesners nahm. Dementsprechend herrschte auch jedesmal, wenn er sich kurz unterbrach, ein unangenehmes, betretenes Schweigen, das nur von dem Knacken unterbrochen wurde, das der Mesner durch abwechselndes Falten und Strecken seiner Hände erzeugte. – »Es waren vernünftige Einrichtungen, vermute ich«, fuhr dann Jel Idézö fort, unbeeindruckt von derlei Hinweisen. »Die Tierleichen wollte man wahrscheinlich vor krankheitsübertragenden Aasfressern schützen, für die Menschen kam Luftbestattung leider ohnedies nie in Frage, weil ihr Verwesungsgeruch einfach zu stark ist, außer man balsamiert sie ein.« – Er führte dann weiter aus, daß diese Bestattungsformen von den Schriftenkundigen schon früh im Sinne des Oben-Unten-Schemas der Legenden ausgelegt worden seien, eine Deutung, die für die Bieresch charakteristisch sei, da diese zwanghaft Leerstellen, die durch den Verlust rationaler Begründungen entstanden wären, mit allerlei Unsinn auffüllten. ›Willst du gute Ernte haben, mußt nicht Tiere mit Menschen begraben‹, heiße eine der bekannten Volksweisheiten, die Ungereimtes in einen Topf würfe. Dabei ersetze der Reim den Sinn, der unterwegs in der Geschichte verlorengegangen sei.

»Zerdahels Vater hieß so«, fuhr der Totengräber fort und stand auf. Kurzsichtig suchte er unter den vielen Photographien an der Wand eine heraus, löste sie umständlich von ihrer Nadel und brachte sie her.

»Das ist er«, sagte er und reichte sie mir. Es war das Bild eines kleinen, dicken Mannes, der aus einer jener Jahrmarktsbuden, in denen gesponnener Zucker und türkischer Honig verkauft wird, heraus zu jemandem sprach, der nicht mehr im Bild war. Der Mund war etwas geöffnet, auf dem Kopf trug der Mann jenen Hut, den ich gestern an Zerdahel gesehen hatte. Im Hutband steckte eine Monyorókérek. »Er war Askenase, seine Frau eine Sephardim«, sagte der Wasenmeister. »Er hieß ›Unterwegs verloren‹. – Wissen Sie übrigens, wie Ihr Vater geheißen hat? – ›Doppelt genäht‹ – das hält besser«, sagte Jel Idézö und lachte. »Das ist auch typisch für die Bieresch«, fuhr er, wieder ernst, fort, als er bemerkte, daß ich für seine Witze nichts übrig hatte. »Diese Namen! – Damit wollen sie sich wohl merken, was sie falsch gemacht haben: Jeder Name hat seine Legende. – ›Man sieht unscharf, wenn man zu nahe am Text steht: Achtung! Ein Abgrund lauert hinter dem Wort!‹ lautet eine Stelle aus den Schriften der Bieresch. Und damit man die Warnung nicht vergißt, nimmt man eine Wendung des Textes – ›sieht unscharf‹, zum Beispiel – her und macht daraus einen Namen. – Genau das Verkehrte! – Wenn ich einmal dringend etwas vergessen möchte, dann sage ich es mir so lange im stillen vor, bis ich nichts mehr empfinde. Und dann weiß ich sicher, daß ich es vergessen habe. – ›Er ist so freundlich / und sie ist so nett /‹ «, begann er zu singen, » ›sie ziert sich nicht lange / und macht ein Minett!‹ Das ist ein Totengräberlied.« Die Toten *›machen Minett‹,* sagen wir. Das ist auch so eine Redewendung, die keiner versteht!« sagte er nachdenklich, jetzt wieder bei seinem Lieblingsthema. – »Warum ›Minett‹? – Es war die Pflicht von uns Totengräbern, den Verstorbenen einen Stein in den Mund zu legen? – Warum? Um den Verwesungsbeginn zu beschwören? Aus einem ähnlichen Grund, weshalb man uns Photographien des Toten zum Aussuchen brachte? – Ich habe auch eine Photographie Ihres Vaters da«, sagte er, »er war ein Freund zu mir.« Der Wasenmeister stand auf und ging zu einem der beiden Betten, die Kopf an Kopf an der anderen Wand standen. Er hob den Überwurf, der wie der Vorhang in einem Kinderzimmer mit ballspielenden Seehunden, spitzen Zauberhüten, in die Luft geschleuderten Spazierstöcken, Elefanten und dicken Negerkindern verziert war, auf und holte eine schwarze, mit roten Blumen bemalte Holzkassette darunter hervor, in der er eine Weile vergeblich herumwühlte. »Ich weiß nicht, ich finde es im Augenblick nicht. – Was heißt nun ›Minett machen‹ wirklich?« fing er wieder an. » ›Minette‹ ist ein keltisches Wort und bedeutet dort ›die Erzader‹. – Wo ist der Zusammenhang? Die Steinoblate? – Ist es eine Umkehrung der christlichen Hostienspendung? – Typisch für die Bieresch, daß sie den lebendigsten aller Riten in sein Gegenteil verkehren und für die Gelegenheit von Totenfesten aufheben. – Aber was wissen wir schon, was in den Köpfen unserer Vorväter vorging! Nichts wissen wir, jedenfalls nicht genug, um das Recht zu haben, ihre jetzt sinnlos gewordenen Formeln unsinnig nachzubeten. Deshalb begrabe ich die Toten liegend, und die Tiere müssen auch in die Erde.

Dazu lasse ich eigens Plastiksäcke aus der Hauptstadt kommen. – Wir wurden nicht ausreichend informiert!« rief er theatralisch aus. »Unser Wissen ist Bruchwerk, Stückwerk! Wir begreifen die großen Zusammenhänge nicht mehr, weil die Überlieferung nicht funktioniert! – Unsere Väter, sagt man, haben in die Schriften Wörter eingebaut, die die Wirkung von Spiegeln haben, damit sie unübersetzbar würden und man sie so nicht verfälschen kann. – Ich sage ihnen, manchmal sind Sätze, die man da liest, so zerbrechlich, daß man das Gefühl hat, sie würden beim bloßen Aussprechen springen, und legt man die Finger auf bestimmte Laute einzelner Wörter, so meint man, sie flögen davon und blieben zugleich bei ihnen. Zu bestimmten Zeiten sind diese Worte und Sätze so unglaublich empfindlich, daß schon eine einzige falsche Betonung den ganzen Sinn zerstört. – Wir haben hier einen Abzählreim für Kinder, der davon erzählt: *Sind Worte Spiegel / werden Schatten Worte.* Anders ausgedrückt: Läßt man den Schriften nicht ihren Sinn, sondern legt seinen eigenen hinein, so verkehrt sich der Text zum Trugbild, und der Schatten des Lesers, der auf ihn fällt, wird zur zwingenden, übermächtigen Botschaft. – Wie gesagt: Die Überlieferung funktioniert nicht. – Die Schriften hat man uns überlassen, nicht aber die Anleitung, wie sie zu lesen sind. Lösungen haben wir, aber der Lösungsweg fehlt. – Hätten wir ihn noch dazu, wir würden auf allen Gebieten der Wissenschaft uneinholbar weit vorne liegen, glauben Sie mir! So aber halten wir bloß ein dummes Stück Holz in der Hand, das nichts vom Zauber der Bewegung des tanzenden Kreisels erzählt. – Da ist es am besten, man hält sich an Gikatilla, wirft das tote Ding weg und geht. So habe ich es zumindest gehalten: Ich begrabe die Toten liegend, ich habe es angedeutet, so wie man es sonst überall auf der Welt tut, denn so bleiben sie wenigstens still. – Und ich habe es auch durchgesetzt, daß der Friedhof weiter vom Brunnen wegverlegt wird!« sagte Jel Idézö selbstzufrieden.

Dieses Vorhaben, erklärte er eifrig weiter, sei bei einem so halsstarrigen Volk wie den Bieresch bestimmt nicht leicht durchzuführen gewesen, und es habe ihn größte Mühe gekostet, es zu verwirklichen. – Die Brunnen würden in den Legenden zu den verschiedensten Gelegenheiten ›die Augen Ahuras‹ genannt, und wegen des ungewöhnlich hohen Salzgehaltes verehre man hier das Wasser als Tränen, die Gott geweint hat. Die Toten habe man so nahe wie möglich an Gottes Augen heranbringen wollen, um sie seinem Schutze anzuempfehlen. – Und trotz dieser verschiedenen, tief in der Biereschek-Seele verwurzelten Aberglauben sei es ihm gelungen, indem er seine Mitbürger mit deren eigensten Waffen geschlagen habe.

»Sie kennen die Legende von Yglemech und Tam«, fuhr er fort. »Yglemech – eigentlich Yglemeech – ist ein Ortsname, Ilmücz, ebenso Tam, eine Verballhornung von Strem, eine Ortschaft weiter unten im Süden. – Die Legende der Begegnung der beiden bezieht sich auf eine wahre Begebenheit, die sich in den sechziger Jahren des vierzehnten Jahrhunderts zugetragen hat. Damals verließen die Bewohner von

Ilmücz auf Anraten eines der Bieresch das Dorf. Die Brunnen waren vergiftet. Das ganze Gebiet war ein einziger, riesiger Sumpf aus Leichenwasser und giftigen Gasen!« – Die Handvoll Erde, die Yglemech aufgehoben und die zu brennen begonnen habe, stehe für den damals äußerst gashältigen Sumpfboden, führte der Wasenmeister weiter aus. Daß das Brunnenwasser auf des Anochis Hand zur Blutkruste erstarrt sei, beziehe sich auf die fortgeschrittene Vermischung von Grundwasser und Friedhofsabwässern. Die Legende sei also als eindringliche Warnung des Anochi von Ilmücz vor den Folgeerscheinungen der herkömmlichen Bestattungsweise anzusehen, gerichtet an den Anochi von Strem und an dessen Mitbürger, die den Rat allerdings nicht befolgt hätten. Deshalb seien sie ausgelöscht worden. – Der wiederholte Hinweis, daß für Yglemech die Zeit zum Stillstand gekommen sei, habe drastisch vor der bedrohlichen Todesnähe warnen wollen, und die Wendung: »Hier ist Montag. Ein Krachen geht durch seine Ewigkeit!« sei ein Sinnbild für das Sich-Öffnen der Gräber, deren giftiger Ausfluß alles Leben zu vernichten drohte. – »Und die Warnung ist rechtzeitig gekommen!« rief Jel Idézö aus. Wieder fiel mir auf, daß hier jemand von etwas längst Vergangenem so sprach, als ereigne es sich gerade jetzt. – »Hätten die Stremer es bloß verstanden, die Botschaft richtig zu deuten!« jammerte er. »Aber in ihrer Blindheit haben die Bieresch das ›e‹ aus ›emeth‹ (der Wahrheit) gestrichen und ›meth‹ (den Tod) heraufbeschworen!«

Ich gab einem Impuls nach und bedeutete dem

Wasenmeister mit warnenden Blicken, er möge doch De Selbys Anwesenheit berücksichtigen, dem während dieser Erzählung immer wieder die Tränen über die Wangen rollten. Aber entweder bemerkte der Totengräber meine Zeichen nicht, oder er wollte sie aus irgendeinem Grund einfach nicht wahrhaben, denn einmal, als es wieder soweit war, fuhr er den Mesner beinahe unbeherrscht und in zurechtweisendem Ton an: »Sie müssen das alles nicht so schrecklich schwer nehmen. Er war schließlich ein Tier, und das Allerschlimmste ist für Sie jetzt auch vorbei!«

»Wissen Sie«, sagte er dann, wieder zu mir gewandt und als wollte er seinen Unmut rechtfertigen, »das ist ein alter Aberglaube in dieser Gegend, daß die Seelen der Menschen, wenn diese gestorben sind und das Karenzjahr vorüber ist, die Tiere beseelen. – Es gibt so viele Sprichwörter hier, in denen den Haustieren zugeschrieben wird, was eigentlich für die Menschen gilt. – Das fällt einem besonders bei den Bemerkungen über die Hunde auf – und natürlich über die Truthähne!« – Wieder versuchte ich, ihn irgendwie von diesem Thema abzubringen, und stieß ihn mit dem Fuß unter dem Tisch. Mein Versuch machte ihn zornig, und mit erhobener Stimme ging er jetzt auf mich los: »Man hat nicht oft Gelegenheit, diese Dinge zu hören, junger Mann! Ihre Versuche, De Selby zu schützen, sind in Wirklichkeit nichts andres als Täuschungsmanöver. In Wirklichkeit wollen Sie Ihre Haut retten!« Ich wußte nicht, was er meinte, aber der schneidende, selbstbewußte Ton, in dem er sprach, duldete keine Widerrede oder Frage. » ›Jemand einen Hund vor das Dorf tragen lassen‹, heißt bei uns eine Redewendung, sie bedeutet, andere für eigene Dummheiten und Verschulden büßen lassen. – Ja, was glauben Sie denn, weshalb De Selby heute mit Ihnen bei mir ist? Aus Vergnügungsgründen? – Er ist das Opfer eines Aberglaubens und nach diesem Ihr Opfer! – In einem Zusatz zu der Ihnen bekannten Legende wird nämlich glaubhaft versichert, daß Yglemech, von dem das Dorf schließlich seinen Namen erhielt, daß er auch von den eigenen Mitbürgern für verrückt gehalten wurde und daß er eines Tages ›unter dem Gespött der Menge‹ seinen toten Hund vor das Dorf hinaustrug, um ihn dort, weitab von den Brunnen, zu bestatten. Er war erst kurz davor nach Ilmücz gekommen und wurde von den Bieresch als Fremder behandelt. Und am Tag dieses symbolischen Begräbnisses kam noch ein Fremder ins Dorf, und seit damals gibt es bei uns den Brauch, daß der Letztangekommene beim Eintreffen des neuen Stellvertreters einen toten Hund aus dem Dorf tragen muß. Wenn man so will – und glauben Sie mir, alle wollen das! –, ist also niemand anderer am Tod von De Selbys Hund schuld als Sie, und nur deshalb gebe ich Ihnen zu bedenken, ob man nicht endlich doch mit diesen Aberglauben Schluß machen sollte. – Aber darin seid Ihr Biereschek anscheinend alle gleich: Wie die Hunde kehrt Ihr zurück zu Eurem Gespei, und den Weg markiert Ihr mit Eurem Urin!«

Seine Stimme war ganz verändert, als er das sagte. Sie war tief und schien von weit her zu kommen.

Nicht seine Stimme war es, sondern die Stimme von Hunderten gedemütigter De Selbys zu einer Stimme eingeschmolzen, und auch meine Stimme war irgendwie mit dabei. So duckte ich mich und sah zum Mesner hinüber. Hatte man ihm auch einmal so mitgespielt? Ich glaubte es. Denn mit einer Leichtigkeit, als wäre nun eine alte Rache eingelöst, sagte er: »Siehst du, auch der Herr Wasenmeister sagt es: Du bist schuld!« – Ich sah ihn an und lachte. Was hier und hier mit mir geschah, überschritt meine Möglichkeiten, und zum erstenmal wußte ich es. In die Stille hinein, die mein häßliches Lachen entstehen ließ, hörte ich die Mutter klagen: »Ihm stehlen sie die Zukunft, mir das Leben!« Das Umgekehrte war wahr. – Jel Idézö sah mich wieder neugierig von der Seite an und entschied: »Ihnen ist nicht gut.« – Ich nickte. Er erhob sich und ging durch eine verhängte Glastüre in die Küche, um ein Glas auszuspülen und mir etwas Wasser zu bringen.

»Wissen Sie«, sagte er, den Kopf zu mir gewandt, während er das Glas unter dem Wasserstrahl drehte, »ich habe es mir einmal zum Grundsatz gemacht, mein Leben nicht persönlich zu nehmen, und trotzdem habe ich es mir nie durchgehen lassen, zynisch zu sein. – Wir leben unter dem Zeichen der Fische«, sagte er und kam mit dem vollen Glas zurück. »Ég, Hal, Jár und Szél«, zählte er auf, während er das Glas auf einen kleinen gestrickten Untersatz vor mich hin auf den Tisch stellte. »Ég, wir sind ausgebrannt, Hal, wir sind stumm wie die Fische, Jár, alles geht weiter, Szél, Wind trägt Asche. – Die zweite Lektion ist beinahe einstudiert: Wir haben gelernt, stumm zu bleiben und keine Gefühle zu zeigen. – Wie sagt Urs: ›*Gefühle sind für die Freizeit da!*‹ Dadurch haben wir auch kaum welche. Freizeit ist dann, wenn einer gestorben ist. Da ist für einen Augenblick alle Welt aus den Fugen, und das tut gut. Aber auch diese Gefühle sind keine: Es sind Erinnerungen an frühe Gefühle, Vorzeitgefühle, die flüchtige Aufregung darüber, daß woanders etwas Großes geschieht. Und wenn die Wallung vorüber ist, bleibt nicht mehr zurück als der fade Geschmack der geschmacklosen Leere. Die Legende hat recht, wenn sie sagt: ›Die Gemeinde schließt sich über der Lücke wie Wasser, aus dem gerade geschöpft wird!‹ – ›Ich spüre nichts, spürst du was?‹ fragt man. Die Biereschek spüren nichts mehr, glauben Sie mir, und in diesem Zustand ist die Sehnsucht nach Schmerzen schmerzhaft. – Naghy-Vág, zum Beispiel: Er verflucht seinen Buckel jede Minute fünfmal, aber er würde ihn gegen nichts in aller Welt eintauschen. Oder sehen Sie sich diese Narbe hier an«, sagte der Wasenmeister und tippte an seine Stirn, ohne das rote Mal zu berühren. »Oder denken Sie an meinen seltsamen Namen: ›Idézöjel‹ ist zu deutsch das Anführungszeichen. – Was glauben Sie, was mir dieser kleine Scherz meines Vaters in meiner Schulzeit Spott eingebracht hat! Selbst Zerdahel macht keine Ausnahme. Er nennt mich ›das Anführungszeichen, das die direkte Rede beendet‹, weil die direkte Rede in den Schriften gerne mit dem Leben verglichen wird. Dabei tragen alle hier sprechende Namen, nur daß ich meinen von Geburt an gehabt habe. – Ich habe tausendmal für ihn gezahlt, und ich zahle weiter dafür wie für die Schuld eines andern, die niemals abgedeckt werden kann. Und trotzdem: Würden mich die Biereschek heute zwingen, diesen, meinen Namen wieder abzulegen, ich glaube, ich würde mir etwas antun. Dabei steckt hinter dieser Anhänglichkeit nichts weiter als zusammengekrümmtes Selbstmitleid, das von sich nicht mehr wegsehen kann. – Diese Narbe da«, fuhr Jel Idézö fort und sah dabei mich und De Selby abwechselnd an, »stammt aus dem letzten Krieg: Deutschland gegen Rußland.« Er sprach von einem Länderwettkampf. »Ein herrlicher Apriltag, der Himmel lacht über den Sumpfwäldern, man ist stark und unbeugsam, dreißig Jahre und drei Tage. Es ist der zweite Tag an der Front. Man sitzt mit ein paar Kameraden schnapsend vor seinem Bunker, um einen krachen die Böller, und wenn man nicht genau hinsieht, dann hält man die Leichen, die es über die Erdhügel geworfen hat, für Sommerkleider, die zum Auslüften ins Freie gebracht wurden. Ein Summen geht von der Sonne aus, es ist wie heute. Aus den Schützengräben steigt leicht gekräuselter, duftender Zigarettenrauch auf, und die zu Pyramiden angeordneten Gewehre blitzen im Licht, daß man vor Freude ein Rad schlagen möchte. – Gleich wird einer einen Witz reißen! Und da geschieht's auch schon: Neben dir geht eine Granate nieder und reißt dir den Bauch auf – greif her!« sagte der Wasenmeister und führte meine kraftlose Hand an seine Seite, wo ich unter dem Stoff die runde, metallharte Muffe eines künstlichen Ausgangs spürte. Ich fuhr mit der Hand zurück. Ein heftiges Ekelgefühl überkam mich, so daß ich aufstand und mich wieder setzte. – »Sehen Sie«, sagte Jel Idézö, »alle außer mir waren tot. – Und selbst heute noch ertappe ich mich manchmal bei der Vorstellung, daß plötzlich einer, mit dem ich gerade zusammensitze und rede, grundlos vor mir in die Luft aufsteigt und davonschwebt. So tief hat sich mir dieses Erlebnis eingeprägt. – Ich hatte gerade den Kameraden von zuhause erzählt. Ich fing einen Satz an, und als ich wieder aufsah, lag ich am Boden und spürte, wie leicht das Leben durch ein Loch in mir ausfloß. Ich redete einfach weiter. Der blaue Himmel wölbte sich nur so über mir und runzelte sich ab und zu wie eine Stirn, darunter war alles still, selbst der starke Wind, der durch die Bäume fuhr und sie lautlos und unbarmherzig schüttelte. Ich redete, und niemand hörte mir zu. Ich glaube, das hat mir das Leben gerettet, so seltsam es klingt. – Ein russischer Offizier, der wie ein Volksschullehrer in einer Erinnerung aussah, ging zwischen den Leichen herum und drehte sie mit seinem Spazierstock um, Körper für Körper. Dann stand er über mir. Ich bettelte um den Gnadenschuß. Er gab ihn, schoß daneben und rannte davon. Zum erstenmal in meinem Leben war ich allein, und wie einen Gedanken, der sich mit einem Messer seinen Weg in die Freiheit schneidet, spürte ich ein Stechen in meiner Nase, das immer stärker wurde. – Ich hätte den Russen damals vor Wut umbringen mögen. Heute würde ich mich gerne mit ihm bei einem großen Bier unterhalten. – *Rührseligkeit ist die Rückseite der Kraftmeierei,* sagt man. Die wirklichen Gefühle jedenfalls fehlen ganz. – Ich stelle mir vor, daß er mir gegenüber im ›London‹ sitzt, daß wir zusammen Späße und Pausen machen: Ich erzähle ihm die verrückten Geschichten, die die Biereschek treiben auf ungarisch, und er lacht mich in seiner Muttersprache aus. – Die Allerweltsversöhnung!« Der Totengräber lachte wie einer, der weiß, daß er lügt. Ich saß starr da, unfähig, auch nur ein einziges Wort zu erwidern. Als ich ihn ansah, fing er meinen Blick ruhig auf. Ich galt für ihn nicht mehr. »Der Russe und ich«, sagte er, »wir sind gar nicht wirklich. Uns beide hat es nur einen Moment lang gegeben. In einem Moment haben wir alles verloren, danach ist die Welt in ihre ursprüngliche Lage zurückgekehrt. – Wissen Sie, wie die Biereschek zu dem Geräusch sagen, das ein Stall voll wiederkäuender Kühe erzeugt? – ›Stehend, bei laufendem Motor!‹ Das ist es. Es ist dasselbe Geräusch, das man hört, wenn man sich ganz tief hinunterbeugt und im Erdinnern die Maschinen stampfen und flüstern. – Seit damals ist irgend etwas wie ausgekoppelt: Der Russe verkommt irgendwo auf dem Land als Polizeioberst in einem Dorf zwischen Irkutsk und Tomsk, was weiß ich. Er vögelt in der Nacht die Frau, die er tagsüber betrunken halbtot prügelt. Er vögelt und prügelt. Er möchte aus ihr herausprügeln, weshalb er damals danebengeschossen hat. Nur das will er wissen, und sie kann's ihm nicht sagen. – Dafür weiß ich es und kann nichts damit anfangen. – Manchmal liege ich in der Nacht wach auf dem Bett und kann nicht einschlafen. In mir und aus mir wächst etwas heraus, das riesenhaft groß wird. Es wächst und wächst, immer weiter, bis es bis zum Himmel hinaufreicht, bis nach Rußland und China. Es wächst, weil es ihm den einzig wirklichen Grund zurufen möchte, den es damals gegeben hat. Aber irgend etwas in mir hält ihm den Mund zu. Es kann nicht rufen. Da fällt es wieder zusammen, wird zu nichts, zu dem, was es vorher war, und alles wird ruhig. – Kennen Sie das Gefühl, daß Sie einen Luftballon mit Ihrem Nabel aufblasen müssen? Stellen Sie es sich vor! – Ich hatte einmal einen Traum: Ich spürte, daß ich mit einem Kind schwanger war und daß es bald zur Geburt kommen mußte. Rechts und links von mir stand ein Arzt, in der Hand eine Schere. ›Jetzt muß er sich bald entscheiden. Genäht wird aber nicht!‹ sagte einer der beiden, und ich wußte, daß ich mich entscheiden sollte, durch welche Körperöffnung ich das Kind zur Welt bringen würde. – Manchmal habe ich das bestimmte Gefühl, unsere Körperöffnungen wurden nur für die Neugier der Ärzte geschaffen!« unterbrach sich der Wasenmeister. – »Irgendwie konnte ich mich aber um des Kindes willen nicht entscheiden, und als ob alles davon abhinge, fragte ich ängstlich: ›Was wird es?‹ – ›Ein Mädel‹, sagte der eine. ›Ein Bub‹, entgegnete der andere bestimmt. – ›Ich kann nicht!‹ rief ich, und die Ärzte schrien: ›Du mußt!‹ Und in meiner Not spürte ich, wie sich widerstrebend und unter unendlichen Schmerzen mein längst verwachsener Nabel auftat und ich durch ihn das Kind ans Licht schob. – Es war ein Bub, und er hing an einer langen zähen Nabelschnur in einer durchsichtigen Schweinsblase, einen Daumen im Mund, die Augen geschlossen. Mit einem gemeinsamen Schnitt durchtrennten die beiden Ärzte die Schnur. Ich wurde ohnmächtig und wachte auf. – Ich hatte entsetzliche Leibschmerzen, weil ich am Abend davor vergessen hatte, meinen Darm zu entleeren.«

Ich stand auf, um hinauszurennen, aber schwach wie einer, der sich vom Krankenbett wegschleppt und am ersten Stuhl niedersitzen muß, hockte ich mich wieder hin. Meine Ohren dröhnten, der Blick fiel auf De Selbys toten Hund, der auf dem Tisch lag. Ein übler Geruch wie von Darmgasen stieg von ihm auf, aber er galt gar nicht mir. Ich rülpste leise hinter der vorgehaltenen Hand.

Der Wasenmeister war wieder aufgestanden und hatte sich in der Küche zu schaffen gemacht. »Trinken Sie das«, sagte er, mit seinem Mund ganz bei meinem Ohr, und schwenkte unter meiner Nase ein Gläschen mit Cognac hin und her. »Sie haben ja für jede Gelegenheit etwas da«, hörte ich mich flüstern. Ich biß leicht in den Glasrand und brach ein Stück davon heraus. Dann erbrach ich mich plötzlich über dem Hundeleichnam. »Wie bei der Mutter im Autobus«, sagte ich. – Die Frau des Wasenmeisters nahm mich am Arm und führte mich zu einem der beiden Betten. Mit einem feuchten Waschlappen wischte sie mir den Mund ab.

Die beiden Männer drehten sich zu uns her, und fast gleichzeitig, so als hätten sie für diesen Augenblick monatelang geprobt, legten sie ihre Ellbogen auf die Tischplatte.

Ich war eingeschlafen und wieder aufgewacht. Gleichmäßig murmelte eine lange Erklärung des Wasenmeisters dahin. Die Worte schienen in den Sätzen zu schaukeln, daß ich wieder die Augen schloß. Wieder schlief ich ein wenig. Dann erwachte ich davon, daß Jel Idézö den Kasten neben meinem Bett geräuschvoll zur Seite schob und ein seltsames Instrument, das wie eine Waschrumpel aussah, über deren Rücken eine Reihe von Darmsaiten gespannt war, hervorholte. Seine Frau saß wie vorher auf dem kleinen Hocker vor der Türe und sah ihm zu. – Jel Idézö sah zu mir her und bemerkte, daß ich aufgewacht war. »Ah, Hans ist auch wieder wach!« sagte er. – »Für jeden Bieresch, heißt es«, setzte er ein offenbar schon vorher begonnenes Gespräch fort, tat aber trotzdem so, als richte er seine Worte an mich, »für jeden Bieresch also steht ein breiter Sessel bereit. – Mich hat das Leben in die schmalste Lücke gezwängt, die zu finden war. Wahrscheinlich bin ich wohl auch kein richtiger Bieresch, sondern verkaufe ihnen bloß Hunde für ihre Seelen. – Auch ›Halbwegs‹ war einer von ihnen!« sagte er und tätschelte das tote Tier. »Den Lebenden verkauft man die Hunde, den Toten schreibt man Gedichte. – Schade, daß du nicht beim Begräbnis warst!« sagte er, zu De Selby gewandt. Ich wußte, daß er das Begräbnis meines verstorbenen Onkels meinte, und drehte mich mit dem Gesicht zur Wand. Aber kaum hatte ich mich umgedreht, riß es mich wieder hoch. »Schechina!« rief der Wasenmeister. Es klang wie bei einer Beschwörung, so mächtig waren die gutturalen Laute, die er aus sich herauspreßte. Dann, als er sah, wie sehr er mich erschreckt hatte, sagte er lachend: »So hieß Ihr Onkel. Sie dürfen nicht einschlafen!« Er griff nach seinem Instrument und schlug ein paar Töne an, und als wollte er sich in seine Musik einstimmen, sang er dann auf ungarisch ein Lied, das dadurch sehr seltsam klang, daß alle Vokale wie aus den einzelnen Worten gestrichen schienen und er die Konsonanten so nachsummen ließ, daß sich ihr Ton immer mehr von den einzelnen nachschwingenden Tönen des Instruments entfernte. Es war ein irgendwie unmöglicher Gesang, ein schnell sich aufbauendes und wieder zusammenfallendes Gebäude aus unendlich vielen Strophen, und der Wasenmeister selbst schien sich manchmal unter den Tönen zu ducken. Zweimal glaubte ich, er würde von seinem niedrigen Schemel fallen, so weit beugte er sich zurück, und die Frau draußen im Vorraum schlug wie im Krampf ihre Schürze vor das Gesicht und stöhnte: »Oh Gott, laß ihn aufhören, laß ihn, bitte, aufhören!« Als er sein Lied beendet hatte, erhob er sich schwer von seinem Hocker und lief zur Wasserleitung, um einen Schluck gleich aus dem Hahn zu nehmen. »Wie gefällt Ihnen mein Lied?« fragte er mich dann. – »Ich verstehe es ja nicht!« sagte ich. – »Bis auf den Titel ist es in der Zigeunersprache geschrieben. Der Titel ist jiddisch, er bedeutet ›die kleine Leuchte‹ – der Mond, eigentlich der Halbmond ist damit gemeint. Dann stellte er sich zu mir an das Bett und fing wieder zu singen an, diesmal ohne die vorigen Anstrengungen und auf deutsch. Auch die Weise schien eine andere zu sein, aber das mochte auch daher rühren, daß er sich nicht auf seinem Instrument begleitete. »Schechina«, war der Text, »schau, schau hin: das andere Urteil! / Das Milchgesicht / halbwegs / aus fließendem Wasser / lacht ohne Sinn: Dein Spiegel!« – Das waren alles Worte, die ich in den letzten zwei Tagen als Namen gehört hatte. – Hatte nicht Zerdahel gesagt, daß der erste Göd nach Ablauf der Frist ›die kleine Leuchte‹ heißen würde? – Ich hatte keine Zeit, weiter zu überlegen, weil sich der Wasenmeister wieder an mich wandte, um mich auf verschiedene Einzelheiten des Textes aufmerksam zu machen.

Zuerst wies er mich darauf hin, daß in den Legenden der Biereschek das Verhältnis von Sonne und Mond mit dem Verhältnis, in dem Bild und Spiegelbild zueinander stünden, verglichen würde. Dann erinnerte er mich daran, was mir Zerdahel am Abend davor über das Verhältnis von himmlischem und irdischem Ich erzählt hatte. Schließlich erklärte er mir, daß es sich bei dem Gedicht um eine Beschreibung des Lebens meines Onkels handle, wobei die erste Hälfte Lebensanfang und Lebensende markiere, der zweite Teil hingegen die Lebensmitte und die Eitelkeit all seiner Hoffnungen.

»Das wichtigste aber«, fuhr er fort, »ist der Begriff des Spiegels. Er darf in keinem Begräbnisgedicht fehlen, ebensowenig wie einer den Spiegel eines Verstorbenen behalten darf und ihn unbedingt an den Wasenmeister weiterzugeben hat. – Die Spiegel sind für die Bieresch ein Heiligtum. Sie werfen nicht nur

– wie der Mond – das Licht zurück und sind seelenlos, sondern sie betrachten auch alles, gleichsam ohne es zu kommentieren und ohne sich rühren zu lassen. Ihr Symbol zieht sich durch alle Sagen und Mythen unseres Volkes. – Einer der ältesten unserer Berichte hat ihnen eine zentrale, *die* zentrale Stellung, möchte ich sagen, im Leben der Biereschek zugewiesen. In ihm heißt es, daß sich in Urzeiten die vier Gründersippen des Biereschvolkes an einem der salzhältigen Wasserlöcher in der Umgebung, dem nicht mehr auffindbaren ›Auge Gottes‹, nach dem in Szil, am anderen Ufer des Sees, ein Gasthaus benannt ist, zusammengefunden haben. – Mit den vier Sippen sind sowohl die vier Stämme der Magyaren, Kroaten, Zigeuner und Vandalen gemeint als auch die vier Himmelsrichtungen, die vier Zeitalter und die vier Elemente, auf die sich die Namen unserer Vorväter deutlich beziehen: ›Eg‹ heißt ›brennen‹, ›Hal‹ – ›Fisch‹, ›jár‹ heißt ›gehen‹ und ›Szél‹ – ›Wind‹. – Sie standen, erzählt der Bericht, um jenes Wasserloch und teilten, von ihm ausgehend, das Land auf. ›Brennen‹ erhielt den waldreichen Norden, beziehungsweise Nordosten, ›Wind‹ die Ebene im Südosten, ›Fisch‹ das Seengebiet des Südwestens und ›Gehen‹ schließlich das Weinland im Nordwesten. Nach dieser Aufteilung, berichtet die Sage, reichten sich die Gründerväter des Reiches quer über das Wasser die Hände zu einem Rad, um sich wieder zu trennen. Dabei soll einer, der Sage nach Ég, mit dem Fuß in das Wasser getreten sein, das man kurz zuvor zu einer heiligen Stätte erklärt hatte. Ég schrie: ›Ich habe Gottes Antlitz getreten!‹ Und als die drei anderen nach ihm ins Wasser schauten, sahen sie, wie sich die Oberfläche ruhig zu kleinen Wellen kräuselte und dieses Kräuseln kein Ende nahm und wie sich die vier Gesichter, die sich im Wasser spiegelten, miteinander vermischten und zu einer neuen, abscheulichen Fratze zusammenflossen. – Ég, heißt es, hat sich bald danach in seinen Wäldern verbrannt. Hal, der sein Haus zur Buße im großen See errichtet hatte, ließ sein Leben bei einem lokalen Wasserbeben. Jár, sagt man, kam von seiner ersten Grundbegehung nicht mehr zurück, und Szél soll über dem wahnsinnigen Rauschen seiner Windmühlen, die so unglücklich gebaut waren, daß sie widrige, gegenseitig sich aufhebende Luftströmungen erzeugten und eine gespenstische, unablässig klappernde und lachende Musik machten, den Verstand verloren haben. In einem Anfall von Irrsinn, heißt es, habe er versucht, seine ganze Familie auszurotten, er habe aber am falschen Ende, beim ungeborenen Kind im Schoß seiner Frau begonnen. – Zum Glück – oder Unglück – konnte das Schlimmste noch rechtzeitig von Széls ältestem Sohn, Oda Vissza, verhindert werden. Oda erschlug seinen Vater, als dieser gerade der Frau den Bauch aufschnitt, wurde aber selbst im Alter vom Wahnsinn heimgesucht. Auch er wurde von seinem ältesten Sohn am Gattenmord gehindert und getötet. Und so weiter. – So etwa lautet die Sage über den Ursprung des Volkes der Bieresch. Sie bildet den Grundstock für die späteren Sagen und endet mit der Verkündigung des Fluches, daß sich das Schicksal der vier Gründerväter bis ans Ende der Tage wiederholen wird, denn der Frevel

Es geschah gerade in jenem tragischen Augenblick, als sich die Hände der vier zum Schwur über dem Auge Gottes berührten. Für den einzelnen wird der Fluch damit gelöscht, daß sein Spiegel dem Totengräber zur Verwaltung übergeben wird.« – Als der Wasenmeister wieder von diesem Brauch sprach, fiel mir der helle Fleck wieder ein, den ich neben dem Eingang zum Ballsaal an der Garderobenwand gesehen hatte. War es der Spiegel meines Onkels gewesen, der da gehangen hatte? Ich legte den Kopf auf meine Arme, weil ich überzeugt war, daß es so war.

»Später«, sagte der Wasenmeister nach einer kleinen Pause lauter, wohl weil er fürchtete, ich könnte ihm wieder einschlafen, »haben sich die vier Stämme der Bieresch, die einmal das gesamte tortonische Gebiet beherrschten, vermischt. Und war es vorher jedem einzelnen klar gewesen, welches Schicksal ihn letztlich erwarten würde, so herrscht heute bei uns beinahe dieselbe Unsicherheit wie draußen bei Euch. Dem kann man auch mit Ahnenforschung nicht beikommen, einfach, weil zuviel verschiedenes Blut durch unsere Adern rinnt. Und in der verzweifelten Hoffnung, schließlich doch noch herauszufinden, wer einer ist, hat man dann das ›Jahr unsrer Toten‹ eingeführt. Und deshalb sind Sie auch hier. Es soll sich herausstellen, wer Sie sind. – Wissen Sie übrigens, was die Göds in der Bahnhofswirtschaft gemacht haben, während Sie mit Ihrer Tante unterwegs zum Ballsaal waren? – Sie haben Wetten darüber abgeschlossen, ob Sie nun ›Redet-nach-Innen‹, ›die falsche Erklärung‹,

›Kopf oder Zahl‹ oder ›Schlagwetter‹ sind. – Das letzte würde ihnen am besten in ihre Geschichte passen«, sagte Jel Idézö und fügte schadenfroh dazu: »deshalb hat auch keiner darauf gesetzt. – ›Kopf oder Zahl‹ hat die meisten Stimmen bekommen. – Ein schöner Name!« sagte er lachend.

Ich hatte mich auf dem Bett halb aufgerichtet. Ich mußte weg von hier. »Hören Sie auf«, sagte ich, und meine Zähne schlugen schnell aufeinander. – »Ich bin sowieso fertig! – Sie haben alles gehört«, sagte der Wasenmeister und nahm jetzt De Selbys Hund auf die Arme. »Bitte – gedulden Sie sich noch einen Moment, ich muß Ihnen noch etwas mitgeben«, unterbrach er mich, als ich zur Tür wollte, dann ging er hinaus und ließ mich allein mit De Selby zurück. Wir sahen uns an. Er war ein Fremder. Förmlich, so als wäre die gesamte Vergangenheit durchgestrichen, fragte ich ihn, ob er mich begleiten würde. Ich war nicht weiter überrascht, als er mir abweisend erklärte, er müsse noch Jel Idézö beim Verscharren des Hundes behilflich sein. »Also dann, auf Wiedersehen!« sagte ich schwach und ging zur Tür.

Sie ging auf, als ich hinkam, und beinahe wäre ich mit dem Wasenmeister zusammengestoßen, der in seiner Armbeuge die angekündigte Wiedergutmachung für den Mesner hielt: einen kleinen, noch blinden und fast unbehaarten Spaniel. »Hier!« sagte er mißverständlich. »Halten Sie ihn warm.« Er gab mir das Tier. Ich nahm es auf und streichelte es. Es zitterte ein wenig, vielleicht, weil ich ihm fremd war. Und was hatte Jel Idézö mir mitgeben wollen? Ich sah ihn an und wartete, aber er tat nichts dergleichen. Da begriff ich. Wieder schrie ich und hörte mich selbst schreien:

»Nein, ich nehme ihn nicht, ich will keinen Hund. Sie können das nicht mit mir machen!« – Durch den Dunst hindurch, der im Zimmer lag, sah ich Jel Idézös Hand zucken, so als wollte sie mich ohrfeigen. Dann aber legte er sie mir nur fest auf die Schulter und schob mich durch die offene Tür. »Machen Sie sich nicht lächerlich«, hörte ich ihn noch sagen, bevor er die Türe hinter mir zuschlug.

›Halbwegs‹

Ich weiß nicht, wie ich nach Hause kam. Offenbar hatte ich meinen Hund in die Scheibtruhe gelegt und ihn mit meiner Dienstmütze zugedeckt, weil es schon kalt war. – Wer, überlegte ich, würde ihn wohl umbringen? Würde der Wasenmeister zu mir das gleiche sagen, wenn mein Hund tot war? – Einmal war ich wohl stehengeblieben und hatte die übriggebliebenen Reklamezettel zusammengeballt und zu einem Polster nebeneinandergelegt, damit der Hund bequemer lag. Zuhause, vor dem Ballsaal, wo schon die beiden Lampen vor der Haustüre aufgedreht waren, fand ich das Papier ganz von dem Tier zerbissen. – Die Tante, die wohl schon lange nach mir Ausschau gehalten hatte, wartete fröstelnd in einem weiten Überzieher auf mich. »Komm schnell herein, Bub!« flüsterte sie. Es waren die ersten menschlichen Worte, seitdem ich am vergangenen Tag in Zick angekommen war. »Wie du frierst! Wie kalt du bist!« sagte sie erschrocken, als ich endlich bei ihr war. Ich zitterte zwar, aber ich fror nicht. Etwas in mir war gestorben, und etwas anderes hatte den freien Platz eingenommen. Das war es, was mich so zittern ließ.

Irgenwann unterwegs war ich auf dem Weg stehengeblieben. Die Erlebnisse bei Jel Idézö waren noch einmal an mir vorbeigezogen. Es war alles vorbei! – Ich erinnerte mich, daß ich mich mitten auf einen mondbeschienenen Weg hingehockt hatte, um mich zu erleichtern. Aber ich war schon zu spät gekommen. Die Unterhose war dreckig, die Uniformhose völlig durchnäßt. Ich hatte beide Hosen ausgezogen, die Unterhose weggeworfen und mich bei der ersten Gelegenheit im Bach gewaschen. Halbnackt hatte ich den Weg fortgesetzt. Der Uniform-Unterteil lag in der Scheibtruhe neben dem Hund.

Davor mußte ich im ›London‹ eingekehrt sein, denn ich erinnerte mich deutlich an ein Gespräch zwischen Zerdahel und Und Umgekehrt, die betrunken an jenem Tisch gesessen waren, an dem ich mit De Selby am Morgen gesessen hatte. ›Die Erinnerung lügt‹, sagen die Bieresch. – Vielleicht ist das wahr, – denn was mir von der Unterhaltung der beiden Männer in Erinnerung blieb, erscheint mir auch heute noch unmöglich, unwirklich, auch wenn ich später noch öfter die Kinder ein Lied singen hörte, das ich seit jenem Abend auswendig wußte und von dem ich mir einbilde, es an jenem Abend Zerdahel singen gehört zu haben:

»Anderen Kindern zeigt es sein liebes Gesicht,
und es spielt wohl mit ihnen auch ›vor und zurück‹.
Und ohne das Bieresch-Kind, ach!
wüßten sie gar nicht, was tun.«

›Vor und zurück‹, erfuhr ich später, ist ein Name, der in dieser Gegend früher sehr gängig war. Er wurde dann durch einen anderen Namen ersetzt, der treffender schien: ›félúton‹, ein ungarisches Wort, das Ähnliches bedeutet.

Als ich, meinen Hund auf dem Arm, in der Gastwirtschaft einkehrte, in der am Morgen Und Umgekehrt sein Spiel mit den Kugeln an dem Tisch gespielt hatte, über den jetzt ein dunkles Tuch gebreitet war, wurde ich Zeuge des folgenden Gesprächs. – Zuallererst hatte mich Inga aufgefordert, ich sollte mich zu ihm und zum Juden an den Tisch setzen, was ich dankend ablehnte. Zerdahel hatte mir recht gegeben. Ich hatte allerdings diese Zustimmung nicht als Beweis für Sympathie genommen, denn in der kurzen Zeit, die ich hier in Zick war, hatte ich schon viel zuviel erlebt, als daß mir ein solches Verhalten als vertrauenswürdiges Zeichen für Freundschaft hätte gelten dürfen. – Hätte ich mich doch hingesetzt, so hätte Zerdahel wahrscheinlich höchst erfreut getan. Trotzdem trat nach diesem Wechsel Stille ein, und die beiden nahmen ihr Gespräch erst nach längerer Unterbrechung wieder auf.

»Wo waren wir stehengeblieben?« fragte Und Umgekehrt einleitend.

»Ich sagte, du würdest dich wundern«, sagte Zerdahel, »wenn wir einmal versuchten, die Entwicklungskurven unsrer Familien aufzuzeichnen, zum Beispiel einen Niedergang wie den von Rák. – Das wären Kurven, die sich windschief im Raum überschneiden. Für die gibt es keine Berechnungsrezepte, da hülfe uns auch dein kleines Elektronengehirn nicht!«

»Übertreib doch nicht«, sagte Und Umgekehrt.

»Ich übertreibe nicht«, erwiderte Zerdahel ruhig. »Ich weiß, es ist so!«

»Was weißt du?«

»Du hast einen Sohn«, erklärte der Jude, als ob er weissagte.

»Wie bitte?«

»Du hast einen Sohn!«

»Und wie käme ich zu dieser Ehre?« fragte Und Umgekehrt spöttisch.

»Durch die Konstellation«, sagte Zerdahel bedeutungsvoll.

»Du weißt, daß das ganz und gar ausgeschlossen ist.« Auch Und Umgekehrt war plötzlich ernst. Jetzt mußte Zerdahel lachen.

»Mach dich bitte nicht lustig«, sagte Und Umgekehrt.

»Ich mach' mich nicht lustig – bei deinen Hoden«, sagte Zerdahel feierlich und erhob sich zu einer Verbeugung von seinem Sitz. »Ich schwöre!«

»Ich habe keine Hoden!« schrie Und Umgekehrt wütend, »das weißt du ganz genau!«

»Ich sage es noch einmal«, sagte Zerdahel im gleichen Tonfall, »ich schwöre: Du hast einen Sohn!« – Ich drehte mich weg, weil ich das alles so unendlich abgeschmackt fand, aber Zerdahel sprach, unbeeindruckt von meinem Verhalten, weiter: »Du brauchst dich nur umzusehen: Da steht er!«

Ich fuhr herum und fing Ingas Blick auf, der völlig ratlos war.

»Wer steht da?« fragte er ungläubig.

» ›Félúton‹ ist es. Er ist dein Sohn!« sagte Zerdahel und zeigte auf mich.

»Du bist verrückt!« schrie Und Umgekehrt, aber wie ich wußte er plötzlich, daß Zerdahel die Wahrheit gesagt hatte.

›Félúton‹, erfuhr ich später, war die ungarische Übersetzung des deutschen ›halbwegs‹. – So hatte De Selbys Hund geheißen. So hieß also ich.

– »Irgendwie«, hatte De Selby im Laufe des Vormittags einmal zu mir gesagt, »werden wir alle mit diesem Leben nicht fertig. – Sie nicht und ich nicht!«

– »Versuch es mit einem anderen!« sagen die Bieresch.

Zweiter Teil

DER GROSSE POTLATSCH

»Unsere Geschichte ist der Knoten, der sich knüpft, wenn man ihn löst«, sagen die Bieresch.

Erstes Kapitel

TYPHUS

IN DER ERSTEN ZEIT MEINER KRANKHEIT, DIE SO PLÖTZlich im Haus des Wasenmeisters ausgebrochen war und dann mehrere Wochen lang dauerte, war ich wie schon gestorben.

Ich lag zusammengekrümmt, mit bis zur Brust hinauf angezogenen Beinen unter der Bettdecke, die sich wie eine Brotrinde über mir wölbte und unter der der rechte Fuß manchmal unkontrolliert wie ein Tier aus dem Hinterhalt hervorschoß. – Die Augen schmerzten in den Höhlen, und ich hatte das Gefühl, der ganze Körper wäre von einer dünnen, zum Zerreißen gespannten Wursthaut überzogen. Den Takt der Zeit gaben lautlos meine Lider an, die scheinbar einzigen von meinem Willen noch beeinflußbaren und zu mir gehörenden Körperteile. Zum einen ließen sie das Bild der hellen, kleinen Fensteröffnungen des Ballsaals ein, in den mein Bett verlegt worden war, weil sich die Tante davon eine raschere Genesung versprach, zum anderen fingen sie die aus mir selbst kommenden Bilder auf, die unter den Lidern langsam über die Augäpfel aufwärts wanderten. Meine beiden Hände waren fest zu Fäusten verschlossen; in ihnen steckten die Daumen wie zwei kleine hölzerne Kegel.

Der Mund stand immer einen Spaltbreit offen. Ein dünner, nicht abreißender Speichelfaden floß aus ihm. Er hinterließ auf den Zähnen einen unappetitlichen Belag und auf der Wange eine Art schnell trocknenden, gelblichen Schorfs, den meine Tante mit einem feuchten Lappen wegwischte, sobald sie ins Krankenzimmer kam, um mir das Bett zu ordnen. – Ein Teil meines Lebens schien mit diesem Speichel aus mir zu fließen, aber es war ohnedies ein Leben, auf das ich nicht mehr allzuviel gab.

Wegen Ansteckungsgefahr schlief ich getrennt von ihr, allein in dem riesigen, fast leeren Raum, lag oft still auf der Seite und hörte dem Rauschen im verdeckten linken und dem zirpenden Geräusch im offenen rechten Ohr zu, dessen Muschel groß wie eine Schaufel aus meinem Kopf herauswuchs und steif in die Höhe ragte. – Das Rauschen, das tief war, zeigte mir den Wechsel in den Bewegungen meines Blutes an, wie ich mir hatte erklären lassen, der hohe, beinahe singende Zirpton signalisierte die Arbeit meines überreizten Nervensystems.

Manchmal vermischten sich diese beiden Geräusche in mir zu einer Art Geräuschkommentar, der Geschehnisse in meinem Körper begleitete, wo sich in meiner Einbildung ein sanftes, weiches Tier, ein leise quiekender Maulwurf, kratzend und raschelnd den Weg durch Papierknäuel und knisternde Holzwolle wühlte. Und in dieses Rascheln hinein, so kam es mir vor, wurden vom einen Ende des Körpers zum anderen in asiatischen Sprachen, rasch zwischen hoch und tief wechselnd, Satzteile und ganze Sätze gesprochen, deren Sinn ich nicht verstand. – Es waren Ausschnitte aus Verhandlungen, die offenbar ungemein schnell geführt wurden, und oft schien man sich blitzartig über Problempunkte geeinigt und wieder zerstritten zu haben. – Dann wieder hörte ich angestrengt dem von mir losgelösten Blasen meines Atems zu, das wie das Atmen der Tante aus der ersten Nacht in Zick klang und das sich, wie durch mein Zuhören aufgestört, immer tiefer in mich zurückzog, bis es schließlich ganz unten, am Grund meiner Lungen, wie tot liegen blieb.

In solchen Augenblicken zuckte Wahnsinnsangst wie vor dem Schlag einer Peitsche durch meinen Körper, und mit einem Schrei, der diesem endlosen Schrecken doch ein Ende bereiten sollte, stürzte ich weinend aus meinem Bett, um wimmernd an dessen Fußende niederzusinken.

Nach jedem dieser Schreie brach die Tante gleichsam mit Gewalt die Zimmertür auf – immer schien sie ganz in der Nähe, so als wartete sie schon darauf, daß ich wieder schrie –, sah sich um, als gälte es Eindringlinge zu vertreiben, und lud mich, der schon ganz schwach war, weil ich viel von meinem früheren Gewicht verloren hatte und kaum noch sechzig Kilogramm wog, auf ihre kräftigen Arme, um mich zurück ins Bett zu tragen.

Dort lag ich still – Sorgen, Angst, Leben und Tod hatte ich von mir geworfen – und blickte oft stundenlang, an nichts denkend und an nichts mich erinnernd, zur Zimmerdecke, die weiß und herausfordernd auf mich herunterleuchtete und auf der sich allmählich, unter den in meinen Lidrändern versickernden Tränen, die kleinen Risse im Verputz selbständig zu Flußläufen, zu Landstraßen und Gebirgsketten, zu Karten unerforschter Gebiete zusammentaten. Und in diese Karten trug ich in meiner Vorstellung – wie ein Schüler in die Prüfungsblätter seines Erdkundelehrers – kleinere Orte mit einem Punkt ein, größere mit einem von einem Kreis umschriebenen Punkt und Haupt- oder Großstädte mit einem grauschraffierten Feld.

Ich freute mich jedesmal, wenn mir dieser Himmel zur Abwechslung einen neuen, noch nicht entdeckten Ausschnitt der Erdkarte zeigte und ich plötzlich in dem großräumigen Netz der Adern doch einen mir vertrauten Flußlauf identifizierte, seine Spur wie einen Faden aufnahm und aufwickelte, um ihn dann ohne Schwierigkeiten bis zu seinem Ende, bis zur Einmündungsstelle in einen anderen, breiteren Fluß zu verfolgen.

Solche Vorstellungsübungen dauerten manchmal eine Stunde und länger. Sie erinnerten mich an De Selbys Theorie vom Einwegsystem, denn nicht ein einziges Mal gelang es mir, einen Fluß von seiner Einmündung zurück bis zu seinem Ursprung nachzugehen, weil ich immer ratlos an den Kreuzungspunkten, an denen die Zuflüsse abzweigten, steckenblieb. – Verfolgte ich ihn hingegen flußabwärts, so stürzte ich geradezu davon, taumelte durch die Mäander von Flußknie zu Flußknie, fiel von einer Vertiefung in die nächsttiefere.

›Und so‹, dachte ich schläfrig, ›geht es vielleicht aus der Grube der Krankheit in die Grube des Schlafes, und aus dieser schließlich in die Grube der vollständigen Traumleere, die für dich eines Tages die Grube der vollständigen Wiederherstellung werden wird. – Das sind Übungen‹, sagte ich zu mir. ›Du wirst sehen: Sie treiben deine Genesung voran, und du wirst bestimmt wieder ganz gesund werden.‹

Zu Beginn dieser Krankheit – die von dem selbst noch in dieser, von allem natürlich wachsenden Leben wie abgeschnittene Gegend erreichbaren Arzt sogleich als seltene Verbindung von Sonderformen des Nervenfiebers erkannt worden war – hatten meine Augen nur Glattes und Unbewegtes ertragen. – Heftiges Ekelgefühl hatten schon die Falten in der Bettwäsche in mir hervorgerufen, gleichermaßen meine Haare, die in Büscheln ausgefallen, wie fremder Unrat auf den Pölstern lagen, und einmal, beim bloßen Anblick eines im Luftzug die Wand hinauffliehenden Weberknechts, hatte ich mich in das neben meinem Bett stehende Porzellanlavoir übergeben müssen, in dem die Tante jedesmal den Waschlappen auswusch, wenn sie mir Mund und Gesicht gereinigt hatte.

Ab und zu war ich auch später noch völlig erschöpft. Der Kopf war zu schwer und voll wüster Benommenheit, die Glieder schmerzten wie nach schwersten Verrenkungen, und vor allem meine Hände zitterten häufig schon bei der kleinsten Bewegung. – In Anfällen lief Schüttelfrost durch meinen wie siedenden Körper, und die Zähne schlugen – wie das erste Mal im Haus des Wasenmeisters – willenlos schnatternd aufeinander. Um diesen Erregungen abzuhelfen, wollte ich nur immer schnell aus dem Bett, konnte mich vor Schwäche aber kaum an der Bettkante festhalten und fiel, von Fäusten zurückgeschlagen, in das knisternde Kopfpolster, weil plötzlich überall in den Wänden des Ballsaals wie bei einem Erdbeben Risse auftraten, aus unsichtbaren Öffnungen in der Decke Sand und Kalk auf mich herunterzurieseln schienen und Wasserspülungen in Stockwerken, die es überhaupt nicht gab, von selbst zu rauschen anfingen.

Nach etwa dreieinhalb Wochen war ich dann wenigstens einigermaßen – »halbwegs«, wie der nichtsahnende Hausarzt sich ausdrückte – wiederhergestellt, aber allein die Erwähnung dieses Namens warf mich um weitere zehn Tage zurück. Die Gesichtshaut spannte sich wieder, und mein Körper war vom Druck der Darmgase aufgetrieben. – Schließlich konnte ich aber zum ersten Mal essen, wenn auch freilich nur dünne Suppe und Brei, und manchmal brachte mir meine Tante, die ihr Verhalten mir gegenüber seit dem Abend meiner Namensgebung von Grund auf geändert hatte und nun überbesorgt war, in einem Schälchen ein wenig lauwarmen Cognac: »Zur Stärkung deines armen, geschwächten Herzens, und damit du recht bald wieder gesund wirst.« – Später durfte ich mich (nicht gerechnet die immer unfreiwilligen, aber unvermeidlichen Entsetzenssprünge aus dem Bett) zum ersten Mal alleine wieder aufrichten und aufsitzen und bekam auch die Erlaubnis zur Lektüre dreier Bücher aus der Verlassenschaft meines Onkels.

Eines dieser Bücher war ein zehn Jahre alter, bebilderter Katalog für Markensammler, das zweite handelte vom Gartenbau, es war, wie der Umschlag ankündigte, Collins berühmte Arbeit: *»Gründlicher Unterricht, die besten französischen Obstbäume zu pflanzen«*, das dritte trug den Titel: *»Hausbuch für die deutsche Familie«* und darunter stand: *»Ein Vademecum für höhere Töchter«*. – Wieder fand ich auf den Innenseiten der Buchdeckel die langen Reihen der Namen ihrer Vorbesitzer, wieder waren alle Namen, bis auf den letzten, denjenigen meines Onkels, durchgestrichen, und ich sah mich in meinen Befürchtungen bestärkt, daß auch sie bewegliches Gut waren, das man mir eines Nachts zusammen mit meinem Lavoir und dem Nachtkästchen von meiner Bettseite wegstehlen konnte.

Da ich gerne las, war ich mit meiner Lektüre bald fertig und las sie ein zweites Mal. Den Markenkatalog durchsuchte ich nach den Abbildungen von heiligen Wappentieren junger afrikanischer Nationen und den Bildern seltsamer südländischer Vögel, da ich mich schon immer für Zoologie interessiert und mir vorgenommen hatte, später einmal Naturforscher zu werden. In Collins Buch interessierte ich mich vor allem für den Abschnitt über die Aufpfropfung und Beschneidung von Spalierobst, weil dieser eine Geschichte der Veredelung von Obstbäumen im alten Mesopotamien, im Perserreich und bei den Ägyptern brachte, Kulturnationen, die allesamt an der Vorstellung festgehalten hatten, daß den Bäumen geschlechtsspezifische Eigenheiten innewohnten, die sie für die Pfropfung bestimmter Reiser prädestinierten, während die Fixierung auf die Geschlechterrolle die Pfropfung anderer von vornherein ausschloß, es sei denn, daß eine solche *›widernatürliche Kreuzung sich hassender Holzrassen‹* die Herstellung von Wünschelruten und anderen Zaubermitteln ermöglichen sollte.

Immer wieder blätterte ich auch im ›Hausbuch‹, in dem ich neben Kochrezepten und Anweisungen zur Haushaltsführung und Kinderpflege eine genaue Wiedergabe des Krankheitsbildes von Typhus, meinem Leiden, fand.

›Der Huf eines Maultiers hat ihn getroffen‹, sagt man hier, wenn einer im Fieber redet. – Mir war mit dieser Krankheit eine tiefe, klaffende Wunde beigebracht worden, und am Anfang hatte ich oft das Gefühl, ich hätte in meiner Brust ein kleines Loch, durch das die Luft wie durch einen Nebenausgang entwich. Noch schüttelte mich das Wundfieber, aber schon begann sich um und über dieser Öffnung allmählich eine Kruste zu bilden. Sie war ein großer, sternförmiger Orden, der mir zur Bedeckung der Narbe, die zurückbleiben würde, verliehen worden war. – Jedermann wollte ich voll Stolz auf diese hohe Auszeichnung hinweisen: ›Hier, schau her, mein Tapferkeitskreuz, die Ordensspange, das Band!‹ – vor allem Rübe, meinen kleinen Hund, den die Tante nach Absprache mit dem Arzt widerwillig zu mir in den Ballsaal gelassen hatte.

Der Hündin las ich auch wahllos aus meinen drei Büchern vor. – Sie lag blinzelnd, die kurzen Beine von sich gestreckt, auf ein paar zerschlissenen Bodentüchern, die ihr die Tante mir gegenüber neben der Zimmertüre ausgebreitet hatte. – Wenn ich das Tier ansah, wie es so dalag und stumm zu mir aufblickte, dann hatte ich das seltsame Gefühl, die beiden ersten Tage meines Aufenthaltes in Zick wären gleichsam in ihm zu Fleisch geworden, es wäre ein lebendiges Denkmal oder denkmalgewordener Frühzustand meines Ichs, das ich gleichsam wie bei einer Geburt aus mir herausgezwängt hatte und das, vielleicht schon bald, meine Krankheit zur Gänze auf sich nehmen sollte, ja, daß es an meiner Stelle austragen würde, was für mich vorgesehen worden war. – »Egynek – egyeb«, sagte ich zu ihm. Es war, wie ich inzwischen gelernt hatte, der Refrain eines Abzählreims und bedeutete ›eins für das andere‹.

»Krankheit des einen«, las ich also diesem Körper, der ein Stück von mir selber war, vor, *»wirkt schädigend auf den anderen, macht ihm vermehrte Arbeit, nimmt Lebensfreude, bringt Kummer und Sorge ins Haus.«* – Über das Wort »Typhus« erfuhr ich aus dem ›Hausbuch‹, daß es im Deutschen ›Rauch‹, ›Dunst‹, ›Stumpfsinn‹, ursprünglich vielleicht sogar ›Blödsinn‹ bedeutet hatte und daß es zur selben Wortfamilie wie ›dunkel‹, ›dumpf‹, ›düster‹ und ›dumm‹ gehörte.

»Früher einmal sagte man allgemein Nervenfieber dazu«, sagte ich laut zu meiner Hündin. »Es ist die Bezeichnung verschiedener, schwerer und unter heftigem Fieber verlaufender Krankheitszustände, bei welchen das Nervensystem in einem anhaltenden Zustand von Betäubung sich zu befinden pflegt. – Die Heftigkeit des Fiebers, von welcher im Anfang der Krankheit die meiste Gefahr droht, bekämpft man durch Vollbäder, die man, während der Kranke im Bade sitzt, durch Hinzugießen von kaltem Wasser am Fußende der Wanne abkühlt. Neben der Herabsetzung des Fiebers erreicht man durch diese Bäder Reinigung des Körpers und allgemeine Ermunterung, besonders der unbesinnlichen Kranken. Die schweren Typhusfälle werden hierdurch in leichte umgewandelt, die Sterblichkeit wird auf ein Minimum herabgesetzt. – Um jeder Gefahr einer Darmzerreißung vorzubeugen, gibt man anfangs nur flüssige oder halbflüssige Nahrung, diese in kleinen Portionen. Die Krankheit endet dann, trotz anfänglich bedrohlicher Symptome, oft in Genesung des Kranken. – Was die Behandlung des Typhus betrifft, so ist der Kranke zuvörderst zu isolieren. Das Krankenzimmer muß groß sein und oft und gründlich gelüftet werden. Der Mund muß mit einem angefeuchteten Leinwandläppchen regelmäßig gereinigt werden.«

»Typhus«, las ich weiter und sah Rübe dabei warnend an, *»ist eine in ausgesprochener Weise ansteckende Krankheit. Der Ansteckungsstoff ist in der Luft enthalten und kann sich in ungenügend gelüfteten Zimmern längere Zeit halten, ohne etwas von seiner Wirkung zu verlieren.«*

Zweites Kapitel

DIE VORGESCHICHTE DER ERFINDUNGEN

ALLEN EMPFEHLUNGEN DES HAUSBUCHS, AUS DEM ich meinem Hund vorlas, war die Tante auf das peinlichste genau nachgekommen und hatte mich, weiteren Instruktionen gehorchend, oft mitten in der Nacht zu einem Vollbad, zur Verabreichung von Chinintabletten, einer Tasse stark jodhaltigen Wassers oder eines Tellers mit Brei aus dem Bett geholt. Zum Schluß bekam ich jeweils einen Löffel Honig, weil, wie mir die Tante erklärte, der Tod die Bienen nicht gerne rieche. – Trotzdem erlitt ich immer wieder Rückschläge, wenn ich – noch auf ihren Armen, noch auf dem Gang durch das Haus – plötzlich einen weißen Fleck an der Wand sah, dort, wo früher die Garderobe angebracht gewesen war, oder die leergebliebene Stelle auf dem Küchenfußboden, an der einmal der große, zerkratzte Eßtisch gestanden hatte. – Sofort schüttelte mich dann wieder ein heftiger Fieber- oder Brechreizanfall, die Wände traten auseinander, der Fußboden zitterte, mein Bett flog durch die Luft, ich in seiner Mitte, ein kleines, zerbeultes Etwas, von dem der üble Geruch ungesunder innerer Winde ausging. – *»Man hat ihm verbrannten Pelz gegeben«*, sagt man hier. So roch ich, und dieser Geruch, schien mir, verließ meinen Körper wie ein Fremdling, gleichsam kopfschüttelnd über das Ausmaß der Gemeinheit, die ich im Hauswesen dieses Körpers duldete.

Die Krankheit ließ mich nicht los. Ich nahm die Tante nicht wahr, wenn sie, wie sie mir später berichtete, auf die erneut sich häufenden Entsetzensschreie, die jetzt schrill wie Vogelrufe klangen, in den Ballsaal stürzte. – In mich versunken, den Rücken starr wie von hinten gestützt, saß ich im Bett, fieberte, und phantasierte in Ansprachen an das Gebirge des Bettzeugs. – »Es ist Montag«, sagte ich, erzählte die Tante, »in ihm zerreißen die Minuten.« Alles redete ich verzweifelt in der zweiten Person an, für mich selbst verwendete ich die dritte. »Du Berg, du Bergbett!« sagte ich, aber auch: »Du Luftzug!«, wenn die Türe aufging, und: »Du Zugvogel!«, wenn die Tante hereinkam.

Es bestand kein Unterschied mehr zwischen Schlafzustand und Wachsein. In meinem Dämmerungstraum waren alle Dinge gleichsam eins, geschahen neben- und ineinander, verdoppelt und vervielfacht, so als wären Raum und Zeit irgendwie verkehrt ineinandergeschachtelt worden. – Wischte mir die Tante mit dem Waschlappen den Mund ab, so bettelte ich, wenn sie fertig war, sie möge es doch endlich tun; ging die Zimmertür auf, so war sie ohnehin schon offengestanden.

Die immer gleichen Vorstellungen verfolgten mich, sich oft wiederholend, bevor sie noch zur Gänze entwickelt waren. – Sooft ich zum Fenster blickte, stand da immer an derselben Stelle im Garten vor einem Apfelbaum ein kleiner Maulesel (»Szent-Mihaly öszver!« rief meine Tante aus, als ich ihr später davon erzählte), der ruhig weidete und, sich gleichzeitig in Krämpfen streckend, wild schrie, obwohl das Fenster ja leer war und im Baum dahinter bewegungslos die Leinentücher von meinen Umschlägen hingen.

Einmal schreckte mich ein – wahrscheinlich bloß

eingebildetes – Tuscheln aufgeregter Stimmen unter dem Fenster aus meinem Tagtraum. Ich fuhr in meinem Bett auf und schrie: »Was ist los?«, ohne eine Antwort zu erhalten. Dann bildete ich mir wieder ein, jemand flüstere vor meiner Zimmertür. *»Már menöfélben van!«* glaubte ich zu verstehen. »*Még nem* menöfélben van!« rief ich zurück, was so viel bedeutet wie: »Er ist *noch nicht* gehfertig!«, aber es war niemand da, der es gehört hätte. Ein drittes Mal schrak ich auf, weil ich mir fest eingebildet hatte, ich hätte gesehen, wie sechs Männer mit Stockhieben versuchten, den Esel aus dem Garten in den Ballsaal zu treiben. Das Tier hatte aber gebockt, und das bedeutete für mich, daß ich noch nicht sterben sollte. – Also rief ich zur Tür hin, und im nächsten Augenblick standen wirklich, wie aufgereiht, die sechs Göds an der Wand meines Zimmers: Sie hatten kleine, runde Hüte in ihren Händen und sahen wie Schülerveteranen auf einem alten Klassenfoto aus – und tatsächlich hing ein solches Foto, das noch von meinem Großvater stammte, in einem breiten Rahmen knapp über ihnen an der Mauer.

An manchen Tagen, gegen Ende der Krankheit, ließ mich ein unaufhörliches, wie dahinbrutzelndes Flüstern vor meiner Zimmertüre nicht schlafen, das ab und zu durch das trompetende Geschneuze meiner Tante unterbrochen wurde. – Am letzten Tag, als ich noch, wie gelähmt von den Geräuschen der sich schneller als sonst unter mir drehenden Erde, bewegungslos in meinem Bett lag, hörte ich plötzlich ganz deutlich, wie meine Tante mit unterdrückter Stimme, damit ich nur ja nichts verstünde, auf einen Krankenbesucher einschimpfte.

Ich wurde aufmerksam, weil sie das Wort »Küchentisch« zischte, dann »Werkzeugkiste«, »Kredenz«, denn sie gehörten zu den uns gestohlenen Eigentümern.

Ich schlich zur Tür, warf einen Blick durch das Schlüsselloch, erkannte aber den Mann, der breit, den Rücken mir zugewandt, davorstand, nicht. – Immer weiter, wie auswendig, leierte die Tante ihre Liste herunter: »Garderobenwand«, wimmerte sie, »Nähzeug«, »Einsiedetopf«, »sein Reisekoffer samt Inhalt«, und, beinahe triumphierend vor Hoffnungslosigkeit, setzte sie noch hinzu: »Jetzt habt ihr mir also auch das Waschschaff genommen! – Und was, bitte, soll ich nur mit der vielen Bettwäsche ohne das Waschschaff machen?« Dabei sprach sie das Wort »Waschschaff« so aus, als hätte ihr der Dieb mit einer Axt die Zunge gespalten.

Fünftes, längeres Gespräch

Ihrer Art der Anrede hatte ich bald entnommen, daß es ein Göd war, mit dem sie sprach und den sie nicht zu mir lassen wollte. Um so größer war mein Zorn darüber, daß sie mit ihren Schimpfreden – wohl während sie sich einbildete, sich meinetwegen bis unter die Grenze der Selbstachtung zu erniedrigen – *mich* anstelle des Göds traf. Und als ihr Heulen – sie preßte ihre Vorwürfe gleichsam mit Gewalt über den in Verzweiflung vorgeschobenen Unterkiefer hinaus –

schließlich unerträglich geworden war, schlug ich mit der Faust gegen die Türfüllung und schrie, so laut ich nur konnte: »Alles soll er mitnehmen, und das Haus soll er uns anzünden, damit endlich ein für allemal Ruhe ist!« – Dann ging ich zurück zum Bett und legte mich hinein, am ganzen Körper noch zitternd vor Wut und vor Schwäche.

Die Tür wurde aufgerissen. – »Herein!« schrie ich, und herein kam, den Oberkörper wegen seiner Länge ein wenig vorgeneigt, der sechste Göd, ein jüngerer, offenbar etwas kurzsichtiger Bursche. Hinter ihm, gebeugt und mit nassen Augen, die Tante. – »Verschwinde!« fuhr ich sie an, und wirklich verschwand sie rücklings durch die Tür, die sie hinter sich zuzog. – Der Göd stand wie erstarrt da und gaffte ihr blöde nach, dann trat er, den Blick weiterhin auf diesem Wunder der geschlossenen Türe, näher an mein Bett heran, wobei er geistesabwesend nach dem einzigen Stuhl griff. Er setzte sich darauf und blickte mich an.

»Ich bin Lumiere«, sagte er, zuerst leise, so als wäre er sich nicht einmal seines Namens sicher, faßte sich aber sofort und sprach dann mit immer größerer Überzeugungskraft und Festigkeit der Stimme weiter. – »Sie werden sich vielleicht fragen«, sagte er, »wie Sie zu der für Sie offenbar zweifelhaften Ehre meines Krankenbesuches kommen.« – Der Satz wand sich gleichsam aus ihm heraus, als er aber schließlich dastand, wirkte er wie schon vorher verfertigt, in eine Form gegossen und danach abgekühlt. Er hatte sich in der Gewalt.

Er stand auf, warf einen Blick zu mir zurück und

begann mit einer langen Wanderung vom einen Ende des Zimmers zum anderen, wobei er sich beim Sprechen immer wieder zu mir umdrehte und den linken Arm wie ein Pendel im Takt zu seinen Schritten hin und her schwingen ließ. Der Tonfall, in dem er sprach, veränderte sich kaum je, aber immer besser ausgesucht erschienen mir seine Wendungen, immer genauer wurden seine Worte, die er dann und wann auch noch nachdrücklich durch offensichtlich genau einstudierte Handbewegungen unterstrich. Immer weniger aber hatte ich dadurch das Gefühl, *er* spräche zu mir, – es war jemand anderer, ein Lehrer vielleicht, der ihm all diese Sätze und Phrasen in wochenlangen Übungen beigebracht hatte, und manchmal war es mir, als würden mir mit diesen Gesten und Worten, ohne daß ich mich dagegen wehren konnte, abwechselnd kalte, metallene Türschnallen, blitzende Messinggriffe oder glattpolierte Stockknäufe in die Hand gedrückt, und ebenso wehrlos war ich, wenn er sie mir danach wieder wegnahm.

»Es ist alles nicht so schwer«, erklärte der Göd schließlich, wobei er seine Stimme senkte. – »Fünf komakok* waren da. Ich bin der sechste und letzte.« – Türknauf. – »Der letzte ist hartnäckiger«, er machte eine Pause, »und praktisch unempfänglich für zweifellos gutgemeinte Tantenausflüchte.« – Messingschnalle. – »Er ist einfach zu schlau.« – Haltegriff. – Lumiere unterbrach seine Wanderung und sah mich an, wobei er seine Arme über der Brust verschränkte.

* So nennen die Bieresch die Paten oder Göds.

»Bei ihm«, er lächelte und ließ zwei Silberkronen in seinem Mund aufblitzen. Sie sahen wie die Schließknöpfe von Nieten aus. – »Bei ihm verfangen durchsichtige Ausreden auf die schlechte Verfassung des Kranken – der in Wahrheit gesünder und munterer ist als wir alle zusammen – schon von Berufs wegen nicht!« Er zwinkerte mir zu. Ich war für ihn ein alter Bekannter, der alle hinters Licht zu führen versuchte und den er durchschaut hatte, den er aber, sozusagen aus Gutmütigkeit, weiterschwindeln ließ. – Ich schloß die Augen. Ein Buch, das ich vor Jahren gelesen habe, fiel mir ein.

›Er hatte getrunken und kam sich geheimnisvoll vor‹, hatte es dort geheißen.

»Also, kommen wir zur Sache«, fuhr Lumiere fort. – »Ich komme zu Ihnen – wie sagen die Fische in der Fabel zum Fuchs? – als Freund«, er räusperte sich, setzte sich wieder zu mir und fuhr in geschäftsmäßigem Ton fort, »ohne alle Hintergedanken und Vorbehalte.«

Lumieres Atem roch schlecht. Ich drehte mich zur Seite, schwer atmend unter dem schweren, feuchten Bettzeug.

»Das wird Ihnen zwar«, fuhr der Göd mit erhobener Stimme fort, »in Hinblick auf unsere im Prinzipiellen scheinbar divergierenden Interessenslagen vielleicht unglaubwürdig erscheinen . . .«

– ›Divergierende Interessenslagen‹, dachte ich. – Er konnte Vertreter für Rasiermesser sein.

». . . aber«, setzte er großartig hinzu, »glauben Sie mir: Es ist so.« Er log. – Ich richtete mich in meinen

Pölstern ein wenig auf, wollte ihn auslachen, fiel aber vor Schwäche gleich wieder in sie zurück.

»Ich weiß, es ist nicht leicht!« rief Lumiere, der meine Reaktion mißverstanden hatte, und wiegte den Kopf nachdenklich hin und her. – »Ihre Stellung bei uns ist nicht die beste. Sie haben viel von unserer anfänglichen Sympathie eingebüßt. – Jetzt müssen Sie sich doppelt anstrengen!«

So als wollte er mir mit seinem Zureden Mut machen, legte er seine linke Hand auf mein Knie. Ein Schauer durchlief mich, und als ich im Reflex mein Bein ausstreckte, zog er sie gleich wieder zurück. Trotzdem zitterte ich bei der ekelhaften Vorstellung, er hätte während dieser kurzen Berührung eine giftige Flüssigkeit über mir ausgeschieden, die sich nun ätzend – durch die Bettdecke – zu mir durchfraß. Ich zog den Überzug bis über die Nase hinauf, noch immer vom Ekel geschüttelt.

»Jetzt einmal im Ernst«, fing der Göd wieder an und studierte seine Fingernägel. Er sah sich suchend um. Dann entdeckte er es: eine Untertasse, die auf dem Fensterbrett stand und auf der die Tante die für die Nacht bestimmten Medikamente vorbereitet hatte. Er erhob sich – beinahe sah es so aus, als würde jemand anderer ihn heben und schnell zum Fenster hintragen – und holte die Untertasse. Was auf ihr lag, stellte er ordentlich auf das Fensterbrett. Ein Fläschchen fiel zu Boden und rollte ein Stück weit. Er eilte ihm nach und hob es auf. Als er wieder bei mir war, holte er eine Zigarette heraus und benützte dann das Geschirr als Aschenbecher.

»Ich komme im Auftrag der Überbrückungshilfe«, sagte er.

»Was ist das nun?« Er machte eine Pause und beantwortete sich seine Frage gleich selbst: »Die Überbrükkungshilfe ist eine relativ junge Organisation, die im ersten Drittel des vorigen Jahrhunderts, zugleich mit der ersten großen Abwanderung von Biereschek von den angestammten Heimatgemeinden ins Leben gerufen wurde.« – Er zog die Luft scharf durch die Nase ein und starrte mich wie blind durch seine Brillengläser an. – Alles war auswendig gelernt. Gleichmäßig war das Auf und Ab seiner Rede, aus der dann und wann, wie der Arm eines Ertrinkenden, an immer unerwarteter Stelle bestimmte Worte, wie falsch betont, auftauchten. – »Es handelt sich also um eine Art Wiedereingliederungshilfe«, hörte ich den Göd sagen. »Und ihr Zweck ist es, neu zugewanderten, unerfahrenen Biereschekleuten, wie Sie es sind . . .«

»Biereschek!« wiederholte ich, als wollte ich auf dieses Wort hinzeigen.

». . . oder wie ich es einmal war«, fuhr Lumiere ungestört fort. Nun erhob er die Stimme wieder. »Ja«, rief er, »ob Sie's nun glauben oder nicht: Auch ich war einmal in Ihrer Lage!«

»Auch ich«, sagte ich und drückte meinen Kopf tiefer in das Polster.

»Auch ich«, wiederholte der Göd, »habe mich einmal Nacht für Nacht schlaflos in meinem Bett gewälzt und habe mich zitternd gefragt: ›Werden sie morgen wiederkommen?‹ – ›Was werden sie diesmal mitnehmen?‹«

Ich hob abwehrend die Hand. Die Wände des Zimmers schienen sich auseinanderzubiegen, die Decke warf sich auf. Durch einen Riß im Dach sah ich ins Freie, in einen heißen, bleiernen, windstillen Himmel, der sich wie unter dem eigenen Gewicht ein Stück näher zur Erde herabgesenkt zu haben schien.

»Auch mich«, fuhr Lumiere fort, »ließ das Gefühl der Verantwortung für das Schicksal der meiner Obsorge Anvertrauten ...«

»... der mir Anvertrauten«, hörte ich mich nachsprechen. »... oft nächtelang kein Auge zutun. – Auch ich ...«

»Auch ich!« rief ich.

»... habe schließlich an allem gezweifelt und habe mich zweifelnd gefragt: ›Werde ich durchhalten?‹«

Ich fuhr auf. – »Und haben Sie etwa durchgehalten?« fuhr ich ihn an.

»Nein«, erwiderte der Göd ruhig. Er sah mich an. Dann blickte er nachdenklich auf seine Zigarette, die zwischen seinen Fingern rauchte. – »Aber ich habe wenigstens dankend die Hand ergriffen, die sich mir hingestreckt hat!« sagte er fest.

»Diese Hand?« rief ich. »Ihre Hand?« – Ich fiel zurück in mein Bett. – »Zuerst bringt ihr mich um«, sagte ich schwach, »und dann wollt ihr mich retten?«

»Halbwegs!« sagte Lumiere, wie erschrocken über mich.

»Was ist?« fragte ich.

»Sie *dürfen* so nicht reden, Halbwegs!« sagte der Göd eindringlich. Er setzte sich neben mich auf die

Bettkante und legte seine Hände auf meine Schultern. – »Schauen Sie, Halbwegs, – Sie erlauben doch, daß ich Sie so nenne?« – Wieder überlief mich ein Schauer, und er nahm seine Hände augenblicklich weg. – »Glauben Sie mir«, sagte er dann, die Hände faltend, »ein junger Mensch braucht Hilfe, er sucht Hilfe! Und Hilfe zu leisten, dort wo sie wirklich nottut – dazu ist unsere Organisation schließlich da!«

»Ich will Ihre Hilfe nicht«, sagte ich und drehte mich wieder zur Seite.

Lumiere lehnte sich zurück und blieb eine Weile, wohl um die Wirkung, die meine Worte auf ihn ausübten, vergehen zu lassen, reglos, in sich gekrümmt, sitzen. – »Alle machen wir Fehler«, sagte er schließlich.

Ich sah ihn an. Wie er so dasaß, hingedrückt auf dieses letzte, geschundene Sitzmöbel, die Augen unruhig da und dort, den Körper wie in Krämpfen verspannt, zusammengeschraubt und auf den Sitz genagelt, sah er so armselig aus wie der Stuhl selbst. Unter seinen Haaren an der linken Schläfe brach ein Schweißtropfen hervor und bahnte sich eine dünne Spur am Ohr entlang, die Wange abwärts. Ein zweiter Tropfen folgte ihm schneller nach.

Der Göd zog ein Taschentuch aus seiner Hose und wischte damit Gesicht und Nacken ab. – Dann fing er wieder an. Jetzt sang er, und seine Stimme, die hoch war, zirpte förmlich die Worte seines Liedes:

»Ein Blatt vom Lebensbaum bricht ab«, sang er.
»Ein anderes wächst nach.
Dir bringt es Glück –
was bringt es mir?
Mir bringt es Ungemach!«

»Das ist eines unserer ältesten Volkslieder«, erklärte Lumiere, »es heißt: ›Ungerechter Vergleich‹. – Es ist mein Lieblingslied«, fügte er hinzu.

»Ich will Ihre Hilfe nicht«, sagte ich noch einmal.

»Ich weiß«, sagte der Göd. Wieder holte er eine Zigarette aus seiner Packung. »Ich weiß«, sagte er. Er summte weiter die Melodie seines Liedes, während er sich die Zigarette schon in den Mund steckte. Er zündete sie an, tat einen tiefen Zug und hielt den Rauch übermäßig lang in seiner Lunge. Dann stieß er ihn aus und mußte husten. – »Das Rauchen schadet meiner jungen Stimme, sagt der Arzt«, unterbrach er sich heiser. – Wie man so sagt: »Die Hunde des Todes bellen aus mir.«

Und ohne allen Zusammenhang fragte er dann schnell: »Spielen Sie Schach?«

Die Geschichte des Schachspiels

Aus der Innentasche seines Rockes zog der Göd ein kleines, zusammenklappbares Steckschach.

»Das trage ich immer bei mir«, erklärte er und hielt es mir hin. Dann klappte er es auf, nahm einen Teil der Figuren heraus, steckte den Rest in seine Hosentasche und legte das Brett auf seine enggeschlossenen Knie.

Tonlos seine Liedmelodie weiterpfeifend, wie es Schachspieler tun, fing er an, die Figuren nach einem bestimmten Plan in die kleinen runden Löcher zu stekken. Schließlich hatte er die gewünschte Ordnung hergestellt. – Es war ein lächerliches Problem: Schwarz, der am Zug war, war schwer im Nachteil, er zog als erster und stellte dabei unsinnigerweise auch noch sein Pferd bloß, so daß Weiß dieses ungestraft schlagen konnte. – Ohne sich um mich zu kümmern, spielte Lumiere die Partie, und die Schnelligkeit, mit der er zog, bewies, daß er sie schon hunderte Male gespielt hatte.

»Zerdahel behauptet, ich hätte das Schachspiel erfunden«, sagte er beiläufig und schlug das schwarze Pferd. – »Zuviel der Ehre!« – Jetzt war Schwarz zum Läufertausch gezwungen. – »Ich habe ein wenig zur Verbreitung des Spiels bei den Biereschek beigetragen –« Er machte eine wegwerfende Handbewegung, den Blick weiterhin unverwandt auf dem Brett. »Erfunden habe ich das Schach aber nicht. – Weiß hat gewonnen«, unterbrach er sich. Dann hob er sich ein wenig von seinem Sitz, um die restlichen Figuren in die Hose zu stecken, und sah mich an. – »Ich spiele es auch nicht mehr«, sagte er abschließend, »ich spiele nur noch Dame.« Er lachte verlegen, so als hätte er einen für ihn selbst peinlichen Witz gemacht, klappte das Brett zusammen und wog es in einer Hand.

»Erfunden wurde das Schachspiel nicht von mir«, fuhr er fort, »sondern von einem Elfenbeinhändler auf der Halbinsel Indien vor mehr als viertausend Jahren. – Von da aus ist es später zu den Persern gelangt, die es in dieser Disziplin in einem gewissen Sinn zu einer nicht wieder erreichten Meisterschaft gebracht haben, auch wenn man sagen muß, daß sie bedauerlicherweise von der ursprünglichen Form, die wir hier spielen, abgewichen sind. Sie werden sich dabei wahrscheinlich nicht so genau auskennen, aber ich versichere Ihnen, daß das indische Schach das sowohl spannendere als auch gerechtere ist. Das persische Schach ist, wie ich immer sage, zwar schärfer, dafür aber einsamer. – Egal. Die Regeln des indischen Spiels entsprechen der persischen Variante im großen und ganzen: Die Bauern gehen bei jedem Zug vorwärts in das nächste vor ihnen gelegene Feld und dürfen sich bei ihrer ersten Bewegung auch auf einmal um zwei Felder weiterbewegen; die Türme laufen in geraden Linien über beliebig viele unbesetzte Felder, die Läufer aber in schrägen Linien stets auf Feldern der gleichen Farbe, während die Springer, ihr Standfeld miteingerechnet, auf ein drittes Feld von anderer Farbe als das Standfeld springen. Und der König, von dessen Erhaltung der Ausgang des Spiels abhängt (kann er sich nämlich nicht mehr bewegen«, Lumiere stieß diese Worte scharf aus, so als wäre er wütend darüber, daß er mir hier die Regeln erklären mußte, während draußen sein König vielleicht in Gefahr war, »so ist er ›mat‹ oder ›meth‹, das heißt: ›Er ist tot!‹) – und während sich also der König bei jedem Zug um einen Schritt in irgendein vor oder hinter, seitwärts oder schräg gelegenes Feld bewegen darf, gibt es die Königin, die in der konventionellen Spielweise den Gang von Läufer und Turm in sich vereinigt, in unserem, dem original-indischen Schachspiel nicht. – Und deshalb ist es bei uns auch nicht möglich, daß einer für seinen Bauern eine Dame eintauscht. – Wir sind hier schließlich nicht auf dem Marktplatz!« rief der Göd. – »Was wollen Sie?« fragte er ärgerlich. »Die Wahrheit ist teuer, sagen wir hier. – Wenn Sie Kaugummi wünschen, dann müssen Sie drüben beim Juden fragen, der tauscht gerne!«

Lumiere unterbrach sich. Er hatte sich in Hitze geredet. Vergessen war sein Auftrag, vergessen die Überbrückungshilfe. Jetzt zählte nur noch das Schachspiel. – Und was wollte er bei mir damit erreichen? Was gingen mich Schachspiele an? – Ich legte mich auf den Rücken und blickte zur Decke.

»Ginge es nach Zerdahel«, fing er wieder an, »so hätte ich also das Schachspiel erfunden. Ginge es nach ihm, dann wären Sie wohl ›Schreit-aus-dem-Feuer‹! – Unsinn. – Nichts wiederholt sich, nichts wird erfunden. ›Lange‹, sagen wir hier, ›mußte das Rad laufen, eh' es den Menschen fand.‹ – Ist das nicht klar genug? Sagt das nicht alles? – Man stelle sich vor!« Lumiere beugte sich weit aus seinem Stuhl zu mir herüber, so daß er fast das Gleichgewicht verlor. Er stützte sich mit beiden Händen auf den Rand meines Bettes. – »Zerdahel meint doch, wir würden wiedergeboren. Sie und ich, sagt er, wir sind Wiederholungen, Wiedergeburten, in Serie gegangene Produktionsfehler der Schöpfung. – ›Dieses Modell‹, spottet er, wenn einer stirbt, ›ist derzeit leider nicht mehr zu haben.‹ Oder: ›Geht-durch-zwei-Fenster‹? – Das führen wir hier im Augenblick nicht, aber ›Lacht-ohne-Sinn‹ hätten wir da. Wenn Ihnen damit gedient ist?‹ – So redet er. Ganz witzig, nicht wahr? – aber im Grunde doch ziemlich beschränkt.«

Wieder unterbrach sich Lumiere. – »Lacht ohne Sinn«, sagte er und warf seinen Kopf zurück, während er eine weitere Zigarette herausnahm, um sie anzuzünden. »Unser ganzes Leben ist ein einziges sinnloses Lachen!«

Er sprach, die Zigarette im Mund, wie zu sich selber, dann stand er mit einem Ruck auf und ging zum Fenster hinüber, wo er eine Zeitlang stehen blieb, um hinaus in den kleinen Vorgarten zu schauen, in dem sich die Bäume raschelnd im Wind wiegten. – »Vielleicht gibt das Regen!« sagte er und wies mit der Zigarette zum Himmel.

Rauch stieg, sich kräuselnd, zwischen seinen Fingern auf und verschwand ins Freie. Der kleine, verkrüppelte Apfelbaum, auf dem meine Tante nach dem Wechseln der Umschläge immer die ausgewaschenen Tücher aufhängte, warf sich unter heftigen Windstößen hin und her; jemand schien seine Krone dann und wann wie einen Schopf zu packen und zu schütteln. Die Blätter zitterten und zeigten ihre weißlich glänzende Gewitterseite her. Vögel hoben sich, wie von Federn hochgeschleudert, von seinen Zweigen. – Der ganze Baum schien zu beben, und die schlingernden Bewegungen der Äste hinter der schweigenden Gestalt des Göds, der genau zwischen mir und dem Baumstamm stand, erinnerten mich daran, wie ich einmal, während eines Sommeraufenthaltes in den

Bergen, hinter einem Mann einen steilen Abhang hinuntergestiegen war.

Der Mann, ein Jugendfreund meiner Mutter, hatte auf dem Rücken eine Milchkanne getragen, in der es dauernd, wie lachend, gegluckst hatte. – Der Autofahrer, der meine Mutter und mich nach Wien gebracht hatte, fiel mir wieder ein. Wo war meine Mutter jetzt? Was machten meine Schwestern? Wie ging es wohl meinem Bruder? – Während ich hier starb, lebten sie weiter.

Haß stieg wieder in mir auf, Haß gegen alles, aber vor allem gegen Lumiere, der ruhig rauchend vor dem Fenster stand, den Rücken mir zugewandt – wie jener Mann damals auf dem Berg, der plötzlich, mitten im Gehen, so als wäre ich gar nicht dagewesen, seine Arme gehoben und sie in den Schultern hatte kreisen lassen. Dabei hatte er mit seinem Mund ein seltsames, an ein Flattern erinnerndes Geräusch erzeugt. Dann hatte er ein paar mächtige Schritte getan, einen hohen, jubelnden Schrei ausgestoßen und dazu die Arme immer wilder durch die Luft gewirbelt. Ebenso unvermittelt, wie er angefangen hatte, hatte er alles abgebrochen. – »Was gaffst du denn so?« hatte er mich böse gefragt. Mir waren die Tränen gekommen, doch das hatte ihn nicht gekümmert. – »Plärr' nicht schon wieder!« hatte er mich angefahren und war noch schneller ausgeschritten.

Gebückt wegen seiner Drohung war ich ihm still gefolgt, aber das Gefühl, er hätte seine Flugübung bloß abgebrochen, weil er sich auf einmal daran erinnert hatte, daß *ich* hinter ihm herging und daß ich, als Sohn der Frau, die ihn im Stich gelassen hatte, unwürdig war, Augenzeuge seines Überschwanges zu sein, ließ mich leise weiterweinen. Und plötzlich fiel mir wieder ein, daß seine Schultern noch lange danach – wie unter den Stößen meines Schluchzens – weitergezuckt hatten, und daß ich mir, weiter schluchzend, vorgestellt hatte, welche anderen, vielleicht noch weniger bezähmbaren, mir unbekannten Kräfte in ihm ruhen mochten, die ich aber nicht sehen konnte, weil er sie in meiner Anwesenheit nicht freilassen wollte.

Und als stünde Lumiere auf geheimnisvolle Weise mit ihm in einem Bunde, schnitt er meine Erinnerung ab, indem er übergangslos wieder zu sprechen anfing.

Die Vorgeschichte der Erfindungen

»Für Zerdahel«, begann der Göd, ohne sich umzudrehen, »ist das Rätsel des Lebens gelöst.« Jetzt wandte er sich um und sah mich an: »Weil es für ihn keinen Tod gibt.«

»Ich habe ihn vorige Woche drüben in Pamagh in einem Gasthaus belauscht, ohne daß er mich bemerken konnte. Solche Gelegenheiten bieten einem die Feinde nicht oft. Die muß man beim Schopf packen. Also lauschte ich, obwohl das an sich nicht meine Art ist. Und was ich dabei hörte, war in der Tat höchst bemerkenswert. – ›Wenn er spricht‹, sagt De Selby immer, ›dann habe ich Angst, er wird gleich nach mir schlagen.‹ Der Dicke hat recht. Zerdahel hat Krallen –

er redet mit einer Spitzhacke! – Als ich damals ins Gasthaus kam, sagte er gerade: ›Wenn ich mit dir so rede‹ (mir war klar«, unterbrach sich der Göd, »daß er mit Inga sprach, obwohl ich ihn nicht sehen konnte und geglaubt hatte, er wäre zu Hause), ›wenn ich mit dir rede, dann spüre ich immer, ich sollte mich eigentlich tausendmal dafür entschuldigen, daß ich Worte verwende. Ich meine das ernst. – De Selby‹, fuhr der Jude fort, ›hat einmal zu mir gesagt: Meine Gedanken laufen so schnell. Sie kommen mir wie Bäche vor, die wild durch meinen Kopf springen, und immer habe ich das Gefühl, ich müßte bloß die Schleusen zu meinem Mund aufziehen, und schon würde euch alles entgegensprudeln, schon würde das Wasser sich klären, und alles wäre klar. Tu ich es aber dann, so ist es, als würde das Wasser in mir zufrieren, jeden Augenblick, fürchte ich, werde ich mir in die Zunge beißen, und mein Mund ist voll von schimmligem Treibholz!‹«

»›Es ist wahr: Bilder wären viel besser‹, sagte Zerdahel«, erzählte der Göd. »›Worte sind schlecht. Unser Mund ist unbarmherzig wie ein Steinbruch. – Ich selbst‹, sagte Zerdahel, ›habe manchmal die Vorstellung, ich müßte beim Sprechen ersticken, weil es nicht Luft ist, was sich da meinen Worten leiht, sondern abgestandener, jahrhundertealter Gestank, Rauchschwaden, die sich in mir zu einem undurchdringlichen Dunkel auftürmen. – Ein Ablakok-Phänomen also. Nur daß die Fenster, die dabei aufgerissen werden, keine erfrischende Brise hereinlassen, sondern den schlechten Atem der Altvordern, die neugierig in unsere Stuben blicken. – Mein Vater hat das übrigens einmal sehr treffend zusammengefaßt: ›Weißt du eigentlich‹, fragte er mich, als er mir von einer seiner Reisen als Geschenk ein Buch mitbrachte, ›warum die Biereschek so wenig lesen? – Weil selbst die Wahrheit nach Knoblauch stinkt!‹ – Es stimmt. Und dementsprechend roch auch sein Satz. – Egal. Wichtig ist allein seine Botschaft: *›Was in der Sprache steckt, haben die Vorfahren hineingelegt‹,* wie das Sprichwort sagt. – Vorzeiterfahrungen, Kenntnisse, die weit zurück in unsere vormenschliche Vergangenheit reichen, bemächtigen sich nach Belieben unserer Gefühlsausdrücke. Dein Ekel vor der Raupe ist die Gier des Hahnes in dir, der nach ihr picken will, und die nachzitternde Erschütterung des Blattes in dir, das sich von ihr benagt fühlt. – Wir stürzen auf freiem Feld, weil der wolkenlose, klare Frühlingshimmel über uns vom Rauschen der riesigen Flügel unserer Vorvergangenheit erfüllt ist, in der wir kleine, unschuldig dahinhuschende Pelztiere waren. – Was hat der alte Bruno immer gesagt?‹ fragte Zerdahel – Bruno war ein Großvater zu mir«, erklärte Lumiere stolz. – »›Er sagte‹, fuhr der Jude fort: *›Nicht der Mensch sprengt die Schlösser zu den Werkstätten der Natur – die Natur zieht den Menschen in ihre Machinationen und verfolgt mit ihm ihre eigenen, undurchschaubaren, hinterhältigen Ziele!‹«*

»Zerdahel machte eine Pause«, fuhr der Göd fort. »Er sah zu Inga hinüber, aber Inga tat nichts dergleichen. – »›Nicht *ich* spreche‹, sagte De Selby, fing Zerdahel wieder an, ›ein anderer ist es, der da mit meiner

Stimme seufzt.‹ – Und es ist wahr: Jedes einzelne Wort – und damit freilich auch der Sachverhalt, den es beschreibt!‹ rief der Jude aus«, sagte Lumiere, »jede erdenkliche Kombination von Lauten und Sätzen ist schon tausende Male durch die Filtersysteme fremder Gehirne, durch die Bergwerke fremder Herzen gelaufen. – Es ist verrückt! Man selbst kommt sich wie aus dem Zusammenhang gerissen vor! – Man sagt etwas, fängt kaum zu reden an, und schon stellt sich das untrügliche Gefühl ein, daß man mit einem alten Kinderbaukasten spielt, in dem die wichtigsten Steine fehlen und der Rest schon derart abgegriffen ist, daß man in die Risse zwischen den Worten die Breitseite der Hand legen könnte. – Und am liebsten würde man dann das ganze armselige Muster aus Bauklötzen, an dem man Stunden um Stunden gebaut und gebastelt hat, mit einem einzigen Handkantenschlag wieder kaputtmachen. – Und das gleiche könnten wir von uns selbst sagen. *›Jeder Mensch‹*, heißt es, *›ist wie ein lebendiges Wort, das seinen eigenen Sinn hat.‹* – Aber nicht einmal das stimmt! Wir sind tote Wörter, denen der Zusammenhang fehlt. Unsere Leben sind nichts als dahinflitzende Lautfetzen in der Denkmaschine des Heiligen Alten, die nicht mehr richtig funktioniert. – ›Würde De Selby seine Wortschleusen tatsächlich aufziehen können‹, fuhr Zerdahel fort«, sagte Lumiere, »›er würde sich wundern! Das Rätsel in seinem Inneren? – Der Leierkasten der Geschichte. – Aber während er ebensowenig wie irgendein anderer vernünftiger Mensch bestreitet, daß die glänzendsten Leistungen unserer Sprachkunst, alles, was jemals gesagt und geschrieben wurde, und alles, was noch gesagt und geschrieben werden muß, seit den allerersten Anfängen unseres unglückseligen Geschlechts je schon in Wörterbüchern und Grammatiken vorweggenommen und aufbewahrt ist – verzaubert in eine andere Wortfolge zwar, in eine andere Ordnung, aber vorhanden –, besteht er nach wie vor eigensinnig darauf, er selbst wäre etwas grundsätzlich Anderes und Neues: ein ofenfrischer, knuspriger Kuchen, dessen weiches Inneres noch nie geschmeckte Genüsse enthält. – Blödsinn! Kaugummi ist drin.‹«

»Prozeß, und nicht Kreislauf!«

»›Weißt du‹, sagte Zerdahel dann, schon im Aufstehen«, erzählte der Göd, »›was wir denken, was wir sprechen und sind – das sind nicht unsere Einfälle, Entdeckungen und Erfindungen, es sind die vorgeplanten Wechselfälle des unüberschaubaren Systems der Natur.‹ – Der Jude stand auf und ging für einen Augenblick hinaus, und ich dachte schon, er würde gar nicht mehr wiederkommen. Er war aber gleich wieder zurück und setzte sich auf seinen alten Platz, während Inga weiterhin schwieg. – ›Vielleicht will er sich zuerst alles zu Ende anhören?‹ dachte ich. – Und dann fing Zerdahel wieder an: ›Unlängst habe ich mich im ›London‹ mit Naghy-Vág unterhalten‹, sagte er. – ›Das Einhorn war bester Dinge. Er schilderte mir gerade seine Auseinandersetzung mit De Selby. Es ging um den Hund. Eine Zigarre, die er vergessen hatte, rauchte im Aschenbecher, als er schon die nächste herauszog und ich ihm, genauso gedankenlos wie er, Feuer gab. – Und plötzlich, während ich mir dieser doppelten Unachtsamkeit bewußt wurde und er mitten im Reden aufspringt, sich hin und her dreht und, indem er mit ausgestreckten Armen, den Dicken imitierend: ›Sie sind der Mörder!‹ ausruft, da spürte ich, wie aus meinem schon toten Zündholz noch einmal die Flamme sprang. – Dieses unsichtbare Sich-wieder-Entflammen‹, rief Zerdahel aus, ›zündete in mir die Erinnerung – und ich meine *Erinnerung,* und nicht etwa *Gefühl!* – die Erinnerung daran, daß sich das Feuer weiter am Zündholz entlangfraß, daß es mir die Hand, den Arm und den Körper abwärtsbrannte, daß ich, knisternd und singend in diesem Feuer, das unaufhaltsam weiterkroch, zu einem kleinen, in der Hitze zischenden Gummiklümpchen zusammenschmolz und daß mein Asche gewordenes Fleisch Stück für Stück von mir herunterfiel.‹«

»›In diesem Augenblick‹, rief Zerdahel wieder«, sagte Lumiere, »›in diesem Augenblick wußte ich plötzlich: ›Das warst du!‹ – das war ich selber in einem meiner früheren Leben gewesen. Und hätte mir Nagh jetzt auch nur einen Blick zugeworfen, ich weiß, ich wäre auf der Stelle gestorben. – Etwas in mir war da auf einmal bereit, zu etwas anderem, früher Gewesenen zurückzuwerden: zu einem auf ewig zwischen Feuern hindurchspringenden Skorpion, zu einem brennenden Strauch.‹«

»Zerdahel hörte einen Augenblick lang zu sprechen auf«, erzählte der Göd. »Er zog wild an seiner Zigarette und schlug aufgeregt mit seiner Hand nach dem

Rauch, so als wollte er damit seine Erinnerung schlagen, und ich mußte mich zurückhalten, damit ich nicht laut herauslachte, denn in diesem Moment sah er tatsächlich wie der brennende Dornbusch höchstpersönlich aus. – ›Gottseidank!‹ seufzte der Jude dann, ›Nagh sah nicht her.‹ – Er spürte zwar auch, daß da etwas gewesen war, denn ohne allen Zusammenhang klatschte er in die Hände und rief: ›Jesus, ich hab' vergessen, den Hühnern Wasser zu geben!‹ – begriffen aber hat er mich nicht, dessen bin ich mir ganz sicher. – Jetzt kann ich darüber natürlich leicht lachen, es ist ja vorbei, damals aber, das weiß ich, hat er mit dem Wasser in seiner Bemerkung das Feuer in mir gelöscht und mir damit das Leben gerettet. Das vergeß' ich ihm nie! – Ich hab ihm einen Liter spendiert. – Egal. Was ich damit sagen will, ist noch einmal: Vergessen, begraben, uns zublinzelnd, leben in uns unsere früheren Leben. – Hol' eine Schaufel, schaufel' sie aus! Schön wär's! Es geht nämlich nicht. – Wie sagst du immer? ›Wir leben nicht, wir erklären das Leben!‹ Richtig. – So viele Pflanzenfragen haben sich im Lauf unserer früheren Leben in uns gesammelt, und so viele Tierrätsel, daß das alles letztendlich in Menschenklugheit umschlagen mußte. Und da sind wir stehengeblieben. – In uns fragen die Tiere, und als Menschen erteilen wir Antwort. Die Affensorgen in unserer Brust entlocken uns die tönenden Steinwälder unserer Städte. Wir graben nach Schätzen und finden die Knochen, die unsere Hundevorfahren verscharrten. – Hinter uns liegt Ägypten, vor uns das versprochene Land. Rechts und links türmen sich die Mauern des Meeres.

Die Sonne steht still. Gestern ist heute. Ein Riß geht durch die Ewigkeit. – Wir sind die Esel des Sprichworts, die ausgezogen sind, um Hörner zu suchen, und ohne Ohren kehren wir heim!«

Lumiere zündete sich jetzt die Zigarette an, tat ein paar Züge, stand auf und ging leicht schwankend, so als hätte er getrunken, zum Fenster hinüber. Dort blieb er, den Rücken zur Öffnung, stehen und runzelte die Stirn.

»Wäre Inga dagewesen«, sagte er dann bestimmt und unterstrich dabei jedes Wort einzeln, »er hätte es erst gar nicht so weit kommen lassen. – Ich sage: Wenn er dagewesen wäre!« wiederholte der Göd. »Er *war* aber nicht da. – Zerdahel hatte bloß seinen nächsten Auftritt mit ihm geprobt. – Verrückt, nicht wahr!«

Wieder machte er eine Pause.

»Aber was ergibt sich denn nun aus all dem, was der Jude behauptet?« fragte er. »Doch wohl, daß wir Wiedergeborene sind, Opfer, die zurückkehren müssen an den Ort ihrer Tat. – Von ihm aber lehren die Schriften, daß er nicht ist. *›An diesem Ort war ich noch niemals‹*, heißt es, auf ihn Bezug nehmend, in einer Legende. *›Heller als die Sonne leuchtet neben ihr ein Stern. – Kehr' um! Geh weg! Du bist nicht der, der du warst.‹* – Was also meint Zerdahel nun, wenn er, die Schriften verfälschend, darauf besteht, daß alles, was wir denken und tun, schon längst gedacht und getan worden sei? Er meint, jede Tat sei die Rückkehr des Hundes zum Erbrochenen, die Wiederholung der je schon geschehenen Tat, die sich bis hin in die fernste Zukunft immer wieder aufs neue wiederholen muß. Aber wäre das so, dann könnten auch unsere Schriften nicht sein, als was er sie selbst immer rühmt: die immer neue, nie versiegende Quelle unserer Erkenntnis. – Nein«, sagte Lumiere bestimmt. »Die Erfindung als Wiederholung, wie Zerdahel sie uns weismachen will, ist eine Lüge. Sie ist so alt wie die Histrionen selbst! – ›*Und zöget ihr Kerzen*‹, verspricht eine unserer Sagen, ›*die Sonne schiene euch Tag und Nacht.*‹ Das besagt nicht, daß vergeblich wäre, was wir tun. Das bedeutet es *auch*, aber zuvor noch – und das ist wohl das Entscheidende – verspricht sie, daß uns das Licht Ahuras bei unserem Tun auf ewig leuchtet. ›*Und wöbet ihr Leichentücher*‹, heißt es in jener Sage weiter, ›*keiner würde mehr sterben.*‹ – Dasselbe Versprechen!« rief Lumiere. »Die Sage fordert uns auf, Kerzen zu ziehen und Tücher zu weben! – Und es war Inga, dem es als erstem gelungen ist, das Geheimnis dieses Widerspruches zu lösen.«

Der Göd sah mich an. – »›Erfindungen‹, fing Inga seine berühmte Erklärung an, die er nach der Lösung dieses Rätsels niederschrieb, ›Erfindungen sind Teile des sich selbst regelnden Prozesses unserer Geschichte.‹ – Haben Sie's bemerkt?« unterbrach sich Lumiere, »er hat ›Prozeß‹ gesagt, und nicht ›Kreislauf‹! – ›Jede Erfindung, jede Entdeckung‹, heißt es in dieser Erklärung, ›hebt sich selbst dadurch auf, daß sie ihre eigenen Voraussetzungen ebenso gründlich wie endgültig verdirbt.‹ Und er verwendet in diesem Zusammenhang einen äußerst einleuchtenden Vergleich.

›Der Baum spendet euch Schatten, solange er steht‹, erklärt er seine Erkenntnisse später. ›Fällt er, so fällt auch der Schatten, in dem ihr sitzt. Und die Leiter, die ihr aus seinen Brettern verfertigt habt, könnt ihr nicht an ihn lehnen.‹ Und er verwendet dieses Bild der Leiter noch ein zweites Mal. Da heißt es: ›Die Kraft der Leiter, über die einer hinauf zu seiner Erkenntnis steigt, verbraucht sich beim Klettern. Ist er einmal oben, dann ist die Leiter weg.‹ – Und ein anderer Absatz in seiner Erklärung lautet: ›Der Zeiger der Welt rückt ein Stück weiter. Einen einzigen Teil habt ihr verändert, und mit diesem Teil alle anderen Teile, auch euch! – Alles grenzt aneinander, und alle Rädchen beginnen zu laufen, wenn ihr an ein einziges rührt!‹ – Ich zähle diese Sätze zum Besten, das in unserer Generation gesagt worden ist«, sagte Lumiere. – »Kein Wunder! Ich bin der lebendige Beweis für sie.«

Im Wirtshaus

»Hören Sie zu«, fuhr er fort und wischte sich dabei mit dem Handrücken über den Mund. – »Es passierte vor drei Jahren drüben in Tadten im Gasthaus Kuh. Stitz war mit den anderen in Varbalog beim Kirtag gewesen, ich kam aus Bala von einem entfernten Onkel. An der Abzweigung nach Zick waren wir verabredet, und weil es noch früh war, blieben wir eine Weile im Gasthaus sitzen. Diese Wegkreuzungen!« rief der Göd übertrieben aus.

»Alle waren schon ziemlich betrunken, als Stitz

plötzlich zu mir kam und sagte, er würde gerne mit mir eine Partie Schach spielen. – Es war ja so ein heller Nachmittag! Wir saßen beisammen, der Wirt machte uns Karpfensuppe. Rák borgte sich von ihm eine Säge aus und spielte darauf, seine Frau sang dazu. – Was für eine Stimme diese Anna hat!« rief Lumiere wieder. »Es ist ein Gesang, der einen leicht um den Verstand bringen könnte. – Egal. Inga spielte an einem Spielautomaten, und der Jude erzählte Naghy-Vág beim Würfeln, daß er einmal beobachtet hätte, wie einer an einem Wirtshaustisch allein für sich gesessen sei und gewürfelt habe und wie es ihm gelungen sei, die Anzahl der Augen eines Würfels auf dem Tisch vor ihm nach Belieben zu verändern, ohne ihn auch nur zu berühren. – Dieses zornige Würfelklappern!« Lumiere schüttelte den Kopf.

»Vielleicht war es das«, sagte er. – »Stitz jedenfalls setzte sich auf einmal zu uns herüber. Ihre Frau Tante saß da, und Oslip natürlich, der sich damals schon kaum mehr aufrecht im Sitz halten konnte – Stitz also setzte sich zu uns und starrte mich wortlos an. Etwas Unheimliches und Heimtückisches hatte das, und irgendwie hielt ich es plötzlich nicht länger aus – Ich wußte ja, was er von mir wollte! – und so fragte ich ihn: ›Du möchtest also mit mir spielen?‹ – Er nickte. Hundertmal hatte er mich schon darum gebeten, und hundertmal hatte ich es ihm ausgeschlagen, und jetzt bot ich es ihm von mir aus an! Warum? – Ich weiß es nicht. – Wir stellten jedenfalls unsere Schlachtreihen auf, die Damen neben das Brett, wo sie hingehören, und nach acht Zügen schwitzte das Pferd schon zum erstenmal über dem Einfall, der das drohende Matt abwenden sollte. – Dieser Lärm in der Gaststube! Dieses viele Licht! – Ich war ganz benommen davon, und während Stitz also noch nachdachte, fing ich gedankenlos an, die schon geschlagenen Figuren in der Reihenfolge und Ordnung ihres Geschlagenwerdens um die beiden ausgeschiedenen Königinnen anzuordnen. Und indem ich die Damen für Könige nahm – Wie war das nur möglich?« unterbrach sich der Göd und schüttelte wieder den Kopf, – »indem ich sie also für Könige nahm, begann ich simultan auf dem Schachbrettmuster des Spieltisches, auf dem unser Schachbrett lag, eine zweite Partie zu spielen. Selbstverständlich war meine Position hier auf dem Tischbrett sehr ungünstig, weil ich ja auf dem Spielbrett bereits uneinholbar in Führung lag. Sie haben es früher selbst überprüfen können. – Wie auch immer: Ich habe damals drei entscheidende Fehler gemacht«, fuhr er gefaßt fort. »Zum ersten ist es verboten, mit einem schwächeren Spieler zu spielen, zum zweiten spielt man nicht in Anwesenheit von Damen, und zum dritten – und das war, wie sich von selbst versteht, das Unverzeihliche und Entscheidende – gab ich den Königinnen freiwillig das, was ihnen von Natur aus versagt ist: die Macht von Königen!«

Lumiere zog ein Taschentuch heraus und schneuzte sich. Er dachte einen Augenblick lang nach und fuhr dann fort:

»Ich spielte also mit dem Gedanken, wie ich nun auch diese zweite Partie – sozusagen außer Konkurrenz und ohne das Pferd davon in Kenntnis zu setzen – gewinnen könnte, und ganz verrückt von diesem verrückten Plan überlegte ich mir die nächsten sechs bis acht Doppelzugkombinationen. – Wie außer mir schob ich die Figuren auf dem Tisch hin und her; Stitz grübelte immer noch; da wurde vor mir auf dem Ober- und Unterbrett alles lebendig: Die Türme wiegten sich eigentümlich in den Hüften, ein Bauer ließ seine Hose herunter, um offen auf sein Feld zu scheißen, ein Läufer, der schon die ganze Zeit an derselben Stelle gewartet hatte, zog sich den Schuh aus und untersuchte seine Fußsohle, und ein paar Felder weiter unterhielt sich einer meiner Springer, den Rükken zur Brettmitte, mit seinem Gegenspieler. – Ich hob die Figuren auf, untersuchte sie, stellte sie wieder hin. Jetzt merkten auch die anderen, daß bei uns herüben etwas nicht in Ordnung war, und kamen von ihren Tischen zu uns. Oslip wand sich neben mir hin und her und verdrehte die Hände, und dann – Zack! Es war, als hätte mir von hinten jemand eins mit dem Knüppel übergezogen – griff Stitz nach dem Glas, trank einen Schluck, rollte die Augen und zog. Es war ein ganz und gar idiotischer Zug, mit dem er sinnloserweise sein Pferd preisgab. – Ich sprang auf. So schlecht spielte Stitz doch sonst nicht! Oslip, der von alledem natürlich überhaupt nichts verstand, lachte, als würde er verstehen, sein Körper zuckte, als wollte er sich erbrechen, die Tische um mich herum drehten sich wie vorher die Figuren auf dem Brett, und ohne zu wissen, was ich tat, ging ich zum Fenster hinüber, zog – mitten im Gasthaus! – meinen Schwanz heraus und schiffte in den Köpócsésze*!« Er spuckte, als er das Wort aussprach. – »Lachen Sie nicht!« schrie der Göd. »Sie haben kein Recht dazu! – Ich war so gefangen in diesem Doppelschachwahnsinn und in den Gedanken daran, wie dieses Spiel von mir spielbar gemacht werden könnte, und dann dieser Zug, der alle meine Berechnungen über den Haufen warf. Nur ein einziger Zug wäre vernünftig gewesen, und der lag auf der Hand. – Und nun stand ich also da vor dem Fenster, nahm überhaupt nichts mehr wahr, sah es und sah es nicht: Das Wasser, das in einem Strahl aus mir herausspritzte, die nassen Hosenbeine, die anderen, die lachten und mich johlend anfeuerten, und wieder diese beiden Bretter, das Doppelschach. – Und während ich all das, deutlich wie einen Brand, den ich mit meinem Wasser löschte, vor mir in den Sägespänen sah, wurde mir plötzlich klar, daß ich die Partie auf dem Nebenbrett des Tisches unweigerlich verloren hatte, weil Stitz auf dem Hauptbrett das Pferd ungedeckt stehen ließ und ich schlagen mußte.«

Im Gesicht des Göds zuckte es. Er seufzte tief. – Dann sagte er traurig:

»Ich sah dieses Pferd vor mir aufsteigen und zusammenbrechen. Im Läufer auf dem Tisch entstand ein Riß. Meine Königin griff sich ans Herz, während sich ihre Gegnerin umdrehte, unverschämt ihr Kleid in die Höhe hob und ihren nackten Hintern nach allen Seiten

* So nennen die Bieresch eine mit Sägespänen gefüllte Holzkiste, die in Gasthäusern anstelle eines Spucknapfes aufgestellt wird.

hin drehte. – Education sentimentale!« sagte Lumiere plötzlich auf französisch.

Er schneuzte sich wieder. Dann fuhr er ruhig fort, wobei er mir wieder gerade in die Augen blickte:

»Ich eilte also an unseren Tisch, um Stitz zu warnen, aber es half nichts. – So als hätte er meinen Plan noch vor mir durchschaut, saß er ruhig mit vor der Brust verschränkten Armen da und sah mich spöttisch an. Ohnmächtig vor Wut warf ich den Tisch samt dem Brett und den Figuren um und ging fort. – Seither rühre ich kein Schachspiel mehr an, obwohl mir die Finger schon zucken, wenn ich nur daran denke. – Aber immer wieder lockt der Gedanke an dieses Spiel aus mir die Erinnerung an meine Erfindung, das Komplementärschach, an das Bild des sich langsam mit Leben füllenden Sekundärbretts bei gleichzeitiger Leerung des Primärbretts, und das Bild dieses festen, hellen Weiberhinterteils, das ich damals für einen Sekundenbruchteil habe aufblitzen sehen. – Verloren und nicht gefunden. Das Trojanische Pferd. ›Dünger für's nächste Jahr!‹« Lumiere lehnte sich nach hinten und breitete seine Arme aus. Dann klatschte er in die Hände und begann von neuem seine lange Wanderung durch das Zimmer.

»Also gibt es für mich kein Schachspiel mehr«, sagte er mit einer alles abschließenden Handbewegung. – »Also wirklich ein für allemal Schluß mit dem Primär-, Schluß mit dem Sekundärschach. Alles vorbei. – Und was habe ich nun daraus gelernt? – Daß auch die Weiber einen Hintern haben? – Genau. *›Er sucht etwas, das er in einem anderen Leben verloren hat‹*, sagen die Histrionen. *Ich* suche seit damals in Weiberärschen, was ich früher, ohne zu suchen, im Schachspiel fand. Die Weiber machen mich ganz verrückt! – Ihre Frau Tante zum Beispiel. Ich habe ein Foto von ihr, – wollen Sie's sehen?«

Er kam wieder zu meinem Bett, setzte sich auf den Stuhl und beugte sich vertraulich zu mir herüber. Ich fuhr zurück. Lumiere schüttelte den Kopf und zog, wie enttäuscht, die Luft scharf durch seine Nase ein.

»Inga jedenfalls meint«, sagte er dann wieder ernst, »daß mit dem Weiterrücken des Zeigers das ganze Weltuhrwerk weitergerückt wird. Daß die kleinste Verschiebung alles verschiebt. – Und es ist wahr. – ›Nichts wiederholt sich‹, sagt Inga, und Zerdahel sagt: ›Es ist, wie's war.‹ – Er hat darüber sogar einmal eine Geschichte geschrieben. Zerdahel glaubt, auch *er* könne Geschichten schreiben. Er kann *nicht!*«

Drittes Kapitel

ZWEI LEGENDEN

Aus der Brusttasche seines Rockes zog Lumiere nun drei Zettel, die mehrmals gefaltet waren. Ich schlug sie auseinander. Alle drei Blätter waren mit derselben Schreibmaschine beschrieben worden. Der Göd hatte zu den Texten jeweils handschriftliche Anmerkungen gemacht, die für mich, weil sie in Kurrentschrift verfaßt waren, nicht leserlich waren. Der erste Text, den ich las, war gezeichnet.

Er trug den Titel:

Die Gegenwart der Erinnerung

»Er drückt einen Hebel«, stand da, »die Kulissen senken sich aus dem Schnürboden. Der Vorhang rauscht in die Höhe. Die Schauspieler nehmen Haltung an.

Jetzt kommt die schöne Sängerin und beginnt bezaubernd zu singen. Alles lauscht hingerissen. Der gefesselte König wird von hinten auf die Bühne getragen. Das Licht wird schwächer. Da fleht die schöne Sängerin mit schmachtenden Worten um das Leben des Königs. Aber der grausame Herrscher muß sterben. Im Zuschauerraum ist es mucksmäuschenstill. Neue Kulissen torkeln hinter den Soffitten herab. Der Todesengel schlägt mit den Flügeln, und die Gruftwächter nehmen Haltung an. Das ist das Ende. – Ratlos klatschen alle.

Was ergibt sich daraus? – Man schüttelt den Kopf, zieht sich die Hose zurecht. Was soll man jetzt tun? – Nach Hause kann man nicht gehen: Der Abend ist gerade erst angebrochen. Dennoch ist der Zuschauerraum fast schon zur Hälfte leer, und gleich wird einer kommen und die Tribünentüre verschließen. – ›Vielleicht kann ich mich vor dem Saaldiener verstecken, indem ich mich flach zwischen den Sitzreihen auf den Boden lege?‹ denkt man. Vielleicht ist die Putzfrau, die man schon jahrelang kennt, durch einen kleinen Geldbetrag zu erweichen, und es gelingt einem doch, die Zeit bis morgen abend unbehelligt zu übertauchen. – Morgen abend! – Morgen abend wird hier dasselbe Stück wieder gegeben. Dasselbe Stück, dieselbe Besetzung. So steht man da – eine Hand vergessen in der anderen vom letzten Applaus.

Da löst sich ein Häkchen; einer drückt einen Hebel.

Schon hebt sich rauschend der Vorhang. – Die schöne Sängerin entschwebt ihrer Bettstatt und beginnt ganz betörend zu singen. Das Lied gefällt den Zuhörern sehr. Man merkt es an den geröteten Augen, an beifälligen Zurufen. – Seufzend ergibt sich der sterbende König seinem widrigen Schicksal. Langsam senkt sich der Engel des Todes aus der Höhe des Schnürbodens. Die Sängerin unterbricht ihre schmachtende Klage. Die Gruftwächter kommen herein. – Alle nehmen betroffen Haltung an. Jetzt kommt das Ende.

Der Zuschauer klatscht ratlos.«

Zerdahel

Ich drehte den Zettel um, um zu sehen, ob vielleicht auch die Rückseite beschrieben war, sie war aber leer. So begann ich, ohne aufzublicken, weil ich spürte, wie mich der Göd aus den Augenwinkeln beobachtete, den zweiten Zettel zu lesen.

»Was für sonderbares Leben wir leben«, hieß es da. – Die Legende hatte keine Überschrift.

»Was für sonderbares Leben wir leben!

Vom Anochi Jóték, das ist ›der Wohltätige‹, wird uns berichtet, es sei den von ihm zu einem Fest geladenen Gästen tatsächlich gelungen, die Geschichte ihrer Gemeinde in der von den Schriften geforderten Weise aufzuzeichnen, indem sie die Namen der Gemeindemitglieder zur gemeinsamen Ordnung aneinanderreihten, ohne auch nur einen einzigen Namen zu vergessen.

Dieser Vorfall kennt in der Geschichte unseres Volkes kein Beispiel. Um so fürchterlicher muß es demgemäß für die Biereschek von Celldömölk, besagter Gemeinde, gewesen sein, und um so fürchterlicher ist es für uns, ihre Direktträger, daß jener Bericht im nämlichen Augenblick vom Erdboden verschwand, da er aufgeschrieben worden.

– Er erlosch vor den Augen Ahuras, sagt man. Wehe! Denn auch diese Gemeinde, ein vormals blühender Ort, verelendet in zunehmendem Maße, wie berichtet wird. –

Ein Jahr verging nach dieser denkwürdigen Begebenheit, erzählt man, da hätten sich die Gäste von ehedem (welche sich vom Tage des Unheils an gänzlich dem Müßiggange verschrieben, denn weder bestellten sie ihre Felder, noch auch ließen sie das Vieh decken) durch eine geheimnisvolle Fügung des Schicksals, welches nicht ist, vollzählig zur nämlichen Stunde im Hause Jóteks, des Wohltäters, eingefunden – dieses Mal, wie uns überliefert ist, um den Gastgeber einzeln über das Scheitern all ihrer Anstrengungen zu unterrichten. Allesamt hatten sich nämlich in diesem Jahre in den Pflichten und Aufgaben, wie sie sich von Anochis auferlegt werden, geübt.

Das Zusammentreffen sei ohne vorherige Absprache erfolgt. – Bevor es aber noch zur Erstattung der Berichte gekommen sei, habe man sich, in Anbetracht der seltsamen Wiederholung der Umstände, die man für einen Fingerzeig nahm, erneut an die Lösung der Aufgabe gemacht, alle frohgemut und in der Gewißheit des bevorstehenden Gelingens. – In der Tat sei auch dieses Mal die Ordnung der Namen wieder geglückt. Zum Fluche der Versammelten und zu unser aller Fluch allerdings bloß zur Hälfte, denn zur Niederschrift sei es wegen einer unerklärlichen, plötzlich über alle hereinbrechenden Dunkelheit der Sinne nicht mehr gekommen.

– Ahuras Ohren haben sich den Biereschek verschlossen, als er ihre Botschaft empfing. –

Ein Jahr danach habe sich das gleiche zum letzten Male wiederholt: Dieselben Gäste, das gleiche Fest. – Das Unterfangen sei allerdings von vornherein unter dem Unstern der zu erwartenden Enttäuschung gestanden. Die Männer seien zerfahren und geplagt von der Vorahnung nunmehrigen endgültigen Scheiterns gewesen, die Stimmung auf das äußerste gedrückt.

Einige der Anwesenden hätten, wie sie später versicherten, schluchzend vor allzu starker Gefühlsbewegung, die nahtlos sich einfügenden Namen trotz heftigster Anstrengungen nicht um alles in der Welt herauszubringen vermocht. – Ihr ohrenbetäubendes Gestammel habe sich in der Nähe wie mißgünstiges Rascheln unter Blättern angehört und sei noch in beträchtlicher Entfernung als Splittern von Glas, besser: als Bersten einer Eisdecke auf einem riesigen See vernehmbar gewesen.

– Ahuras Hand hat den Spiegel zerschlagen. –

Wir sind die Quelle, aus der ihr euch schöpft, aus der ihr geschöpft seid«, schloß der Bericht. »Unser Unglück gebietet euch, neu den Faden zu nehmen, aufs neue den Knoten zu schürzen. – Ihr seid die Köder – wir sind die Schnur. Wehe!«

Vom Rücken der Handlung

»Was für Worte sind das!« rief Lumiere aus, der mir beim Lesen wie ein Erwachsener, der ein Kind beim Essen beaufsichtigt, mit eigentümlichen Mundbewegungen gefolgt war. – »Was für ein Klang«, rief er wieder, »wenn man dieses Dokument mit Zerdahels Machwerk vergleicht – Celldömölk!« sagte er. »So hieß früher eine Stadt im Süden, die eine Zeitlang völlig verlassen war – wie Ilmücz. ›Die Gemeinde verelendet in zunehmendem Maße‹ – dieser Satz läßt Rückschlüsse auf die Entstehungszeit des Textes zu. Seine Aufzeichnung wurde für die ersten beiden Jahrzehnte des vorletzten Jahrhunderts festgelegt. – Aber wichtiger als der Zeitpunkt seiner Entstehung ist die doppelte Täuschung, der fast alle bei seiner Lektüre unterliegen. – Jeder, der sich mit unseren Schriften auch nur oberflächlich vertraut gemacht hat, wird in ihm ein Dokument der Erlösung sehen, und tatsächlich weisen drei, scheinbar unwiderlegliche Indizien in diese Richtung.

Gehen wir sie der Reihe nach durch:

›Nimm alles wörtlich‹, heißt Gikatillas Kommentar zur Vulgata, ›und fahr in den Himmel!‹ Der Grundton dieser Aufforderung ist ironisch, denn es liegt in unserer Natur, daß wir nichts wörtlich nehmen können, daß wir alles auslegen müssen. Es ist ein Fluch, denn jede Auslegung des Wortes ist gleichbedeutend mit einem Abweichen vom Wort und damit Lüge, und es gibt eine Auffassung, wonach alle unsere Schriften bloß Auslegungen einer einzigen Quelle seien, über die wir allerdings nicht verfügen. – ›Die Herren sind fort‹, sagt man bei uns, ›die Knechte erklären.‹ Sagt das nicht alles?« rief Lumiere wieder. »Heißt das nicht, daß sich die Wahrheit unserem Zugriff entwindet und daß sie, je länger wir sie betrachten, desto unerreichbarer wird, unerreichbar wie ein Höhenzug? – Und was?« fragte Lumiere, »sollte man im Versuch einer Gemeinde, die Namen ihrer Mitglieder (die obendrein immer den Schriften entnommen sind) zu einer einzigen Geschichte zu fügen, anderes sehen als den frevelhaften Versuch der Deutung der Schriften und der Hinzufügung einer neuen Schrift.«

»Der Bericht ›erlosch vor den Augen Ahuras‹, heißt es in der Legende. ›Er hat den Brand mit dem Feuer gelöscht‹, sagen wir dazu, oder: ›Er hat mit schwarzem Feuer auf weißem Feuer geschrieben.‹ – Das gleiche, nur vielleicht noch deutlicher, meint die zweite Aussage. ›Und es wird kein Geräusch sein auf der Erde‹, lautet einer der letzten Sätze der Verheißung, und dieser Zustand wird angedeutet, wenn es hier heißt, Ahuras Ohren hätten sich den Biereschek verschlossen. – Und die dritte, die Erlösung zugleich am eindeutigsten versprechende wie vernichtende Aussage heißt: ›Ahuras Hand hat den Spiegel zerschlagen!‹ – Wer würde an dieser Stelle nicht sofort an unsere Gründersage denken? ›Er hat den Spiegel zerschlagen‹ bedeutet, daß Ahura selbst getan hat, was unsere Gründerväter taten, und daß er damit ihnen die Schuld ihrer Tat abgenommen hat. Etwas ist hier zum zweitenmal geschehen, etwas wurde hier wiederholt – und wir alle wissen, das kann nur ER.«

»›Dann ist diese Aussage also doch eindeutig!‹ werden Sie nun sagen. Dann gibt es also Erlösung? – Richtig. Die Aussage ist eindeutig – und zwar in zweierlei Hinsicht. Denn in allen authentischen Aufzeichnungen unseres Volkes werden sie selbst, diese Aufzeichnungen, mit Spiegeln verglichen. Und liest man den Text so, dann bedeutet das, daß Ahura, als er den Spiegel zerschlug, die Schriften zerschlug, und mit den Schriften alle Tröstungen und Verheißungen der Schriften. Damit allerdings wäre das Gegenteil des oben Gesagten ausgedrückt, und nie könnten wir erlöst werden. – ›Es ist zu zweit eines‹, heißt es bei Gikatilla, ›pilpul – leicht und schwer!‹« – Der Göd war mit seinen Erläuterungen zufrieden und nahm die beiden Blätter, die er mir zu lesen gegeben hatte, wieder an sich. Dann fuhr er fort:

»›Er schneidet Gesichter‹, heißt es in einem von Gikatillas Kommentaren von dem, der die Schriften zu deuten versucht. – *›Sind Worte Schatten / werden Schatten Spiegel‹,* lautet der zweite Teil eines unserer Kinderreime, und er enthält eine Warnung, auf die man beim Lesen nie vergessen soll, denn wer falsch liest, sieht nur sich selbst. – Denken Sie zum Beispiel an den Schluß der Celldömölker Legende«, sagte Lumiere und schlug mit dem Handrücken auf das Papier, das auf seinen Knien lag.

»Hier steht: ›Ihr seid die Köder, wir sind die Schnur!‹ – Scheinbar birgt diese Stelle keinerlei Probleme, aber – Achtung!« rief er und klatschte dabei in die Hände, so als wollte er einen Zauber brechen. »Es ist eine Falle! – Der Ausdruck ›Köder‹ wird bei uns häufig stellvertretend für die Mitgift verwendet, die der Sohn bekommt, und ›Schnur‹ ist eine uralte Bezeichnung für die Schwiegertochter. – Und liest man den Satz in dieser Richtung, so schwingt seine Bedeutung zurück in ihr Gegenteil. – ›Nimm alles wörtlich, und fahr in den Himmel!‹ – Was für ein gescheiter Satz! – Wörtlich läßt sich nur nehmen, was eindeutig ist, und davon findet sich in unseren Schriften nichts. Liest man in ihnen, so hat man zwar oft das Gefühl, man könnte den Worten eine Schlinge um den Hals legen – so genau scheinen sie, versucht man es dann aber, bekommt man selbst keine Luft mehr. Denn wörtlich zu nehmen setzt doch voraus, daß man verstanden hat. Bemüht man sich aber darum, und legt man die Hände auf den Tisch der Erkenntnis, so fängt dieser wie verrückt zu tanzen an. – Nur der allererste, flüchtige Eindruck, dieses kurze, kaum hörbare Schmatzen und Nachseufzen, das man vernimmt, wenn man eines unserer Bücher ausgelesen hat und wieder zuschlägt, gibt wahrhaft Aufschluß darüber, was es gemeint hat. Alles andere ist Täuschung. – Aber lesen Sie zum Vergleich doch die zweite Legende. Auf sie stützt sich die Theorie Ingas, die ich Ihnen früher darzulegen versucht habe«, sagte Lumiere und wies auf das dritte Blatt, das ich noch in der Hand hielt.

Bleibt beim alten

»In einem Dorfe, nicht weit von hier«, begann der dritte Bericht, »lebt ein Mann, dessen einziges Verlangen darauf ausgerichtet zu sein scheint, so stark zu werden, daß er der Welt in allem standzuhalten vermöchte. – Zu diesem Ende bedient er sich des folgenden, denkwürdigen Mittels: Entdeckt er einen Gegenstand, an dem er eine feindselige Einstellung auszunehmen vermeint, so stellt er sich breit vor ihm auf und wartet unbeirrbar so lange zu, bis er sich von ihm angenommen glaubt. Erst wenn er dieses erreicht hat, ist er zufrieden. Und wenn es auch oft Tage und nicht selten eine Woche und länger dauert (während welcher Zeit der Mann weder Speisen noch Trank zu sich nimmt, sich vernachlässigt und auch an keinen Menschen sein Wort richtet oder dessen Worte anhört), so wartet er doch, bis ihm sein Widerpart ein unmißverständliches Zeichen der Versöhnungsbereitschaft gegeben.

Es sei dem Mann auf solche Weise gelungen«, hieß es weiter, »Gewalt über Menschen und Tiere, Festes und Flüssiges zu erringen. – Gegenstände seiner nächsten Umgebung würden sich häufig ohne erkennbare Ursache von dem ihnen zugewiesenen Platze bewegen; schnippe er mit den Fingern, so erzeuge er damit heftigen Funkenflug; Holz könne er zum Singen bringen. – Man habe ihn einmal dabei überrascht, als er mit etlichen Werkzeugen in einem Schuppen ausführlich sich unterhalten habe, und wie ihm diese, abwechselnd sich hebend und gegeneinanderschlagend, in wohlklingender Tonfolge redselig Antwort gegeben.

Der Mann selbst steht in dem Rufe, wechselblütig zu sein.

Er würde beim Betreten einer Stube freundlich alle Gegenstände begrüßen, Menschen hingegen stehe er scheinbar gleichgültig, ihrem Schicksale unverständig gegenüber. Oft erkenne er selbst älteste Bekannte und ehemalige Freunde nicht. – Man sagt ihm nach, daß er zwar in jeder Weise hilfsbereit und zuvorkommend sei, wenn auch nicht auf eine menschlich zu nennende Weise, denn er fasse Hilfeleistungen nicht als Dienste an in Not befindlichen Mitgliedern seiner Gemeinde auf, sondern verstehe deren Notlage vielmehr als einen gegen ihn gerichteten Anschlag, dem es um jeden Preis umsichtig zu begegnen gelte. – Gerade auf derlei Art, dadurch daß er sich dazu zwinge, selbst dem größten Schrecken ohne Rührung ins Auge zu blicken und seinen Blick niemals abzuwenden, gelinge es ihm, diesen (den Schrecken selbst) gleichsam zu lähmen. – Für seinen Beistand erhalte er von niemandem Dank, scheine Dank oder Belohnung allerdings auch gar nicht zu erwarten.

Es ist die Ansicht geäußert worden, daß dieser Mann ein falscher Erleuchteter sei. Dies ist ohne Zweifel nicht gerecht. Weder prahle Hogy – das ist der Name des Mannes, der bedeutet ›je – nachdem‹, ›daß‹ und ›wie, auf welche Art?‹ – mit seinen Künsten, noch auch habe man an ihm welche Zeichen stillen Hochmuts auch immer feststellen können. Durch sie aber verrät sich der falsche Erleuchtete stets. – Überhaupt ist derlei Urteilen mit angemessener Vorsicht zu begegnen.

Durch verschiedene Umstände bestärkt, erhält gleichwohl eine andere Meinung Nahrung – diejenige nämlich, daß seinem segensreichen Wirken am einen Orte unerklärliches Unheil an anderem Rechnung trage. So ist zu berichten: Im vergangenen Jahr starb just in jenem Augenblick, da Hogy in Kertes einer an einem Fruchtspeicher entstandenen Feuersbrunst durch bloßes Händereiben Einhalt geboten, auf einen Schlag sämtliches, auf der hiesigen Dorfweide gepferchtes Vieh, macht zwölf Kühe, dreißig Schweine. – Ein andermal hob ein plötzlich aufkommender Drehsturm ungewöhnlicher Heftigkeit in Hetföhely, welches bedeutet ›Montagmarkt‹ und bei uns ›Bildein‹ genannt wird, etlicher Häuser Dächer ab, als er durch Besprechen eine verborgene Quelle aus dem Erdreich gelockt, und ezenkivül (noch dazu) an einem Orte, an dem seit Menschengedenken kein Wasser mehr zu ziehen gewesen.«

Vom Rücken der Handlung

Ich gab Lumiere nun auch den dritten Zettel zurück, und er steckte ihn zusammen mit den anderen in seine Brusttasche. »Wüßten wir sämtliche Bewegungen sämtlicher Teilchen eines einzigen Augenblicks unserer Geschichte, dann wären alle zukünftigen Entwicklungen, alle vergangenen Zustände erschließbar. Denn alle Teilchen verändern sich, wenn auch nur ein einziges verändert wird. – ›Jede Handlung hat ihren Rücken‹, sagt Inga. Es ist die ausgleichende Ungerechtigkeit, die Oslip-Schaukel«, erklärte der Göd.

Ich zuckte zusammen.

»Was ist mit Ihnen?« fragte er. – »Die Bezeichnung ist uralt. ›Összelep‹ ist ungarisch, es heißt, zwei Dinge gleichzeitig miteinander verbinden. ›Fallend‹, sagen wir, ›wirst du aufwärtsgetragen.‹ In demselben Augenblick, in dem dir das Glück in den Ohren rauscht und die Welt unter dir *wie ein Kirchhof mit seinen Kreu-*

zen versinkt, schlägt das andere Ende der Schaukel auf dem Erdboden auf, und ich, der ich dich so hoch in die Lüfte trage, reiße mir meinen Fuß ab.«

»Was?« rief ich atemlos, weil ich wußte, daß er jetzt log, »Sie waren das?«

»Aber nein«, sagte Lumiere ärgerlich, »Oslip natürlich! – Aber lassen Sie mich jetzt ausreden. – ›Jede Ohrfeige, die du bekommst‹, sagen wir Monotomoi, ›entzieht der Welt die Kraft für eine Wohltat. – Du bist schuld!‹ – Oder, um es mit Inga auszudrücken: ›Dich‹, sagt er, ›trifft die Ohrfeige, die mir gegolten hat. Was hast du mir getan?‹«

»Wir nennen es auch ›Drittabschlagen‹«, fügte der Göd lachend hinzu.

Viertes Kapitel

DIE ÜBERBRÜCKUNGSHILFE

DAS ALLES IST FREILICH NICHT GANZ LEICHT ZU VERstehen«, fuhr Lumiere, wieder ernst, fort und zündete sich eine weitere Zigarette an. »Und ich kann mir gut vorstellen, daß Sie sich jetzt fragen werden, was denn das nun eigentlich mit Ihnen zu tun hat. – Passen Sie auf!« sagte er und fing wieder an, auf und ab zu gehen.

»Die Sache ist die: Sie sind der Tote*.« Er machte eine Pause. »Die Schriften warnen uns vor dem Toten. – ›Er singt mit falscher Stimme‹, heißt es einmal, ›er ißt mit der falschen Hand.‹ – Gerade Eltern, krummes Kind. Der Rücken der Handlung – verstehen Sie? Können Sie Handlinien lesen? – Die rechte Hand zeigt, was man will, die linke das, was man hat. Sie haben die Linke vor uns versteckt, sie haben uns die Lügenhand hingehalten!« sagte er und zeigte mit dem Finger auf mich.

»Ihr Onkel ist gestorben«, fuhr er fort. »Sie hat man uns an seiner Stelle geschickt. Gut. Damit müssen wir fertig werden. Aber gerade deshalb müssen wir wissen, wer Sie sind. – Wer sind Sie? Woher kommen Sie? Was haben Sie vor? Das sind die Fragen. – Was glauben Sie, was der Jude am ersten Abend getan hat, ohne daß Sie es merkten? Er hat aus Ihrem Weinglas getrunken. Wenn man nach jemandem aus dessen Weinglas trinkt, so heißt es bei uns, dann weiß man, was er gerade gedacht hat. – Aber Ihr Glas war leer. Pech.« Er blieb am Ende des Ballsaals stehen. »Also haben

* So nennen die Bieresch das Patenkind.

wir abgewartet«, sagte er, das Gesicht zur Mauer. »Und was haben wir dabei in fünf langen Wochen gelernt?« fragte er und drehte sich abrupt um. »Nichts. Ihre Zuckerseite haben Sie uns gezeigt. Danke – Jetzt wollen wir uns einmal Ihren Hintern anschauen. – ›Die Sau auf die andere Seite drehen‹, nennen wir das.«

Er sah mich ernst an.

»Die Überbrückungshilfe also«, sagte er schließlich ohne Übergang. – »Sie haben gerufen, wir sind da. Womit können wir dienen?«

Ich gab keine Antwort, und um den Göd nicht sehen zu müssen, schloß ich die Augen.

»Ich habe Ihnen vorhin zu erklären versucht«, fuhr Lumiere geduldig fort: »Es handelt sich dabei um eine Art Nothilfeorganisation für junge Menschen, die scheinbar ohne eigenes Verschulden in Bedrängnis geraten sind. – Ich sage ›scheinbar‹«, unterbrach er sich, »denn die Schuld steht außer Zweifel. – Trotzdem aber ist es die unabdingbare Voraussetzung für Unterstützungen jedweder Art, daß sich der Unterstützte der Hilfeleistung als würdig erweist. Das bedeutet, daß er selbst ernsthaft bemüht sein muß, sich aus seiner Notlage zu befreien. Dazugehören ist nicht genug!« rief er mit Eifer. »Da gehört mehr dazu. – Dazu gehören Gruppengeist, Gemeinschaftssinn, Kooperationsfreudigkeit! Darauf kommt's an! – Daß der Tote dankbar die Hand ergreift, die ihm hingehalten wird, und daß er damit zu erkennen gibt, daß er sich auch, wenn nötig, selbst helfen wird – das ist es!«

»Ich will keine Hilfe«, sagte ich jetzt, die Augen weiterhin geschlossen.

»Doch«, erwiderte der Göd, »Sie wollen Hilfe.« – Und so als spräche er nicht zu mir, sondern durch mich an die Gesamtheit aller Menschen, fügte er hinzu: »Sie wollen Hilfe unbedingt.«

»So viel Fieber ist in dir«, fuhr er leise fort und beugte sich nahe zu mir herunter. »Dein Leben lang will es aus dir heraus, und dein Leben lang hast du dich darum betrogen. – Greif einmal deinen Kopf an!« sagte er. »Spürst du die Hitze? – Dein Klima ist nicht gesund. Um ein Haar wärst du gestorben!«

Ich sah Lumiere an, der jetzt selbst wie im Fieber redete, und schüttelte den Kopf.

»Du singst mit falscher Stimme!« wiederholte er nachdenklich. – »Was ist es denn so Wichtiges, daß du es so dringend vor uns verstecken mußt? – Was hast du denn da in deinem Rücken, he?« fragte er jetzt drohend. »Einen Regenschirm? Eine Scheibtruhe? – Wir werden schon noch draufkommen!« Er sah mich prüfend an.

»Ihr Städter«, sagte er dann verächtlich, »ihr seid ja solche Lügenkünstler! Jedes unschuldige Wort eine Lüge, das ist euer Lebensprinzip. – Immer nehmt ihr die Abkürzungen, und wenn ihr dann nicht ankommt, regt ihr euch auf. – Aber das geht bei uns nicht! Bei uns muß jeder zuerst einmal gehen lernen, bevor er frei herumtanzen darf.«

Lumiere nahm sich wieder zusammen und sagte ruhig: »Wollen Sie nun unsere Hilfe oder wollen Sie nicht?«

Ich gab keine Antwort.

»Also wollen Sie nicht?« fragte er. »Also werden wir es anders anfangen?«

»Machen Sie, wie Sie glauben«, gab ich zurück.

»Bin schon dabei!« rief er, beinahe fröhlich. – »Lina!«

Ich fuhr zusammen. Er hatte meine Tante gerufen. – Was wollte er denn von ihr?

Die Tante kam herein und blieb verschreckt, die Handflächen hinter sich an die Türfüllung gelegt, vor der Zimmertüre stehen. Zum ersten Mal nahm ich wahr, wie sehr sie sich in den letzten Wochen verändert hatte. Nichts von ihrer früheren Selbstsicherheit war übrig geblieben. Zu beiden Seiten hingen ihr unordentlich die Haarsträhnen ins Gesicht – das Gesicht einer Trinkerin.

»Ja?« sagte sie fragend, wobei ihre Hände im Rükken unruhig hin und her fuhren.

»Wir sind jetzt soweit«, sagte Lumiere. Er schien zufrieden. – Eine Erinnerung regte sich in mir. Hatte er diesen Satz heute schon einmal gesagt? Nein. Dennoch war ich sicher, ihn schon einmal von ihm gehört zu haben. Wann war das gewesen? Bei welcher Gelegenheit? – Ich dachte nach, aber Lumiere unterbrach mich, indem er sich in scharfem Befehlston an die Tante wandte.

»Sing jetzt«, kommandierte er.

»Ja, Göd«, sagte sie ängstlich. – Und dann fing sie, indem sie ihre Hände schwach an die Hüften legte und sich dabei ungeschickt, wie in ihr Schicksal ergeben, hin und her wiegte, mit ihrer näselnden Stimme zu singen an. Sie legte ihren Kopf zur Seite und quetschte zögernd ihr kleines Lied heraus:

»›Er wird einen Weg für uns finden!‹
sagen zum Tauben die Blinden«,

sang sie.

»Und von wem sprechen die Blinden?«

unterbrach der Göd im Wechselgesang.

»Vom Lahmen! –«

»Amen«, schloß Lumiere feierlich.

Die Tante weinte. – Es war eine abstoßende Komödie.

»Was Sie soeben gehört haben, war der einundfünfzigste Calypso. – Eigentlich ist diese Bezeichnung falsch. Es müßte ›Klippoth‹ heißen!« Das wußte ich schon von Zerdahel.

»Was wird in diesem Lied nun aber ausgesagt?« fragte der Göd. »Was bedeuten die beiden ersten Zeilen des Wechselgesangs? – Sie werden sofort verstehen.«

»Es gibt bei uns eine Weissagung aus dem späten vierzehnten Jahrhundert«, leitete Lumiere seine Ausführungen ein. »Sie kennen sie als die Legende des Anochi Yglemech, die von der Auflösung einer Gemeinde von Biereschek unmittelbar nach dem überraschenden Auftauchen eines Fremden erzählt. In einem Zusatz zu der Ihnen bereits bekannten Version heißt es gegen Ende: ›So hat sich ihnen‹ (gemeint sind die Ilmüczer«, warf er ein, »die den Fremden den Hund vor das Dorf tragen ließen.) – ›So hat sich ihnen die Erde nach ihrer wahren Gestalt offenbart: als Feuer! und das Wasser nach seinem wahren Wesen: als Blut!‹ – Diese Sätze geben Antwort. Und welche?« fragte er.

Ihnen zufolge, führte der Göd aus, hätten die Ilmüczer in das Wesen der Dinge geschaut, ein Ereignis, das laut Überlieferung nur dann eintreten könne, wenn eine Gemeinde unmittelbar vor ihrer Auflösung stehe, und diese habe ja, fuhr Lumiere fort, tatsächlich stattgefunden. Die Bewohner des Dorfes, hieß es in jenem Bericht, hätten dieses auf Anraten eines Anochi verlassen.

Darüber hinaus sei in einem frühen, im vorigen Jahrhundert verlorengegangenen Text ausführlich dargestellt worden, was dem Auszug der Biereschek von Ilmücz vorausgegangen sei: In einer noch nie zuvor beobachteten und beschriebenen Luftspiegelung sei am Himmel des Südens das Auge Ahuras in seiner schrecklichen Pracht für einen Augenblick sichtbar geworden, als Spiegel, der die Farben der vier Elemente gleichzeitig gespielt habe. Die Kuppel des Himmels sei an dieser Stelle mit einem für niemand hörbaren, gleichwohl aber alles zu Boden werfenden Knall geborsten, um sich danach sofort wieder zu schließen. Dieses Sich-Schließen sei für alle Zeugen deutlich vernehmbar gewesen, und zwar als ein Geräusch, das vielleicht am besten mit dem raschen Zuziehen eines Reißverschlusses verglichen werden könne. – »›Gott hat sich die Hose zugemacht‹, sagen wir manchmal im

Scherz«, rief der Göd. – Feuriger Regen, der sich auf der Erde augenblicklich in Sand verwandelt habe, welcher in alle Winde zerstreut worden sei, sei vom Himmel gefallen, und das wieder verwachsende Loch sei noch eine Zeitlang als Monyorokérék, das ist ›kreisrundes Haselgebüsch‹, als Narbe also, am Himmel erkennbar gewesen.

Was man auch immer von diesem Bericht halten möge, der an manchen Stellen mit seinen Ungereimtheiten den Leser in der Tat verwirre – eines, fuhr Lumiere fort, sei nicht zu leugnen, und zwar, daß die Ankunft des Fremden im Dorf von damals an unmittelbar mit der Erlösung der Biereschek in Verbindung gebracht worden sei. Vor allem in der ersten Zeit nach der Entstehung dieses Textes habe dieser Umstand Anlaß zu den unsinnigsten und unseligsten Spekulationen gegeben. – »Erlösung überhaupt wurde für möglich gehalten!« rief der Göd aus. »Denken Sie an die Handschrift von Celldömölk!«

Es sei kein Wunder, daß diese Handschrift durch die Ilmüczer Ereignisse in Stil und Aussage mitgeprägt worden sei, und es sei durchaus glaubwürdig, wenn behauptet wird, daß damals im gesamten Gebiet östlich und südlich des Sees ähnliche Begebenheiten registriert worden seien – in Schriftwerken allerdings, die bald nach ihrer Entstehung wieder in Vergessenheit geraten sein mußten, bis sie noch einmal in der Celldömölker Version ihren Niederschlag fanden. Das Verschwinden der Bindeglieder überrasche freilich niemanden, da sich nur authentische Berichte über längere Zeitspannen hielten.

»Eines jedenfalls hat dieser Bericht erreicht«, sagte Lumiere. »Ein unseliger Streit zwischen Minim und Malchim entbrannte. Wir, von denen man sagt, wir seien ein glückliches Volk gewesen – ›die Ölpresser vom Samstag‹ hat man uns früher genannt – vernichteten alle Erlösungsmöglichkeiten in den nachfolgenden Erlösungskriegen. – Erlösung ist etwas«, rief der Göd aus, »wonach man immer erst dann ruft, wenn man sie gerade verspielt hat. – Glückliche Völker haben keine Geschichte, sagt man, und diesen Zustand wiederherzustellen, haben wir Monotomoi uns vorgenommen.« Der Göd redete wie bei einer Wählerversammlung.

»*Wir* glauben an die Einzigartigkeit jedes einzelnen Bieresch und an die Unwiederholbarkeit der Verbindung seiner Eigenschaften, und gerade deshalb wissen wir auch, daß wir von ihm nichts zu erwarten haben. Sein Beitrag zur Geschichte ist, zu verhindern, daß sich etwas wiederholt. Und das ist auch der Grund, weshalb es niemals zur Versöhnung zwischen uns und den Histrionen kommen kann – Zerdahel an der Spitze!« Lumiere blieb stehen und zeigte mit dem Finger auf mich.

Wie er redete, erinnerte er mich immer stärker an Inga, den er sich offenbar als Vorbild gewählt hatte. Und von ihm hatte er auch all seine Gesten. Aber wie ein unbegabter, wenn auch fleißiger Schüler, der zu seinem Lehrer aufschaut und ihn vergöttert, schien er bloß alles auswendig gelernt zu haben, was Inga ihm vorgekaut hatte, ohne den Inhalt des Vorgetragenen begriffen zu haben.

»Die Histrionen wollen uns weismachen«, rief er jetzt, »daß Erlösung durch einen einzelnen möglich sei – entgegen den Schriften! Dabei läßt keine einzige Stelle in unseren Aufzeichnungen irgendwelche Zweifel daran zu, daß die große Ordnung nur durch *das gemeinsame Beißen aller Zähne aller Hunde,* wie es heißt, durch nichts also als die gemeinsame Anstrengung aller wiederhergestellt werden kann. – Und obwohl das alle wissen, sind es immer gerade die Besten unter uns, die das Leben von Anochis dem Glück der Gemeinschaft vorziehen. Das Verlangen nach Lösung und Erlösung ist in jedem so übermächtig stark, daß wir nur noch den Wunsch haben, einen Fremden einen Hund vor das Dorf tragen zu sehen, anstatt, unbeirrt von der Geschichte Yglemechs, gemeinsam mit unseren Brüdern und Schwestern an der gemeinsamen Geschichte unseres Volkes weiterzuarbeiten. – Ist denn auch nur einer von uns gegen den Fremden und seine Versprechungen gefeit? – Der Fremde! – Wann kommt er? Wie wird er sein? Was wird er tun. – *›Die alten, alten Geschichten‹,* heißt es von diesen Hoffnungen einmal, *›alle Bücher sind voll davon, in allen Schulen malen es die Lehrer an die Tafel, die Mutter träumt davon, während das Kind an der Brust trinkt. Es ist das Geflüster in den Umarmungen, die Soldaten singen es beim Marsch, die Händler sagen es den Käufern, die Käufer den Händlern.‹* – Der Fremde! – Blind sind die Biereschek von diesen Verheißungen!« Der Göd schob den Stuhl wieder an mein Bett heran und setzte sich darauf.

»Der Fremde«, sagte er wieder. – »An ihn zu glauben, macht blind, und Blindheit steckt an. – Das Lied, das Ihre Frau Tante vorhin gesungen hat, erinnern Sie sich?«

Ich nickte. Ich wollte nichts mehr hören, aber jetzt war er offenbar überhaupt erst dort, wo er hingewollt hatte.

»Die Biereschek – das sind die Blinden«, sagte er. »Blind sind sie von diesen Hoffnungen. – Ich bin der Taube. Taub gegen alle Versprechungen. Und von *wem* erwarten die Blinden nun, daß er sie führe, Lina?«

Die Tante gab keine Antwort. Sie schlug die Hände vor ihr Gesicht und schluchzte wieder. – Ich wußte, was er meinte.

»Vom Lahmen«, triumphierte Lumiere. Und als wäre es notwendig, dieses Spiel ganz bis zu seinem Ende durchzuspielen. fragte er noch: »Und wer ist nun der Lahme? Wen meint das Lied? – Was glauben Sie?«

Ich sagte nichts.

»Sie!« rief Lumiere feierlich. – »Sie sind der Fremde, der Lahme. ›Leichtfüßig sind seine Reden‹, heißt es in den Schriften von ihm, ›laßt sie laufen. – Er hat kein Gewicht. – Hebt ihn auf! Fällt er, zerbricht er.‹« Der Göd sah mich gespannt an.

»Du bist allein«, sagte er dann.

»Ich will nach Hause!« rief ich.

Er rührte sich nicht. – »Du bist allein«, wiederholte er, »und glaub' mir«, fügte er nach einer kurzen Pause hinzu, »die Zeit, in der du wegen jeder Kleinigkeit nach Hause, zur Rockfalte des Onkels laufen konntest, nur weil du dir, zum Beispiel, den Daumen gequetscht hast – diese Zeit ist endgültig vorbei!« Seine Worte klangen überlaut.

»Ich will nach Hause!« sagte ich noch einmal. – Was hatte der Göd mit dem Daumen gemeint?

Wieder war es mir, als hätte ich das schon einmal gehört, als hätte er mit seinen Worten ein Fenster in mir aufgestoßen, durch das nun kalte Nachtluft herein in mein Zimmer strömte. – Und dann erinnerte ich mich plötzlich wieder:

An einem Abend, während meines ersten Aufenthaltes hier, hatte ich mit Oslip und ein paar Kindern, die jünger waren als ich, hinter der Tischlerwerkstatt des Vaters meiner damaligen Freundin am Bach gespielt. – Plötzlich hatte mir Oslip zugerufen, ich solle zu ihm kommen. Er war, den Kopf über einen Mistkübel gebeugt, dagestanden und hatte hineingeschaut, so als gäbe es da etwas Besonderes. Den Deckel hatte er mit der rechten Hand festgehalten, die Linke hatte im Mist gewühlt. – »Setz' dich einmal da drauf!« hatte er, noch mit dem Inhalt des Kübels beschäftigt, zu mir gesagt, und stolz darüber, daß er gerade mich ausgewählt hatte, wo er doch der von uns allen anerkannte Anführer war und ich ganz neu hier im Ort, hatte ich zurückgefragt, was denn los wäre. – »Ich weiß nicht, es ist so komisch!« hatte Oslip geantwortet und mich noch einmal aufgefordert, mich auf den Kübel zu setzen. Ich hatte das dann auch getan, aber nichts war geschehen. – »Wart' einmal, so mußt du's machen!« hatte Oslip gesagt und hatte sich mit dem Rücken zum Kübel gestellt. Die Handflächen hatte er oben auf den

Deckel gelegt und sich mit einem Schwung auf ihn gesetzt. – Seufzend hatte der Deckel unter seinem Gewicht nachgegeben, aber mehr war nicht passiert.

»Hast du's gehört?« hatte Oslip gefragt, und ich hatte verneint. – »Das gibt es doch nicht! Probier du's noch einmal, und paß' genau auf!« – Ich hatte es wieder versucht, und, ungeschickt wie ich war, hatte ich die Daumen nicht rechtzeitig unter dem Deckel herausgezogen und mich mit Wucht auf sie gesetzt. – Im Nu waren unter der Haut zwei dicke Blutblasen entstanden, die mir so weh taten, daß ich vor Schmerz laut aufschrie.

»Hörst du's jetzt? – Mir kommt vor, ich hör's!« hatte Oslip, der alles genau vorausgeplant hatte, lachend gespottet, und in einem Kanon der Schadenfreude hatten die anderen Kinder, die im Kreis um uns standen, in sein Lachen eingestimmt. – Aus Scham und Zorn hatte ich einem der jüngsten von ihnen, einem schmächtigen, kleinen Bub mit dicken Brillen, der nichts von allem begriffen, aber deswegen nur um so herzlicher mitgelacht hatte, eine kräftige Ohrfeige gegeben. Heulend war er davongelaufen, und Oslip hatte sich breitbeinig vor mir aufgestellt. – »Du rührst mir den . . . nicht noch einmal an!« hatte er geschrien, und im Takt zu seinen Worten hatte er mit beiden Fäusten auf mich eingeschlagen. Und wie um das Vergnügen an dieser Quälerei noch zu verlängern, hatte er immer wieder den Namen des Buben gesagt und mich dazu weitergeschlagen. Erst als ich heftig aus der Nase zu bluten begann, hatte er wieder aufgehört. »Er ist jetzt soweit!« hatte Oslip dann gesagt und war mit den anderen Kindern davongelaufen. – Ich versuchte mich an den Namen des Buben zu erinnern. Es war ein seltsamer Name gewesen, ein Doppel- oder Tiername. – Und dann fiel auch er mir wieder ein:

»Sie sind Kukmirn!« sagte ich ungläubig zu Lumiere.

»Ganz recht«, gab der Göd ruhig zurück. »Kuk-Mirn. Kuk-Mirn. – Der Kleine mit dem Vogelgesicht.« – Er ahmte einen Kuckucksruf nach, als er seinen früheren Namen sagte.

»Machen wir endlich weiter«, sagte er ungeduldig. – »Wollen Sie nun unsere Hilfe oder wollen Sie nicht?«

»Alles wegen einer Ohrfeige?« fragte ich zurück, ohne seine Frage zu beantworten. – »An Kindergeschichten nehmt ihr hier Maß?«

Lumiere schwieg.

»Ich will Ihre Hilfe nicht!« sagte ich.

»Halbwegs!« schrie meine Tante von der Tür herüber. – Ich schrak zusammen. Sie hatte den Namen gesagt.

Die Scheibtruhe

»Laß ihn!« fuhr der Göd die Tante an. – »Er wird es schon wissen!« Lumiere stand auf.

»Geh jetzt hinaus«, befahl er der Tante.

»Nimm an, Halbwegs! Ich bitte dich. – Mach' es um meinetwillen!« rief sie mir noch zu, als sie der Göd schon am Arm packte und durch die offene Türe schob. Er schloß sie wieder und stellte sich vor sie hin, so als wollte er damit verhindern, daß die Tante doch noch zurückkam.

»Du wirst doch annehmen. Du wirst doch annehmen«, sagte er dann fest, wie zu sich selbst. Er sah mich an, aber sein kurzsichtiger Blick schien nicht bis zu mir her zu reichen.

»Du hast die Wahl zwischen Rák, kleiner Diebstahl und mir.« – Ich wollte etwas sagen, aber er ließ es nicht zu. – »Du kannst dich entscheiden. – Solltest du mich wählen – um mit dem Unwahrscheinlichsten anzufangen –, so werde ich dir bei deiner Arbeit in Ingas Laden zur Hand gehen, so gut ich kann. Ich werde dich allerdings nicht auf deinen Botengängen begleiten, da ich ein verdorbenes Bein habe und mir der Arzt anstrengende Fußmärsche verboten hat. – Entscheidest du dich für kleiner Diebstahl, so kannst du damit rechnen, daß er dir auf deinen Ausfahrten Gesellschaft leistet und dann und wann die Scheibtruhe führt. Kleiner Diebstahl hat allerdings einen Nachteil: Er trinkt viel, und nichts kannst du im Augenblick weniger brauchen, als daß dich etwas von deiner Arbeit ablenkt. Auf dich warten Berge von Post, du wirst Augen machen!« warf der Göd ein. – »Bleibt also Rák. Wir alle halten es für das klügste, du nimmst ihn. Erstens ist er von einer durch nichts zu erschütternden Geduld, zum anderen gehört ihm ja jetzt deine Scheibtruhe (wir beiden anderen müßten sie erst von ihm ausborgen, und keiner leiht gern das Taufgeschenk her), also gäbe es auch in dieser Hinsicht keinerlei Schwierigkeiten. – Aber, wie schon gesagt: Es ist ganz allein deine Entscheidung. Triff sie jetzt, aber triff sie mit Umsicht!«

– Die Scheibtruhe! – »Ich will keine Hilfe!« rief ich noch schnell. Es war mir, als ob die Fenster zerbrächen und der Boden unter meinem Bett sich ein Stück senkte. – Ich hatte das schon einmal erlebt: Es war Mittag gewesen; nichts hatte sich geregt; kaum daß man den Wind spürte, der leise durch die flüsternden Blätter strich. Da hatte jemand seinen Fuß auf die Stelle gesetzt, an der man mich später begrub. Ein Schrei war mir aus der Brust gefahren, eine Ader in mir war geplatzt, und ein zweiter Schrei war gefolgt – aber der Fuß war schon längst wieder weg. –

Ich lag wie ohnmächtig da, die Hände nach außen gedreht. Das Tier in meinem Inneren bewegte sich raschelnd. – Der Wasenmeister fiel mir ein, und De Selby: Hoben sie jetzt schon den Spaten zum ersten Stich? – Warum hatte die Tante nichts von der Scheibtruhe gesagt? – Die Scheibtruhe. Das Taufgeschenk. Ich schrie. – Ich war der Tote.

Ich drehte mich auf den Bauch und vergrub mein Gesicht im Polster, die Augen offen. Lumiere packte mein Fußgelenk und versuchte mein Bein umzudrehen. – *›Die Beine schiefgeweht‹,* fiel mir ein, *›damit ich in eine noch tiefere Grube falle.‹* – Etwas stieg in mir auf und fiel hin.

»Ich platze!« rief ich.

Lumiere trat näher und setzte sich zu mir an den Bettrand. Er packte mich jetzt an den Schultern und drehte mich auf den Rücken. – ›Die Sau auf die andere Seite drehen‹, dachte ich. – Der Göd fühlte meinen

Puls, bog meine Hände zurück, winkelte mir die starren Arme ab und streckte meine Finger, die ich wie zu Krallen verkrampft hatte.

Etwas Kaltes lief durch mich. Nur der Kopf lebte noch, und die Fersen. Ich versuchte mich zu bewegen. Tränen rannen mir über die Wangen. – ›Ein Toter hat sich gerührt‹, sagen die Schriften. – Von oben her, wie ein Arzt, der die Lippen spreizt, um durch die Zähne zu pfeifen, sah ich mich liegen.

»Ich platze«, sagte ich wieder. Dann schrie ich.

Die Tante stürzte ins Zimmer, über dem Arm ein paar Umschläge.

›Essig‹, dachte ich. Ich roch es. Zu spät.

»Hinaus!« schrie Lumiere.

»Essig«, sagte ich.

»Es ist gleich vorbei«, sagte der Göd und nahm meine Hand.

»Gleich«, wiederholte ich.

»Sei ruhig«, sagte die Tante.

»Ja«, sagte ich.

»Mußt du schon gehen?« fragte die Tante den Göd.

»Noch nicht«, sagte Lumiere leise.

»Nimmt er nicht an?«

»Ich glaube schon.«

»Nimmst du an?« fragte die Tante.

»Gleich«, sagte ich.

»Wen nimmst du?« fragte Lumiere.

»Ich nehme Rák«, sagte ich.

»Ist es jetzt besser?« fragte die Tante.

»Gleich«, wiederholte ich.

»Ich geh jetzt«, sagte der Göd und wandte sich zur Tür.

»Warum macht ihr das alles mit mir?« fragte ich.

»Sei ruhig«, sagte die Tante.

»Weißt du es wirklich nicht?« fragte Lumiere.

Ich schüttelte den Kopf.

»Sie müssen wissen, wer du bist«, sagte die Tante.

»Ich bin Halbwegs«, jammerte ich. »Ich bin Halbwegs.«

»Schlaf jetzt«, sagte die Tante.

»Gleich«, sagte ich und schlief ein.

Fünftes Kapitel

DIE ZWEITE AUSFAHRT

DEN FOLGENDEN TAG VERBRACHTE ICH NOCH IM Bett, den Tag danach schon in Ingas Laden, und zwar damit, die während der Zeit meiner Krankheit eingegangene Post zu ordnen.

Wie Lumiere prophezeit hatte, war die kleine Kammer schon fast bis obenhin voll von den vielen Postsäcken; nur die Werkbank und mein Arbeitsplatz davor waren noch frei, so daß ich mich wenigstens hier unbehindert bewegen konnte. Zwischen den Backen des Schraubstockes steckte unverändert der halbfertige Pfirsichkern – Inga hatte ihn in der Zwischenzeit offenbar nicht angerührt, und so hatte sich in den tieferen Kerben der Staub von mehr als einem Monat angesammelt. Mühsam mußte ich ein paar Säcke wegräumen, damit ich an den Haken hinlangte, an dem, frisch gewaschen, die Dienstmütze hing. Die Tante mußte sie irgendwann hierher zurückgebracht haben. – Ich wollte das angefangene Gesicht meines Onkels nicht sehen, und so faltete ich den ersten ausgeleerten Sack zusammen und legte ihn über den Schraubstock. Dann sortierte ich die Postwurfsendungen.

Inga kam am Vormittag einige Male herein, wohl um zu überprüfen, ob ich mit meiner Arbeit vorankam. Er bemerkte, daß ich seine Schnitzarbeit abgedeckt hatte, sagte aber nichts. Wahrscheinlich aus Verlegenheit redete er überhaupt kaum mit mir.

Am Nachmittag war ich dann allein. Inga hatte gleich zu Mittag das Geschäft zugesperrt und sich mit der Bemerkung, er wolle ein wenig Billard spielen, für den Rest des Tages verabschiedet. Ich war froh, daß er mich alleine ließ. Noch immer fühlte ich mich sehr schwach, und kurz nachdem er gegangen war, legte ich mich auf ein paar Säcken hin, um ein wenig zu schlafen. Rübe, die sich vor der Türe ausgestreckt hatte, weckte mich erst kurz vor fünf mit ihrem Winseln.

Spät in der Nacht – draußen war es schon längst finster – war ich dann fertig. Ich hatte die einzelnen Sendungen zu Stößen geschichtet, obenauf legte ich wieder jeweils einen von Ingas Werbeprospekten. Ein anderer Verkaufsslogan als das letzte Mal stand darauf: »Herzliche Grüße, kauft Inga's Gemüse!«

Ich sperrte die Geschäftstüre ab und machte mich mit dem Hund auf den Heimweg. Inga war noch immer nicht zurück, und so beschloß ich, den Schlüssel beim Wirt nebenan abzugeben, falls ich ihn nicht ohnehin dort antreffen würde. – Inga war da. Er drehte sich kurz um, als ich die Gaststätte betrat, und gab mir mit der Hand ein Zeichen, ich möge mich gedulden, bis er sein Spiel beendet hätte. Er war der letzte Gast im Lokal, und der Wirt, der in sich zusammengesunken, einen Arm über der hohen gepolsterten Lehne, in seinem geblümten Schlafrock in einer der Nischen saß, schien einzig darauf zu warten, daß Inga endlich ging. Er hielt die Augen geschlossen, und hätte er bei meinem Eintreten nicht den Kopf langsam zur Türe hingewandt, ich hätte geschworen, daß er tief und fest schlief.

Als Inga schließlich eine der Kugeln verfehlte, lehnte er den Queue an die Wand, klatschte, wie ich es schon beim ersten Mal gesehen hatte, in die Hände und nahm den Schlüssel, den ich ihm hinhielt, an sich.

»Schreib' die Zeche auf!« sagte er zum Wirt, der durch das Klatschen aufgeschreckt war und, als hätte man ihn bei etwas Verbotenem ertappt, rasch zwei, drei Tische abgewischt hatte. Dann holte er hinter der Bar eine Überdecke und warf diese mit Schwung über den großen Billardtisch. Einen Augenblick lang hing das Tuch, wie von den Rauchschwaden von Ingas Zigarren getragen, in der Luft, bauschte sich kurz auf und senkte sich dann auf die grüne Fläche des Tisches herunter. Inga half dem Wirt beim Zudecken, und während er die Deckenzipfel mit dem Gummizug über die Ecken des Tisches streifte, fragte er mich: »Bist du fertig geworden?«

Ich nickte.

»War für mich jemand da?« fragte er dann, während er sich aufrichtete. – Ich schüttelte den Kopf. – »Also dann, bis morgen!« rief er zum Abschied dem Wirt zu.

Wir traten gemeinsam ins Freie. Inga gab mir wortlos die Hand, die so mager war, daß man die einzelnen Sehnen spüren konnte. – »Ich muß jetzt ins Bett«, sagte er, wie entschuldigend, und holte den Bund heraus, um den Schlüssel, den ich ihm zurückgegeben hatte, zu den anderen zu stecken. Ich wünschte ihm noch eine gute Nacht, aber das hörte er schon nicht mehr. Die Tür war zu, der Schlüssel drehte sich im Schloß – es klang, als ob jemand im Schlaf leise mit seinen Zähnen knirschte.

Ich schlug die Richtung zum Dorf ein. Die Nacht war trocken und kalt, so daß sich die Haut spannte. Das Gras war hart. Es sträubte sich unter meinen Schritten und dem Tappen des Hundes, der leise, wie pfeifend, neben mir herlief. Die Häuser der Bieresch wirkten wie von einer Hand gegen die Hügel und in die Mulden gedrückt. – Dann aber stand ich schon vor dem Ballsaal, und das mächtige Gebäude ragte unerbittlich, dunkler noch als diese vom Mondlicht schwach erhellte Nacht, ohne einen Lichtschimmer in ihm und schweigend, so als wäre längst alles erledigt und als gäbe es nichts mehr zu sagen, in die Luft. – Ich ging, rasch atmend, hinein, tappte lautlos auf den Zehenspitzen durch den Gang, auf dessen Steinen Rübes Pfoten wie unregelmäßiger Regen aufschlugen.

Die Tante schlief. Die Türe zu ihrem Zimmer stand einen Spaltbreit offen. Als ich vorbeischlich, sah ich, wie sich die Frau in ihrem Bett auf die andere Seite drehte. Das Holz knarrte unter dieser langsamen Bewegung, und ich bildete mir ein, jede einzelne Feder des Betteinsatzes sich spannen und wieder zusammenziehen zu hören. Ich blieb stehen, so als erwartete ich, daß sie im Schlaf reden würde, aber alles blieb still. Leise, aber nicht leise genug, zog ich die Türe ihres Zimmers zu. Die Tante fuhr in die Höhe, sah mich entgeistert an, und so unvermittelt, als wären ihre Worte nur eine Weiterführung dessen, wovon sie gerade geträumt hatte, schrie sie mich an: »Halb drei! Daß du überhaupt noch heimkommst! – Warst du wieder im Wirtshaus?«

Sie ließ sich in den Polster zurückfallen. »Sie haben heute den Musikschrank geholt«, sagte sie, keuchend wie von einer schweren Anstrengung. – Ich wollte sie endlich fragen, warum sie mir nichts von der Scheibtruhe erzählt hatte, aber sie war schon wieder eingeschlafen.

Ich ging in mein Zimmer. – Nicht nur der Musikschrank war weg, auch meine Bücher waren verschwunden.

Rák

»Von all dem, was die Biereschek treiben, verstehe ich nichts«, sagte Rák am nächsten Vormittag zu mir, als ich die neu dazugekommene Post geordnet und die danach gebündelten Stöße draußen in die Scheibtruhe gelegt hatte. – Die Griffe des Fahrzeugs waren in der Zwischenzeit erneuert worden. Ein Künstler war hier am Werk gewesen, denn erst nach langem Suchen entdeckte ich die Klebestellen, an denen die Hände neu angeleimt worden waren – beinahe unsichtbar, entlang der Holzmaserung. Sie fühlten sich anders an als die früheren Hände. Die Daumen waren im Vergleich zu den anderen Fingern unverhältnismäßig dick, wie angeschwollen, so als wollte man damit verhindern, daß ich sie noch einmal abbrach.

»Schön haben Sie mir mein Taufgeschenk hergerichtet!« sagte der Göd gutmütig, und erst jetzt fiel mir auf, wovon Zerdahel erzählt hatte: Rák konnte kein ›sch‹ aussprechen, das ›sch‹ – losgelöst vom Satz – schien ihm wie Speichel davonzufliegen.

»Zwei Halbtage Arbeit hat das gekostet«, sagte der Göd.

Ich nahm die Scheibtruhe auf. Ein paar Schritte ging Rák neben mir her, ohne etwas zu sagen, als wäre ihm bewußt geworden, daß ich seinen Sprachfehler entdeckt hatte, dann erst fing er zu reden an.

»Von all dem, was die Biereschek treiben, verstehe ich nichts«, sagte er wieder. »Ich komme einfach nicht hinter den Sinn! – Auf den ersten Blick erscheint mir zwar immer alles irgendwie einleuchtend und auch bedeutsam, aber im selben Augenblick kommt es mir schamlos und hinterhältig zugleich vor. Alles ist wie ein Witz, der gutmütig anfängt, aber schlimm ausgehen wird.«

Rák drehte sich um, so als wollte er sich vergewissern, daß ihm niemand zuhörte. – Ich sagte nichts, sondern wartete ab.

»Ich glaube, daß der Grund dafür darin liegt«, sagte er nach einer Pause des Nachdenkens, »daß wir uns einerseits zurecht immer zu allem fähig halten – wir sind es! –, daß aber andererseits der Augenblick des Versagens immer dann kommt, wenn es auf alles angekommen wäre. – Die Gehirnohnmacht! Denken Sie an Und Umgekehrt!« rief er.

»Es ist der Augenblick, in dem sich unser Hirn gegen uns stellt und revoltiert – und da ist es am allerlebendigsten. Es ist, als müßten wir uns hin und wieder ausdrücklich beweisen, daß wir auch fähig sind zu versagen!« – Der Göd schritt jetzt weit vor mir aus. Er hatte die Hände auf seinem Rücken ineinandergelegt, und ich konnte beobachten, wie sich seine Finger beim Reden wie die Hämmerchen in einem Klavier abwechselnd hoben und senkten. – »Das Versagen«, fügte er hinzu, »ist die Zerstörung der Ordnung, die notwendig ist, daß wir Ordnung machen können. Denn das ergibt doch wenigstens einen kleinen Sinn. – Und das Ergebnis?« fragte er. »*Die ewige Wiederkehr des Neuen,* könnte man sagen. – Woher das wohl kommt?«

Er drehte sich zu mir um und sah mich fragend an. – Ich hatte ihm kaum zugehört, sondern versucht, die Fahrt der Scheibtruhe dem Rhythmus seiner Worte entsprechend zu beschleunigen oder zu bremsen. Es war jenes alte Spiel, und erst als ich bemerkte, daß er von mir eine Antwort erwartete, versuchte ich mich zu erinnern, was seine letzten Worte gewesen waren.

»Haben Sie etwas?« fragte der Göd besorgt. »Soll ich Ihnen die Scheibtruhe abnehmen?«

Ich schüttelte den Kopf, obwohl ich spürte, daß er seine Frage ernst meinte. – Rák blieb stehen.

»Mir können Sie ruhig vertrauen«, sagte er gedämpft. »Ich bin jetzt Ihr Göd. – Ich gehöre nicht zu den Bieresch, ich habe nie zu ihnen gehört. – Warum? Ich weiß es nicht. Vielleicht ist es Anna –« Er überlegte. »Aber es ist nicht nur das«, sagte er dann. »Ich bin ›másként‹, sagen wir, – irgendwie anders. Aber ich kann mich gut verstellen«, erklärte er. »Sie merken es gar nicht. Ich habe einfach gelernt, nicht aufzufallen. – Wissen Sie, wie ich immer sage?« fragte der Göd. – »Ich sage: ›Leg dich bloß nicht mit dem Unvermeidbaren an! Üb' dich lieber in das Vermeidbare ein, das ist weniger gefährlich.‹ – Verstehen Sie?«

Ich schüttelte den Kopf.

»Warten Sie«, unterbrach der Göd seine Ausführungen und winkte mir mit der Hand, »ich nehme Ihnen die Scheibtruhe ab. Es ist heiß heute. Mir macht das nichts aus – im Gegenteil! Ich könnte ohne diese Hitze gar nicht leben, und wenn ich noch dazu etwas in der Hand halte und beschäftigt bin, dann kann ich mich besser konzentrieren. – Und Sie können vielleicht besser zuhören, wenn Sie nicht auf den Weg zu achten brauchen. – Geben Sie her!«

»Nein, es geht schon«, sagte ich, obwohl ich froh gewesen wäre, wenn er es getan und ich mich, wenigstens für eine halbe Stunde, hätte umschauen können.

»Ganz wie Sie wünschen!« sagte Rák höflich und verneigte sich. Dann fuhr er wieder mit seiner Ansprache fort: »Das Unvermeidbare macht ohnehin, was es will. – Ins Vermeidbare dagegen kann man sich einfügen. Erst wenn man sich in das, was vielleicht vermeidbar gewesen wäre, immer wieder gänzlich einzufügen gelernt hat, erst wenn man in ihm sozusagen restlos verschwunden ist, wenn man es auswendig kann – erst dann darf man versuchsweise zu vermeiden anfangen. – Ein Beispiel –« Der Göd war ganz in seinem Element. »Ich liebe nichts mehr als Frauen mit makellosen Körpern und danach ein kunstsinnig zubereitetes Mahl.« Er schnalzte mit der Zunge. »Wie Sie sich selbst aber vielleicht haben überzeugen können, gibt es bei uns wenig vom einen und noch weniger vom anderen. – Aber vermeide ich es deshalb etwa zu essen? Nehme ich etwa deswegen keine Frau zu mir in mein Bett? Keine Spur. – Im Gegenteil: Geradezu mit Eifer – wenn auch freilich nicht mit Vergnügen – lasse ich mich von meiner Frau schwächen, und danach esse ich drauflos wie ein Drescher. Mit anderen Worten: Ich lasse dem Vermeidbaren seinen Willen, esse und schlafe schlecht. – Ich ahne zwar, daß anderes zu tun auch recht sein könnte, aber ich bin noch nicht weit genug, es wirklich zu tun. Also tu ich weiter das eine. – Schauen Sie: Ich bin jetzt sechsundvierzig Jahre alt. Ich habe vielleicht noch dreißig Jahre zu leben – wir sterben spät in dieser Gegend. Mein Vater wurde achtzig, mein Großvater fast neunzig. Soll ich also heute etwas vermeiden, heute, zu früh vielleicht, etwas vermeiden, das vielleicht getan werden müßte, weil es, weil *ich* zum Vermeiden noch lange nicht reif bin? – Soll ich ein Vermeidbares jetzt schon in ein anderes, dann aber jedenfalls Unvermeidbares und Unvermeidbar-Gewordenes umwandeln? Jetzt, wo ich noch nicht weiß? – Ich glaube nicht.«

Rák unterbrach sich, und so als wüßte er, daß es für mich nicht leicht war, ihm bei seinen Ausführungen zu folgen, während ich hinter ihm die Scheibtruhe herschob, machte er eine Pause, um mir Zeit zu lassen, das, was er gesagt hatte, noch einmal gründlich zu durchdenken.

»Sie haben doch meine Frau anläßlich Ihrer Begrüßung im Ballsaal gesehen?« fragte er dann. »Nun: Anna ist nicht, sie war nie meine Frau! In Wahrheit ist sie Naghy-Vágs Frau, und trotzdem ist sie meine, mir sozusagen durch das Los zugeworfene, am Würfeltisch zugefallene Frau. Naghy-Vág war gemeint, mich hat es getroffen. Pech, könnte man sagen«, sagte der Göd, schränkte dann allerdings sofort wieder ein: »Aber noch lange kein Grund für mich, mich zu verweigern. Nagh ist verrückt nach ihr, mich stößt sie ab. – Doppeltes Pech, aber mehr schon nicht. Die Leben von drei bestimmten Personen haben einander, um mit Inga zu reden, an einer falschen, vielleicht ganz unbestimmten Stelle gekreuzt, – zuungunsten der dran Beteiligten, wie es im Augenblick aussieht. Ein vermeidbares Unglück, das steht fest! – Und trotzdem: Weit und breit keiner, der es vermeidet. – Interessant!« sagte er nachdenklich.

»Nagh, Rák und Anna also. Nagh liebt Anna (ich habe es angedeutet), Anna Nagh.« Er warf mir einen Seitenblick zu. »Und jeden Vormittag«, sagte er, »jeden Vormittag um zehn kommt dieser Buckelochse auf seinem plärrenden Motorrad angebraust, steigt ab, lehnt sein Fahrzeug an meinen Schuppen, nimmt seine Hosenspangen herunter und steckt sie ein. Sie verstehen.« Er betonte jedes Wort einzeln. »Ich, Rák«, fuhr er fort, »sitze in meiner Küche, warte noch, hoffe schon, aber bezweifle es gleichzeitig auch: daß vielleicht wenigstens dieser Tag ohne die zwangsläufige, mich – ich gebe es zu – trotz allem irgendwie im Innersten erschütternde Vormittagsirritation vorbeigehen wird. – Ich warte also. Vielleicht täusche ich mich, denke ich, oder kommt er da tatsächlich schon?

Ja, er kommt. Ich höre es von weitem. Anna kocht Kohl. Sie hört nichts. Anna hört schlecht. Sie hört ihn erst viel später als ich. – Hätte der Heilige Alte mir doch wenigstens ihr schlechtes Gehör gegeben, und ihr anstatt dessen das meine!« unterbrach sich der Göd wieder.

»Weiter«, rief er. »Da ist er also. Da kommt er. Ich werde unruhig. Dieses tiefe Brummen, mit dem er uns schon aus fernster Ferne zuwinkt, sozusagen. – Ich möchte aufstehen. Ich bin bereit. So was hält doch kein Tier länger aus! – Ist es denn, frage ich mich, um Himmels willen überhaupt menschenmöglich, daß sie ihn noch immer nicht hört? Es ist. – Jetzt stehe ich auf. Sie schaut mich an (erstaunt!), also setze ich mich wieder hin. Das sind die Spielregeln: Ich darf erst hinaus, wenn *sie* es will. – Also: Anna kocht; Nagh braust unten durch die Kurve; die ganze Küche ist voll von seinem Lärm; ich wetze nervös auf meinem Stuhl hin und her. – Und jetzt – endlich! Jetzt hört auch sie es! – Sie sollten sich das einmal vergönnen!« rief der Göd. »Das ganze Haus muß zittern, bevor Anna es hört! Dann erst – aber auch jetzt noch immer so, als würde sich irgendwo, ganz weit weg, ein wenig verräterisch, ein unbestimmtes, harmloses kleines Brummen andeuten, dann erst legt sie also lauschend ihren Kopf zur Seite, dann erst blickt sie mich an. – Etwas in ihren Augen hat sich von Grund auf geändert. Ein entschiedener, selbstsicherer Glanz liegt in ihnen. – Sieht sie mich überhaupt noch? frage ich mich. Weile ich noch unter Lebenden? – Aber bevor ich mir diese Frage beantworten, bevor ich sie überhaupt noch zu Ende denken kann, wie aufgeschreckt aus einer Zerstreutheit und so, als wäre meiner Anna mit einem Mal etwas ganz Elementares, etwas elementar Lebenswichtiges eingefallen, sagt sie, mich drängend: ›Kannst du so lieb sein und mir drüben von Stitz etwas holen?‹ – Sie sagt ›etwas‹ holen, sie sagt nicht *was!* Sie nimmt ihre Schürze ab. Vor mir. – Ich nicke bloß. – Wie ein ertappter Dieb mache ich mich durch unsere Hintertüre davon. Dort stehe ich, warte darauf, daß alles vorüber geht.«

»›Aber warum warten Sie denn?‹ werden Sie mich jetzt vielleicht fragen«, warf der Göd ein. »Eine berechtigte Frage, und trotzdem – ich bitte Sie! – Soll etwa auch ich noch Theater spielen? Reicht das Theater da drinnen denn nicht aus? – Nein. Ich bleibe draußen und warte. Ich höre, wie die Eingangstüre aufgemacht wird. Ich stehe vor dem Hinterausgang. Nagh kommt herein, bleibt einen Augenblick lang mißtrauisch stehen. – ›Ist er weg?‹ fragt er. Er fragt leise, aber doch laut genug, daß Anna ihn verstehen kann, das heißt: Er schreit. – Natürlich bin ich weg. Er braucht bloß zu schauen. Bin ich etwa noch da? Nein. – Ich stehe heraußen. Es regnet, es hagelt, es friert Stein und Bein. Ich stehe heraußen und schwitze. Ich warte, Aug' und Ohr abwechselnd am Schlüsselloch. – ›Er ist ausgegangen‹, sagte Anna, ›du brauchst dir keine Sorgen zu machen!‹ – Guter Witz! Nagh ist dreimal so stark wie ich. – Aber wie geht's jetzt weiter? Also: Rák steht vor seiner eigenen Hintertür; Nagh setzt sich an Ráks Küchentisch. Anna, Ráks Frau, bringt Nagh einen Teller voll Kohl. Kohl ist Naghs Lieblingsessen. –

Den Rest bekommt Rák dann zu Mittag (er haßt Kohl!). – Egal. Anna stellt Nagh einen Teller Kohl hin. Nagh ißt. Sie setzt sich zu ihm an den Tisch, fährt ihm mit der Hand über den Oberarm (ich kann es durchs Schlüsselloch sehen). – Anna fragt Nagh: ›Schmeckt's dir?‹ – Natürlich schmeckt's ihm, aber Anna versteht nicht. – ›Schmeckt's dir?‹ fragt sie ihn noch einmal. Nagh grunzt. Anna hört das nicht (sie hört schlecht!), also fragt sie ihn zum dritten Mal. – ›Kann man hier denn nicht einmal in Ruhe essen?‹ schreit Nagh und haut den Löffel, *meinen* Löffel, auf den Tisch. Nagh ist wütend. Nagh hat genug. – ›Jetzt ist's bald soweit‹, denke ich. Gleich wird sie flennen. Sie tut's und ich weiß: Nagh kann Anna nicht weinen sehen. – ›Ich hab's doch nicht so gemeint!‹ wird er gleich sagen. Irgendwie macht mich das schadenfroh. – Jetzt sagt er's, aber es nützt nichts. So leicht beruhigt man Anna nicht! Sie weint weiter. – ›Na, komm schon!‹ sagt Nagh. – ›Jetzt kommt's gleich!‹ denke ich. Und dann: Man hört es schmatzen; es klingt, als ob sie sich Ohrfeigen gäben; dann schnaufen sie wieder. – ›Was zum Teufel treiben denn die beiden da drinnen?‹ möchte man fragen. ›Schieben sie Möbel?‹ – Aber dann: Bumm, bumm, bumm! Sie halten Takt wie beim Teppichklopfen. Ich halte mir heraußen die Ohren zu, aber es hilft nichts: Das Pumpern wird lauter. Es klingt, als ob ein ganzes Kavallerieregiment über sie hinwegritte. Der Löffel scheppert im Rhythmus dazu auf dem Küchentisch. Der Schemel fällt um. – Hört das denn überhaupt nicht mehr auf? – Doch. Jetzt. Noch einmal schlägt ihr Schädel auf dem Fensterbrett auf. Dann ist Ruhe. – Nagh steigt auf sein Motorrad. Anna hebt eilig alle Sachen auf und bringt die Küche notdürftig in Ordnung. Dann öffnet sie weit die Hintertür. Sie tut, als würde sie nach mir Ausschau halten, und ist ganz erstaunt, daß ich vor ihr stehe. – ›Was, du bist schon zurück?‹ fragt sie. – ›Wie heiß du bist!‹ Sie fährt mir mit der Hand über die Stirn. ›Bist du gelaufen?‹ – Ich gebe keine Antwort, zucke nur unter ihrer Berührung zusammen. Aber das läßt sie nicht gelten. Sie umarmt mich über die Stufen hinunter und zieht mich ins Haus. Und dann bin also ich dran.«

»Sie dürfen mich jetzt aber nicht falsch verstehen!« unterbrach der Göd seine Erzählung. »Ich beschwere mich nicht. – Auf meine Gefühle kommt es in dieser Sache gar nicht an, und ich nehme sie auch nicht im mindesten persönlich.«

»Es geht um mich ebensowenig wie um Nagh oder Anna«, erklärte er. »Nichts wäre für uns drei wahrscheinlich leichter, als diese fortgesetzten Demütigungen zu vermeiden. – Ich bin frei! Ich kann jederzeit gehen. Wann ich will. – Aber will ich es? Oder richtiger: *Darf* ich es wollen? Hätte denn nicht Naghy-Vág, der aus Heimweh nach Annas Körper vergeht, hätte er nicht lange vor mir und weit eher als ich, der bis in sein Innerstes kalt wird, wenn ich diese Frau in meinen Armen halte, hätte also nicht *er* vor mir das Vorrecht, solches zu wollen? Warum zieht er nicht einfach um und überläßt mir dafür seine Hütte? Doch wohl nicht etwa aus Bequemlichkeit? – *Nicht* aus Bequemlichkeit, glauben Sie mir! Das Gegenteil ist der

Fall, denn ich war seit jeher so, er aber hat sich von Grund auf verändern müssen. Er war früher in einem fort lustig und freundlich, heute ist er gewalttätig und gemein!«

Rák redete jetzt, ohne sich auch nur einmal zu mir umzudrehen. Wieder zuckten die am Rücken verschränkten Hände, und während er weiterredete, nickte er.

»Kein Zweifel«, sagte er. »Wir dürfen hungern, wenn uns die Speise nicht schmeckt! – Das wollte ich sagen. Aber dürfen wir es auch wirklich? *Müssen* wir nicht essen, solange irgend etwas Eßbares da ist? *Dürfen* wir vermeiden, solange wir uns nicht endgültig in alle denkbaren Möglichkeiten von Vermeidbarem einzufügen gelernt haben? – Wir dürfen zwar, aber wir sollen nicht. – Glauben Sie mir: Manchmal träume ich (angstträume ich, sage ich Ihnen), da träume ich also von Genüssen, die frei und vertrauenswürdig wären. Ich bin liederlich und leichtfertig in diesen Träumen, und aus Übermut springe ich oft gar aus dem Fenster, bloß um dieses Freie zu suchen! – Und dann fällt mir Anna ein: meine schwerhörige, schwerfällige Anna. Und gleich kehre ich wieder um, zurück an diesen eckigen Küchentisch. Von mir selbst hierher geprügelt, damit ich weiterhin Schlechtes esse, damit ich weiterhin Anna befriedige, diese Anna, die zwar nicht schlecht, mir aber körperlich widerwärtig ist. Und so lebe ich weiter das Leben eines doppelt zu Unrecht Benützten.«

Der Göd machte wieder eine Pause. Er drehte sich jetzt zu mir um und sah mich an.

»Würde ich hungern«, sagte er, »ich täte es, ohne daß darüber auch nur ein Wort zu verlieren wäre. Denn Hunger bedeutet für mich nicht mehr als zu verzichten auf schlechten, den Leib blähenden Beischlaf und verzichten auf die darauffolgende Bestrafung durch ekelhaften, den Leib auftreibenden Kohl. Und trotzdem! – Zumindest manchmal, wenn ich von alledem schon bis ins Knochenmark hinein aufgerieben bin, dann denke ich: Vielleicht besteht dieses abscheuliche Angebot von Speisekarten und Körpern tatsächlich unberechtigterweise? Habe ich mich denn nicht wahrlich lange genug in das Vermeidbare eingefügt? Heißt es bisweilen nicht auch, daß Vermeidbares, auf einmal, sozusagen aus Müdigkeit des ständigen Ungenützt-Werdens, ganz unbemerkt, zum bereits Unvermeidbar-Werdenden überläuft? – Sagen Sie, gibt es das?« rief er. »Und wenn tatsächlich – bedeutet das dann nicht etwa, daß all das Seltsame und Wunderbare, von dessen Vorhandensein man sich angeblich so oft hinter vorgehaltener Hand erzählt und von dem man behauptet, daß man an ihm sich aufrichten könne, daß alles das also sozusagen vor meinen Augen und mit meiner höchstpersönlichen Billigung ungesehen dahinwelkt? – Der Gedanke ist grauenvoll. – Hören Sie: Ich habe mir sagen lassen, es gäbe in Südamerika Flüsse, die nur sechs Tage die Woche fließen. Es gibt, wie man nachlesen kann, steinerne Flüsse, in denen an Stelle des Wassers mit Getöse riesige Felsbrocken sich wälzen – vorbei an Sandbächen, die drei Tage lang gegen Süden fließen und drei Tage lang gegen Norden und am letzten Tag stillestehen, weil die Richtung nicht feststeht und weil sie sich nicht für eine falsche entscheiden wollen. – An einem solchen siebenten, falschen Tag bin ich geboren – und Sie, und die anderen, die hier leben, auch! – Wir sagen, daß Gott die Welt an einem Schalttag erschaffen hat, und das ist wahr!«

Rák unterbrach sich und kam mit ein paar schnellen Schritten zu mir, indem er hintereinander immer wieder mit dem rechten Bein das linke überkreuzte und dieses dann nachzog. – »Ich bin Krebsgänger«, sagte er lachend.

»Hören Sie zu: Ich habe einmal geträumt, mein Haus läge am Fuße eines unendlich über mir hinauf sich auftürmenden Gebirges. Anthrazitene Felswände stürzten wie Wasserfälle vor meinem Hintereingang herab, und war ich im Haus, so hörte ich sie wie rasend dahertosen. Aber immer, so schien es mir, wenn ich von meinem Tisch aufstand, um die Türe aufzustoßen, kamen sie – für eine Ewigkeit tiefsten, in sich versunkenen Schweigens – zum Stillstand, und es bewegte sich nichts. Beugte ich mich aber wieder zurück über den Tisch und meine Arbeit oder drehte ich auch nur meinen Kopf nach vorn, so bewegten sich diese Felsen sofort wieder, und in ihrer Tiefe brodelte es von sich überschlagenden Steinen. – Einmal, in einem solchen Augenblick, nahm ich mich endlich zusammen und trat vor mein Haus. Aber kaum war ich im Freien, da spürte ich schon, wie sich – in einem alle meine Glieder erfassenden Ziehen – die Felsen unwiderruflich meines Körpers zu bemächtigen anfingen, wie sie ihn bearbeiteten, daß er bleibe, wie Faser um

Faser langsam versteinte und meine Bewegungen träger und träger wurden. Und je länger ich draußen blieb, desto stärker, entsetzlicher und abgründiger wurden die Angst und gleichzeitig die Lust, doch endlich wirklich zu jenem Stein zu werden, der ich, wie ich wußte, ohnehin längst schon war. – Ein unmöglicher Ton (er klang wie die Verzweiflung einer Säge, die auf ihrem Weg durch festes Holz überraschend auf einem eingewachsenen Stein auffährt«, unterbrach sich der Göd), »ein solcher unmöglicher Ton erklang jedesmal, wenn ich im letzten, dem allerglücklichsten aller Momente zurück in das Haus springen konnte, wo sich die befreiten Knochen dann langsam wieder zu strecken anfingen und das Blut gleichmäßig durch meinen Körper zu strömen begann. – Ich wachte aus diesem Traum mit einem Krampf im linken Bein auf, schwer wie an Land gespült, schlief aber bald wieder ein. Sofort fing alles Glück und Unglück wieder von vorne an.«

Rák blieb in Gedanken stehen und schaute zum Himmel.

»Da!« rief er und wies mit dem Finger auf eine Schar Schwalben, die durch die Luft wie durch etwas Bodenloses kreuzten. – »Ich habe De Selby einmal von diesem Traum erzählt. De Selby hat so etwas verführerisch Vertrauenerweckendes an sich«, unterbrach er sich wieder. »Er hatte auch tatsächlich sofort eine seiner verrückten Erklärungen zur Hand. Er sagte, er hätte einmal gelesen, daß sich Menschen auf Grund osmotischen Drucks und atomaren Austausches durch die ständige Benützung ein und desselben Gegenstandes allmählich in diesen verwandeln und daß umgekehrt diese Gegenstände langsam zu ihrem Benützer würden. – ›Ein Incubus-Succubus, wie er im Buche steht, findet dabei statt‹, sagte er. – Ein Radfahrer, zum Beispiel, erklärte mir der Mesner damals, könne sich auf diese Weise – von ihm selbst unbemerkt – in ein Fahrrad verwandeln und sein Fahrrad sich in ihn. Auf den ersten Blick habe sich scheinbar gar nichts verändert, alles in allem aber doch sehr viel, denn die Seele sei träger und bleibe von diesem Austausch unberührt, das heißt, von nun an sei das Fahrrad beseelt. Also keine Metempsychose, sondern bloße Transsubstantiation! – Mein Traum, führte De Selby damals aus, warne mich vor der unmäßigen Benützung bestimmter Gegenstände – welcher, das müßte ich selbst am besten wissen.«

»Ich lachte zuerst natürlich genauso wie Sie, dann aber packte mich ein heiliger Schrecken: Meine Anna fiel mir ein!« Der Göd unterbrach sich. – »Das war das erste Mal, daß ich ernsthaft daran dachte, mich von dieser Frau für immer zu trennen. – Ich habe seither nie wieder etwas Ähnliches geträumt, und obwohl ich glaube, daß dieser Traum heute nicht mehr gilt, stehen dennoch manchmal schwarz und unbeugsam seine Felsstürze vor meinen Augen, erbarmungslos wie eine Zukunft, um die ich mich nur vorläufig betrogen habe. Egal«, sagte Rák wieder. »Alles ist möglich. – Ich habe gelesen, daß es vorkommen soll, daß sich Menschen zuweilen in Hunde verwandeln. Und die Hunde – diese großen mageren, gelben Hunde!« rief er, »*diese Hunde, die nichts davon wissen!* – sie verwandeln sich in Stöcke, wie man sie Hunden vorauswirft, damit diese sie im Fluge aufschnappen. Aber kaum sind sie aufgeschnappt, da werden die Stöcke zu Vögeln, die sich aus den Mäulern von Hunden winden. – Haben Sie früher diesen Vogelflug beobachtet? – Dieses Zick-Zack? Das schnelle Hin und Her?« fragte Rák aufgeregt. – »Da! Schauen Sie sich die Naht an Ihrer Posthose an! Da ist es!« rief er.

Ich sah ihn traurig an. – Er kam mir so verloren vor wie der Mesner.

»So bin ich«, fuhr der Göd resigniert fort. »Die Wirklichkeit geht mit mir durch. Zerdahel behauptet immer, ich sei der tollgewordene Realenzyklopädist.« Er schüttelte den Kopf. »Zerdahel hat recht. – Ich bin –« Er blieb einen Augenblick lang stehen. »Ich bin im Besitz einer einzigartigen Enzyklopädie von Mutterseite her. An ihr richte ich mich auf. Sie heißt: ›Bibliothek des schönen Wissens und der Unterhaltung‹. Darin findet man alles! – Ich bin Ihr Göd«, rief er, jetzt wieder voll Begeisterung. »Ich werde sie Ihnen vermachen! – Sie werden diese Bücher studieren, so wie ich sie studiert habe. Vieles davon werden Sie überhaupt nicht glauben können. – Aber ich versichere Ihnen, in dieser Enzyklopädie steht alles, einfach alles, was wir als Vergleich zu unserem Leben so nötig haben. – Es soll, zum Beispiel, früher einmal Kinder gegeben haben, die oben tot waren und unten lebten und dauernd mit ihren kleinen roten Beinchen strampelten. Es hat Riesenfrauen gegeben, mit ausgebrannten rechten Brüsten und milchblutenden linken, mit kurzen Haaren und winzigen Gliedmaßen in Männerschuhwerk. – Ein Verzeichnis von heute noch auffindbaren, damals aber schon als veraltet vorstellbar gewesenen Dingen und Einrichtungen finden Sie darin: Einbeinige, Sonnenfinsternisse, den in der Nacht unbeleuchteten Luftraum über uns, den Regenschirm, mechanische Waschrumpeln, den Brückenkreuzer, Frauen, die einen Kinderwagen schieben! – Ein neues Sternbild tauchte zur Zeit der Niederschrift dieser Enzyklopädie am nördlichen Sternenhimmel auf, De Selbys Sternbild: Der Radfahrer! – Unglaublich Wissenswertes und ganz und gar Unglaubliches findet man in diesen Berichten. – Ich habe von Wahrnehmungen über die Luggnags darin gelesen. – Wissen Sie überhaupt, was Luggnags sind?«

Rák sah mich fragend an.

Ich schüttelte den Kopf.

»Die Luggnags und die Struldbrugs! Die Hoyhnhms und Yahoos. – Es gibt so unendlich viele Dinge auf dieser Welt, von denen der Bieresch noch nicht einmal eine Ahnung hat. – Über Japan zum Beispiel, wird uns berichtet, schwebe seit Jahrhunderten ein im wahrsten Sinne des Wortes verhängnisvolles Unheil: die magnetische Insel. Ein grausamer König herrscht über sie. Er kennt die Geheimnisse des Magnetismus, die Rätsel der raschen Verschiebungen in den Magnetfeldern, die Veränderungen magnetischer Intensität, das plötzliche Sich-Umwerfen der Pole, den überraschenden Wechsel des Verlaufes von Magnetströmungen unter der Erdkruste, bis in die kleinsten, unscheinbarsten Einzelheiten hinein. Dieser König ist ein Unhold, der eine sehr schöne Sängerin zur Geliebten hat, und einmal im Jahr, während der großen Revolution, wird er zum Tod durch das Schwert verurteilt. Stirbt er dann, so singt seine Geliebte am schönsten, aber so betörend ihr Lied auch ist, so wenig hilft es, denn der König muß sterben. – Oder etwas anderes: Die Geschichte vom braven Mann und seinem Mißgeschick. Auch er war ein Liebhaber der hohen Kunst des Gesangs! Weil die Schwäne so wunderbar singen, wenn der Tod sie berührt, stieg er des Nachts immer heimlich in fremde Teiche zum Schwäneerwürgen. – Mein Gott, ich sage Ihnen: Das sind die wahren Geheimnisse! Auf sie hab' ich Lust!«

Der Göd blieb stehen. Sein Oberkörper schwankte hin und her. Er fuhr sich mit der Hand durch das Haar. Dann beugte er sich weit vor, so als suchte er etwas auf dem Boden. Schließlich hob er ein kleines, leichtes, poröses Steinchen auf und gab es mir.

»Tuff«, sagte er. »Vulkanischer Boden. Alter? Schätzungsweise zehn Millionen Jahre. Wie kommt das hierher? – Das tortonische Meer ging einmal bis zu uns herauf. Da gab es Bartenwale, Höckerschweine, Lippenschildkröten. – Noch nie war ich am Meer!« sagte er traurig.

»So nah ist alles, aber so versteckt. Der Knochen ist da, der Hund weiß es, aber er findet ihn nicht!« sagte er und klopfte mit seinem Fuß auf den Boden. – »Auf was ich nicht alles Lust hätte!« rief er aus. – »Aber wer stillt meinen Hunger? – Die Biereschek etwa? Die Apostel der ewigen Wiederkehr? – Die Biereschek nicht! – Ich habe Heimweh, das ist es. Aber die Heimat hat sich versteckt. – Du kommst heim, klopfst an – niemand zu Hause! Alle sind ausgeflogen. So geht das.«

Wieder machte der Göd eine Pause.

»Wissen Sie, was die Biereschek sind?« fragte er. »Igel. Insektenfressende Säugetiere. – Igel, die nachts um fremde Häuser streichen, milch- und mondsüchtige Saugnäpfe, die von nichts etwas wissen wollen als von sich selber, die sich zusammenrollen, kleinmachen, in sich selber verschwinden, wenn man ihnen mit der Taschenlampe ins Gesicht bläst. – Kaum kommt was Fremdes daher, schon zeigen sie Stachel. Kaum knackt was im Unterholz in ihrer Nähe, schon rücken sie furchtsam zusammen, die kleinen, rosagrauen Schnauzen zitternd in der Luft. – ›Schnupperst du was?‹ fragt der eine Nachbar den andern. ›Ich weiß nicht‹ – und schon trollen sie sich oder igeln sich ein. – Das klingt natürlich überheblich, aber es ist so«, sagte der Göd. – »Manchmal hätte ich größte Lust, eine mittlere Straßenwalze zu nehmen und ordentlich darüberzuwalzen!«

Er verstummte.

Wir waren beim ersten Haus angekommen, und ich stellte die Scheibtruhe ab, um einen Stoß Post herauszunehmen. Es war sein, es war Ráks eigenes Haus. Er schien es gar nicht bemerkt zu haben. – »Ich muß Sie heute noch mit jemandem bekannt machen, der kein

Igel ist«, rief er mir nach, als ich den kleinen Hügel emporstieg. »Sie werden Augen machen!«

Dann stand ich aber schon vor seiner Tür und klopfte an. Ráks Frau machte auf. Sie war allein. Für Naghy-Vág war es offenbar noch zu früh. Sie nahm mir wortlos die Post aus der Hand und winkte Rák zu, der unten stehen geblieben war und zurückwinkte.

Sechstes Kapitel

DIE ZWEITE AUSFAHRT, FORTGESETZT

KAUM HATTE ICH DIE POST AN RÁKS FRAU ÜBERGEBEN, da hatte sie ihm noch einmal, und diesmal mit einer bestimmten, keinen Widerspruch duldenden Handbewegung zugewunken, und der Göd hatte diesem Zeichen – wie dem Ruf einer Mutter – auf der Stelle gefolgt. Noch vor ihr und unter ihrem Arm hindurch, wie einer, der Ursache hat, die bevorstehende Strafe zu fürchten, war er ins Haus geschlüpft, und entschlossen hatte sie die Türe hinter ihm zugezogen.

Was für Macht diese Frau über ihn hatte!

Ich wartete noch eine Zeitlang, in der Hoffnung, daß er doch wieder herauskäme, denn neben De Selby war Rák der einzige, den ich irgendwie mochte. In der kurzen Zeit, die wir auf dem Weg von Ingas Laden zu seinem Haus beisammen gewesen waren, hatte ich ihn lieber gewonnen als den Mesner, der sich, vielleicht ohne es selbst zu wissen, schon vor langem aufgegeben zu haben schien. – Ich wartete also, aber der Göd kam nicht. Die Türe, einmal geschlossen, blieb zu, und wahrscheinlich saß er jetzt schon, die Hände vor Aufregung über dem Küchentisch fliegend, auf seinem Schemel und horchte dem Brummen von Naghy-Vágs Motorrad entgegen.

Ich wandte mich um und setzte meinen Weg alleine fort, die Scheibtruhe vor mir wie einen Pflug, dessen Schar, falsch eingestellt, über den schlecht geschotterten Weg schliff, der sich an manchen Stellen übergangslos zu einem steinigen, in der Hitze krachenden

Acker erweiterte. – Die Zeit schien stillzustehen. Leise knirschte ich mit den Zähnen. Immer wieder fing alles von vorne an, immer wieder schob ich mein Fuhrwerk auf dieser selben Strecke, die man jedesmal eigens für mich wie einen breiten, schmutzigbraunen Plastikstreifen, den man da und dort mit Steinen beschwert hatte, zwischen den niedrigen Hügeln hindurch verlegt zu haben schien. – Wie zernagt fühlte ich mich vom Kratzen des Rades, wie zwischen Mahlsteinen zerrieben, als ich wieder den Weg dorfauswärts zur Behausung des Wasenmeisters nahm.

Vom Rand der Mulde aus, wo ich schon einmal gestanden war und hinabgestarrt hatte, sah ich gleich, daß niemand zu Hause war. Die langstieligen, verstaubten Brennesseln, die wie Haare wild über die Böschung hinunterhingen, schwankten träge, wie schweigend, auf und ab. Ein großes, verrostetes Vorhängeschloß versperrte die Tür. – Hier hatte ich meinen Hund bekommen, und von heroben sah diese Bude wirklich einer Hundehütte ähnlich oder – noch richtiger – einem Abort, hinter dem man den Müll zu einem in der Sonne böse glitzernden Abfallhaufen aufgeschüttet hatte. Über den Hang, der steil zur Hütte hin abfiel, lagen verstreut leere, aufgeplatzte Konservendosen zwischen den Brennesseln und der wild wachsenden Pfefferminze, aus der man hier einen süßen, stark riechenden Tee zubereitet. – Süßlich war auch der Gestank, der aus der Mulde zu mir heraufströmte, und überall blitzte es giftig von den dunkelgrünen Hälsen zerbrochener Bierflaschen.

Irgendwo in der Ferne schlug eine Kreissäge an. Es war ein hoher, sehnsüchtiger, wie von einem Hund gewinselter Ton, der sich in der Luft krümmte, wenn die Säge in das harte Holz schnitt, das ihr eilig zugereicht wurde, und sich wieder zu strecken schien, wenn ein Stamm zerschnitten war und der nächste erst herangeschafft werden mußte. – Ich lauschte dieser Musik nach, aber je weiter ich mich ihr nachbeugte, desto weiter schien sie sich von mir zu entfernen – als trüge jemand die Säge vor meinen neugierigen Ohren davon.

Dann hörte ich, aus großer Entfernung, den einmaligen Schlag einer Axt, und, als wäre dies das vereinbarte Zeichen, heulte in meinem Rücken plötzlich die Dorfsirene auf. – Der Mittagszug! Er hatte De Selbys Hund überfahren. Er hatte mich gebracht und, nach mir, Tag für Tag die Post für mich, die Inga am jeweils folgenden Morgen mit seinem Pritschenwagen vom Bahnhof abgeholt hatte.

Ich dachte an den zweiten Abend in Zick, an dem ich mit De Selby bis in die Nacht dort unten beim Wasenmeister gesessen war, vor uns auf dem Tisch der tote Hund und über ihm, zusammengesunken, der Mesner, der geweint hatte und am liebsten selbst gestorben wäre, als Jel Idézö von den Bestattungsweisen der Bieresch erzählt hatte. »A halál kutyái ugatnak ki belöle«, hatte der Wasenmeister gesagt. Das heißt: »Die Hunde des Todes bellen aus ihm.« Stirbt ein Mensch, so hatte der Wasenmeister weiter ausgeführt, so meldet der Hund. Er erhebt als ehemaliger Besitzer der Seele als erster Anspruch auf diese, und manchmal würden die Seelen der Verstorbenen schon bald nach dem Begräbnis die Körper von Hunden beseelen – weshalb Hunde in dieser Gegend auch als heilige Tiere angesehen würden.

Etwas Ähnliches hatte Rák früher angedeutet. – »Hunde«, hatte ich in meinem »Hausbuch« gelesen, »werden von vielen Völkern als Überbringer der Unsterblichkeit angesehen.« – ›Sie kehren zum Erbrochenen zurück‹, hatte Lumiere gesagt.

Den Blick zu Boden gerichtet, krümmte ich mich über meiner Scheibtruhe.

Im ›Grünen Kranz‹

Rák hatte mir geraten, den Rückweg abzukürzen und querfeldein, über den ›Grünen Kranz‹, ins Dorf zurückzukehren.

Als ich beim Wirtshaus ankam, stand die Eingangstüre offen, aber sowohl die kleine Gaststube als auch die dahinterliegende Küche waren leer. – Ich legte die Post auf einem der Tische ab und sah mich um. Ein schwerer Geruch von Tabak lag im Gastzimmer. Es roch nach altem Bier, nach den jahrhundertelangen Hoffnungen, den immer wieder neu geschmiedeten und wie mit den umstürzenden Weingläsern umgestürzten Plänen der Bieresch, und es war, als wären sie da, wären bloß für einen Augenblick hinausgehuscht, als rauschten noch die losen Enden der abgerissenen Sätze wie Glockenseile durch das Schweigen der Gaststube, um sich nach dieser kurzen Unterbrechung gleich wieder ihrem alten Gegenstand zuzuwenden, um endlich den vielleicht allerletzten, alles erklärenden und alle erlösenden Satz einzuläuten.

Ich wandte mich ab. – Auf einem der beiden Fensterbretter, zwischen den geschlossenen Flügeln, lag, zusammengefaltet, eine alte Zeitung. »Die Bahn fährt immer!« stand in großen Lettern darauf. Ich las den Satz noch einmal und sagte ihn dann laut. – Das war die Antwort. Ich kicherte.

Hier war ich während meines ersten Aufenthaltes oft gestanden und hatte auf Maria, meine Freundin, gewartet. Damals war das hier allerdings noch keine Gaststube gewesen, sondern eine winzige Wohnküche, aus der es in das niedrige elterliche Schlafzimmer gegangen war, in das Maria bald nach dem Tod ihrer Mutter eingezogen war, während sich ihr Vater im Neubau, in dem jetzt auch die Gasthausküche und der ehemalige Kinosaal untergebracht waren, ein eigenes Zimmer eingerichtet hatte.

Der letzte Abend vor meiner Abfahrt fiel mir ein. – Wir waren, wie gewürgt vom Zorn über diesen sinnlosen Abschied, in der Dämmerung hinter dem Haus gestanden und hatten einander mißtrauisch belauert, beide scheinbar nur darauf aus, den anderen so schnell und so unwiderruflich wie möglich zu verletzen. Die Luft war von den kurzen Schauern des vergangenen Tages wie mit einem Finger angefeuchtet und voll von unbestimmbaren Geräuschen gewesen: einer Art Schnaufen oder leisem, schnarchendem Stöhnen der Gegenstände, die sich alle gleichsam im Fieber in ihren Betten aufgesetzt zu haben schienen – »már menöfélben van.«

Aus jedem Winkel wehte uns ein Seufzen entgegen; mit Tieraugen blickte uns alles an – das Scheunentor stand offen wie eine zu einer Ohrfeige ausholende Hand. In wortlosem Zweikampf starrten wir einander feindselig an, stumm vor Wut, die Zähne gebleckt. – Zweimal hatte Maria grundlos böse aufgelacht, und ich hatte sie mit drohenden Gesten bedrängt, voll Heimtücke und Mordlust. Dann wieder waren wir, die Hände wie zur Sicherheit im Rücken oder in den Hosentaschen zu Fäusten geballt, aufeinander losgehend und einredend, ziellos im Hof auf und ab marschiert, waren stehengeblieben und hatten bloß mit abweisenden Blicken Antwort gegeben, jeder mit seinem in ihm verschlossenen Abgrund.

Um höher zu stehen als ich, hatte Maria dann ihre Wanderung vor dem Kinoeingang unterbrochen und hatte sich auf die unterste Stufe gestellt, die zur Türe hinaufführte. Dann war sie noch eine Stufe höher gestiegen und dabei mit ihren glatten Schuhsohlen abgerutscht. Ich hatte erschrocken hinlangen wollen, um sie zu halten oder aufzufangen, aber sie hatte zornig meine Hand zurückgestoßen.

Zum ersten Mal hatte ich damals, in dieser Ausweglosigkeit, das Gefühl gehabt, in etwas verstrickt zu sein, das mir in allem um vieles überlegen war. Ich empfand Todesangst, die Arme hingen schlaff, mit Drahtschlingen an den Schultern aufgehängt, herab, der Kopf stand lächerlich schief, wie der eines Vogels, von meinem Körper ab, das Herz war zu einem Knoten zusammengedreht, und um mir Abhilfe zu schaffen, um mein Gewicht von mir abzuschütteln, hatte ich mit meinen Händen ruckartige, zuckende Bewegungen zu vollführen begonnen. Fassungslos hatte Maria mir dabei eine Zeitlang zugesehen; dann hatte sie die Hände vor ihr Gesicht geschlagen und war weinend vor mir davongerannt.

Am nächsten Tag war ich noch einmal hingegangen, aber das Haus war leer gewesen wie heute. Jeden Augenblick, so hatte ich, innerlich noch immer wie von zwei Messern der Länge nach zerschnitten und zerteilt, gefürchtet, mochte sich aus einem der Fenster des Hauses der weiße Kopf des Vaters meiner Freundin beugen, um mich zu beschimpfen und ein für allemal von seinem Grund und Boden zu vertreiben. Ich war vor dem Haus gestanden und hatte gewartet, wie gestern einen Knoten im Herz, mit vor Angst hüpfenden Vogelaugen und dem Gefühl, mir wüchse aus meinem Gesicht ein Truthahnschnabel. Aber nichts war geschehen, und, wenn möglich, noch unglücklicher, war ich wieder umgekehrt.

Am Bahnhof, kurz vor meiner Abfahrt, hatte ich Maria dann doch noch einmal gesehen. Sie hatte sich, halb auf dem Sattel sitzend, die Hände vor sich auf der Lenkstange, mit einer Frau aus dem Dorf unterhalten, und im Takt zu ihrer Unterhaltung war sie auf ihrem Fahrrad jeweils ein Stückchen vor und zurück gerollt. Wenn sie das Rad vorgeschoben hatte, war sie ein wenig in die Knie gegangen, wenn sie es zu sich hingezogen hatte, hatte sie ihr Bein durchgestreckt. – Es war eine kleine, schwingende Bewegung gewesen, wie die eines schaukelnden Bootes, und meine Hände hatten sich bei diesem Anblick fest um die Koffergriffe gekrampft, so als erwarteten sie von ihnen Halt.

Ohne meine Tante um Erlaubnis zu fragen, hatte ich das Reisegepäck neben mir niedergestellt und war zu Maria hinübergelaufen, um mich von ihr zu verabschieden. Sie war blaß geworden, als sie mich kommen sah, hatte sich aber, wie ohnmächtig, nicht gerührt, sondern widerstandslos geschehen lassen, daß ich mich auf die Zehenspitzen stellte, um sie auf den Mund zu küssen. Dann war ich, ohne ein Wort gesagt zu haben, zu meiner Tante zurückgerannt. – Eine leichte, fliegende Angst war bei diesen paar Schritten, die ich ungeschickt dahinstolperte, in mir aufgekommen, aber als ich dann wieder neben meiner Tante stand und sie mich, kopfschüttelnd wegen meines Benehmens, schalt, empfand ich plötzlich das wunderbare Gefühl eines Sieges, den ich für alle Zeiten errungen hatte.

Der Abschied hatte mich so sehr aufgeregt, daß ich auf der Rückfahrt von Zick nach Wien in einem fort, die Schläfe gegen das kühle Glas des Zugfensters gepreßt, hinausgestarrt hatte – zurück zum Bahnhof, wo vielleicht jetzt noch, bis in ihr Innerstes hinein zitternd, meine Freundin bei ihrem Fahrrad stand, die Zunge reglos an der Stelle, auf die ich sie gerade geküßt hatte.

Um ein Uhr früh war ich, frierend vor Müdigkeit und doch überwach von dieser Aufregung, in Wien in den Zug umgestiegen, der mich nach Hause bringen sollte. Ich war allein im Waggon gewesen und hatte mich in einen Winkel an eines der Fenster gekauert, hatte weiterhin zurückgeschaut, hatte immer wieder versucht, mir Marias Gesicht ins Gedächtnis zurückzurufen, und mir vorgestellt, daß sie hören konnte, was ich in Gedanken zu ihr sagte, wenn mir der Versuch gelang.

An der ersten Station hinter Wien war dann ein Mann zugestiegen und hatte, kaum daß er saß, seine Jause ausgepackt und zu essen begonnen. Immer abwechselnd hörte ich einmal das Rascheln des Butterbrotpapiers, dann das rasche, an mir selbst nagende Geräusch seiner Zähne, mit denen er ein Radieschen um das andere zuerst zerteilte, dann zermahlte. – Ich hatte mir für die Fahrt vorgenommen, nicht einzuschlafen, aber diese wie weltabgewandte Selbstverständlichkeit, mit der sich der Mann, der von meiner Anwesenheit wahrscheinlich gar nichts wußte, mit seinem Essen beschäftigte, hatte etwas Beruhigendes, und ohne es zu bemerken, glitt ich aus meiner Überwachheit in den Schlaf.

Erst als der Zug im Hauptbahnhof meiner Heimatstadt eingefahren war, war ich wieder aufgewacht, hatte, wie noch im Traum, meine Koffer aus dem Gepäcknetz gehoben und mich fröstelnd auf den Heimweg gemacht. Der Morgen hatte schon gegraut, aber die Straßenlampen waren noch nicht ausgeschaltet gewesen, und so hatte der leere Bahnhofsvorplatz gespenstisch wie ein hell beleuchteter, zugefrorener Teich ausgesehen.

Noch einmal sah ich mich in der kleinen Gaststube um. Wieder fiel mein Blick auf das Zeitungsinserat zwischen den Flügeln des Fensters. »Die Bahn fährt immer«, sagte ich kopfnickend. – Meine Freundin, so hatte ich von meiner Tante erfahren, lebte seit dem Tod ihres Vaters vor über zwei Jahren mit einem Vetter zweiten Grades zusammen, der als Stellvertreter des Toten aus einem Dorf im Süden nach Zick gekommen war. Er hatte zu Hause eine Frau und war, weil er sich für keine der beiden endgültig entscheiden konnte, immer zwischen Zick und seinem Heimatort unterwegs. Maria, der dieser Zustand unerträglich geworden war, war kurz vor meiner Ankunft in meine Heimatstadt gefahren, um den Sommer bei ihrer Schwester und deren Sohn zu verbringen.

So hatten wir die Rollen getauscht.

Der Rückweg

Der Rückweg ins Dorf führte zwischen niedrigen Hügeln durch, am Grunde eines sich dahinschlängelnden Grabens, in dem es fast windstill war. Die Böschung zu beiden Seiten war bewachsen; von der Sonne angesengtes, fast verdorrtes Gras stand darauf, zwischen dessen Narben der sandige braune Boden durchschien.

Ich dachte wieder an meine Freundin und daran, daß ich ihr einmal, im Kinosaal, versprochen hatte, ich würde sie heiraten. – Irgendwie, das spürte ich, galt dieses Versprechen noch heute, und die unglückliche Verbindung, die sie nach den Andeutungen der Tante mit ihrem Vetter eingegangen war, schien dieses Gefühl zu bestätigen. Vielleicht, so dachte ich, hatte sie all die Jahre darauf gewartet, daß ich kommen würde, und als ich nicht kam, um mein Versprechen einzulösen, hatte sie sich mit dem anderen eingelassen, vielleicht auch war ihr, als dann mein Onkel gestorben war, bewußt geworden, daß ich als sein Stellvertreter kommen würde, und der Gedanke daran, wie beschämend das Wiedersehen mit mir nach ihrem Fehlschlag für sie ausfallen mußte, hatte sie in ihrem Beschluß abzureisen wohl noch bestärkt.

Ich sah von meiner Scheibtruhe auf. – Um mich wogten wie ein unendlicher Ozean die kleinen, dünenartigen Hügel in ständiger, unruhiger Bewegung auf und ab, und gern hätte ich jetzt Rübe bei mir gehabt, weil ich mir vorstellte, wie der Hund, immer ein Stück Weges voraus, mir zwischen diesen sich wie die Rükken einer Herde Rinder aneinanderdrängenden Bukkeln die Richtung gewiesen hätte.

Auf der Hügelkuppe wiegten sich vereinzelte Grashalme – heroben wehte ein heißer Wind, der in den Augen brannte – ein Knacken wie von dürren Zweigen lief vor mir her, ein hoher, feiner Pfeifton, kaum hörbar und immer so, als würde er gleich abbrechen, lag in der Luft. Überall knisterte es; an manchen Stellen erhob sich über dem Weg der in dünnen Strudeln aufgewirbelte Sand zu wandernden Säulen, und vom Scheibtruhenrad spritzten kleine Steine wie Springkäfer oder lebendig gewordene Funken fort. – Es war Mittag, Mittagsschlafenszeit, die Zeit der Mäuse und Wiesel, die in raschen Sprüngen den Weg vor mir kreuzten und manchmal, selbst wie blind von dieser Hitze und wie sich überaschlagend, in einem Zick-Zack-Kurs auf mich zugerannt kamen.

Ich blickte zur Sonne, die, hoch oben, wie ein Spiegel, heller als das Blau des Himmels, in diesem Blau zitternd zu stehen schien – ein stummes Auge, »der kleine Zeuge«, wie man hier dazu sagt, das zweite Auge Ahuras.

Ich dachte an den Tag nach meiner Ankunft, an die ins ausgetrocknete Bachbett gestoßene Scheibtruhe, das ›monyorókérèk‹, das in einer Bodenritze gesteckt war und ›die wilde Jagd‹ angekündigt hatte. – Am gleichen Abend hatte ich vom Wasenmeister meinen Hund bekommen, der jetzt zu Hause bei der Tante war, und seine Totenklage auf meinen Onkel anhören müssen. Ich hatte Naghy-Vág beim Beischlaf mit Ráks Frau belauscht, und während ich, bebend vor Scham, neben dem Vordereingang gestanden war, hatte Rák selbst wahrscheinlich hinter dem Haus alles durch das Schlüsselloch beobachtet. – »Mein Gott, sie werden uns Unglück bringen!« hatte Anna geschrien, und ich hatte es darauf bezogen, daß ich mit De Selby zum Mitwisser eines Geheimnisses geworden war – das in Wahrheit der ganze Ort längst kannte. So hatte alles offenbar einzig dem Zweck gedient, die Freundschaft zwischen De Selby und mir zu zerstören, und ich hatte also mit daran schuld. – »Siehst du«, hatte der Mesner bei Jel Idézö zu mir gesagt, »auch der Herr Wasenmeister sagt es: Du bist schuld!« – Und dafür hatte ich dann im ›London‹ von Zerdahel Namen und Vater bekommen, einen Vater allerdings, der jede Beziehung zu seinem Ableger von Anfang an bestritten hatte.

All das war so nah, als wäre es erst gestern gewesen und nur wie durch die dünne Haut einer einzigen Nacht von heute getrennt, aufbewahrt in einer kleinen, durchsichtigen Kapsel, die ihren Inhalt freigab, wenn man sie eine Zeitlang in seinem Mund herumschob.

Unter dem Schweißband meiner Postmütze bahnten sich kleine Bäche ihren Weg zwischen den Haaren durch und kitzelten mich im Nacken und am Hals. Wie zum Gruß nahm ich die Kappe ab und strich mir mit der Hand über den Kopf. – Es war eine Bewegung, die ich von meinem Onkel her kannte. Ich zuckte zusammen, so als hätte ich mich bei einem Unrecht ertappt, machte sie dann aber ein zweites und drittes Mal, um diese Entdeckung auf ihre Richtigkeit zu überprüfen, den ersten Eindruck zu widerlegen und schließlich doch mich selbst in ihr wiederzufinden. Ich begriff zwar, was sie zu bedeuten hatte, aber die Fremdheit blieb. – Ich war das nicht; weder für meinen Kopf noch für meine Hand war diese Bewegung gemacht.

Wieder sah ich zur Sonne hinauf. Ich schloß die Augen, wollte mich auf die Böschung hinsetzen, konnte es aber irgendwie nicht, stand weiterhin bloß da und sah mich gleichzeitig stehen, die Hände um die Dienstmütze gekrampft wie mein Onkel – in der Haltung eines Rechtlosen, der bei einer neuen Herrschaft vorstellig wird.

Zwei Zeiten, dachte ich, gab es: diese langsame hier, meine, und eine schneller verfliegende Zeit, eine, in der dieser Augenblick schon vor langem einmal gewesen war, in der Tage und Jahre gleichsam wie schnell Verdampfbares, wie Schnee auf einem heißen Stein schmolzen, Wasser wurden, sich verflüchtigten, eine Zeit, die, von einem schnelleren Herzen geschlagen, weiterraste, während ich selbst stumm, wie betäubt und von der Hitze schwankend, weiter dastand, im hellichten Mittag wie zu Mitternacht, auf dem Boden vor mir die Scheibtruhe und mit ihr eingewachsen auf diesem Fleck.

Siebentes Kapitel

LITFÁS

VOR DER LEEREN, TRUHENFÖRMIGEN, MIT PAPPKARton ausgelegten und danach mit verblassenden Fotografien aus alten Modejournalen ausgeklebten Auslage eines kleinen Geschäftslokals, das ich für eine ehemalige Schusterwerkstatt hielt, war ich stehengeblieben. – Eine Weile betrachtete ich mein bläuliches, durch die Unebenheiten des Fensterglases in diesem verzerrt und verbogen wirkendes Spiegelbild. Blaß sah ich darin aus und je nach den unregelmäßigen, an herabrinnende Wasserstrahlen erinnernden Wölbungen der Scheibe einmal schräg nach rechts oben in die Länge gezogen, dann wieder breitgedrückt und nach unten auseinanderfließend, der Kopf wie zwischen den Schultern verschwindend.

Ich stellte mich ein wenig auf die Zehenspitzen, um vielleicht weiter oben eine Stelle zu finden, in der ich mich so sehen konnte, wie ich wirklich aussah, als ich knapp über der Trennwand zwischen Schaufenster und Geschäftslokal und hinter den Borten eines schmutzigweißen, gehäkelten Vorhangs, der bis zu ihr herabreichte, eine kleine, träge Bewegung wahrzunehmen glaubte – kaum merkbar, wie der Flossenschlag eines großen Fisches, der in einem Aquarium wegtaucht. – Ich stützte mich am Fensterglas ab, um über die Trennwand einen Blick in das Geschäftsinnere zu werfen, aber weil es drinnen dunkel war, sah ich nichts.

Hinter den in die Ladentüre eingeschnittenen Gläsern hing ein ähnlicher Vorhang wie in der Auslage. – Ich stellte meine Scheibtruhe ab, trat in den Türrahmen und drückte mein Gesicht gegen die Scheibe, um besser zu sehen, und um das seitlich einfallende Licht abzuschirmen, hielt ich meine Hand vor.

Gerade als ich mich aufrichten wollte, um mich wieder auf den Weg zu machen, ging die Türe auf, und wie um meinen Schrecken noch zu vergrößern, schlug knapp über mir eine alte elektrische Klingel ihren scharfen, schnarrenden Ton an. – Fast wäre ich über die niedrige Stufe in den Laden hineingestolpert, hätte nicht eine kräftige Hand blitzschnell nach meinem Arm gegriffen, um mich vor dem Sturz zu bewahren.

»Vorsicht, Stufe!« hörte ich schräg hinter mir einen Mann warnend ausrufen. Ich zog die Luft vor Überraschung scharf zwischen den Zähnen ein und drehte mich um, konnte aber wegen des raschen Lichtwechsels vorerst kaum etwas erkennen. Erst als sich meine Augen ein wenig an das Dämmerlicht gewöhnt hatten, fing ich an, die einzelnen Teile der Einrichtung zu unterscheiden: den breiten Ladentisch, der sich wie eine Uferbank von der einen Seite des Baumes zur anderen hinzog, auf ihm etwas, das ich zuerst für eine Vase hielt, das sich aber später, bei Licht, als kurzhalsiger, bauchiger Krug entpuppte, und zu meiner Linken, schräg vor dem Schaufenster, das zur Hälfte mit Pappkarton zugenagelt war, einen mit Gewalt in die Ecke gedrückten Lehnsessel, der früher einmal als Sitzgelegenheit für die Kundschaft gedient haben mochte.

»Ich sperre jetzt zu«, sagte der Mann in meinem Rücken, der mich gerade gestützt und aufgefangen hatte, hielt dabei aber die Türe halb offen, wie um mir damit die Gelegenheit zu geben, noch schnell ins Freie zu schlüpfen. Ich tat das allerdings nicht, sondern blieb stehen und sah ihm zu, wie er sich jetzt bückte, um die Türe mit einem Schuber von innen zu verriegeln. Und erst da bemerkte ich, daß er nur halb bekleidet war. Sein einziges Kleidungsstück war ein weites, weißes, sich unter seinen Drehungen übertrieben bauschendes Hemd, das, lang wie ein Nachthemd, bis fast an seine Knöchel hinunterreichte und dessen Ärmel abgeschnitten waren. Aus dem rechten Armloch stand unter den Fransen eines schlecht vernähten Saumes ein knapp über dem Ellbogen amputierter Stumpen vor, und als der Mann, wieder aufgerichtet, vor mir stand, sah ich, daß er einen schütteren, fast weißen Bart trug, der in unregelmäßigen Flecken wie Federflaum sein Gesicht bedeckte und ihm zusammen mit seiner Glatze das Aussehen eines Fauns verlieh. Dieser Eindruck wurde noch durch seinen eigentümlich stolzierenden und gleichzeitig beinahe schwebenden Gang verstärkt und stand in krassem Gegensatz zur schüchternen und verschämten Art, mit der er sprach, solange er sich mit mir im gleichen Raum vor dem Verkaufspult aufhielt.

Kaum aber hatte er das Klappbrett, das in die Wand eingelassen war und der Vergrößerung des Ladentisches diente, hochgeschlagen und war hinter diesen getreten, veränderten sich sein Tonfall und Verhalten mit einem Schlag. Er war zwar weiterhin freundlich zu mir, aber seine Freundlichkeit hatte jetzt etwas Gönnerhaft-Joviales, und auch die Geste, mit der er aus einer der Laden des Tisches ein Geschirrtuch holte, um ihn abzuwischen, erinnerte eher an die eines Gastwirtes, an den Wirt der Gaststätte ›London‹, als an den Mann, der sich gerade noch wegen seiner mangelhaften Bekleidung vor mir geniert hatte. Und während ich soeben noch geglaubt hatte, er stoße beim Sprechen mit der Zunge an und stottere, wenn auch kaum merklich, so klangen seine Worte jetzt überzeugend und fast weltgewandt.

Schöner Name, frühes Leid

»Machen wir's uns gemütlich«, sagte der Einarmige einladend und fügte sofort lachend hinzu, »sofern Gemütlichkeit das ist, was wir uns wünschen.« – Und wie um sein Teil dazu beizutragen, ließ er mit einer schnellen Bewegung einen Teller mit Essensresten, der neben dem Krug auf dem Tisch gestanden war, unter dem Pult verschwinden und brachte, fast gleichzeitig, zwei kleine, geschliffene Gläser und eine halbabgebrannte Kerze zum Vorschein.

»Drehen Sie das Licht wieder aus!« sagte er und wies mit einer Kopfbewegung zum Schalter neben der Tür, den er nach meinem Eintreten betätigt hatte. – »Es braucht niemand zu wissen, daß wir noch da sind.« Er steckte die Kerze in den Hals des Krugs, und nachdem er geschickt mit seiner einen Hand ein Zündholz aus einer Schachtel geholt hatte, klemmte er diese unter seinen rechten Armstumpen und riß das Streichholz an. – »Ich bin nämlich nicht der beste Umgang für frischgebackene Stellvertreter.«

Er hielt das Streichholz an den Docht der Kerze, der, vielleicht weil er stark verrußt war, nicht Feuer fangen wollte; kleine Funken stoben von ihm weg, dann aber brannte er doch. Der Einarmige hob den Krug mit dem flackernden Licht hoch und reichte ihn mir über den Tisch: »Stellen Sie ihn dort drüben hin«, sagte er und wies mit dem Zeigefinger auf das Sims eines kleinen blinden Fensters zu meiner Linken. Er beobachtete mich, wie ich seinen sonderbaren Kerzenleuchter aufstellte, während er sich selbst halb umdrehte, um von einem schmalen, in die Wand hinter ihm eingelassenen Regal, das von einer Holztüre unterbrochen wurde, die ins Freie führte, eine von fünf noch vollen Weinflaschen zu nehmen. Ihren Verschluß – einen Stöpsel aus zusammengerolltem Zeitungspapier – zog er mit seinen Zähnen heraus. – »Für die armen Seelen«, erklärte er, ohne aufzusehen, das Papierröllchen zwischen den Zähnen. Er stellte die Flasche auf den Ladentisch, hob hintereinander die beiden Gläser, um sie auf ihre Sauberkeit hin zu prüfen, und spuckte das Papier schließlich in einem weiten Bogen seitlich aus.

»Nehmen Sie ruhig inzwischen Platz«, sagte er, wohl weil ich neben dem Fenster stehengeblieben war, irgendwie linkisch, denn ich wußte nicht, wie ich mich verhalten sollte. »Aber passen Sie auf den Sessel auf, er gehört mir nicht.« – Jetzt goß er die beiden Weingläser, die vor ihm auf dem Pult standen, bis zum Rand voll, wobei er seinen Kopf geneigt hielt. Seine Verrichtungen, aber nicht nur sie, sondern auch seine Sätze folgten so automatisch aufeinander, als folgten sie den festgelegten Regeln eines Spiels, das nach dem immer gleichen Plan durchgeführt und zu dem der jeweils Hereingekommene als Handlanger beigezogen wurde. – Der Einarmige nahm jetzt vorsichtig eines der beiden Gläser zwischen Daumen und Zeigefinger, um nur ja nichts zu verschütten, und schob es mir über den Ladentisch zu. Er sah mich an und machte eine einladende Bewegung, dann hob er das eigene Glas geschickt in einem einzigen Schwung hoch und kippte es – ohne dabei seine Lippen zu berühren – in sich hinein.

Ich beobachtete all seine Bewegungen genau, und je länger ich es tat, desto mehr gewann ich den Eindruck, er wolle sein Gegenüber mit seiner Geschicklichkeit beeindrucken und immer wieder darauf hinweisen, wie gut er ohne einen zweiten Arm auskam, ja, um wie viel geschickter er mit diesem einen Arm umzugehen verstand als der andere mit zweien.

»Und Sie sind also Halbwegs«, sagte er schließlich zufrieden und lehnte sich in seinem Stuhl zurück. Er sah mich forschend an, so daß ich unter seinem Blick den Kopf senkte. Eine Pause entstand. Nur das Flakkern der Kerze auf dem Sims über mir war zu hören. – »Wie gefällt es Ihnen bei uns?« fragte der Einarmige in die Stille. Seine Frage klang, als sollte sie mich aufmuntern, aber ich starrte nur weiterhin wortlos auf das volle Glas, das ich in meiner Rechten hin und her drehte. »Nicht besonders gut, wie?« fragte er. Ich schüttelte den Kopf und sah nun auf, bemerkte aber, daß er sich für meine Antwort gar nicht zu interessieren schien oder sie schon im voraus wußte – denn viel mehr interessierten ihn offenbar seine vorne spitz zulaufenden Fingernägel, die er aufmerksam untersuchte.

Er stand auf.

»Ich bin Litfás«, sagte er, neben seinem Stuhl stehend und unter einer leichten Verbeugung. Es klang wie die Einleitung zu einer umständlichen Erklärung, die er nun abgeben würde und an deren Formulierung er lange gefeilt hatte. Dennoch gelang sie ihm aber nicht, denn er verstummte wieder und fing an, nachdenklich in dem schmalen Gang zwischen Verkaufspult und Regal auf und ab zu gehen. Mir war das recht. – Müde vom vergangenen Tag, drückte ich mich tiefer in meinen Sessel und schloß die Augen. Ab und zu hörte ich ihn leise durch die Nase schniefen, dann wieder setzte er sich geräuschvoll auf seinen Stuhl hin, schenkte sich Wein nach und trank ihn schlürfend und in langen Abständen, wie jemand, dem kalt ist oder der über ein schwieriges Problem nachdenkt. – Diese kleinen, sich wiederholenden Laute hatten etwas angenehm Einschläferndes, das noch durch das zeitweilige, selbstvergessene Kratzen seiner Fingernägel auf der Tischplatte verstärkt wurde. Im Geschäft herinnen war es warm, und gerade als ich dann tatsächlich einschlafen wollte, hörte ich, wie er seine Stimme hob.

»Trinken Sie jetzt«, sagte er feierlich, so als wäre ich endlich in der erforderlichen Gemütsverfassung. – Ich hob das Glas an meine Nase und roch daran. Der Wein hatte einen fremdartigen, leicht stechenden Geruch, wie von den Nadeln eines mir unbekannten Baumes. Ich nippte ein wenig. – »Gut so«, sagte der Einarmige und nickte mir aufmunternd zu. Ich nahm noch einen Schluck, zuckte unwillkürlich zusammen und schnalzte wegen des eigentümlich scharfen Geschmacks mit der Zunge. Ich wollte mich in meinen Sessel zurücklassen, beugte mich aber statt dessen vor, stützte, irgendwie ratlos, die Ellbogen auf die Knie und drehte das Glas in meinen Händen. Es war mir, als hätte mich eine unerwartete Neuigkeit aus dem Gleichgewicht gebracht und verlegen gemacht, und wie durch ein Wunder war ich mit einem Mal wieder hellwach.

»Der Wein schmeckt gut«, stellte Litfás zufrieden fest und nickte mir über den Tisch vertraulich zu. »Gyanta«, erklärte er, »geharzter Wein.«

Er goß das eigene Glas von neuem voll und trank es aus, behielt dabei aber die Flüssigkeit eine Zeitlang im Mund und spitzte die Lippen, um die Luft, die er pfeifend durch sie einsog, darüberstreichen zu lassen. Es war das Schlürfen, das ich vorhin schon gehört hatte. – Er sah mich ruhig an. Ich wußte, er erwartete, daß ich nun reden würde, setzte, als ich weiterhin nichts sagte, selbst zu einem Wort oder Satz an, schloß dann aber den Mund und schwieg.

»Sie machen es einem nicht leicht, Halbwegs«, sagte er schließlich ernst, aber nicht unfreundlich. – »Halbwegs«, wiederholte er. Jetzt räusperte er sich. – »Litfás und Halbwegs«, fing er noch einmal an, »zwei schöne Namen.« Er wiegte seinen Kopf. – »Schöner Name, frühes Leid, nicht wahr?« Wieder machte er eine Pause. Er schien über etwas nachzudenken, das lange zurücklag, und gleichsam aus der Ferne dieser

Zeit sagte er schließlich heiser: »Ich besaß einmal einen Hasen, der so hieß wie Sie.«

Es klang wie Spott. – Ich sah auf, aber er schien ganz von seinen Erinnerungen gefangen. Traumverloren saß er da und lauschte, den Kopf zur Seite geneigt, nach oben, wie hinauf in einen Raum, von dessen Existenz ich nichts wußte.

»Wissen Sie«, fuhr er dann fort und blickte mich nachdenklich an, »es ist die Verzweiflung, die uns für Unmögliches unmögliche Namen eingibt.« Der Satz war eine gesungene Klage. »›*Das Leben ist närrisch und bedeutend zugleich*‹, heißt es einmal. ›*Und wenn über das eine nicht gelacht und über das andere nicht spekuliert wird, dann ist das Leben banal.*‹« Er machte eine unbestimmte Bewegung mit seinem Armstumpen. »›*Dann hat alles nur kleinstes Ausmaß*‹«, zitierte er weiter. Es klang endgültig, aber im gleichen Tonfall fügte er noch hinzu: »›*Dann ergibt alles nur einen kleinen Sinn und einen kleinen Unsinn.*‹« Der Einarmige erhob sich wieder und machte ein paar zögernde Schritte. Er wandte sich zu mir um: »Gefährliche Sätze sind das!« sagte er warnend. »Sätze, die aus der Grube der Verzweiflung gerufen sind, die man nüchtern gar nicht aussprechen sollte.« Er unterbrach sich und ging wieder ein Stück. »Sie erlauben alles«, rief er die Wand an, »sie entschuldigen alles!« Er hielt kurz vor der Mauer inne. »Gleichzeitig schütten sie alles zu.« Wieder drehte er sich um. »Passen Sie auf«, sagte er ruhig.

»Ich stand am Rande eines Abgrundes, als mir passierte, was ich Ihnen nun erzählen werde.« Er nahm auf seinem Stuhl Platz. Auf seiner Stirne standen winzige Schweißperlen, wie die Vorwegnahme der Anstrengungen, die ihm seine Erzählung bereiten würde. – »Es passierte vor etwa drei Jahren drüben in Tadten.« Er rückte seinen Stuhl zurecht. »Das ganze Dorf war in Bewegung. Es hieß, daß wir nach Varbalog zum Kirtag fahren sollten – Kirtag und Markttag fielen aufeinander, und jeder rechnete natürlich mit einem Riesenrummel und damit, den einen oder anderen Potlatsch mitzumachen. – Wissen Sie überhaupt, was ein Potlatsch ist?« unterbrach er sich, um sich zu vergewissern, wieviel ich wüßte und wo er mit seinen Erklärungen zu beginnen hatte.

»Das Wort Potlatsch kommt eigentlich aus dem Ungarischen«, führte er aus, als ich verneint hatte. »Es heißt richtig ›potlás‹, und das bedeutet so viel wie ›Ersatz‹. Es gibt zwei Arten des Potlatsch, den nagypotlás, das ist der ›große‹, und den kispotlás, den kleinen Potlatsch, und wenn wir von einem Potlatsch erzählen, dann meinen wir in der Regel den kleinen, weil er der häufigere ist. – Kommen Sie her!« Er winkte mich zu sich hin. »Geben Sie mir Ihr Glas!« – Ich folgte ihm, neugierig, was er damit machen würde. Er nahm es mir aus der Hand und sah mir in die Augen. – »Sie müssen aber nicht bleiben, wenn es Sie nicht interessiert«, unterbrach er sich. Ich gab keine Antwort, erwiderte aber seinen Blick, bis er die

Augen senkte, und sich, wie entschuldigend, räusperte.

»Also«, fing er an. »Stellen Sie Ihr Glas hierher.« Er wies mit dem Finger vor sich auf das Verkaufspult. Ich tat es und wartete. – »Stützen Sie Ihre beiden Hände hier auf und sehen Sie mich an!« Er legte seine Linke auf das Klappbrett. Ich folgte ihm abermals, während er, ohne wegzusehen, das Weinglas, das neben ihm auf dem Ladentisch stand, in die Hand nahm, an die Lippen hob und einen Schluck daraus tat. Wie vorher hielt er den Wein eine Weile im Mund, rollte ihn hin und her und schloß die Augen. Dann schluckte er, ließ ein paar Sekunden verstreichen, blickte wieder auf und stellte das Glas zurück. – »Nichts«, sagte er, beinahe triumphierend. – »Die anderen behaupten nämlich immer, sie könnten am Wein schmecken, was einer gerade gedacht hat. – Komisch, ich schmecke beim Potlatsch nie was!« Er sah mich prüfend an. – »Haben Sie's schon einmal versucht?« fragte er und schob mir das Glas, aus dem er vorher getrunken hatte, über den Tisch zu.

Ich verneinte.

»Probieren Sie's!« sagte er. – Ich hatte das Gefühl, er verlange etwas Unrechtes von mir und wisse das auch, und wollte ablehnen, aber er ließ meinen Widerspruch nicht gelten. – »Versuchen muß man's«, sagte er kategorisch und wies mit dem Finger auf das Glas. – »Den Versuch ist man schuldig – immer!«

Ich gab nach. – Vielleicht weil ich den ganzen Tag noch nichts gegessen hatte, spürte ich, wie sich mein Magen, kaum daß ich getrunken hatte, unter der Einwirkung des Weins zusammenzog und mein Oberkörper hin und her zu schwanken begann, während sich meine Hände hilfesuchend um das Klappbrett krampften. Ich preßte die Lider fest zusammen, um das Schwindelgefühl zu vertreiben und mein Gleichgewicht wiederzuerlangen, während Litfás, ohne auf meinen Zustand zu achten, wieder stampfend hinter dem Ladentisch auf und ab zu gehen anfing und wie in einem Selbstgespräch laut vor sich her redete.

»Stop!« rief er, ohne aufzuschauen. »Haben Sie etwas gespürt?« Er hielt mir den Rücken zugewandt. »Nein?« sagte er. Er wußte die Antwort im vorhinein. – »Dann müssen Sie's eben noch einmal versuchen!« Er stützte sich an der Wand ab und gab sich einen Stoß. Mit zwei großen Schritten war er bei mir.

»Also«, sagte er ungeduldig. – »Geben Sie her!« Er streckte die Hand aus. »Ich bin zuerst dran.«

Ich gab ihm mein Glas, aber er wehrte ab und verlangte das, aus dem er als erster getrunken hatte. »Nur nicht vermischen!« sagte er wichtigtuerisch. »Wenn man vermischt, war alles umsonst.« Er hielt das Glas in die Höhe, den Stiel zwischen Daumen und Zeigefinger, und schwenkte es ein paarmal hin und her.

»Seine volle Blume«, sagte er dann, als läse er aus einem Buch über Getränkekunde vor, »entfaltet der geharzte Wein erst, wenn man ihn vor dem Trinken ausgiebig schwenkt. – Nur Nichtkenner trinken Gyanta-Wein ungeschwenkt!«

Er sah mich nachdenklich an. – »Der kispotlás«, sagte er dann. »*›Hochwasser soll vor dir sein, Schlamm soll hinter dir aufstehen!‹* sagen die Schriften. – Zum zweitenmal wird das Flüssige vom Festen geschieden.« Er nahm einen Schluck, wobei er mit seinem linken Arm weit ausholte und, die beiden letzten Finger feierlich wie bei einem Zeremoniell weggespreizt, das Glas fast waagrecht an seinen Mund führte. Wie einen weichen Schnabel stülpte er seine Oberlippe bis weit über die Glasmitte vor und sog die Flüssigkeit ein. – »Mir das Klare«, sagte er und schnalzte mit der Zunge, »dir den Schlamm!« Er hielt mir das Glas einladend hin: »Im Schlamm wühlen und vielleicht einen Schatz darin finden.«

Ich nahm das Glas in die Hand und roch daran. An irgend etwas erinnerte mich dieser Geruch, an etwas, das lange zugeschüttet in mir gelegen hatte. Ich tat noch einen Schluck, und als ich mich über dem Verkaufspult zusammenkrümmte, weil mich wieder diese Übelkeit überkam, bemerkte ich, wie mich der Einarmige aus seinen beinahe wimpernlosen Augen neugierig und kalt musterte.

– ›Muß man nicht essen, solange irgend etwas Eßbares da ist? – Darf man vermeiden?‹ hatte Rák am Vormittag gerufen, und einen Augenblick lang war ich versucht, diese Frage nun an Litfás zu richten, hielt mich dann aber doch zurück. – ›Man darf zwar, aber man soll es nicht‹, hatte Ráks Antwort gelautet. – Ich wollte meine Hand öffnen, um das Glas loszulassen, aber es gelang mir nicht. Nur um so fester umklammerte ich seinen Stiel.

»Stop! – – Woran habe ich gerade gedacht?« hörte ich Litfás wie aus einem Nebenraum rufen.

Ich verstand seine Frage, schüttelte aber den Kopf. Sie galt nicht mir. – Ich sah an meiner Hose hinunter, sah den Rowisch*, die Schlangenlinie des gestickten Saums, deren Anblick Rák so sehr erregt hatte. – ›Dieses Zick-Zack!‹ hatte er gerufen, ›dieses schnelle Hin und Her!‹ Ich biß mir auf die Lippe, schloß die Augen. Auf einmal ergaben seine Worte Sinn. – Wo war er jetzt? Warum hatte er sein Versprechen gebrochen und war nicht wiedergekommen, um mir die Frau zu zeigen, von der er erzählt hatte.

»Rák«, sagte ich laut. – Der Name klang aus meinem Mund wie das Knurren eines Hundes.

»Was haben Sie gesagt?« fragte der Einarmige und starrte mich ungläubig an, wobei er seinen Armstumpen wie einen kurzen Flügel an sich zog.

»Nichts«, wehrte ich ab.

»Wissen Sie«, sagte er, ohne sich weiter darum zu kümmern, »in unseren Schriften gibt es eine Stelle, die für uns alle von größter Tragweite ist. – ›*Das meiste von dem, was für euer Leben Bedeutung hat*‹, heißt es dort, ›*geschieht in eurer Abwesenheit.*‹ – Nicht die Tat gilt, sondern das Bild der Tat. Nicht das, was wir tun, sondern das, was mit dem, was wir tun, geschieht – nur das zählt. Die Tat, sagt man, ist das dumme Stück Holz, in dem die Zeit gefangen ist. Frei wird sie erst, wenn sich das Holz unter der Peitsche des Hörensagens zu drehen anfängt. – Und nicht das zählt, was sich in einer Tat verrät, sondern

* So nennen die Bieresch eine mit Bändern verzierte Hosennaht.

das, was sich hinter ihr verschweigt. – Der kispotlás!« rief der Einarmige aus, ohne daß ich den Sinn seiner Worte verstand.

»Schon hundertmal habe ich es erlebt: diesen Ausdruck von Bestürzung und Ratlosigkeit, der sich im Gesicht des Betroffenen breitmacht, wenn ihm sein Gegenüber plötzlich das Glas aus der Hand reißt und: ›Mir den Schlamm!‹ ruft. – Sie sollten einmal den Sturm erleben, der dann losbricht! Es geht zu wie bei einer Kartenpartie, bei der man sich die ewige Seligkeit ausschnapst.« Litfás sah mich an. »Es ist lächerlich, schamlos, und trotzdem ernst wie der Tod«, erklärte er. »Da sitzen wir dann zu zehnt oder zu zwölft um den Tisch, und jeden Augenblick hört man, wie irgendeiner aus seiner Ecke ›Das Klare!‹ ruft und der Rest zur Antwort ›Den Schlamm!‹ schreit. Jeder schnuppert und schnauft über dem Glas seines Nachbarn, bis er ganz toll davon ist – denn der Zucker am Boden des Glases ist der Bodensatz der Erkenntnis. – Zu ihm muß er durch!«

Er unterbrach sich.

»Eines fällt auf«, sagte er ernst und schenkte sein Glas bis zum Rand hin voll, »und das sollte denjenigen, die sich über den Potlatsch lustig machen, zu denken geben: So viel dabei auch getrunken werden mag – noch nie ist es vorgekommen, daß einer seinen Tisch nicht ebenso nüchtern wieder verlassen hätte, wie er gekommen ist.« Er wies mit dem Finger auf das Glas vor ihm. »Dieser Wein macht nicht betrunken!« erklärte er. »Unsere Kinder trinken ihn, ohne Schaden zu nehmen! Unsere Frauen!« Wieder sah er mich an, und ruhig fügte er nach einer Pause hinzu: »Unsere Frauen ganz besonders.«

»Wissen Sie übrigens, wie ich als Göd genannt wurde?« Ich schüttelte den Kopf, aber so als hätte ich den Namen gesagt und als würde er ihn nur zur Bestätigung wiederholen, nickte er: »›Sieben-See-und-kein-Wasser‹! – Ein seltsamer Name. Taucht nur alle paar Generationen einmal auf.« – Er dachte nach. »Er wird in einer Legende erwähnt«, sagte er schwer. »Sie berichtet von einem Anochi, von dem es hieß, er habe sich ein Sitzgrab ausgehoben und sei durch das Seelenloch zu den Toten hinuntergestiegen. Er habe ein Jahr und einen Tag dort unten zugebracht, um von den Toten zu erfahren, wie sie es zustande brachten, friedlich miteinander zu leben. – Als er von seiner Reise zurückkehrte, fragten ihn die anderen Bieresch, was er erlebt hätte, aber immer wieder sagte der Eingegrabene nur diese fünf Worte: ›Sieben See, und kein Wasser!‹ – Egal.«

Litfás erhob sich abrupt. Ohne sich im mindesten zu genieren, öffnete er seine Hintertür und stellte sich in den offenen Rahmen, um sein Wasser zu lassen.

»Sie haben vorhin den Namen Rák erwähnt, nicht wahr?« fragte er über seine Schulter. Er schüttelte die letzten Tropfen von seinem Glied ab und kam zurück. Wie eine Frau strich er sein Nachthemd vorne glatt, bevor er sich wieder setzte.

»Rák«, sagte er. »Rák und Anna.« Er machte eine Pause, dann fragte er nachdenklich: »Wissen Sie, wie wir sagen, wenn einer mit einem Schlag alles verliert, was er besessen hat?«

Ich verneinte.

»›Gott hat nachgedacht!‹« sagte er dumpf, und eher wie eine Feststellung als fragend fügte er dann knapp hinzu: »Sie kennen Anna?«

Ich nickte.

»Anna war einmal meine Frau«, erklärte er. »Ich habe sie damals beim Potlatsch in Tadten am Würfeltisch verloren.«

Der Einarmige ließ sein Weinglas hart auf der Tischplatte aufschlagen. – Ich zuckte zusammen. Rák fiel mir wieder ein: »Diese mir am Würfeltisch zugefallene Frau«, hatte er am Vormittag zu mir gesagt.

»Als ich Sie vorhin fragte, woran ich gerade dachte«, unterbrach der Einarmige meine Erinnerung, »da hatte ich an Rák gedacht – verstehen Sie!«

Siebentes, längeres Gespräch

»Ort der Handlung also, wie gesagt, Tadten«, sagte er nun entschlossen und so, als hätte er vor mir nichts mehr zu verbergen. »Gasthaus Kuh. – Zeit der Handlung: Im nächsten Herbst sind es drei Jahre.« Er räusperte sich. »Seit damals zünde ich jeden Abend diese Kerze an.« Mit einer Kopfbewegung wies er zum Fenster. »Ich zahle mein Leben zurück – Rate für Rate.«

Ich blickte zur Kerze hinauf, die auf dem Fenstersims stand. Das Fenster war blind, seine Innenflügel waren wie der untere Teil der Auslage mit Pappkarton zugenagelt worden. Es war ein Firmenkarton, auf dem ein Mann abgebildet war, der mit der Rechten eine Flasche in die Höhe hielt wie eine Trophäe und zu einer Art Freudentanz anzusetzen schien. »Egy uj társasjáték« – ›ein neues Gesellschaftsspiel‹ stand darunter. – Ich dachte daran, was Litfás gerade vom Potlatsch erzählt hatte. – Die Umrißlinie des Körpers des Tanzenden war in regelmäßigen Abständen von kleinen Kreisen unterbrochen, die wie auf sein Gewand genähte Kugeln oder Schellen aussahen, so daß der Eindruck, es handle sich bei dem Tänzer um einen Spaßmacher, noch verstärkt wurde.

– Mein Religionslehrer aus der Hauptschule fiel mir ein. Er war ein kleiner, dünner, nervöser Mann gewesen, der knapp unter der rechten Handwurzel eine Wucherung von der Größe und Form eines Gänseeis gehabt hatte, die immer dann zu sehen war, wenn er seine Worte heftig gestikulierend unterstrich. – Früher einmal, so hatte er eines Tages erklärt, habe man Schellen zum Vertreiben böser Geister verwendet; später seien dann Verrückte oder Aussätzige mit ihnen behängt worden, Menschen, von denen man geglaubt hatte, sie seien von bösen Geistern besessen, und vor deren Näherkommen man rechtzeitig gewarnt werden wollte. Er hatte erzählt, daß auch unsere Kirchturm- und Feuerglocken ihren Ursprung in diesen Schellen hätten. ›Ein Aberglaube, den sich ein Papst zunutze gemacht hat!‹ hatte er ausgerufen, und beim Wort ›Aberglaube‹ hatte er mit der Rechten eine verächtliche Handbewegung gemacht, wodurch einen Augenblick lang die häßliche, gelbe Geschwulst unter seinem Rockärmel aufblitzte.

Dieses Zusammentreffen hatte einer meiner Mitschüler genützt, um träge die Hand zu heben und den Lehrer zu fragen, ob auch er böse Geister vertreiben wolle oder ein böser Geist sei, weil er da an der Hand eine solche Schelle tragen müsse. Der Lehrer war für einen Moment wortlos dagestanden und hatte ausgesehen, als bekäme er keine Luft, hatte dann aber, wie zur Antwort auf die Verhöhnung des Schülers, mit hoher, leiser, aber durchdringender Stimme zu uns gewandt weitergeredet und gesagt, es habe zur gleichen Zeit in unserer Heimat ein Gesetz gegeben, wonach ein Fremder, der, ohne sein Kommen mit Lärm angekündigt zu haben, unter die Dachtraufe getreten sei, von hinten mit einem Beil oder einer Keule getötet werden durfte. Er hatte diese Worte in einem so scharfen, selbstsicheren Ton gesagt, daß nun der Schüler, der ihn verspottet hatte, bleich geworden war und sich sofort entschuldigt hatte.

Die Glocke über Litfás' Ladentür fiel mir ein. ›Litfás‹, dachte ich, ›hat nur einen Arm. Er kann sich nicht wehren.‹ –

»Es war Mittwoch«, sagte er jetzt, wie um zu verhindern, daß ich weiter nachdachte. »Ausgemacht war, daß wir Männer zum Kirtag nach Varbalog fahren, während die Frauen – außer Anna war Ihre Frau Tante mitgekommen – inzwischen mit Oslip im Wirtshaus auf uns warten sollten. – Oslip konnte nicht mit«, warf Litfás wie entschuldigend ein, »er konnte sich schon damals nicht mehr allein auf den Beinen halten. – Ich weiß nicht, ob sie's Ihnen gesagt hat«, unterbrach er sich wieder, »und vielleicht sollte ich auch gar nicht darüber reden, denn im Grunde hat es wohl weder mit mir etwas zu tun, noch mit Ihnen.« Er sah mich an: »Wir anderen hatten noch nicht einmal erfahren, daß Oslip schon verloren war«, sagte er, »da hatte ihn Ihre Tante bereits zu ihrem Liebhaber gemacht! – Ihre Tante ist eine sonderbare Frau.« Er zögerte, ob er fortfahren sollte oder nicht, entschloß sich dann aber doch dazu: »Sie liebt die Kranken!« sagte er heiser. »Anna und Lina sind wie Schwestern – und Lina hat den kleinen Oslip zu Tode geliebt!« Er warf mir einen unsicheren Seitenblick zu.

»Es sind die alten Geschichten«, sagte er dann und machte eine wegwerfende Handbewegung, so als wollte er damit das gerade Gesagte wieder ungesagt machen. »Jeder kennt sie, jeder spricht über sie, und vielleicht wäre es wirklich das beste, man würde sie vergessen und begraben. – Die Tat und das Bild der Tat«, sagte er wieder. »Hier weiß jeder alles über den anderen; der Spielraum ist zwar nicht knapp bemessen, aber bekannt und damit praktisch überhaupt nicht vorhanden. Alles, was geschehen kann und geschieht, jede Tat oder Untat, ist nur eine Wiederholung dessen, was immer schon war. *›Die Vergangenheit‹*, lehren die Schriften, *›ist der Stoff, aus dem die Zeit gemacht ist, und jeder Augenblick, der vergeht, muß augenblicklich zu ihr zurück.‹* – ›Unschuldig‹, heißt es ein andermal, ›seid ihr nur, weil ihr von unserer Schuld nichts wißt. Aber daß ihr von unserer Schuld nichts wißt, gerade das macht euch schuldig.‹ – Egal«, sagte er verächtlich. »Wir sind ohne Bedeutung. Die Zukunft liegt zwar nicht hinter uns, wie manche glauben, aber sie liegt einfach nicht auf unserem Weg. – Passen Sie auf!« Er zog eine Lade unter seinem Verkaufspult auf und holte ein paar Dinge heraus: eine Nagelschere, eine kleine, flache, emaillierte Dose mit Schraubverschluß und eine Zwirnspule, in der eine Nadel steckte. Das, was er gesucht hatte, schien nicht darunter zu sein. »Was da wohl drin sein mag?« sagte er, als er Spule und Schere wieder zurück in die Lade gelegt hatte, und schüttelte die Dose knapp vor seinem Ohr. Es machte ein leises, knisterndes Geräusch. – »Stecknadeln?« – Er legte auch die Dose zurück.

»Haben Sie zufällig eine Zigarette?« fragte er und sah mich an.

Ich verneinte.

»Macht nichts.« Er nahm seine Erzählung wieder auf:

»Es passierte also in Tadten. – Wir waren beim Kirtag in Varbalog-Szerdahely gewesen. – ›Szerdahely‹ bedeutet Mittwochmarkt«, erklärte der Einarmige. »Markt- und Kirtag fielen aufeinander.« Wieder beugte er sich, offenbar noch immer auf der Suche nach Zigaretten hinunter, zog die Lade weiter auf und steckte förmlich seinen Kopf hinein. »Rák hatte eine Säge kaufen wollen, hatte aber keine bekommen.« Er redete wie mit der Lade. »›Kleiner Diebstahl‹ hatte im Gasthaus Karten gespielt und sein gesamtes Geld verloren. Der Jude schleppte eine Leiter an, die er dem Bruder seines Vaters am Nagelstock abgewonnen hatte.« Jetzt schob er die Lade zu. »Außerdem waren noch Inga, Naghy-Vág und De Selby dabei. Mich mitgezählt, insgesamt sieben Personen also – eine gerade noch überschaubare Gruppe.« Er klang als gäbe er eine Aussage zu Protokoll.

»Gleich nachdem wir unseren Wagen vor dem ›Az Elején‹ abgestellt hatten – es ist das erste Gasthaus am Ortsrand von Varbalog und bedeutet ›Zu Anfang‹ – gleich nach unserer Ankunft also hatten wir uns getrennt. Jeder ging seiner Wege; nur De Selby und ich blieben, wie gesagt beisammen. – Auf den Mesner muß man aufpassen!« sagte der Einarmige und warf mir dabei einen Seitenblick zu. »Er ist wer ganz Kostbarer! – Egal. Wir waren bloß kurz auf dem Marktplatz gewesen und hatten uns umgesehen. Es war nichts łos, immer dasselbe, und am liebsten wäre ich sofort wieder gegangen, aber der Dicke wollte nicht – er ist wie ein Kind, das sich nicht sattsehen kann, besonders dann, wenn er etwas schon kennt. Also blieben wir ein wenig. Er trank seine Limonade, während ich mir aus Langeweile aus der Hand lesen ließ. Die Handleserin war eine Zigeunerin, also verstand ich nicht einmal die Hälfte von dem, was sie sagte, und was ich verstand, war mir nicht neu. – Stop!« sagte er wieder. – »Wir waren jedenfalls lange vor den anderen da und warteten auf sie bis nach Mittag im Straßengraben vor dem Gasthaus. De Selby war unruhig; vielleicht spürte er da schon was. Immer wieder sprang er jedenfalls wie ein Verrückter aus dem Gras hoch und klatschte ungeduldig in die Hände, weil er die anderen nicht kommen sah. – Endlich kamen sie dann doch. Jeder erzählte seine Geschichte und zeigte die Sachen vor, die er mitgebracht hatte, während De Selby immer ungeduldiger zur Heimfahrt drängte.

Schließlich holten wir die Ochsen aus dem Hof. Sie standen da, wie wir sie hatten stehen lassen: wie festgewachsen. – Und dementsprechend war dann auch unsere Heimfahrt!«

»Alle hatten ihre Habseligkeiten umständlich am oder im Wagen untergebracht, waren aufgeregt wie vor einer Weltreise und zerfahren, als fürchteten sie, das Wichtigste vergessen zu haben. Jeder schien zu glauben, er müsse höchstpersönlich die Räder selbst noch überprüfen, den Halt der Deichsel, den Zug der Schnüre, die Befestigung des Gepäcks; dabei brannte die Sonne auf uns herunter wie durch ein Vergrößerungsglas. Eine unbegreifliche Feindseligkeit war plötzlich zwischen dem aufgekommen, was jeder einzelne tat, und dem, was die anderen taten. Jeder Handgriff hob die Handgriffe der Vorgänger auf, jedes Wort war eine Widerrede, ein Knoten schien in alles geknüpft worden zu sein. Nur eins war klar: Wir wollten weg von hier, so schnell es ging. – Aber schnell ging's nicht. Auf allen vieren hätten wir den Weg in dieser Zeit zurücklegen können!« Litfás atmete heftig.

»Schließlich fielen wir geradezu vor Erschöpfung in den Wagen«, fuhr er fort. »Der Jude hielt sich mit beiden Händen am Wagenrand fest, um nicht umzufallen. Stitz lehnte tot an der Rückwand des Fuhrwerks. Inga hatte sich, kaum daß er eingestiegen war, auf den Boden hingesetzt und tonlos in einem fort dieselbe Melodie vor sich hingepfiffen. Es war die Angst. – Zweimal brüllten die Ochsen. Naghy-Vág, der vorne auf dem Kutschbock saß, schlug, betrunken vor Schwäche, ziellos auf sie ein, weil sie nicht weiterwollten. Keiner sagte etwas. Man konnte die Erde keuchen hören in dieser Hitze.« Der Einarmige sah auf. Er blickte an mir vorbei. »Etwas Böses war geschehen«, sagte er. Der Satz klang in der Stille des Raumes wie verloren, aus einem anderen Raum hierher verirrt.

»Der Karren streikte. – Die Räder drehten sich nicht, sondern rutschten nur irgendwie über den Boden. Alle blickten stumm vor sich hin, und wenn manchmal dennoch zwei gleichzeitig aufsahen und ihre Blicke sich kreuzten, dann war es, als würden sie einander nicht kennen, sondern starrten sich über einen Abgrund hinweg an – mit der Mordlust einer fremden Rasse. – Ein Haß brannte zwischen uns im Wagen, und eine Fremdheit lag zwischen ihm und der Landschaft draußen, wie ich es noch nie zuvor erlebt hatte. Jeder schien im stillen die anderen zu verfluchen und suchte gerade nach Worten für diesen Fluch, starrte abwechselnd, die Hände zur Faust geballt, auf den Boden und hinaus, so als verzweifelte er darüber, daß das Unheil, das er herbeifluchte, noch immer nicht eingetreten war.« Wieder unterbrach er sich. Mit dem Hemdsärmel wischte er sich den Schweiß von der Stirn.

»Wir saßen fest«, sagte er schwer und ließ, wie um die Aussichtslosigkeit jener Lage damals zu unterstreichen, seine Faust auf die Tischplatte fallen. »Im Wagen war es totenstill. – Alles schien uns aus dem Weg zu gehen und auszuweichen: Es war, als würde sich die Erde unter uns auf einmal doppelt so schnell fortdrehen, die Bäume bogen sich weg, und wie ein Führer rollte vor uns – vom Wind dahingetragen – ein dürres Bündel aus Zweigen, ein monyorokérék! – Die Luft war unatembar. Glaswolle!« Jetzt sah er mich an.

»Und plötzlich hatte ich dann dieses Gefühl, ich müßte zerbersten!« rief er. »In dieser auffliegenden Stille, in der wir zu stehen und zu warten hatten, war es mir, als wären auf einmal alle Steine lebendig geworden und drückten sich tiefer vom Wagen weg ins seitliche Gras, als würfe sich das Korn unter den Blikken aus meinen Augen und von Naghy-Vágs Peitsche geschlagen hin und her, als liefen verdorrte Grasbüschel wie Spinnen vor unseren Rädern herum und davon. Ein Kreischen fuhr durch die Luft, als würden riesige Metallstücke zwischen zwei Walzen zermahlen. Die Zeit stand still. – In einer Spiegelung tauchte vor mir eine Bergkette auf, die weit hinter uns in unseren Rücken lag – das Massiv von Györ!« Litfás hielt inne. – »Alles war wie verhext!« rief er wieder. »Immer unerträglicher wurde dieses Mahlen, immer näher schien es zu kommen. Ich sah zur Sonne hinauf: Gelblich glänzend, hin und her schaukelnd hing sie am Himmel, ein böses, von einer bösen Hand dahingezaubertes Auge. – Stop! – ›Sie schielt!‹ schrie ich.«

Der Einarmige hatte sich vorgebeugt und blieb in dieser Stellung wie zu einem Sprung bereit sitzen.

»Ich hatte es noch nicht ausgerufen«, sagte er und ließ sich wieder zurücksinken, »da sah ich es schon: eine zweite, dünne, blassere Sonne, die wie eine gefärbte Blase aus der ersten wegtrieb, in den Himmel hinein, wo sie einen Augenblick lang in gleicher Höhe stehenblieb und dann langsam sank. Das Syzygium! Zeit und Gegenzeit. – Es war ein ekelhafter, alles verächtlich machender Anblick, bei dem ich mich augenblicklich über den Wagenrand übergeben mußte«, sagte er und fügte nach einer kurzen Pause hart hinzu: »Rückwirkend schuldig geworden!«

»Es heißt«, erklärte er, »daß die Dinge manchmal im nachhinein eine Ordnung für sich suchen, die der Reihenfolge ihres Auftretens widerspricht. – Ursache und Wirkung tauschen miteinander die Plätze; das andere Urteil tritt in Kraft.« Er fuhr mit der Hand durch die Luft und ließ sie einen Augenblick lang wie etwas Schweres da hängen. »Das Opfer wird als Täter überführt.«

»Ich sagte: ›Sie schielt!‹« sagte Litfás und sah auf seine Hand hinunter, die wie etwas nicht zu ihm Gehörendes vor ihm auf der Tischplatte lag und zuckte. »Ich hörte ein leises Knirschen, das Bersten einer Schale, die Sonne platzte, und herausgeblasen aus diesem Ei sah ich den Dottersack der zweiten Sonne, wie er sich langsam löste, dahinflog, sank.« Zerstreut fuhr er sich mit der Hand an die Nasenwurzel und rieb sie zwischen Daumen und Zeigefinger.

»Das Auge Ahuras!« Er ließ seine Hand wieder sinken. »›Es ist trüb wie das Auge der Hunde‹, sagt die Legende.« Er machte seine Augen zu. Die Linke fiel schwer vom Tisch in seinen Schoß.

»Litfás ist müde«, murmelte er. Wie von selbst glitt sein Kopf auf die hochgezogene Schulter, und einen Augenblick später war er auch schon eingeschlafen.

Ich wartete ein paar Minuten, und als er sich nicht rührte, stand ich leise auf. Die Kerze war fast heruntergebrannt, und in dem kleinen Geschäftslokal war es jetzt stickig und heiß. Ich wollte gehen. Eine Diele knarrte, als ich darauftrat. Ich drehte mich um. Litfás saß, den Mund weit offen und den Kopf seitlich an die Rückenlehne seines Stuhls gelegt, wie ein Toter da, aber kaum versuchte ich den Türschuber hochzuziehen, hörte ich, wie er sich wieder bewegte. »Sie gehen schon?« fragte er, noch benommen. Es klang, als wäre er enttäuscht. Ich blieb stehen. – »Seit Varbalog kann ich bei Nacht nicht mehr schlafen.« Es war keine Entschuldigung, im Gegenteil: Stolz schwang mit, als er das sagte, so als handelte es sich bei dieser Schlaflosigkeit um eine Art Kriegsverletzung, die für ihn und seine Umgebung zwar unangenehm sein mochte, für die selbst er sich aber nicht zu schämen brauchte. – »Ich muß mir den Schlaf zwischendurch stehlen«, erklärte er, ohne sich zu beklagen, und fügte bescheiden hinzu: »Ich bin alt und brauche daher wenig Schlaf.«

Er sagte es wie nebenbei, schien ratlos etwas zu suchen, wußte aber offenbar selbst nicht, was es war. – »Trinken Sie noch einen Schluck!« lud er mich ein und hob, als wäre sie das Gesuchte, die Weinflasche hoch. Er schwenkte sie auffordernd hin und her, bemerkte dann aber, daß nur noch ein kleiner Rest übrig war, und ohne auf meine Antwort zu warten, schüttete er ihn in das eigene Glas. »Ich schlafe sozusagen im Stehen«, lenkte er ab. »Litfás, der Elch!« Er lachte. Er war wieder hellwach.

»Wissen Sie –« fuhr er bedeutungsvoll fort, nachdem er ausgetrunken hatte, »meine Aufmerksamkeit ist auf anderes gerichtet als die der meisten. Ich weiß heute, daß man das Leben mit einem kalten, unbeteiligten Auge ansehen muß, wenn man von ihm lernen will. Wer es nicht tut, erfährt nichts. ›*Er* leidet, ohne zu wissen‹, sagen die Schriften. ›Er lebt nicht, er buchstabiert nur das Leben. – Er kann nichts lesen: Er steht zu nah an der Schrift.‹« Der Einarmige schnalzte mit der Zunge.

»Damals«, erklärte er, »hat sich mein Leben von Grund auf geändert. – Als ich mit aufgerissenen Augen im Wagen stand und plötzlich bemerkte, wie sich da oben aus der Sonne diese Zwillingssonne schälte, wie sie abwärtsglitt, versank, um am anderen Ende unserer Welt wieder aufzutauchen, da begriff ich noch nicht, was diese Teilung für mich zu bedeuten hatte. Ich wußte bloß: Das bist du. – Dieser Augenblick damals: Mein ganzes Leben lang hatte ich auf ihn gewartet; unter Sand eingegraben hatte ich es zugebracht, nun durfte ich hinauf an die Oberfläche! Er war die Sammelstelle all meiner Hoffnungen! Bis dahin war ich nichts gewesen, danach, das wußte ich, würde ich alles sein! – Ich machte mich bereit für ihn, füllte meine Lungen mit Luft, ließ mich aufwärtstragen wie durch Wasser, öffnete all meine Sinne wie Schleusen. – ›Nur *so* kann erlebt werden‹, heißt es einmal in unseren Schriften, ›mit dieser Bereitschaft, alles Gewesene zu vergessen!‹ – Und dann?« Litfás sah mich fragend an. Seine Linke, die auf dem Tisch lag, schien wieder, losgelöst von ihm, zu zucken wie ein Tier.

»Ich stand da, wartete, daß die Türe jenes Augenblicks vor mir auffliegen, zerspringen würde, mich einzulassen. – Es war, als ob ich Tage und Wochen mit dieser zweiten Sonne durch den Himmel reiste und doch gleichzeitig geduldig unten in unserem Fuhrwerk stand und wartete, den Hut in der Hand, den Kopf geneigt wie im Gebet. – Noch heute«, rief der Einarmige, »sinkt mein Kopf manchmal wie von selbst in diese Stellung. – Und?« fragte er.

»Nichts. – Sieben See, und kein Wasser! – Die Welt, in der ich aufwachte, als ich die Augen aufschlug, war tot, leer.« Er schüttelte den Kopf. »Ich war allein, wie in einem falschen Tag aufgewacht. – Ein heißer Wind strich über die Erde, die sich unter dem bleiernen Himmel wie zum Sterben hingelegt hatte. In schweren Tropfen fiel erster Regen, der, kaum gefallen, auf der Stelle wieder verdampfte. Ein Schweigen umgab mich, daß ich glaubte, ich müßte sterben. *Stumm kreiste das Blut in mir.* – Ich sah auf, sah tiefer in diese Einöde als Menschen je gesehen haben. So durchsichtig war alles, so fremd und doch ans Herz greifend nah: Ich war der erste Mensch auf unserem Planeten, geschaffen, die toten Dinge von ihrem Tod zu erlösen. Jeder meiner Atemzüge war ein stummer Seufzer, mit dem sie noch näher an mich herandrängten. Sie schienen mir zuzuraunen, sich an mich zu lehnen. Wieder wollte ich schreien, denn diese Vertrautheit wollte ich nicht, – aber ich konnte nicht schreien. – Ich sah meine Hand an: Wie ein kleiner Strauch stand sie aus meinem

Rockärmel vor, die Zweige von einer zähen, silbrigen Haut überzogen, der Haupt des Todes.«

»Stop!« rief der Einarmige. Wieder blickte er mich eindringlich an. – »Das Antlitz des Schreckens.« – Ich schaute weg. Ich glaubte ihm nicht. Diese letzten Worte hatten mich an etwas erinnert, das ich schon kannte. Zerdahel fiel mir ein, aber weiter kam ich nicht.

»*›Schau!‹* heißt es in der Legende«, sagte er, »*›der erhobene Arm weist nach unten!‹* – Das war das Schlimmste: diese Vertrautheit mit Totem. Ich spürte, wie sich an einer Stelle meines Körpers – hier!« Er wies mit dem Zeigefinger auf die Mitte seines Leibes wie jemand, der eine noch offene Wunde nicht berühren will, »– wie sich hier also, unter dem Brustbein, etwas zum Zerreißen dehnte, ein Nerv, ein nie zuvor gespürtes Organ, und wie dann tatsächlich etwas riß, und im gleichen Augenblick spürte ich im Arm und in der Brust ein Ziehen, als wollte mir eine Flughaut wachsen. – Zu diesem Zeitpunkt verstand ich noch nicht, was das bedeutete, erst im Gasthaus fing ich an zu verstehen, und nicht einmal da, sondern noch später, Stück für Stück, langsam, als würde jemand mit einem Schraubenzieher die Schraube der Erkenntnis ruckweise anziehen – und trotzdem: Ich bellte wie zum Zeichen des Wiedererkennens. Ich hatte das schon einmal erlebt: totes Land, totes Land. Nur dazu also war ich aus meiner Tiefe aufgestiegen, dachte ich – das zu sehen. – Während ich hinfiel und der Länge nach auf dem Boden unseres Fuhrwerks aufschlug, schwang sich etwas aus mir wie aus einer Schlucht in die Höhe, ein Vogel kreiste über verbrannter Erde und machte sich mit einem Flügelschlag davon.«

»Als ich wieder zu mir kam«, sagte der Einarmige und umfaßte den Tischrand, so als wollte er sich an ihm festhalten, »war es mir, als wachte ich aus einem Traum gerissen auf und wüßte gleichzeitig, als Erwachter, daß ich dieses Erwachen nur träumte. – Ich setzte mich hin auf die Wagenbank, so schwach war ich. Die anderen hatten meinen Sturz den Schwankungen unseres Fuhrwerks zugeschoben und sich nichts dabei gedacht. De Selby, der neben mir saß, legte seinen Arm um meine Schultern, die Schultern eines Ertrinkenden. Ich zitterte. In meinem rechten Unterarm wütete der Schmerz. Er blutete. Ich wußte, ich würde ihn verlieren. – Eine kleine dunkle Lache bildete sich auf dem Wagenboden unter mir, und wie ein Gesicht, das unaufhaltsam aus der Tiefe dieser Lache aufwärtsstieg, spürte ich in mir eine Erkenntnis aufsteigen. – ›Sieben See, und kein Wasser!‹ Es war die Erkenntnis, daß ich alles verloren hatte, daß von hier an sich alles umkehren, daß mein Leben von nun an nur mehr die Wiederholung des schon einmal Gewesenen sein würde, daß es zurücklief.« Wieder stand Litfás auf, um hinauszugehen und Wasser zu lassen. Es klang, als flösse das Wasser des Lebens aus ihm.

Im Wirtshaus

»Ich war allein auf der Welt.« Er sah zur Decke hinauf wie zu einem Himmel, der sich ihm grau und unbarmherzig für immer verschlossen hatte. »Ich war gefangen in einem Tropfen der Zeit, ein winziges Urtierchen, das einarmig immer wieder die schon abgesteckte Strecke seines Lebens hin und her schwamm. Alle sahen mich an, aber keiner verstand. – Mit jedem Poltern des Wagens schien sich für sie der Bann, der auf allem gelegen war, weiter zu lösen, und jede Drehung der Räder hieß eine Landmeile mehr, die sich zwischen sie und mich schob. – Und dann kam Tadten. Das Gasthaus winkte schon aus der Ferne, gutmütig wie ein Freund, der bereit ist, alle Verfehlungen zu verzeihen. – Stop!«

Litfás stützte sich mit seiner Hand vom Ladentisch ab, so als wollte er sich damit seine Erinnerungen vom Leib halten.

»Ich trat als erster in die Wirtshausstube«, sagte er. »Wie von einer Faust mitten ins Gesicht getroffen, blieb ich stehen. Ich sah es und begriff, ohne zu überlegen: Anna war das zweite, das ich zurückgeben mußte. Sie saß, die Arme um Lumieres Nacken geschlungen, auf dessen Schoß, ihn küssend, als wollte sie ihm das Leben aus dem Mund saugen. – Lumiere!« rief der Einarmige und lachte. – »›Nie hat sie mich so geküßt!‹ dachte ich. Damals lachte ich nicht. – Eine Erschütterung ging durch meinen Körper. Ich stand wie versteinert da; meine Arme baumelten, vom Rumpf losgelöst, wie Glockenseile von den Schultern; ich klatschte schwach in die Hände. Neben mir stand Inga, unbeweglich, als hielte er Totenwache. Ich tastete nach seinem Arm, suchte Halt, wollte mich stützen – aber in solchen Minuten stützt man sich nicht, da greift man ins Leere. –

Noch einmal verlor ich das Bewußtsein. Ich schlug hart gegen die Wand, ging in die Knie. Als ich aus der Ohnmacht erwachte, lag etwas Fremdes quer in meinem Mund; es schmeckte nach Eisen und Salz: meine Zunge. Ich hatte sie im Sturz durchgebissen, wollte sie ausspucken. Blut sprudelte heraus und vermischte sich mit Blut, das mir von neuem aus der Nase floß. Ich sah die schwarze Spur auf meinem Handrücken, schaute auf, sah es wieder: Anna auf Lumieres Schoß, sein Kopf zwischen ihren Händen, ihre Zunge, schnell wie eine Schlange, in seinem Mund. – Ich kniete da, kroch auf sie zu; von unten her bohrten sich wie Schaufeln meine Schulterblätter durch die Haut nach oben; krachend schlugen sie gegeneinander, wuchsen zu einem Kamm zusammen; Warzen traten mir wie Knöpfe auf der Brust aus; um die Augen bildeten sich Falten und Risse, die Haut verhornte. – Ich war umpanzert, kroch weiter – eine vorzeitliche Echse, die aus ihrem jahrtausendealten Versteck aufgestöbert worden war. – Mit einem Satz war Anna von Lumieres Schoß, floh, als sie mich auf sich zukommen sah, in den hintersten Winkel der Stube.«

Litfás schloß die Augen. – »Alles, was danach passierte«, sagte er, »passierte wie nach einem von mir vorgefaßten Plan, dessen Durchführung ich ungerührt zusah, weil ich mit ihr selbst nichts zu tun hatte. – Anna machte jedenfalls von da an einen weiten Bogen um mich. Sie suchte sich den Platz neben Ihrer Frau Tante und Oslip aus, in der Nähe der Tür, saß da, wie sie es immer tat, wenn sie Angst hatte – die Handrükken unter die Oberschenkel geschoben – und in dieser Stellung wippte sie vor und zurück.«

»Lumiere stand auf und überließ seinen Stuhl dem Juden. Neben ihn setzte sich Rák. Ich war der dritte am Tisch, blieb aber nur einen Augenblick und begleitete dann Stitz, der mir sein Taschentuch borgte, hinaus. Immer noch blutete ich. – Nie werde ich diese weiße Wand vergessen, vor der ich damals stand und mein Blut auffing und auf Stitz einredete!« unterbrach er sich. »Stitz wußte nicht, was geschehen war, weil er als letzter die Gaststube betreten hatte, und ich redete und redete. Ich sagte zu ihm, daß wir heute alle noch unser Wunder erleben würden, aber er lachte nur, denn er dachte, ich wäre noch vom Sturz im Wagen durcheinander. Ich versuchte es ihm zu erklären; die Weberknechte flogen die Wand hinauf und ließen sich wieder heruntersinken, so als zeichneten sie im Flug meine Worte in einer unsichtbaren Schrift auf die Mauer, während ich mit meinem blutigen Zeigefinger immer wieder den Schlußpunkt hinter ihre Sätze auf dieselbe Stelle tippte. – Stitz verstand nicht, und ich versuchte es wieder, und immer wieder rauschte in meine Erklärung hinein im Frauenklo nebenan die Wasserspülung. Es klang wie das Schluchzen von jemandem, der geweint und sich vorgenommen hat, auf ewig in diesem kleinen, kalten, zugesperrten Abteil zu bleiben, um mit sich und seinem Schmerz allein zu sein.«

»Vielleicht war es das«, sagte der Einarmige, »vielleicht war es auch, weil ich die immer gleichen Worte für meine Erklärungen suchte, Erklärungen, die nicht an Stitz oder sonst jemand bestimmten gerichtet waren, sondern an die Welt, meine Abschiedsrede sozusagen, die Rede eines toten Matrosen, vor dessen blinden Augen das ganze Schiff noch einmal salutiert hat, bevor er in sein Seemannsgrab gleitet – plötzlich bemerkte ich jedenfalls, daß Stitz verschwunden war. Ich kehrte um, ging zurück in die Gaststube und hörte, wie er in der Küche mit der Frau des Wirts lachte. – Egal«, sagte der Einarmige.

»Ich kam zurück und setzte mich an meinen Tisch zu Zerdahel und Rák. – Rechts hinten, in einem Winkel und abseits von den anderen, saß De Selby. Er war allein. Inga spielte an einem Spielautomaten. Er hatte mich völlig vergessen, war ganz bei seinem Spiel und flüsterte die Berechnungen für die jeweils nächste Bildfolge.«

Litfás stützte den Kopf in seine Hand und schloß die Augen, so als versuchte er sich die Szene ganz genau in Erinnerung zu rufen. »Ihre Tante hielt Oslip an sich gedrückt und unterhielt sich über seinen Kopf hinweg mit Anna. Lumiere geisterte, wie von seinem Verstand verlassen, ziellos in der Wirtsstube herum. Nagh redete auf den Wirt ein. – Nun kam Stitz aus der Küche, und wie auf ein Zeichen veränderte sich alles. Er setzte sich an den Tisch neben Ihre Tante, so daß sie mit Oslip zwischen ihm und Anna saß. Rák stand auf und ließ sich eine Säge bringen. Er setzte sich zu Anna und fing zu spielen an. Anna sang dazu. Sie hat eine wundervolle Stimme«, erklärte der Einarmige.

»Zerdahel sprach mich an, was er sonst nie tat. Nagh gesellte sich zu uns und sagte, der Wirt würde uns eine Fischsuppe kochen. – Jetzt erst schien Lumiere Stitz zu entdecken, und so als hätte er endlich die verlorene Heimat wiedergefunden, holte er von De Selbys Tisch einen Stuhl und setzte sich Stitz gegenüber an dessen Tisch. – De Selby hatte nicht einmal aufgesehen.« – Litfás strich mit der Hand über seinen kahlen Kopf. – »Vor sich auf dem Tisch hatte er eine Weinkaraffe stehen. Auf einem Untersatz daneben lagen zwei ungeschälte harte Eier, außerdem stand ein kleiner, weißer Krug da. – Ich hörte Zerdahel zu, der wieder davon anfing, wie er seinem Onkel die Leiter abgewonnen hatte. Er erzählte die Geschichte Naghy-Vág, der sich nicht dafür interessierte und nicht einmal so tat, als würde er zuhören. Außerdem kannte er sie ja schon. Und da hielt ich auf einmal den Würfelbecher in der Hand. Woher ich ihn hatte, ist mir heute noch unerklärlich.«

»Ich sah zu Anna hinüber; sie saß neben Rák und sang. Als sie bemerkte, daß ich sie beobachtete, hörte sie auf. – Irgendwie machte mich das zornig, und ich fing an, den Becher in beiden Händen zu schütteln und die Würfel auf den Tisch zu kippen. Zuerst achtete ich nicht einmal auf das, was ich warf. Ich sah Inga zu, wie er am Arm seines Automaten zog, und hatte das Gefühl, daß irgend etwas damit nicht stimmte. – ›Wenn du nicht denkst‹, heißt es einmal in unseren Schriften, ›dann erst denkst du selbst!‹« rief Litfás. »Und tatsächlich: Ich würfelte, und plötzlich bemerkte ich, daß jeder Wurf, den ich tat, die immer gleiche Bilderfolge ergab, die sich auf dem Tisch vor mir wie an einer Schnur aufzureihen schien. Die

Schrift der Weberknechte an der weißen Klowand! – Es war eine Mitteilung, ein in einer mir unverständlichen Sprache geschriebener Satz, der mir wohl zu erkennen geben sollte, was ich da zwar schon ahnte – Stop!« Der Einarmige richtete sich in seinem Stuhl auf: »– daß mein Leben nun zurücklief. – Auch Zerdahel muß meine Würfe beobachtet haben, denn plötzlich unterbrach er seine Erzählung, sah mir eine Zeitlang wortlos zu und fing dann, wie mir zum Hohn, mit der Geschichte eines Mannes an, den er einmal auf einem Kirtag kennengelernt hatte und der es verstanden hätte, die Würfel auf einem Tisch aus größerer Entfernung durch bloßes Hinsehen nach Belieben hin und her rollen zu lassen und ihre Augen, ohne daß die Würfel selbst sich dabei bewegt hätten, zu verändern. Rák hatte offenbar zugehört, und, von der Geschichte des Juden angelockt, seine Säge in eine Ecke der Stube gelehnt. Er kehrte an unseren Tisch zurück: die zweite Drehung der Schraube«, sagte der Einarmige bedeutungsvoll.

Ich sah ihn fragend an, weil ich nicht verstand, wie er es meinte, aber ohne sich darum zu kümmern, setzte er seinen Bericht fort:

»Anna war wütend auf mich: Ich hatte Lumiere vertrieben und ihr Spiel gestört«, sagte er. »Sie wandte sich Ihrer Tante zu, aber diese war mit Oslip beschäftigt. – Lumiere war die ganze Zeit nur stumm dagesessen und hatte eifersüchtig abwechselnd zu Rák und Anna hingestarrt, während Stitz auf ihn eingeredet hatte, ohne von ihm Antwort zu bekommen. Nur dann und wann war er sich zornig mit der Hand an das linke Ohr gefahren und hatte die Muschel nach vorne gezogen, so als wollte er sich damit gegen die Belästigung durch Stitz schützen. – Jetzt aber, kaum daß Rák wieder bei uns saß, ließ er sich erleichtert in seinen Stuhl zurückfallen, fing in dieser Erleichterung an, die Figuren gedankenlos auf dem Schachbrett vor sich aufzustellen, und als Stitz ihn jetzt noch einmal fragte, ob er nicht mit ihm spielen wolle – bis zu uns herüber war das zu hören! –, willigte er tatsächlich ein. – Ich muß sagen, daß mich das freute«, sagte Litfás. Er schnalzte mit der Zunge.

»Der Potlatsch kündigte sich an«, sagte er. »›Das Maultier scharrt mit dem Huf‹, sagt man bei uns, wenn einer ein ungeschriebenes Gesetz übertritt, und genau das hatte Lumiere in diesem Augenblick getan. Es ist nämlich verboten, daß ein starker Spieler mit einem schwächeren spielt. Es ist ein Verstoß gegen die guten Sitten«, erklärte er. »Es ergibt keinen Sinn. – Und dann, nach noch nicht einmal zehn Zügen auf dem Brett, war es wirklich soweit. – Stop! Jemand rief einen Potlatsch aus: Plötzlich, mitten in die wie mit einem Faustschlag eingetretene Stille, in der alle zu den beiden Schachspielern hinüberschauten, rief einer: ›Das Klare!‹ – und wie in einem Atemzug rief Stitz, indem er mit einer Figur ausholte, um sie auf eins der Felder sausen zu lassen: ›Der Schlamm!‹« Litfás stand auf. »Es war wie ausgemacht. – Ein paar von uns folgten sofort und tauschten die Gläser. Ihre Tante schob das ihre aus Versehen mit dem Ellbogen ein Stück von sich weg. Es kam unmittelbar neben Lumieres Glas zu stehen, der gerade eine von ihm geschlagene Figur mit dem Fuß nach oben in der Hand hielt, so als wollte er damit etwas beweisen.«

»Und genau in diesem Augenblick klatschte De Selby, der dem, was um ihn herum vorging, nicht die geringste Aufmerksamkeit geschenkt hatte, in die Hände. ›Das Ei!‹ rief er. ›Das Ei!‹ – Noch mitten im Potlatsch, aber doch unfähig, sich irgendeine Sensation entgehen zu lassen, rissen jetzt alle die Köpfe herum und starrten zum Mesner. De Selby hatte eines der beiden Eier geschält und legte es auf die Öffnung seiner Karaffe, in der ein kleines Flämmchen brannte. Es war ein bläuliches, geheimnisvolles Licht, und für einen Augenblick hatte man den Eindruck, das Herz der Zeit stünde still, während das Ei immer dünner wurde, immer mehr in die Länge gezogen und sich immer tiefer durch den Hals der Karaffe abwärtsschob, bis es schließlich mit einem leisen, dumpfen Knall auf dem Flaschenboden zerplatzte.«

Der Einarmige hob den Kopf, so als lauschte er jetzt jenem Geräusch nach.

»Es war wie eine Geburt«, sagte er, »und als es vorüber war, waren alle so erleichtert, als wären *sie* geboren worden und hätten endlich alles glücklich überstanden. – Stitz wollte einen Schluck nehmen und bekam – ob durch Zufall oder mit Absicht, ich weiß es nicht – das Glas Lumieres zu fassen, während dieser wiederum, mit seinen Gedanken ganz beim Spiel, nach dem Ihrer Frau Tante griff, weil er das eigene nicht fand. – Eine ganz mechanische Geschichte also«, erklärte Litfás, »und ich kann mich, wie gesagt, auch im nachhinein einer gewissen Schadenfreude nicht enthalten, obwohl ich im Verlauf dieses Tages wohl am erbarmungslosesten getroffen wurde. Zuerst verlor ich den Arm und später, irgendwann zwischen den Glasverwechslungen, hatte ich dann Anna endgültig verloren. – Wahrscheinlich weil sie es ebenso bemerkt hatte wie ich, schrie sie auf, um Lumiere am Trinken zu hindern, und fiel um, während ich in der Aufregung den Würfelbecher umstürzte und in einem Reflex die auf den Boden gefallenen Würfel aufhob.«

»Wäre *ich* in diesem Augenblick ihr zu Hilfe gekommen und nicht Rák, ich bin fast sicher, sie wäre noch heute bei mir. – Wie auch immer«, unterbrach er sich. »Sie bringt ihm kein Glück. *›Sie liebt die Besiegten‹,* wie man so sagt, *›aber sie betrügt sie mit den Siegern.‹*« Er schien zufrieden.

»Sie hat damals Lumiere verloren, weil dieser aus dem Glas Ihrer Tante trank, und das ist beim kispotlás verboten. *›Er hat ihr unter den Rock geschaut‹,* heißt ein Sprichwort, *›und jetzt trägt sie die Schürze vorne kurz.‹* Kein Bieresch darf die Gedanken der Frau während des Potlatsch' kennenlernen, weil er ihr sonst hoffnungslos verfällt.«

Lumiere fiel mir ein, wie er an meinem Bett gesessen war und vor Aufregung geschnauft hatte. ›Ich habe ein Foto von Ihrer Tante!‹ hatte er mir zugeflüstert. ›Wollen Sie's sehen?‹

»Lumiere hat Anna verloren. Ihre Tante bekommt er nicht«, fuhr der Einarmige fort. »Als er sah, wie Rák zu Anna hinstürzte, begriff er plötzlich, was er getan hatte, sprang auf und stieß dabei den Tisch mit den Figuren um. – Er war außer sich. Um Luft zu holen, rannte er zum Fenster und riß es auf. Er blieb davor stehen, das Wasser lief ihm aus den Augen und über das Gesicht – aber nicht nur aus den Augen!« rief Litfás schadenfroh. »Vor uns allen hat er sich angepischt.«

Er schlug mit der Faust auf den Tisch. – Dann hatte er sich aber gleich wieder unter Kontrolle, blickte mich an und sagte ruhig: »Wir beide haben damals alles verloren!« Und nach einer Pause fügte er leise lachend hinzu: »Gott hat nachgedacht, verstehen Sie!« Er schüttelte grimmig den Kopf.

Achtes Kapitel

DER GROSSE POTLATSCH

GENUG DAVON.
Ich stand auf. – »Lügen!« sagte ich. Der Einarmige blickte mich betroffen an, schwieg aber. »Ihre Geschichte kenne ich von Lumiere. Er hat sie mir freilich etwas anders erzählt – nicht viel anders«, sagte ich, »aber in entscheidenden Punkten anders, und wenn ich Anna danach fragte, bekäme ich wahrscheinlich noch ein paar Lügen zu hören.« Litfás rührte sich nicht. Trotzdem hatte ich das Gefühl, er sei erschrocken. – »Sie wollen zu Anna?« fragte er. – »Warum nicht?« gab ich zurück, und so als wäre sie in Wahrheit mein nächstes Ziel, fügte ich hinzu: »Jedenfalls gehe ich jetzt.«

Ich wartete noch einen Augenblick, aber er tat nichts dergleichen, sondern zuckte bloß mit der Schulter, wie um mir damit anzudeuten, daß er mich nicht aufhalten würde. – Ich wandte mich um. Mit ein paar Schritten war ich bei der Tür, bückte mich, zog den Schuber hoch und ging hinaus. Die Türe fiel hinter mir von selbst ins Schloß, mit einem leisen Klicken, als drückte jemand vorsichtig einen Koffer zu.

Draußen auf dem Gehsteig und unter der Auslage von Litfás' Laden stand meine Scheibtruhe. Es mußte geregnet haben, während ich beim Einarmigen gewesen war, denn auf dem Truhenboden hatte sich eine kleine Lache gebildet, die im schwachen Widerschein des Lichts, das aus dem Schaufenster auf die Straße fiel, dunkel glänzte. Etwas Helles, ein Blatt Papier, schimmerte im Wasser. Mit zwei Fingern zog ich es heraus und warf es im Bogen in den länglichen Lichtstreifen. Es war einer von Ingas Prospekten.

Jetzt regnete es nicht mehr. Nur ein frischer, fast schon herbstlicher Wind wehte und fuhr manchmal durch das Blattwerk eines kleinen, gestutzten Bäumchens, das, etwas zurückgesetzt, auf dem freien Grundstück nebenan stand. Von seinem untersten Ast hing ein Wäschestück – ein Geschirrtuch oder Unterleibchen –, das immer wieder, so als schlüge der Wind nach ihm, hochgeworfen wurde, ohne allerdings in den Zweigen darüber hängen zu bleiben, die sein Ziel zu sein schienen. – Wie mir zum Zeichen hing es dort, und mir fiel ein, was ich in Collins Buch über die Anlage von Spalierobst gelesen hatte: daß in weiten Teilen Europas bis tief hinein ins letzte Jahrhundert ein Gott oder Geist des Berges verehrt wurde, der eins gewesen war mit dem Gott des Baumes, weshalb man in die Äste bestimmter Bäume die Leintücher und Kleider von Kranken und die Monatsbinden von unfruchtbaren Frauen gehängt hatte, weil man sich davon die Linderung der Leiden und die Lösung des auf der Unfruchtbaren liegenden Bannfluchs versprach. – »Ebenso«, hatte es in dem Buch geheißen, »wurden in bestimmten Gegenden die Habseligkeiten derjenigen, die in der Ferne verstorben waren, entweder auf Bergen begraben oder in Bäume gehängt, damit der Tote, heimkehrend, nur bis zu dem betreffenden Baume und nicht weiter vordringen könne.«

Der Baum vor dem Fenster meines Krankenzimmers fiel mir ein. In ihn hatte meine Tante die feuchten Umschläge zum Trocknen aufgehängt, und ich stellte mir vor, wie meine Mutter – wäre ich wirklich gestorben –, gefolgt von meinen drei Geschwistern und bepackt mit den Sachen, die ich zu Hause zurückgelassen hatte, in einer kleinen Prozession den Rücken eines der niedrigen Berge vor meiner Heimatstadt zu einem solchen Baum hinaufgestiegen wäre, um sie an ihm aufzuhängen oder unter seinen Wurzeln zu begraben, nachdem sie die Nachricht von meinem Tod erhalten hätte.

Ich gab mir einen Ruck. – Ich durfte so nicht denken; ich hätte damit bloß allem, was ich hier erlebte, recht gegeben, und das wollte ich nicht. Wieder aber ging mein Blick zurück zum Baum, und ich verfolgte weiter das kleine Schauspiel, das der Wind mit dem Wäschestück trieb, hing an ihm wie an einer Erscheinung, die sich von der Welt um mich gelöst zu haben schien, sie und mich zugleich auslachte, als ich plötzlich hinter mir eine Stimme zu hören glaubte, die leise meinen Namen rief. Ich fuhr herum, denn es war mein früherer Name gewesen, der Name, den ich in meiner Heimat getragen und schon lange nicht mehr gehört hatte. Niemand war da. Nur das Bäumchen rauschte unter einem Windstoß auf.

Ich hob die Scheibtruhe an den Griffen hoch. Sie schien mir schwer wie am ersten Nachmittag. – In seinem Laden hustete Litfás, redete laut drauflos, brummte und hustete von neuem.

»Dieser Wein macht nicht betrunken!« hatte er zu Beginn seiner Ausführungen zu mir gesagt. Für ihn schien dieser Satz allerdings nicht zu gelten, denn als ich mich auf den schmalen Mauervorsprung unter seinem Schaufenster stellte und einen Blick über die Trennwand in das Innere seines Geschäftes warf, aus dem wie in Stößen das Licht der kleinen Kerze zu mir herauswehte, sah ich den Schatten seines Kopfes wie betrunken an der Regalwand hinter ihm hin und her schwanken.

Wieder fing er zu reden an. Er fluchte heiser, stieß mit seinem schweren Körper gegen irgend etwas und versetzte ihm – wohl dem Stuhl – einen Fußtritt. Es schlitterte über den Bretterboden und schlug gegen die Wand. Dann gab es einen dumpfen Knall, der wahrscheinlich daher rührte, daß er das Klappbrett seines Verkaufspults mit einem Ruck hochgeschlagen hatte.

Ich fürchtete, er wolle mir nach, und schob mein Fuhrwerk um die Ecke des Hauses, wo ich es im Schatten der Mauer, den das Licht einer Straßenlaterne auf den Boden zeichnete, absetzte. Tatsächlich machte sich der Einarmige nun an seiner Eingangstüre zu schaffen, aber offenbar nicht, wie ich geglaubt hatte, um sie zu öffnen, denn gleich darauf hörte ich ihn wieder zurückschlurfen. Also hatte er die Türe bloß hinter mir verriegelt. – Dann war es still wie zuvor, und unwillkürlich hielt ich meinen Atem an, weil ich mir plötzlich vorstellte, wie er jetzt – vielleicht auf gleicher Höhe mit mir – *hinter* der Mauer stand und so wie ich, horchend, nur darauf wartete, daß ich einen Fehler machte und mich heraußen durch eine ungeschickte Bewegung oder ein Geräusch verriet.

Ein paar Minuten vergingen so. Nichts geschah. – Vielleicht hatte er eingesehen, daß er zu betrunken war, um gegen mich noch etwas auszurichten oder gar nach Hause zu gehen, und hatte es sich im Fauteuil für die Kunden bequem gemacht, um darin seinen Rausch auszuschlafen.

Vorsichtig, um nicht seine Aufmerksamkeit auf mich zu lenken, schob ich mein Fahrzeug aus dem Versteck neben dem Haus, froh darüber, daß es inzwischen geregnet hatte, weil der aufgeweichte Lehmboden alle Geräusche verschluckte. – Kaum aber hatte ich den ersten Schritt getan, hörte ich in meinem Rükken ein unterdrücktes Räuspern, und als ich mich umdrehte, sah ich ihn – sein weißes Hemd aufrecht und leuchtend wie eine Flamme – hinter mir stehen.

»Komm zurück, Hans!« rief er leise, und sein Ruf hatte etwas sonderbar Feierliches.

»Was wollen Sie noch?« erwiderte ich, ebenso leise und befangen wegen seines sonderbaren Benehmens.

»Ich muß dir was geben!« flüsterte er.

»Ich will nichts«, gab ich zurück.

»Es ist nicht für dich«, antwortete er. »Es ist für Anna. – Du gehst doch zu ihr, oder?«

»Warum geben Sie's ihr nicht selbst?« fragte ich zurück.

»Von mir nimmt sie nichts an.«

Ich war unentschlossen. – »Also gut«, willigte ich schließlich ein, auch weil ich diese seltsame Szene beenden wollte. Ich stellte die Scheibtruhe zurück auf den Boden und ging zu ihm, um zu holen, was er mir hatte mitgeben wollen, aber er hatte es nicht bei sich.

»Es ist drinnen«, erklärte er flüsternd.

Er bog um die Ecke und winkte mir mit dem Finger, als er vor der kleinen Holztüre stand, durch die man den Laden von hinten her betreten konnte. Ich folgte ihm und wollte an der niedrigen, zweistufigen Treppe warten, aber er winkte mich näher, und als ich bei ihm im Laden war – ich stürzte mehr, als daß ich stieg –, sperrte er hinter mir ab.

Ich sagte nichts, aber so als hätte ich von ihm eine Erklärung für sein Verhalten verlangt, rief er vorwurfsvoll: »Niemand soll wissen, daß du bei mir bist, und du machst einen solchen Lärm!«

Ich nahm auch das widerspruchslos hin. – »Wo ist jetzt Ihr Geschenk?« fragte ich.

»Pst, leise!« – Er hob seinen Zeigefinger und schlug dann mit der Handfläche, wie um damit anzudeuten, daß es dort versteckt sei, auf eine Schublade des Ladentisches, an den er mit seinem Hintern gelehnt stand. Er zwinkerte mir vertraulich zu. – »Ich hab' nicht gesagt, daß es ein Geschenk ist!« verbesserte er mich.

Ich hatte genug. – »Also, geben Sie's schon her!«

Wieder legte er den Zeigefinger an die Lippen und machte mit der Hand eine beschwichtigende Bewegung, so als wollte er damit sagen, ich solle mich noch ein wenig gedulden. – Dann füllte er umständlich mein Weinglas.

»Da, trink!« sagte er aufmunternd und schob es mir über die Platte des Verkaufspultes zu. Er goß das eigene voll. Eine Zeitlang hielt er es in seiner Hand fest und musterte mich nachdenklich.

»Ich möchte mit dir Bruderschaft trinken!« erklärte er nun entschlossen.

Das Stichwort war gefallen, und so als stünde nun endlich nichts mehr zwischen mir und ihm, rückte er näher zu mir heran und versprach: »Ich werde dir jetzt alles sagen, was ich weiß!«

Es war endgültig.

Noch einmal Anna

»Weißt du«, sagte er, wobei er mir in die Augen sah, »man kann sich am Wasser nicht festhalten – es hat keine Haare! Das ist ein altes Sprichwort bei uns. – Ein Sprichwort für Affen.«

Er räusperte sich. Sein Atem roch nach Knoblauch. – »Und trotzdem«, sagte er, »irgendwo muß man sich ja festhalten.«

Er legte mir die Hand auf die Schulter und drückte sie zusammen. Hinter mir stand sein Stuhl, ich spürte die Leiste der Sitzfläche in meinen Kniekehlen und ließ mich nieder. Er selbst blieb stehen.

»Als ich die anderen nach dir ausfragte«, fuhr er zufrieden fort, »da habe ich immer wieder diese drei Worte zu hören bekommen. Jedesmal hieß es: ›Hat keine Haare. Hat keine Haare.‹« Er warf mir einen prüfenden Blick zu. »Aber ich wußte es besser«, sagte er. »Ich hatte dich nämlich schon einmal gesehen, und ich wußte: Schlecht bist du nicht!« Er machte eine kleine Pause, fügte dann leise hinzu: »Nur ahnungslos bist du. – Hasenkopf!« rief er. Sein Gesicht war so nahe bei meinem herunten, daß er mich wieder mit seinem Atem streifte.

Ich drehte den Kopf abwehrend zur Seite. – »Was ist?« fragte ich.

»Nimm dich in acht vor den Frauen, Hasenkopf!« sagte der Einarmige eindringlich und drückte meine Schulter wieder mit seiner Hand zusammen.

Ich sah ihn an. Ich verstand nicht, was er wollte.

»Ich hab dich damals im Ballsaal gesehen«, erklärte er. »Ich stand heraußen im Dunkel und sah aus der Entfernung zu euch hinein. Ihr habt getrunken und getanzt. Du bist an Zerdahels Tisch gesessen und hast mir den Rücken gezeigt, und immer wieder habe ich deinen Namen gerufen, aber du hast mich nicht gehört. Nur einmal, als der Jude aufstand und hinausging, da bist du kurz zum Fenster gekommen und hast zu mir herausgeschaut. Und du hast mich gesehen. Du mußt mich gesehen haben«, sagte der Einarmige fest, »denn du hast mir in die Augen geschaut. – Aber dann passierte etwas, und du gingst wieder weg, so als wäre ich gar nicht da gewesen. Und den ganzen Abend hast du dem Juden dann zugehört, so als löste er vor deinen Augen gerade die Rätsel der Welt. – Und inzwischen stand ich dort draußen und wußte nicht, wohin und was tun, denn unbedingt wollte ich verhindern, daß er dir seine Geschichten erzählt.«

»Und warum?« fragte ich, neugierig geworden.

»Weil er nichts weiß!« rief der Einarmige. »Weil er nicht einmal die Hälfte von dem weiß, was ich weiß!«

Ich dachte an jenen ersten Abend zurück. Ich erinnerte mich an alles ganz genau: Plötzlich, mitten während der Ausführungen Zerdahels, hatte ich einen schrecklichen, beklemmenden Druck auf der Brust verspürt, so als hätte jemand von hinten seine Arme unter die meinen geschoben, die Hände ineinandergehakt und mir dann mit all seiner Kraft die Rippen zusammengepreßt. Ich war aufgesprungen und ans Fenster gelaufen, um ihn abzuschütteln. Ich hatte mich auf das Fensterbrett gelehnt und keuchend in die Dunkelheit hinausgestarrt und nur darauf gewartet, daß der plötzliche Blutandrang und dieser Druck wieder vergingen. Der Jude hatte die Gelegenheit genutzt, um hinauszugehen oder um sich eine neue Flasche Bier zu holen. Schließlich konnte ich wieder atmen, und da hatte ich, durch das Dröhnen in meinem Kopf hindurch, diesen hohen, wie sehnsüchtig gejauchzten Sirenenton gehört, den Anna mit ihrem Zeigefinger am Rand des Weinglases erzeugt hatte. – Litfás hatte recht: Ich war am Fenster gewesen – aber nicht, wie er glaubte, weil ich seinem Ruf gefolgt, sondern weil ich betäubt und atemlos gewesen war von all dem Fremden, das ich an jenem Nachmittag erlebt hatte, und wie innerlich in Stücke gerissen von den nicht endenwollenden Erklärungen des Juden. Und ich war zum Tisch zurückgekehrt – aber nicht, weil ich ihn hatte demütigen wollen (ich hatte ihn doch gar nicht gesehen!), sondern aus Trotz, weil ich das Spiel so schnell nicht hatte verloren geben mögen. – Aber so als wären das alles nur Ausflüchte und als wüßte er es besser als ich und würde sich durch mich nicht über die wahren Zusammenhänge betrügen lassen, schüttelte er verneinend den Kopf und sagte:

»Anna hat dich mir weggenommen.« Er stellte das Weinglas neben sich auf das Verkaufspult. Und als gäbe es jetzt nur noch das zu sagen und als wäre damit alles gesagt, fügte er bestimmt hinzu: »Du warst ihr verfallen – vom allerersten Augenblick an!«

Ich sah zu ihm auf. Er träumte. – Ich schüttelte den Kopf: So war es mit ihm wahrscheinlich immer. Hinter jedem, der seinen Weg kreuzte, vermutete er wohl einen Widersacher im Kampf um seine Anna, einem Kampf obendrein, den er längst verloren hatte. Alles drehte sich offenbar nur um sie, und der Gedanke, daß ein anderer seine Begierden nicht mit ihm teilen könnte, hatte in seinem Kopf keinen Platz. – Und unbeirrbar wie ein Verrückter, der sich im Bedarfsfall die Beweise so zurechtmacht, wie er sie gerade braucht, fuhr er dann auch fort:

»Du hast sie angestarrt wie eine Erscheinung, und weil sie mit ihrem Finger am Weinglas einmal *so* gemacht hat«, sagte er und machte mit seinem Finger die entsprechende Bewegung am Rand des Glases vor sich auf dem Tisch, »hast du schon geglaubt, sie gehöre dir.« – Ich wollte ihn unterbrechen, aber er ließ mich erst gar nicht zu Wort kommen. »Doch, das hast du«, wiederholte er. »Aber das macht nichts. – Sie will dich, und sie kriegt dich. So oder so. – Oder weshalb glaubst du, ist sie damals selbst aus dem Haus gekommen, um dir die Post abzunehmen, obwohl Naghy-

Vág bei ihr war? – Nur damit sie dir ihre Brust zeigen konnte! – Und weshalb bist du damals auf den Mesner so losgegangen? Du warst ja ganz außer dir!« rief der Einarmige, als hätte er es mit eigenen Augen gesehen. »Er war dir im Weg! Das war es.« Er lachte traurig und sah mich an. »Ja, ja«, nickte er.

In mir zitterte verhaltene Wut über diese Beschuldigung, und zorniger als ich es wollte, schrie ich ihn an: »Haben Sie mich etwa nur deshalb zurückgeholt – um mir das zu sagen?«

Er schüttelte den Kopf. – »Na, bitte!« sagte er, zeigte mit dem Finger auf mich und lachte wieder.

Dann machte er eine wegwerfende Handbewegung. »Nein, deshalb nicht«, sagte er ernst. »Diese Dinge gehen mich nichts an.«

Die Litfás'sche Röhre

»Es gibt«, nahm der Einarmige stirnrunzelnd seine Rede auf und schloß dabei die Faust um das Weinglas auf dem Tisch neben ihm, wie um damit zu sagen, daß nun erst der eigentliche Teil des Abends anfing, »einen Zusatz zur Legende von den Namen. Die Legende kennst du von Zerdahel. Von jenem Zusatz werde ich dir erzählen.« Er öffnete die Faust wieder und drehte das Glas zwischen Daumen und Zeigefinger hin und her.

»Er findet sich nur in einer einzigen Handschrift«, sagte er, »und selbst da ist er fast unleserlich, weil ihn der Verfasser wie einen plötzlichen Einfall formlos an den Rand des betreffenden Blattes hingekritzelt hat.

Das erklärt vielleicht auch, weshalb er nie wirklich ernstgenommen wurde, obwohl Aussage und Bildhaftigkeit in ihrer Eindringlichkeit um nichts hinter unseren bedeutendsten Schriften zurückbleiben und er auch eine geradezu ideale Ergänzung zur Handschrift von Hetföhely darstellen würde. – Aber vielleicht ist es eben gerade das«, unterbrach er sich, »vielleicht ist es gerade das Zwingende dieser Bilder, diese sich über jeden Zweifel hinweghebende Authentizität, die unsere Schriftgelehrten immer mißtrauisch gemacht hat!« Er überlegte. »Und dazu kommt freilich«, sagte er, »daß dieser Zusatz in Form einer Frage an den Leser abgefaßt ist, und das ist etwas, was die meisten von uns gleich zu Beginn vor dieser Lektüre zurückschrekken läßt, denn Fragen haben wir selbst genug – was wir von unseren Schriften erwarten, sind Antworten!«

»Dieser Anhang also«, setzte der Einarmige seine Ausführungen fort, ohne mich anzusehen, »dieser Anhang – oder, um genauer zu sein: dieser *Text* trägt zwei Überschriften. Sie stehen gleichberechtigt nebeneinander, und zwar in ein und derselben Zeile, ohne Interpunktion, und nur durch einen ungewöhnlich großen Zwischenraum voneinander getrennt. Sie lauten: ›Wie aber‹ und ›Wie immer‹. – Die erste Überschrift stimmt mit den in jedem Satz sich wiederholenden Einleitungsworten überein, also handelt es sich bei ihr nicht um einen Titel im eigentlichen Sinn; dasselbe gilt für die zweite. ›Wie immer‹ ist die älteste uns bekannte und zugleich beleidigende Bezeichnung des Bieresch.«

Wieder legte er eine Pause ein. Er dachte nach. – »Daraus läßt sich nun schließen«, sagte er bedeutungsvoll, »daß es sich bei diesen zwei Formeln um die Zusammenfassung alles dessen handelt, was wir einerseits überhaupt fragen können – denn mit diesem ›Wie aber‹ wird zu verstehen gegeben, daß alle bisherigen Antworten geprüft, daß ihre Inhalte zusammengefaßt wurden und daß das Resümee daraus jene neue Formel des ›Wie aber‹ ergibt –, während andererseits das reflexartige ›Wie immer‹ deutlich macht, daß auch diese und jede weitere in diesem Geiste gestellte Frage falsch gestellt ist und daß der Fragende durch die Art der gegebenen Antwort dazu aufgerufen ist, seine Frage noch einmal zu prüfen und dann von neuem zu formulieren. – Stop!«

Litfás fuhr mit der Hand über das Gesicht und strich dann seitlich über seinen Kopf. Er wirkte erschöpft.

»Wenn es nach diesem Text geht«, fuhr er müde fort, »dann lautet unsere Aufgabe, daß wir herausfinden sollen, wie die Ordnung der Dinge beschaffen war, bevor die Biereschek noch Hand an sie legten, bevor es uns überhaupt noch gab. – Eine schwierige, eine geradezu unlösbare Aufgabe«, sagte er resigniert. »Denn der Verfall der Welt vollzieht sich nur allmählich und ist selbst bei ständiger Beobachtung für das geübte Auge nicht wahrnehmbar, auch wenn er natürlich nicht geleugnet werden kann und von niemandem wirklich geleugnet wird. – Denn eines leuchtet auch dem Dümmsten ein: So kann es nicht immer gewesen sein. Das hält keine Menschheit aus! – Es gibt also diesen Verfall, und die Welt verkommt wirklich«, sagte er, aber es klang eher so, als stellte er kleinmütig eine Frage, als daß er einen konsequenten Schluß aus den eigenen Überlegungen zog.

»Wir können ihn zwar nicht nachweisen, wie Inga meint, aber wir spüren ihn. – Wir registrieren die kleinsten Veränderungen am Bestand!« erklärte er nachdrücklich, und wie um das Gewicht dieser Worte noch zu unterstreichen, klopfte er mit seiner wie zu einer Klaue gekrümmten Hand auf das Holz der Tischplatte. »Es ist, als hätten wir ein sechstes, noch unentdecktes Sinnesorgan in unserem Bauch, das uns ständig mit Informationen über diese Veränderungen versorgt. Hier«, sagte er und wies wie schon einmal mit dem Finger auf eine Stelle, knapp oberhalb des Nabels, der sich unter dem Stoff seines Nachthemdes als runde, flache Vertiefung abzeichnete. »Der Hiobsfleck! – ›*Affen denken mit dem Bauch*‹, sagt man, und es stimmt.« Der Einarmige schien seine Müdigkeit wieder ganz überwunden zu haben und fing aufgeregt hinter dem Ladentisch auf und ab zu wandern an.

»Hör zu!« rief er. – »Ich saß einmal drüben in Andau in einem Gasthaus und trank ein Glas Bier. Es war ein Sommernachmittag in einem ungewöhnlich trokkenen Jahr, und die Hitze knisterte in Millionen kleinen Feuern über dem Erdboden. An den Tisch neben mich setzte sich ein Fremder, der mir sofort dadurch auffiel, daß er trotz der Sonnenglut einen weichen, grauen Filzhut aufhatte und daß seine Hände in Lederhandschuhen steckten. Als er den Hut abnahm, hatte er darunter das schönste feuerrote Haar, das ich jemals gesehen habe. Wir kamen miteinander ins Gespräch, und während er ständig mit seiner Kopfbedeckung, die er auf dem Tisch abgelegt hatte, wie mit einem Bierdeckel spielte, erzählte er mir, er habe lange Zeit in Afrika gelebt, das Land aber verlassen müssen, weil jedes Jahr im Sommer ein Heer von Wanderameisen sein Haus, das offenbar auf ihrer Route gelegen sei, überfallen und bis auf den letzten verwertbaren Rest kahlgefressen habe. Mit seiner Frau, für die dieser Zustand untragbar geworden sei, habe er jedesmal jeweils drei Tage und drei Nächte in einer Notunterkunft im Busch verbringen müssen, dann sei der Spuk wieder vorübergewesen. Gerade die unbarmherzige Regelmäßigkeit, mit der dieses auf den Tag genau voraussagbare Ereignis sich wiederholt habe, sei für seine Frau so grauenhaft gewesen, denn in unvorhersehbaren Unglücksfällen habe sie sich immer zu helfen gewußt. Aber dieser jährliche Routineüberfall habe sie ganz verstört und von Grund auf verändert.« –

»Zwei Jahre, erzählte er dann, sei er jetzt wieder zurück in der Heimat, aber im Sommer davor sei ihm etwas noch Schrecklicheres als jene Ameisengeschichte widerfahren, und deshalb überlege er, ob er sich nicht von seiner Frau ganz zurückziehen müsse, denn er glaube, er sei es, der dieses Unheil über sie heraufbeschwöre. – Er habe sich eines Nachmittags gemeinsam mit ihr durch das Fenster ihres Vorstadthäuschens hinaus mit einer Nachbarin unterhalten, die unten in ihrem kleinen Vorgarten gestanden sei. Er habe von Afrika und den Ameisen erzählt. Es sei schon fast dunkel gewesen, und er habe beim Reden eine unbegreifliche Unruhe in sich aufkommen gespürt, habe dieses Gefühl aber verbissen bekämpft, indem er seine Zuhörerin mit immer neuen Abenteuern aus jenem Kontinent überraschte. ›Noch nie hatte ich *so* erzählen können‹, rief er aus«, sagte der Einarmige. »›und dabei begleitete mich ständig dieses Gefühl, als ob mir jemand leicht, aber beharrlich mit seinem Finger auf den Hinterkopf klopfte. – Schließlich hielt ich es nicht mehr aus. – Aber man muß es eben aushalten! Denn wenn man es aushält, dann geht es vorbei!‹ rief er wieder. – Er habe sich jedenfalls umgedreht und festgestellt, daß jenes Klopfen keine Täuschung gewesen war. Es habe zwar leise und entfernt geklungen, wie das Geräusch von Wassertropfen, die in einem anderen Raum auf etwas Weiches fallen, aber als er das Licht aufgedreht habe, habe er bemerkt, daß von seiner Zimmerdecke, wie feines, gekräuseltes Haar, Tausende von fingerlangen, dünnen Fadenwürmern herunterhingen, ein lebendiger Rasen, aus dem in regelmäßigen Abständen ein Stück herausbrach und leise, wie schmatzend, zu Boden fiel.« – Er ziehe es an, habe der Fremde gerufen, berichtete Litfás, aber das habe ihn eigentlich schon gar nicht mehr interessiert, gefesselt sei er da längst von etwas ganz anderem gewesen, das mit der Geschichte selbst kaum mehr etwas zu tun gehabt habe.

»Mittendrin, während er von seinen Würmern erzählte und in einem fort mit dem Hut auf dem Tisch vor ihm spielte«, rief jetzt der Einarmige, »sah ich es plötzlich: Sein langes, gewelltes, rotes Haar wippte beim Reden selbst wie ein dichtes Grasbüschel auf und ab, und jedesmal wenn er stöhnte und dabei seinen

Kopf in den Nacken warf, war es, als flamme ein Feuer auf und lecke über den Himmel hinter ihm, bis schließlich der ganze Horizont um uns herum wie von einer einzigen riesigen Feuersbrunst lohte. – Und stell dir vor: Am nächsten Tag erfuhr ich dann, daß Amerika an diesem Nachmittag einen weiteren Krieg erklärt hatte.«

Er lehnte sich zurück und hakte seine Linke unter dem Armstumpen ein. – »Damit will ich nun nicht etwa behaupten, daß ich in die Zukunft sehen könnte«, sagte er und beugte sich vor. – »Die Zukunft ist ohne Belang. In sie zu sehen ist eine Rechenaufgabe, die vielleicht später einmal drankommt. Ich interessiere mich ausschließlich für die Gegenwart und die Vergangenheit – für diese rasche, kaum merkliche Bewegung, mit der ein Augenblick aus der Gegenwart zur Vergangenheit zurückmuß, kaum daß er noch war, und doch seine Spuren jetzt und jetzt und hier hinterläßt. Diese Bewegung!« rief der Einarmige wieder. »Die Spur des Wurmes, der dort drüben kriecht, sie aber hier hinterläßt.« Er klopfte mit dem Zeigefinger wieder auf seinen Bauch. »Der Lichtabdruck der Glühbirne hier an der Wand, wenn ich die Augen wieder aufmache. Das Wissen darum, was jetzt – aber *dort* passiert!« Er wies mit seinem Kopf zur Eingangstüre und durch sie hinaus in die Dunkelheit.

»Alles, was für unser Leben Bedeutung hat, passiert in unserer Abwesenheit, habe ich gesagt – sagen die Schriften!« korrigierte er sich. »Und es ist gut so. – Das Geschehen selbst, die Fliege des Augenblicks, wie wir es nennen, ist ohne Belang. Es ist nicht gut und nicht böse, denn in ihm sind, wie man sagt, alle Kräfte freigesetzt und ohne Schuld. Was interessiert ist die Schleifspur aus Blut und Sekreten, die zurückbleibt, auch wenn die Fliegenreste selbst längst weggekehrt sind.«

Er schlug sich jetzt mit der Linken auf den Armstumpen, der ein Stück unter dem Nachthemd hervorstand.

»Von den Wanderameisen und den Würmern dieses Mannes war damals schon längst nichts mehr übrig (nicht einmal mehr in seiner Erzählung!) – außer in diesem Haar! Und das gab den Ausschlag. In ihm wurde für mich jener Krieg erklärt. – Mein Hiobsfleck!« rief Litfás, »die Litfás'sche Röhre!«

»Stop!« rief er wieder.

»Jener Anhang zur Handschrift von Hetföhely, von dem ich früher sprach, fordert auf alle Fälle Unmögliches von uns. Wir können nicht denken, wie die Welt ohne uns war! Aber das ist auch nicht das Entscheidende, denn wie immer sollte man zunächst auf das Nebensächliche achten, darauf, was sich unscheinbar dem Blick entzieht, sobald man ihn hinwirft. Und aus ihm läßt sich dann vielleicht doch die Hauptsache erschließen. – Dieser Text gibt uns nämlich in seinen oft nur ganz beiläufig hingeworfenen Passagen zu verstehen, daß hinter der Verheißung von der Auflösung einer Gemeinde von Biereschek, der die Niederschrift ihrer Geschichte gelungen ist, mehr steht als bloß dies. Mit ihr, deutet er an, hätte man von der Wahrheit nicht mehr erfaßt als Sonnenlicht in einer offenen Hand Platz hat.«

»›Wie aber‹, beginnt der Zusatz unter Hinweis auf die vorangegangene Verheißung, ›wenn sie‹ (gemeint ist die Niederschrift der Geschichte) ›nicht mehr wäre als der Tritt auf die Sprosse einer Leiter, so schwer, so leicht?‹ – Hier bricht der Text zum erstenmal ab und fordert so den Leser auf weiterzudenken, denn hier schon scheiden sich die Wege. Entweder heißt das nämlich, daß es sich beim Gelingen der Aufzeichnung um nichts als die Bezwingung einer einzigen Sprosse der in Wirklichkeit unendlichen Leiter handelt – und dann wäre diese (obwohl sie noch keiner Gemeinde gelungen ist, auch den Ilmüczern nicht!) wohl relativ leicht, wer aber hätte andererseits noch Lust, auch nur eine Sprosse zu besteigen, wenn er weiß, wie wenig damit getan ist?« warf Litfás ein. »Welchen Sinn hätte es denn, und wer verstünde da nicht, daß wir zögern? – Oder aber«, fuhr er fort, »es gibt tatsächlich nur diese eine Sprosse, und dieser Satz bedeutet, daß wir mit ihrer Überwindung wirklich alles andere mitüberwunden hätten und mit dem Zipfel der Wahrheit gleichsam die Wahrheit selbst – sozusagen wie eine Fahne – eingeholt hätten . . . wäre das so, dann allerdings läge diese Sprosse so hoch, daß sie für unsere kurzen Beine absolut unerreichbar ist, denn trotz allen Zögerns dürfen wir doch zumindest das von uns behaupten, daß unser ganzes Leben nichts anderes ist als der ständige Versuch, diese eine Sprosse zu erklimmen. – Aber wie dem auch sei«, brach der Einarmige seine Überlegungen ab. Er nahm einen Schluck aus seinem Glas und drückte es lange, wie in Gedanken, an seine Unterlippe.

»Die zweite Zeile wiederholt die Frageformel der ersten«, erklärte er. »›Wie aber‹, heißt es in ihr, ›wenn das einzig bedeutete, wieder zurückzukehren an den Ort der Tat, von welchem geschrieben ist, daß er nicht sei?‹«

Der Einarmige warf mir einen schnellen Blick zu. »Was wird ausgesagt?« fragte er. – »Etwa, wie ich überzeugt bin, daß es uns in demselben Maße, in dem es uns mißlingt, diese erste Sprosse zu besteigen, unmöglich ist, an jenen Punkt zurückzukehren, von dem unser Unternehmen seinen Ausgang nahm! – Daß wir also sozusagen auf ewig zwischen Himmel und Erde aufgehängt bleiben, dem Gespött der Welt preisgegeben – das Standbein auf dem Boden, das Sprungbein, halb schwebend, in der Luft?«

Sein Blick lag weiterhin auf mir, irgendwie hatte ich mich stillschweigend damit abgefunden, daß ich hierbleiben sollte, und sei's für immer. Ich saß auf seinem Stuhl, halb zur Seite gedreht, die Hände über der Lehne gefaltet, die rechte Wange auf dem rechten Handrücken, halb schlafend, und in diesem Halbschlaf einverstanden mit allem, was er sagte.

Manchmal, wenn mir dabei der Arm einschlief, wechselte ich die Stellung, nahm die Kutscherhaltung ein und hörte ihm, die Arme auf die Oberschenkel gestützt, der Kopf wie etwas Schweres zwischen den Schulterblättern hin und her schlagend, zu, während er immer weiter redete.

Seine Worte klangen wie leises Rauschen, meine Augen, die offen standen, folgten dem langsamen Auf und Ab seines Nachthemdsaums, der den Bewegungen seines Körpers folgte, mit denen er seine Rede unterstrich. Es erinnerte mich an das rhythmische Anschlagen von Wellen an einem leeren Strand, und während seiner Ausführungen, die mir wie die Wiederholung von etwas längst Vertrautem erschienen und dadurch zum Schlafen geradezu einluden, mußte ich tatsächlich ein paarmal eingenickt sein, denn immer wieder hatte ich das Gefühl, Litfás sage manche Sätze zweimal und öfter, so lange, bis sie sich in meinem Kopf schließlich zu Bildern verwandelten, die noch eine Zeitlang nebeneinander stehen blieben und nur nach und nach verloschen – wie der Lichtabdruck jener Glühbirne, von der er gerade erzählt hatte.

Zur Geschichte des Tauschhandels

»Stop! – Du erinnerst dich an die Gründersage«, sagte er auf einmal so unvermittelt und laut, daß ich aus meinem Traum auffuhr und, wie selbstverständlich schuldbewußt, nickte. »In ihr wird doch davon berichtet, daß Ég Gott ins Antlitz getreten habe, nachdem die Gründerväter das Land untereinander aufgeteilt hatten. – Richtig«, bestätigte er, so als hätte ich ihm gerade eine schwierige Prüfungsaufgabe gelöst. – Aber so als müsse er mir gleichzeitig beweisen, daß ihm meine Unaufmerksamkeit nicht entgangen war, daß ich und wie sehr ich eben doch nur der Schüler war und er der Lehrer, schränkte er sein Lob gleich wieder ein.

»Richtig«, wiederholte er, »und trotzdem falsch.« Er war zufrieden. »Falsch, weil der eigentliche Frevel *vor* diesem Zeitpunkt geschehen war und Égs Tat nur als Reflex auf ihn verstanden werden kann, als freilich verbrecherischer und in seiner Untauglichkeit den Frevel noch erschwerender, aber im Grunde auch irgendwie unschuldiger Versuch, die begangene Untat wieder gutzumachen. – Wie erklärt sich das?« fragte Litfás, und es war wieder keine Frage, die er da an jemanden richtete, sondern nur eine Floskel, die er sich für diesen Augenblick vorbereitet hatte, ein Vorwand, unter dessen Segel er noch weiter ausholen konnte.

»Die eigentliche Untat«, erklärte er, »war die Aufteilung des Landes. Es ist das älteste und oberste Gesetz, welches uns Biereschek den Landbesitz untersagt, den Landbesitz und damit freilich jedweden anderen Besitz schlechthin. – ›Ist nichts, war nichts, wird nichts‹, heißt der letzte Satz der Gründersage. – Sagt das nicht alles?« rief er. »Wird uns damit nicht in aller Deutlichkeit zu verstehen gegeben, daß wir zum Scheitern verurteilt sind – ein für alle Mal?« Er blickte mich bedeutungsvoll an, und so als richte er jetzt diesen Satz warnend an mich, wiederholte er: »›Ist nichts, war nichts, wird nichts.‹ – Und weißt du, wie die Gründersage beginnt?« fragte er dann. »Sie beginnt mit einem Stimmungsbild. – ›Die Hände des Fleißigen ruhen‹, heißt es da«, zitierte er, und ich erschrak, denn ohne zu wissen, woher sie stammten, hatte ich diese Worte hier einmal irgendwo aufgeschnappt oder gelesen und auswendiggelernt, weil sie mich eigentümlich berührt hatten. »›Nichts regt sich‹«, fuhr der Einarmige fort, ohne meiner Reaktion Beachtung zu schenken und den Blick unbewegt auf dem Regal hinter mir, so als nähme er die Worte aus einem seiner Fächer. »›Die Luft ist glatt wie ein Spiegel. – Möglich, daß woanders gerade ein Verbrechen geschieht, so namenlos, so kraftlos ist alles.‹ – Das sind Sätze, die wie das Geflüster in Umarmungen klingen, und doch meinen sie jenen Augenblick, in dem das Böse das Gute in seiner Umarmung erstickt.« Wieder machte Litfás eine Pause.

»›Wenn Ahura schläft, wird die Welt verteilt‹, sagt man bei uns.« Er erhob seine Stimme. – »Es ist die namenlose Stille des Mittags, dieses schreckliche, alle Hoffnungen vernichtende Schweigen der Sonne, das uns die verbotene Frage stellen läßt, deren Antwort uns von dieser Sage gegeben wird und die jede Generation aufs neue mit Blut und Tränen erkauft. – Ég, Hal, Jár, Szél«, zählte er auf. »Diese vier Männer haben damals an jenem Wasserloch, das wir das *Auge Ahuras* nennen und von dem es heißt, daß es sich niemals schließe, mit dieser Frage den Schlaf des Heiligen Alten gestört. Sie ist der Anfang alles Bösen, weil sie Rechenschaft fordert. – ›Woher kommen wir, wer sind wir, wo gehen wir hin?‹ – Wer so fragt, erhält Antwort. Sie baten Ahura um ein Zeichen, und er hat es ihnen gegeben. Für einen Augenblick teilten sich die Wolken, berichtet die Sage, und das Licht der Sonne fiel auf die sich über dem Wasser zum Schwur kreuzenden Arme der Männer, so daß Schatten und Ufer zum Rad verschmolzen. – Der kleine Zeuge! ›Schatten, der sichtbar wird‹!« rief der Einarmige. »Sie ließen das Rad niedersinken vor dem Kreuz!«

Jetzt schrie er fast.

»Und den Schatten dieser vier Arme entlang haben sie dann das Land aufgeteilt!« Er machte mit seiner Hand die entsprechende Bewegung. »Daß Ég dann auch noch in die Pfütze trat«, rief er wieder, »das war nur noch ein Weiteres – der überstürzte Rückzug des ersten, der begriffen hatte, was geschehen war, das Zurückschrecken nach der Tat und der Versuch, die hinterlassenen Spuren wieder zu verwischen.«

Wie um sich von seinen Ausführungen zu erholen, von denen er sichtlich mitgenommen war, griff Litfás wieder nach seinem Glas – aber sowohl das Glas als auch die Flasche, die hinter ihm auf dem Ladentisch stand, waren leer. Und so schnell die Aufregung über ihn gekommen war und so sehr sie ihn erschöpft hatte – sein Gesicht war dunkelrot angelaufen, die Hände zitterten, und von seiner Glatze rann in Strömen der Schweiß –, so schnell verflog sie wieder. Er faßte sich, und ich fing den raschen Seitenblick auf, den er auf mein Weinglas warf, so als überlegte er, wie er seiner habhaft werden könnte. Ich hatte meine Hand um es geschlossen, so daß er nicht hineinsehen konnte. Er gab sich einen Ruck. – »Entschuldige«, sagte er, als er mich mit dem Ärmel seines Nachthemds am Hinterkopf streifte, während er eine der vier noch vollen Karaffen vom Regal in meinem Rücken herunterholte. Wie schon beim ersten Mal zog er den Papierkegel mit den Zähnen heraus; diesmal aber spuckte er ihn nicht vor sich hin auf den Fußboden, sondern legte ihn, beinahe behutsam, neben die Flasche auf die Tischplatte und schenkte sich nach.

»Man kann nichts rückgängig machen«, fing er wieder an. »Jeder Versuch, Geschehenes wieder auszulöschen, macht alles nur noch schlimmer, trübt das Klare ein. – Dir das Klare«, sagte er bedeutungsvoll, »mir den Schlamm! Nicht unsere Taten zählen«, wiederholte er, »sondern das, was sich in unseren Taten verschweigt. – Egal. So sehr unsere Vorväter – und in ihrem Gefolge dann wir – versucht haben, die Untat wieder gutzumachen, so sehr haben sie und wir zur Vergrößerung der alten Schuld beigetragen. – Das Land, einmal geteilt, bleibt geteilt. Ahura nimmt nicht zurück, was man ihm gestohlen hat!« Er trank sein Glas auf einen Zug aus und wog es dann in seiner Hand.

»Zu jener Zeit nämlich«, sagte er und blickte auf seine Linke hinunter wie auf einen Stein, der auf dem Grund eines tiefen Sees liegt, »etwa ein Menschenalter nach dieser Freveltat und nachdem unsere Gründerväter – jeder auf seine Weise – für sie bestraft worden waren, tauchen die ersten Berichte vom Potlatsch auf. Vom großen, vom Nagypotlás!« betonte er. – »›Potlás‹ heißt zu deutsch ›Ersatz‹, sagte ich, und um Ersatz drehte es sich dabei in zweierlei Hinsicht: Zum einen war der Potlatsch nämlich als Sühneopfer an Ahura gedacht, mit dessen Hilfe die Vergebung unserer Schuld herabgefleht werden sollte, zum anderen ermöglichte er allerdings durch seine raffinierte, zwiefältige Anlage, daß auch alle nachfolgenden Generationen das Verbrechen unserer Vorväter, nämlich zu stehlen, was ihnen geschenkt worden war, zumindest symbolisch und im kleinen für sich wiederholen konnten. – Der Potlatsch!« rief der Einarmige und schlug dazu mit der geballten Linken fest auf die Kante seines Verkaufspults. »Der Hausbesuch! Die Aufteilung der Beute! – Du hast ihn am eigenen Leibe erfahren!« sagte er, und ich spürte seinen Blick auf mir, sah aber nicht auf.

»In einer heute leider nicht mehr erhaltenen Handschrift«, fuhr er dann, wieder ruhig, fort, »wird uns erzählt, daß Oda Vissza, der Sohn von Szél, als Buße für die Ermordung seines Vaters und gleichzeitig zur Sühne der von diesem begangenen Verbrechen seiner Frau anläßlich der Mannbarkeit ihres ersten Sohnes seine gesamten Besitztümer abgetreten haben soll. Odas Frau wiederum, heißt es, habe, um sich ihrerseits reinzuwaschen von Schuld und um ihr Teil zur Wiedergutmachung der Untaten ihres Mannes und Schwiegervaters beizutragen, die Sippen der drei anderen Gründerväter zu sich eingeladen und in einem drei Tage dauernden Fest, in dessen Verlauf der darüber wahnsinnig gewordene Oda sie mit einer Schere erstach und dafür, im Gegenzug, vom eigenen Sohn erstochen wurde, das ihr übertragene Erbe unter den anderen aufgeteilt. – Dem Beispiel der Familie Odas seien die drei anderen Sippen gefolgt, wenngleich unter Unterlassung des Vatermordes, und jede Frau verschenkte beim Tod ihres Mannes das ihr zur Mannbarkeitsfeier des Erstgeborenen übertragene Erbteil, die Früchte der Arbeit einer Generation, an die Mitglieder der drei übrigen Stämme, und dies unter Mißachtung auch unseres zweiten Gebotes, welches neben der Nichtannahme auch die Weitergabe von Geschenken an dritte Personen ausdrücklich untersagt, das heißt, sie gab weiter, was ihre Familie an Gütern auch während der vergangenen Potlások zugefallen war. – Stop.« Der Einarmige dachte nach.

»Auf diese Weise entwickelte sich bei uns eine Art Tauschhandel und aus ihm wiederum die heutige Spielart der Hausbesuche, diese gesetzlich geschützte Form der Dieberei. – Ursprünglich überließ jeder die Überschüsse, die das geraubte Land ihm abgeworfen hatte und die sich im Laufe der Zeit in seinen Schobern türmten, den anderen als Ersatz für die Abtretung der Fruchtnießungsrechte, behielt das Land selbst allerdings weiterhin für sich. So konnte er sich von den Früchten der eigenen Arbeit ständig nebenher versorgen, während er mit dem, was ihm fehlte, in regelmäßigen Abständen beim Potlatsch der anderen versorgt wurde. Später dann ging der Gedanke der Rückschenkung und des Erhaltens von Geschenken – wohl auf Grund der zunehmenden Einsicht in die Sinn- und Hoffnungslosigkeit dieser Wiedergutmachungsversuche – verloren, und an seine Stelle traten Habgier und Raublust, der Wunsch, sich so zu bereichern wie unsere Väter, ein Vorhaben, dessen Ausführung noch durch den Umstand begünstigt wurde, daß das Raubopfer eine alleinstehende Frau war, deren Schutzlosigkeit den versteckt ohnehin ständig vorhandenen Rachegelüsten der Männer entgegenkam. Denn mit dem Potlatsch war es allmählich zu einer schwerwiegenden Verschiebung in den Machtverhältnissen unserer Gesellschaft gekommen«, führte der Einarmige aus.

»Dem Potlatsch verdanken wir die Arbeitsteilung«,

sagte er. »Der Mann hatte angefangen, sich ausschließlich der Erzeugung zu widmen, während die Frau das alleinige Vertriebsrecht zugesprochen erhielt. Damit aber ging die Macht von den Männer über auf die Frauen, und das hatte scheinbar auch sein Gutes, denn die Frauen täuschen von Natur aus unschuldiger und sind deshalb beim Handeln geschickter. – Schließlich jedenfalls zählte der Mann gar nichts mehr, die Frau dafür alles.«

»›Nur ein toter Sohn ist ein guter Sohn‹, geht ein altes Sprichwort bei uns. Es stammt noch aus der Zeit, als der Potlatsch zur Mannbarkeit des Erstgeborenen ausgerufen wurde. Und obwohl wir das heute nicht mehr so halten – die Einstellung zum Mann ist die gleiche geblieben. Nur so lange zählt er, wie er noch nicht mannbar geworden ist (und was glaubst du«, warf Litfás ein, »mit welchen Mitteln die Mütter damals, als sie mit dem Ende der Kindheit ihrer Söhne noch alles zu verlieren hatten, die Mannbarkeit hinauszuschieben und zu verhindern suchten, während die anderen Frauen sie vorantrieben, wo es nur ging!) – Ist dieser Zeitpunkt einmal gekommen, dann ist für uns alles vorbei. Noch heute. – So viel die Söhne den Frauen aus diesem oder jenem Grunde bedeuten mögen – ihre Männer bedeuten ihnen nichts. Ein Wink der Frau genügt, und der Mann muß gehen. Eines Abends kommt er nach Hause, sein Werkzeugkasten steht vor der Tür, ein Sacktuch, in das eine Tagesration eingeschlagen ist – Brot, Fleisch, Früchte nach Jahreszeit – liegt daneben, und er weiß: Jetzt hat er alles verloren. Vorbei. Aus.« Er zog die Luft durch die Zähne ein, in seinen Augen standen Tränen. Ich sah weg. Ohne zu fragen, wußte ich, daß es ihm so ergangen war.

»Egal«, sagte er.

»Wenn wir heute arm sind –« Er betonte jedes Wort einzeln, stellte sein Glas zurück auf den Tisch und schob es mit dem Zeigefinger ein Stück von sich weg. »Wenn wir heute arm sind«, wiederholte er und nahm nach dieser Abschweifung seine frühere Rede wieder auf, »dann bedeutet das allerdings nicht im geringsten, daß das Verbrechen unserer Väter vergessen wäre und wir uns wieder dem Zustand der Unschuld und der Gnade nähern – im Gegenteil! Daß wir arm sind, heißt nur, daß das Böse seine schöne Maske hat fallen lassen und dahinter endlich Wahrheit in ihrer Abscheulichkeit sichtbar geworden ist, daß uns gezeigt wird, wovor wir seit je geflohen sind: vor dem Anblick der nackten Mauern unserer Gier. – Es bedeutet also nur, daß der Zeitpunkt der eigentlichen Strafe nähergerückt ist. – Die dritte Drehung der Schraube!« rief der Einarmige aus.

»›Wenn die Lager voll sind‹, heißt es einmal in den Schriften, ›wehe, dann feiert der Hunger!‹ – Nicht die Sühne für die verbrecherische Teilung des Landes war der Endzweck jenes ersten Potlatsch, nein, sein Zweck war es, sie für immer zu ermöglichen – auf ewig Beute zu machen und Beute zu teilen. Und so wie unsere Vorväter jene Untat begingen, so hat jede neue Generation seit damals mit immer neuer und immer noch größerer Hartnäckigkeit und Verstocktheit ihren Frevel wiederholt. Aber – und das ist der Hohn und gleichzeitig schon ein Teil unserer Strafe: Je mehr wir zu besitzen versuchen, desto weniger scheint es uns zu gelingen. Heute haben wir so gut wie gar nichts mehr.«

»Jetzt wirst du vielleicht verstehen«, erklärte Litfás und blinzelte dabei vor Übermüdung, »was es mit der Legende von den Namen auf sich hat und weshalb ich schon am ersten Abend unbedingt mit dir sprechen wollte – bevor dich der Jude noch mit seinen Geschichten verwirren konnte: Die Namen unserer Gründerväter (und dasselbe gilt im Grunde für unsere, für die heutigen Namen) waren Zuordnungsbezeichnungen, die jeweils auf das gestohlene Land und die damit gemachte Beute verwiesen. Immer komplizierter, immer zusammengesetzter wurden im Lauf der Zeit freilich unsere Besitzverhältnisse und der direkte Bezug zu den Erträgen, die der Besitz abwarf, und immer schwieriger gestaltete sich damit auch die Namensgebung, mit der der in Verlust geratene und in der Zwischenzeit neu hinzugekommene Besitz bezeichnet werden mußte. – Mehr noch: Als es im Zuge unserer Bürgerkriege, des Streites zwischen Minim und Malchim, Histrionen und Monotomoi, und im Gefolge von Seuchen und Hungersnöten zur Dezimierung unserer Bevölkerung kam, verschlechterten sich die Bedingungen für die ordnungsgemäße Ausrufung des Potlatsch radikal, denn oft konnte nun nicht mehr auf den Erst- oder Zweitgeborenen zurückgegriffen werden, oft mußten Verwandte zweiten und dritten Grades herangezogen werden, und die Übertragung des Erbes erfolgte unter Vorzeichen, die eine Katastrophe unvermeidbar machten. – Aus dem Erb- oder Verwalter wurde ein Stellvertreter, und was ehedem noch billig und gerecht gewesen war, daß nämlich dem Sohn genommen wurde, was sich der Vater widerrechtlich angeeignet hatte, verlor seinen Sinn.« Der Einarmige machte eine Pause und runzelte die Stirn.

»So sehr verwirrte sich alles«, fuhr er fort, »daß man schließlich keinen anderen Weg mehr sah, als von den im Zuge der Hausbesuche geraubten und verteilten Güter zurückzuschließen auf den Namen des jeweils neu eingesetzten Verwalters oder Stellvertreters. – Heute heißt du ›Halbwegs‹«, faßte der Einarmige zusammen, »und alles scheint leicht und klar. – Aber bist du's auch wirklich? gehörst du tatsächlich zum Stamme Járs, des Mannes, der ging, wie wir sagen? – Und hieß ich zu Recht früher einmal ›Sieben-See-und-kein-Wasser‹, Nachkomme von Hal, dem Fisch?« Er fuhr sich mit dem Handrücken an die Stirn, als fieberte er.

»Ég, Hal, Jár, Szél«, zählte er noch einmal auf. – »Wüßten wir tatsächlich über unsere Herkunft Bescheid – was wäre dann wohl leichter als jene erste Sprosse zu erklimmen, von der ich vorhin sprach? Was gäbe es Einfacheres als die Geschichte unserer Gemeinde zu schreiben – und damit die Geschichte der Besitzverhältnisse, der Diebstahlsverhältnisse!« verbesserte er sich. »Was wäre dann schneller geschehen als die Rückkehr an den Ort der Tat – zu jenen vier Männern an der heiligen Quelle, die unser erstes Gebot brachen, während Ahura schlief? – Aber von jenem Ort wird immer wieder nur berichtet, daß er nicht sei. Und so sehr wir uns auch anstrengen mögen, wir finden den Weg zu ihm zurück nicht!«

Der Einarmige hatte seine Rede beendet, und mit einer raschen Drehung seines Oberkörpers glitt er von der Platte seines Ladentisches, auf der er die ganze Zeit halb gesessen war. – »Wer den Potlatsch ausruft«, sagte er, während er an mich herantrat, »schafft die Schuld nicht ab, sondern verlängert sie. – Was wir tun können ist vielleicht eins: die Namen zurücklegen, auf das Erbe verzichten, grau unter grauen Steinen verschwinden, wie man so sagt.«

Er sah mich an. – »Gehn wir etwas essen«, sagte er und schnaufte. »Ich habe Hunger.«

Ich stand auf, müde und, ohne zu wissen weshalb, leicht, wie in die Luft geworfen. Einen Augenblick lang hatte ich das unsinnige Verlangen, ihm für seine Worte zu danken wie einem Vortragenden, und wie um ihm tatsächlich die Hand zu schütteln, tat ich einen Schritt zu ihm hin. – Er aber nahm davon gar nicht Notiz, sondern beugte sich hinunter, um eine Schiebetür in seinem Ladentisch zurückzuziehen, und kramte eine Weile in den beiden Fächern dahinter herum.

»Nicht da«, sagte er kopfschüttelnd, wahrscheinlich auf der Suche nach Hose und Schuhen, die er für seinen Ausgang benötigte. Er zog eine zweite Tür auf, aber auch das Fach hinter ihr enthielt nicht das Gesuchte. Eine Werkzeugkiste mit einem langstieligen Schusterhammer, einer Zange und allerlei anderen

Utensilien stand darin, und übereinandergehäuft lagen von Schnüren zusammengehaltene Schuhpaare, die über und über von Staub bedeckt waren und wohl aus jener Zeit stammten, in der er noch zwei Arme und zwei Hände besessen hatte. – Beim Anblick dieser Kiste fiel mir wieder ein, was er gerade vorhin von den Frauen erzählt hatte, die ihre Männer aus dem Haus jagten, wann es ihnen paßte, und so als würde auch er sich plötzlich wieder erinnern, setzte er sich schwer auf den Stuhl, den ich soeben freigemacht hatte, und schüttelte, die Stirn in seine linke Hand gestützt, nachdenklich den Kopf.

Dann aber stand er auf, schlug das Klappbrett, das den schmalen Durchlaß zum Verkaufsraum freigab, hoch und schlüpfte durch. Mit zwei zielsicheren Schritten war er beim Kundensessel und zog die gesuchten Kleidungsstücke darunter hervor. – Aber als wäre er damit schon am eigentlichen Ziel, ließ er sich nun in den gepolsterten Sessel fallen und starrte mich, mit seinen Gedanken offenbar ganz woanders, wie einen Fremden an.

»Geh allein«, sagte er schließlich, so als erinnerte er sich plötzlich wieder an seinen Vorschlag. »Geh allein.«

Ich ging zur Tür und wollte sie öffnen, aber noch einmal hielt er mich zurück. »Die Schublade!« rief er, und ich wußte, ich sollte aus ihr sein Geschenk für Anna nehmen. Ich tat ihm den Willen. – Es war ein bebilderter Katalog, offenbar das Jahresprogramm eines Verlagshauses. Ich las die Aufschrift, die in einem breiten Balken diagonal über das Deckblatt lief. »Bibliothek des schönen Wissens und der Unterhaltung« stand da.

Rák fiel mir ein, und das Versprechen, das er mir vor seinem Weggehen gegeben hatte. Allem Anschein nach handelte es sich bei dieser Bibliothek um eine Serie von Sammelbänden, die in regelmäßiger Folge erweitert wurde und deren Abonnent Rák war.

Noch einmal warf ich einen Blick auf das Deckblatt. Eine Reihe von Überschriften verwies großtuerisch auf Seiten im Kataloginneren. Ich las: »Abenteuer Südamerika« und daneben: »Das Geheimnis der schwebenden Insel«. Ein weiterer Titel lautete: »Alles über die Yahoos«, ein vierter: »Neue kleine Sternenkunde.« – Es waren alles Dinge, von denen mir mein Göd vorgeschwärmt hatte, und einen Augenblick lang schwankte ich, was ich davon halten sollte. – »Ich bin jetzt Ihr Göd!« hatte er gerufen. »Ich werde sie Ihnen vermachen!« – Hatte er das hier gemeint?

Ich wandte mich um, um noch zu fragen, woher oder von wem er diesen Katalog hatte, aber der Einarmige schlief schon fest, und wie zur Antwort auf die Frage, die ich ihm gerade hatte stellen wollen, seufzte er einmal tief und legte dabei seinen Kopf zur Seite.

INHALT